アインシュタインの旅行日記

日本・パレスチナ・スペイン

アルバート・アインシュタイン［著］
ゼエブ・ローゼンクランツ［編］ 畔上司［訳］

The Travel Diaries of Albert Einstein

Albert Einstein

草思社

The Travel Diaries of Albert Einstein
by Albert Einstein,edited by Ze'ev Rosenkranz

Japanese translation published by arrangement with Princeton University Press
through The English Agency (Japan) Ltd.

アインシュタインの旅行日記　目次

歴史への手引き　29

旅日記

テキスト補遺 225

［凡例］

・（　）の番号ルビは、原註を示し、巻末に掲載した。
・［　］は、著者（ローゼンクランツ）による補足を示した。
・［……］は、原書で省略されている箇所を示した。
・〔　〕割注は訳者による注を示した。
・〈――〉の取り消し線は、アインシュタイン自身が修正した箇所を示した。
・＊印は巻末の参考文献を示した。

［編集部註］

・アインシュタインの「旅日記」の小見出しは原文にはないが、適宜、編集部が付した。

私の両親
ルース・ハンナ・ローゼンクランツ（一九二八―二〇一五）と
アーノルド・ローゼンクランツ（一九二三―九九）に捧ぐ。
私はこの二人といっしょに初の航海に出た。

アインシュタインの航海地図

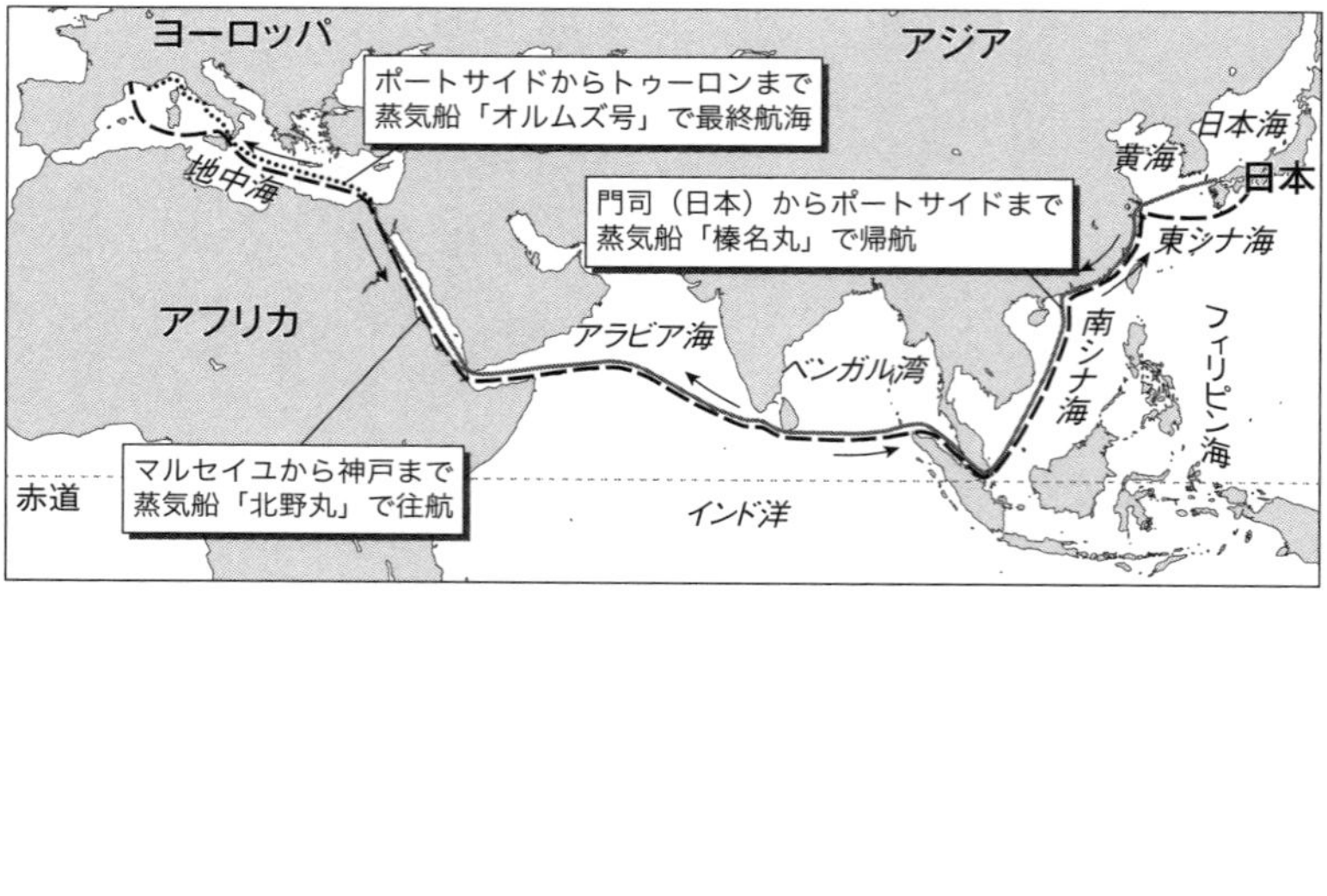

旅行日程

一九二二年

10月6日　エルザとともにチューリヒを出発。マルセイユに向かう。
10月7日　エルザとともにマルセイユで蒸気船「北野丸」に乗る。
10月8日　マルセイユ発。
10月13日　ポートサイド着。
10月14日　スエズ運河通過。
10月28日　コロンボ着。
10月31日　「北野丸」船上で天皇誕生日の祝典。
11月2日　シンガポール着。
11月3日　シンガポール発。
11月9日　一九二一年度ノーベル物理学賞受賞。
　　　　　香港着。
11月10日　香港発。

11月13日以前　上海着。
11月14日　上海発。
11月17日　神戸着。列車で京都へ。
11月18日　京都観光。列車で東京へ。
11月19日　一回目の一般講演を慶應義塾大学で行なう。
11月20日　帝国学士院がアインシュタインに敬意を表して、小石川植物園で歓迎会を催す。
11月21日　赤坂離宮での観菊御宴に参列。貞明《ていめい》皇后〔大正天皇の配偶者〕からお言葉。
11月22日　改造社ビルで歓迎会。
11月24日　二回目の一般講演を神田青年会館（東京）で行なう。
11月25日　一回目の特別講演を東京帝国大学物理学教室で行なう。
11月27日　二回目の特別講演を東京帝国大学物理学教室で行なう。
11月28日　東京商科大学（現在の一橋大学）で歓迎会。
三回目の特別講演を東京帝国大学物理学教室で行なう。
11月29日　茶会に出席。
早稲田大学（東京）で歓迎会。
四回目の特別講演を東京帝国大学物理学教室で行なう。
東京女子高等師範学校（現在のお茶の水女子大学）で歓迎会。
11月30日　宮内省式部職に属する楽部を訪れる。

12月1日　五回目の特別講演を東京帝国大学物理学教室で行なう。
　　　　　東京の全学生による歓迎会。
12月2日　六回目の特別講演を東京帝国大学物理学教室で行なう。
　　　　　東京高等工業学校（現在の東京工業大学）を訪れる。
　　　　　列車で仙台へ。
12月3日　三回目の一般講演を仙台市公会堂で行なう。
　　　　　東北帝国大学（仙台）の会議室で、壁に墨でサインさせられる。
　　　　　列車で松島へ。
12月4日　列車で日光へ。
12月5日　中禅寺湖を観光。
12月6日　日光を観光。列車で東京に戻る。
12月7日　列車で名古屋へ。
12月8日　四回目の一般講演を名古屋国技館で行なう。
12月9日　名古屋を観光。
　　　　　列車で京都へ。
12月10日　五回目の一般講演を京都市公会堂で行なう。
　　　　　京都を観光（京都御所など）。

12月11日　列車で大阪へ。
12月12日　六回目の一般講演を中之島中央公会堂（大阪）で行なう。
12月13日　大阪を観光。
　列車で神戸へ。
　七回目の一般講演を神戸YMCAで行なう。
12月14日　「アインスタイン博士答辯（宗教問題に對して）」を書く（＊*CPAE 2012*, Vol. 13, Doc. 398を参照）。
　京都帝国大学における学生たちによる歓迎会の席上で、「いかにして私の相対性理論を創ったか？」をアドリブで述べる。
12月15日　京都を観光。
12月16日　琵琶湖に小旅行。
12月18日　奈良を観光。
12月19日　列車で広島へ。
12月20日　宮島着。
12月23日　列車で門司へ。
12月24日　福岡へ。
　八回目の一般講演を博多大博劇場（福岡）で行なう。
12月25日　九州帝国大学（福岡）で祝宴。

12月26日　列車で門司に戻る。門司YMCAで催された子供たちのためのクリスマス会でヴァイオリンを演奏。
12月27日　門司近辺を観光。日本語版『アインスタイン全集』の序文を書き上げる（＊ *CPAE 2012*, Vol. 13, Doc. 406を参照）。下関海峡を通過するささやかな船旅。
12月29日　蒸気船「榛名丸」で門司を出航し、日本をあとにする。
12月31日　上海着。

一九二三年

1月　「日本の印象についてのおしゃべり」（＊ *CPAE 2012*, Vol. 13, Doc. 391）が公表される。
1月1日　アインシュタインに敬意を表して、ガットン邸で上海ユダヤ人共同体主宰の歓迎会。上海市委員会で相対性理論について議論。
1月2日　上海発。
1月5日　香港着。

1月6日　香港発。
1月10日　シンガポール着。
1月12日　シンガポール発。
1月13日　マラッカ着。同日マラッカ発。
1月14日　ペナン着。
1月15日　コロンボ着。
ネゴンボまで小旅行。
1月22日　「一般相対性理論について」を書き上げる（＊ *CPAE 2012*, Vol. 13, Doc. 425 を参照）。
1月31日　スエズ（エジプト）着。
2月　「アインスタイン博士答辯（宗教問題に對して）」（＊ *CPAE 2012*, Vol. 13, Doc. 398 を参照）が公表される。
2月1日　ポートサイド着。
列車でカンタラへ。
フェリーでスエズ運河を渡る。
列車でロド（パレスチナ）へ向かう。
2月2日　ロド着。シオニストの要人たちに歓待される。

2月3日　列車を乗り換えて、エルサレムに向かう。

　エルサレム着。ハーバート・サミュエル卿邸に宿泊。

2月4日　エルサレム旧市街のイスラム教徒とユダヤ教徒地区を見学（岩のドーム、アクサー・モスク、嘆きの壁など）。

2月5日　ジェリコとアレンビー橋を観光。

2月6日　エルサレム西地区を見学（図書館など）。

　ベザレル美術学校を訪問。

　レメル学校でエルサレム・ユダヤ人共同体による公式歓迎会。

2月7日　旧市街のキリスト教地区を見学。

　ヘブライ大学建設予定のスコプス山（エルサレム）の現場で講演。

　高等弁務官官邸でアインシュタインに敬意を表する宴席。

2月8日　車でテルアビブへ。

　アインシュタインに敬意を表してヘルツリーヤ・ギムナジウムで歓迎会。

　テルアビブ市庁舎で公式歓迎会。名誉市民に任じられる。

　テルアビブでさまざまなインフラ・プロジェクトを見学。

　アインシュタインに敬意を表してヘルツリーヤ・ギムナジウムで公式歓迎会。

　労働総同盟の年二回の集まりに出席。

2月9日　ミクヴェ・イスラエルの農業学校を訪問。

リション・レ・ジーヨンを訪問。
列車でハイファへ。

2月10日　アインシュタインに敬意を表してテクニオンで歓迎会。
アインシュタインに敬意を表して実科学校で祝宴。

2月11日　実科学校を訪問。
ハイファ近郊の産業プロジェクトを見学。
車でナザレ経由ガリラヤ湖へ。
ナハラルの労働者共同集落を見学。
ミグダル着。

2月12日　車でガリラヤ湖へ。
デガニヤ・キブツを見学。
ナザレ着。

2月13日　車でエルサレムへ。
レメル学校で相対性理論について講演。

2月14日　列車でエルサレムを去りロドへ。乗り換えてカンタラへ。
ポートサイド着。

2月16日　蒸気船「オルムズ号」で出航。

2月21日あるいは22日　トゥーロンで下船。

2月22日　マルセイユから列車に乗りバルセロナ着。
2月24日　バルセロナ自治政府庁内のホールで一回目の講演。
2月25日　バルセロナ市外のポブレーにある修道院と、レスプルガ・デ・フランコリを見学。
2月26日　テラッサ訪問。
2月27日　バルセロナで二回目の講演。会場は自治政府庁内のホール。
斬新な目標をめざす二校を見学。バルセロナ市立ホールで歓迎会。自治体としてのバルセロナを励ますスピーチ。
バルセロナ王立科学芸術アカデミーで講演。
アインシュタイン送別会。
2月28日　バルセロナ実業学校を見学。
3月1日　列車でバルセロナ発。
3月2日　マドリード着。
マドリード市内をドライブ。
物理学研究実験所を訪問。
3月3日　プラドに初めて行く。
マドリード市庁舎で公式歓迎。

3月4日　一回目の一般講演を中央大学で行なう。
パレス・ホテルで宴席。
3月5日　国王アルフォンソ一三世を議長とする王立精密科学・物理・自然科学アカデミーでの特別会議でスピーチをする。
数学協会の特別会合に出席。
3月6日　二回目の一般講演を中央大学で行なう。
トレドで観光。
3月7日　バルセロナ王立科学芸術アカデミーの客員メンバーに任じられる。
国王アルフォンソ一三世および皇太后マリア・クリスティーナ（オーストリア出身）に王宮で拝謁。
3月8日　三回目の一般講演を中央大学で行なう。
アインシュタインに敬意を表するドイツ大使公邸での歓迎会に出席。
中央大学から名誉博士号を授与される。
3月9日　四回目の一般講演をマドリード振興会で行なう。
エル・エスコリアルとメンドーサ城を観光。
アインシュタインに敬意を表する中央大学学生寮での歓迎会に出席。
3月10日　プラド再訪。
3月11日　三回目のプラド訪問。

3月12日　列車でサラゴサへ。
　一回目の講演をサラゴサ大学医学・科学部で行なう。
3月13日　サラゴサ観光。
　アインシュタインに敬意を表して商業会議所で公式昼食会。
　二回目の講演をサラゴサ大学医学・科学部で行なう。
　アインシュタインに敬意を表するドイツ領事公邸での宴席に出席。
3月14日　サラゴサを去ってバルセロナへ。
3月15日　バルセロナからチューリヒへ。
3月21日　チューリヒからベルリンへ。

はじめに

私はメルボルン（オーストラリア）郊外の湾岸セント・キルダの街で育った。ビーチから歩いて五分のところ。一九六〇年代から七〇年代初めにかけてのことで、当時のセント・キルダはまだちょっと評判が芳しくなかったが――以来、少しは改善されてきた。ヨーロッパから来たユダヤ系難民はアクランド通りにいて、私にはわからないいくつかの言葉でしゃべっていた。私の母方の祖父はイギリス系オランダ人でユダヤ人であり――自身、ロンドンからオーストラリアに大戦後移住してきたのだが――、あとから来た難民のことをレフと軽蔑的な言葉で呼んでいた。

私の父はウィーン生まれ。私を毎週、ビーコンフィールド・パレードからメルボルン港のステーション・ピア（埠頭）まで連れていき――三マイル離れていたので徒歩で一時間かかった――、そこに停泊している外国航路の船を眺めるのが常だった。父はいつも海に惹かれていた。海のないウィーンで生まれた父は一九三八年末に上海に逃亡し、そこで一〇年間過ごした。ただし一〇年間のうち四年間ほどは日本の占領下にあり、ユダヤ人ゲットーで苦難の生活を送った。

第二次世界大戦後、父は、上海にやってくるアメリカの船員たちとすぐに仲良くなった。一九四八年、熱心なシオニスト〔パレスチナにユダヤ人国家を建設しようとする政治運動家〕だった父は上海から、ユダヤ人難民用の二隻目の船に乗り、新生イスラエルへと向かった。しかし父はイスラエルに長期間留まることはできなかった（父は典型的な「さまよえるユダヤ人」〔キリストを嘲笑した罰として永久に流浪することになったと中世伝説に伝えられるユダヤ人〕だったのだ）。

一九五〇年、父はホームシックなどのためウィーンに戻ったが、その六年後にはふたたび船旅に出た——今度は、新生活を始めるためにオーストラリアに向かったのだが、ちょうどメルボルン・オリンピックに間に合ったので、その模様を間近に見ることができた。その二、三年後、父はメルボルン生まれの母と出会った。だが「放浪癖」は続き、私が一一歳くらいだったとき、一家は今度は乗客としてステーション・ピアに向かった。

こうして、さすらう洋服屋とその家族はイタリア船に乗って一カ月の船旅をし、喜望峰経由でヨーロッパに戻った（スエズ運河は、六日間戦争の影響でまだ封鎖されていた）。私は外国航路の船上で少しあきあきしていた。「子供部屋」に入るには年長だったし、大人の活動をするには若すぎた。だが船上で仲のいい友達が何人かできたので、それが暇つぶしになった。このときの船旅で今もよく覚えているのは、船が地球を横断していくために時間帯が変わっていくので時計を三〇分ずつ戻すようにと船内の「シー・ヘラルド」と呼ばれる知らせが頻々と伝えられたことと、私が何度も船内の小さな映画館に忍びこんで日本のSF映画『ガンマー第三号　宇宙大作戦』を観たことだ。私はこの映画が大好きだったので、英語とイタリア語の上映を両方観た。

私はその後三年のあいだにさらに二度、大洋を横断する船旅をすることになる。どこで暮らしたいか、父の決心がつかなかったからだ。思春期前の息子である私にとっては決して安定した生活とは言えなかったが、オーストラリアとオーストリアの双方で成長したことは、語学を覚えて国際感覚を身につけるのには好適だった。

だが一九七〇年代にウィーンで成長したユダヤ人には、それなりの難題があった。一つは、ギムナジウムの担任の先生が時々反ユダヤ主義的な発言をすること。その担任の好きな言葉は「サルのトルコ」というものだった。当時の私はこの言葉が、他の人種に対してはともあれ、反ユダヤの言い回しとはまったく知らなかった。外国人嫌いの「ジョーク」として当時ウィーンで流行っていたのは、「東洋はドナウ運河のすぐ東から始まる」というものだったが、その区域はかつてホロコースト以前に、私の父も含めてユダヤ人の大半が住んでいたところだった。しかしそこは旧オーストリア＝ハンガリー二重帝国の東部からやってきた他の複数の人種、具体的にはおもにチェコ人とスロバキア人にとって故郷だった。そして一九七〇年代においても、そこは少数派だったユダヤ人にとって故郷であり、その後もユーゴスラビアやトルコからやってくる人たちにとって故郷となった。

私はメルボルン港までの長い散歩を心ゆくまで楽しんでいたが、結局は無意識のうちに、大人になったら「海のない町」に住もうと思っていたようだ。私はウィーンからエルサレムに移り、最終的にはパサデナ（カリフォルニア州）に移ったが、その二都市も最寄りのビーチに行くには一時間を要した。

アルバート・アインシュタインの旅日記は、彼が書いた文章のなかで私が断然好きな作品である。私は今まで常に彼の気まぐれな書きっぷり、出会った人に関する辛辣な言葉、そして立ち寄り先についての多彩でにぎにぎしい表現を楽しんできた。彼の日記のなかに厄介な記載があることに気づきはじめたのは後年のことである。それは要するに、時々ではあるにせよ、彼が出会った特定の人たちについて、外国人嫌いのコメントを記している箇所である。私は疑問を抱きはじめた。人道主義の偶像のようなこの人が、なぜこんなフレーズを書いたのだろう？

この疑問にどう答えるかは、他者への憎悪が世界各地で過激化している現代世界において、とても重大に思える。今また、絶望しながらも迫害や暴力から必死に逃げようとしている無一文の難民がいる。海を渡れそうもない船のなかで体を小さくしている人もいれば、時には溺れたり、たとえ生きながらえたとしても、難民キャンプで非人間的な環境に入れられたりする人もいる。今また、わが子の安全を思って、危険な苦難の旅に送り出す半狂乱の親がいる。今また、外国人が地元の社会悪のスケープゴートにされ、セメントの壁、有刺鉄線、そして偏見によって締め出されている。

こうした現実においては、病気などの子供に対して人道的努力を積み重ねることがとりわけ適切である。かつて国連難民高等弁務官事務所は、アインシュタインのイメージを使って巧妙なスローガンを記したプラカードを作ったことがあった。それは「難民が新天地に持ちこむのは荷物の束だけではない。アインシュタインは難民だったのだ」。アインシュタインは、他民族の人々について偏見や紋切り型の考え方を抱いていたかもしれない。彼といえども、他人と向かい合えば自分のことがわかりにくくなったことが時々はあったように思われる。

二〇一七年一〇月、パサデナ（カリフォルニア州）にて

謝辞

プリンストン大学出版局のアソシエート・パブリッシング・ディレクターであるアル・バートランドには、本書刊行までの全過程において鋭敏なご指導と洞察に満ちたアドバイスをいただき、感謝申しあげる。また、『アインシュタイン全集』プロジェクトのディレクターであるダイアナ・バックウォルドには、今回のプロジェクトに対して見識あるコメントと惜しみないサポートをいただき、とりわけお世話になった。さらにプリンストン大学出版局の元ディレクターであるピーター・ドアティーと、マックス・プランク研究所の科学史部門（ベルリン）の共同ディレクターであるユルゲン・レンにも、親切な励ましと賢明な助言に対してお礼申しあげる。それから、モーガン図書館&ミュージアム（ニューヨーク）の文学・歴史資料学芸員クリスティーン・ネルソンの長年にわたる好意的なご協力がなければ、本書刊行は不可能だっただろう。

この場を借りて、『アインシュタイン全集』プロジェクトの親愛なる同僚たちに感謝を申し述べるのは喜びである。その同僚とはバーバラ・ウルフとヌリト・リフシッツである。この二人は私の史料・文献調査に対し親切な力添えと有益な助言をしてくださった。またデニス・レームクールは自発的にサポートしてくださったし、私が科学上のミスをしないよう配慮してくださった。そしてエミリー・デ・アラウホとジェニー・ジェームズに対しては、丁寧なご協力に感謝するしだいである。それからジェレミー・シュナイダーにはご支援に対しお礼申しあげる。

プリンストン大学出版局のきわめて有能な制作チームといっしょに仕事ができるのは嬉しいことだった。お名前を挙げれば、アソシエート・マネージング・エディターのテッリ・オプライ、デザイナーのクリス・フェランテ、イラスト・マネージャーのディミトリ・カレトニコフ、それに原稿整理編集者のシッド・ウェストモーランドである。細部まで行き届いたウェストモーランド氏のプロ精神は際立っていた。

アルバート・アインシュタイン文書館のロニ・グロスとチャヤ・ベッカーには、調査と著作権に関して親切に助力していただき、非常にお世話になった。またトーマス・F・グリックからは貴重なコメントをいただいた。一橋大学の赤木真由子、シオニスト中央文書館のアナト・バニン、カリフォルニア大学バークレー校のジョアン・ビエーダー、プリンストン大学図書館のブリアンナ・クリーグル、日本学士院のシモン・ディアス、ロサンゼルスのリサ・ギンズバーグ、講談社（東京）のスタッフ、日本郵船歴史博物館の小川友季、早稲田大学のH・大江、モーガン図書館&ミュージアムのマリリン・パルメリ、デヴィッド・ラムゼイ地図コレクションのスタッフ、グレインジャー歴史写真アーカイブのエレン・サンドバーグ、レオ・ベック研究所のマイケル・サイモンソン、大阪大学の杉本秀樹、フランス聖書考古学学院のジャン＝ミシェル・ド・タラゴン、そしてスペイン政府総合文書館のフワン・ホセ・ビラル・リハルシオ。以上の方々には、複写とイラストの著作権許可確認に関してお力添えをいただいた。プリンストン大学出版局のハリー・シェーファーとクリスティン・ゾドゥロウには、本書出版にあたって力強いご協力をいただいた。かつまたジョン・ウェイド、ダン・アガルカ、ビアンカ・リオス、そしてベン・ペレスには、カリフォルニア工科大学付属図書館の「図書館相互間の館外貸出部」において、私が要請した非常に風変わりな史料配送を実現するために、たゆまぬ努力をしていただいた。

さらに、『アインシュタイン全集』第一三巻に掲載されているアインシュタインの「日本、パレスチナ、スペインへの旅日記」のオリジナル掲載に携わった人たちに感謝申し上げる。お名前を挙げれば、旅日記の科学的内容について優れた仕事を果たしてくださったティルマン・サウアー、日本の史料調査を鮮やかに行なってくださったセイヨ・アビコ、中国語資料に関してすばらしい支援をしてくださったマ・イーウェン、そして日本語資料に関して丁寧な手助けをしてくださった大貫昌子、以上の方々である。旅日記を『全集』に収録するにあたっての作業においては、ルイス・J・ボヤ、ダニアン・胡《フー》、ハーバート・カーバック、アダン・スース、ヴィクター・ウェイに手助けしていただいた。

最後になったが、鋭いコメントと心のこもったサポート、励ましを与えてくれたパートナーであるキンバリー・アディに深く感謝する。

歴史への手引き

今回はすばらしい旅をしています。私は日本と日本人に魅了されています。

あなたもきっとそう感じることでしょう。

しかもこういう船旅は、思案する人にとってはすばらしい時間です——

まるで修道院のようです。それに加えて、赤道近くの、心をくすぐられるような暖かさ。

空から、暖かな水滴がだらだらしたたり落ちてきて憩いを広めるので、
まるで植物のようにうつらうつらしてきます——

この短信がその証拠です。

アルバート・アインシュタインからニールス・ボーアへ
シンガポール近くにて、一九二三年一月一〇日

本書について

本書には、アルバート・アインシュタインが一九二二年一〇月から一九二三年三月までの半年間、極東とパレスチナ、そしてスペインを旅したときの日記が全編網羅されている。(1) それに加えて、日記オリジナルの各ページの複写も収録することにした。また学術的な注釈では、この旅日記に記されている各個人、組織、地理的場所について説明し、不明瞭な言及箇所を明確にし、この旅日記に記載されている出来事について追加情報を加え、そしてアインシュタイン自身が日記に書かなかった旅程表の詳細もリストアップした。

この日記は、アインシュタインが感じた印象を即座に書き記しているので胸が躍るような内容にはなっているが、この旅日記だけを読んでも、このときの旅の全貌を再構築することはできない。そこで、この旅の成り行きをもっとわかりやすくするために注釈を付けたり、アインシュタインが訪れた国々の当時の地元紙の記事を活用したりし、さらには、旅行中のアインシュタイン自身の記録と外交報告書、それから当時の文章、およびその場にいた人たちの回顧録と思い出を掲載することにした。

また、この旅日記の背景を明らかにするために、アインシュタイン自身が書いた記録も収録した。具体的には、旅先から出した書簡や葉書、旅行中に彼が各地で行なったスピーチ、そして彼が訪問先の印象を綴った文章である。そうした文章のなかには、旅行中に書かれたものもあれば、旅行後に書かれたものもある。

この旅日記の全編が初めて刊行されたのは、『アインシュタイン全集』第一三巻[2]においてであり、二〇一二年のことだった。本書ではその第一三巻の英訳にかなり改訂の手を施している。

この旅日記の抜粋版は、今までにも翻訳が何冊か出ている。日本訪問の部分は二〇〇一年に日本語で出ているし、パレスチナ関連の部分は編集を経たうえで、一九九九年にヘブライ語で出ている。またスペイン関連の部分は、英語版が一九八八年に刊行されている。要約版も一九七五年に発行されている。[3]

この旅日記について

この日記は、アインシュタインが書いた六冊の旅日記のうちの一冊である。アインシュタインは一九二二年に初の海外旅行としてアメリカに行ったが、そのときの日記は存在していない。その旅のあいだに彼が日記をつけていたかどうか、それは不明である。[4]

旅日記が現存するのは、一九二五年三月～五月の南米旅行中に書かれた日記と、三度のアメリカ旅行、すなわち彼が一九三〇～三一年、一九三一～三二年、一九三二～三三年と連続してパサデナのカリフォルニア工科大学を訪れた冬季の旅日記である。合計すると五回の旅になるが、日記は六冊ある。最後の旅で二冊のノートを使ったからだ。[5] 本書に掲載した旅日記は一冊のノートに記されたもので、全一八二ページであり罫線が入っている。旅日記のあとに空白ページが八二ページ、そして数式を記した罫線入り一九ページと罫線なし一ページが続いている。[6] その数式は、旅日記を記した裏面に、旅日記とは上下逆に記されている。数式は本書には収載しないことにした。

この旅日記を読むと、私たちは初めてアインシュタインの旅行経験を理解することができる。彼は毎日日記を書き、折にふれて、興味深い景色を描いたさまざまなスケッチを文章に添えている。火山とか舟、魚のスケッチだ。彼は旅行経験の印象を即座に記したし、読んだ本について長らく考えたことや、出会った人々、訪れた場所のことを認《したた》めた。さらには科学、哲学、芸術、そして時には同時代の世界的な出来事について熟考したことも走り書きした。文章が詳細にわたることもしばしばだが、突飛な文や、(おそらく時間不足のため)電報めいた文も出現する。旅の最中に出会った人々についての観察は非常に簡潔なことが多く——相手の個性や性癖を二言三言で、それもしばしばユーモラスに、あるいは厚かましく言い切ったりしている。

アインシュタインがこの特別な旅で日記をつけはじめたきっかけが何だったか、それは推測の域を出ない。だがおそらく、一つには自分自身のための記録としてであり、一つには、ベルリンの自宅に留まっていた義理の娘二人、つまりイルゼとマルゴットに読んでもらいたかったからだと思われる。[7] 後世のためとか本として刊行するという理由でないことだけは確かだろう。

この日記にまつわる経緯には好奇心をそそられる。ナチスが一九三三年一月に権力を握った直後、アインシュタインはドイツに戻らない決心をするが、義理の息子であるドイツ系ユダヤ人の文芸評論家・編集者ルドルフ・カイザーは、アインシュタインの個人的な書類(今回の旅日記も含む）をアインシュタインのベルリンの住まいから同地のフランス大使館に移し、外交文書用郵袋でフランスに運ぶ手はずを整えた。書類は船に載せられて、結局プリンストン（ニュージャージー州）に運ばれることとなる。(8)

アインシュタインは一九五〇年の遺言状で、忠実な友人オットー・ネイサンおよび、長年の秘書ヘレン・デューカスを財産管理人に指定し、ネイサンを唯一の指定遺言執行者に指名した。アインシュタインが一九五五年四月に亡くなると、デューカスもアインシュタインの個人的な書類の第一公文書責任者になった。

一九七一年になると、アインシュタインが書いた記録と書簡類を収録する包括的な書籍を刊行する協定書が、アルバート・アインシュタインの財産管理人とプリンストン大学出版局のあいだで署名された。刊行の努力はその後『アインシュタイン全集』として結実した。

一九七六年にはジョン・スターチェルがこのプロジェクトの編集長に選ばれた。だがその一年後には、スターチェルが編集長になることに対しオットー・ネイサンが不満だということが明らかになる。当初は解任という話も出たが、ネイサンは編集長三人制を提案し、そこにスターチェルを含めるという案を出してきた。するとプリンストン大学出版局はスターチェルをこのプロジェクトの唯一の編集長に推挙し、ネイサンの要請を拒否した。これを受けて、アインシュタインの財産管理人は訴訟を起こした。関係者同士では合意に至らなかったので、最終的には一九八〇年春にニューヨークで仲裁裁判が始まった。その結果、裁判官はプリンストン大学出版局側の主張を是とした。訴訟と仲裁手続きに関して、アインシュタインの財産管理人は大金を費やした。[9] そこで管理人は費用をまかなうために、アインシュタインの個人的な書類のなかからオリジナル書類の何点かを売却する決心をする。

一九八〇年代初頭、オットー・ネイサンはニューヨークのハイネマン財団の出版者・書籍愛好家ジェームズ・H・ハイネマンに、アインシュタインのアーカイブのなかから購入したいものはあるかと問い合わせた。ハイネマン財団はそれ以前の一九七六年に、アインシュタインが書いた三五ページの学術原稿を購入していた。ネイサンに言わせれば、「プリンストン大学出版局相手の訴訟費用および今後の仲裁交渉に関して資金が必要」だったのだ。[10]

一九八〇年一〇月、ハイネマン財団はアインシュタインの書いた重要なエッセイ三本を財産管理人から購入し、それをニューヨークのピアポント・モーガン図書館（現在のモーガン図書館&ミュージアム）に寄贈した。[11] 一九八一年七月、財産管理人はアインシュタインの何点かの原稿（この旅日記を含む）について、自筆文書販売会社二社に鑑定を依頼した。一社はこの旅日記の市場価格を九万五〇〇〇米ドルと言ってきたが、もう一社はわずか六五〇〇米ドルと判断した。[12] 翌月、ハイネマン財団は価格を伏せてこの旅日記を財産管理人から購入し、即座にピアポント・モーガン図書館の「ダニー・アンド・ヘティー・ハイネマン・コレクション」に預けた。この旅日記は以来そこにある。[13]

この旅行の背景

一九二二年末から二三年初頭にかけてアインシュタインが極東と中東、そしてスペインを巡る大旅行をするにあたっては、その背景にいくつかの決定的な要素があった[14]。アインシュタインが初めてヨーロッパ域外に旅行したのは一九二一年春のことで、そのときはアメリカを旅したのだが、ロンドンを本拠とするシオニスト機構の会長ハイム・ワイツマンに付き添っていたので、計画中だったヘブライ大学をエルサレムに建設する資金を集めたり、第一次世界大戦後のアメリカ学界との絆を確立するのが目的となった[15]。

一九一九年一一月に一夜にして有名になったアインシュタイン自身は、自分が相対性理論を広めようと思うと明言したことはないが、極東に向かう旅に出るまでの期間にすでに自説についてドイツ各地やチューリヒ、オスロ、コペンハーゲン、ライデン、プラハ、ウィーンで講演を行なっていた[16]。イギリスにも、彼はアメリカからの帰路に短期間立ち寄っている[17]。一九二二年四月には、戦後初めてパリに旅し、コレージュ・ド・フランスとフランス哲学協会での論議に参加している[18]。

アインシュタインが極東、パレスチナ、そしてスペインへの旅に行く気になったのは、結局のところ、改造社（東京）の社長だった山本実彦《さねひこ》がきっかけを作った。とはいえ、招聘にまつわる詳細についてはさまざまな経緯があった。

アインシュタイン訪問の一二年後に山本が回想したところによると、アインシュタイン招聘は、一九一九年から二一年にかけて日本において「イデオロギー上の急変が生じた」さなかの時期に出くわした。その変化の顕著な兆候としては、改造社が日本のキリスト教平和主義者・労働運動家の賀川豊彦の小説一作を刊行したことが挙げられる。[19] その小説が大ベストセラーになったので、アインシュタインやその他の知識人、たとえばジョン・デューイ、バートランド・ラッセル、マーガレット・サンガーといった人たちを日本へ招聘する資金ができたのだ。ラッセルは東京で山本から、世界の偉人を三人挙げてほしいと尋ねられたとき、こう答えたという。「まずはアインシュタインです。次がレーニン。ほかにはいません」。山本自身の文章によると彼は、相対性理論のことを哲学者の西田幾多郎と科学ジャーナリストで元物理学教授の石原《いしわら》純《あつし》に相談した結果、約二万米ドルをアインシュタイン訪問に割り振ると決め、改造社のヨーロッパ特派員だった室伏高信《むろふせこうしん》をベルリンのアインシュタインのもとに派遣して条件交渉をした。[20] だが石原によれば、山本はラッセル訪日の九カ月ほど前に西田と石原に相談していたという。[21]

また別の話によれば、改造社の編集者である横関愛造《よこせきあいぞう》は、改造社がアインシュタインを招聘しても「いったい何をすればいいかわからないだろう」と言っていたという。彼らは東京の物理学者である長岡半太郎に相談した。長岡はアインシュタイン招聘はいいことだと推薦し、日本の大学自体には、日本の学生を海外派遣したりアインシュタインを日本に招聘したりする資金はないと述べた。[22]

いずれにしても、初の招聘に関しては次に述べるようにいささか話がもつれたようだ。一九二一年九月末、石原はアインシュタインに対して、『改造』誌を代表して、一万円（一三〇〇英国ポンド）の報酬で一カ月の訪日を招聘した。[23]だがちょうどそのころ、同じく『改造』誌を代表して室伏高信がアインシュタインのもとを訪れ、講演旅行と旅費を含めて二〇〇〇英国ポンドを提示し三カ月間の訪問を招聘しようとしていた。[24]

アインシュタインはその年の初めには、たとえ疲労していたとはいえ、「相対性理論の講演をするのはうんざりだ」とすでに声高に口走っていたのだが、[25]ここで好意ある反応を示す。彼は日本訪問を一九二二年秋にどうかと考えた。だが一一月初頭までのあいだに、金銭条件の件で機嫌を損ねた。「日本人はまったくペテン師だ。彼らは途方に暮れるかもしれないが、私はそんなことはまったくかまわない。こんなお粗末な条件では旅行なんかしないぞ」。[26]その直後、彼は二つの招聘条件の不一致を引き合いに出し、だからこそ自分の決定は覆ったと主張して旅を全面的にキャンセルした。[27]

しかし、そのたった五週間後に山本は、改造社を代表してアインシュタインに公式の招聘状と、以下の条件での協定書を送付した。すなわち、東京における一連の学術講演六回と、日本国内各都市での一般講演六回で、報酬は、旅費と滞在費を含めて二〇〇〇英国ポンド。[28]そして一九二二年三月なかば、アインシュタインは、親友にして同僚のパウル・エーレンフェストに「東アジアから聞こえてくるサイレンには抵抗できないよ」と白状している。[29]その直後、アインシュタインは石原に手紙を書き、訪日の出発計画は一カ月遅れるが、それは九月にライプツィヒで開催されるドイツ科学者・物理学者協会の年次大会への出席を要請されているからだと

アインシュタインとエルザ。そのほかに山本実彦と美、稲垣守克とトニー稲垣、石原純ほか。おそらく東京にて、1922年11月22日。(杉元賢治氏の財産管理人および講談社の許可、ならびにアルバート・アインシュタイン文書館のご厚意により掲載)

伝えた。[30]

八月までに日本の帝国学士院はアインシュタイン歓迎の決議を可決し、日本政府は「友好的な歓迎」の準備に入った。[31]ところが東京帝国大学で長岡の弟子の一人だった土井不曇《うずみ》が、相対性理論を強く批判する内容の手紙を書き、そのなかで、誰も彼もがアインシュタインを熱狂的に歓待するわけではないと伝えた。土井はアインシュタインに対してこう勧めていたのである。「オーソドックスな説に戻りなさい。あなたが二六歳という若いときから長期間にわたって陥っている有害な魔法から解き放たれなさい[32]」

招聘交渉のあいだにアインシュタインは、「東京への招聘を私は非常に喜んだ。なぜなら、私は長いあいだ、極東の人々と文化に関心を抱いていたからだ」と、極東旅行に対する希望の一端を明かしている。(33)日本到着から三週間経過した時点でアインシュタインは、それまでに受けた印象を文章に書き、訪日前の経過を振り返って招聘受諾の理由をこう記している。

「日本への招聘が山本から届いたときには、私は即座に、何カ月もかかる大旅行を決心しました。もし私が、日本を自分の目で見るということの機会を逸したならば自分で自分が絶対に許せなくなる、という以外に理由はありませんでした。［……］わが国では、日本ほど神秘のヴェールに包まれている国はないからです(34)」

近々日本を訪問するとなると、アインシュタインの脳裏に以前の計画、つまり中国で講演するという招聘計画がよみがえってきた。だが、その交渉は複雑で、しかもある程度は異論のからむプランだった。

一九二〇年九月、北京大学の学長蔡元培《さいげんばい》がアインシュタインを招聘して講演してもらおうとした。(35)どうやら同大学の地質学者朱家力が、蔡の代理としてベルリン大学を訪れ、アインシュタインと交渉したようである。朱によれば、アインシュタインは、アメリカ旅行の次の海外旅行は中国だと約束したそうだ。日本旅行の話を耳にした朱は一九二二年三月、アインシュタインに手紙を書き、交渉を再開しようとした。彼はアインシュタインに、同大学としては招聘後丸々一年間は滞在していただきたいと考えていると伝えた。だが、ベルリンの中国大使館からの連絡では、アインシュタインは日本との契約があるので北京では一連の講演に二週間なら時間がとれるということだった。[36] アインシュタインは以前には、金銭条件および長期滞在を承諾することはできないと回答していたが、今や情勢は変化し、日本から金銭関連の話が出てきたので、以前の中国訪問の話を引き受けることができるようになったと言ったのだ。

こうして二週間の訪問に同意したのである。[37] 四月初め、中国のベルリン特使魏宸組は蔡学長の提案、すなわち一連の講演および一カ月間の報酬一〇〇〇中国ドル（約一二〇英国ポンド）をアインシュタインに伝えた。[38] アインシュタインは講演希望の意向をふたたび告げたが、同時にはるかに高額の報酬を求めた。[39] 七月末までの時点で北京大学はアインシュタインの条件を受け入れた。[40]

中国訪問と同様に、パレスチナ旅行の計画および同地到着の準備もすんなりとは運ばなかった。[41] ただし、極東旅行の計画とは対照的に、金銭面の処遇は問題ではなかった。いくらか成功を収めたアメリカ旅行を終えた一九二一年末の時点で、アインシュタインはすでにパレスチナ旅行を心に描いていたようで、彼は〈イシュヴ〉（パレスチナのユダヤ人居住地）での入植作業を見学するつもりだった可能性もある。

当時、ハイム・ワイツマンはアインシュタインに、「今のところはまだパレスチナ旅行をあまり急ぐ必要はない」と伝えていた。だがワイツマンは別件としてアインシュタインに、二カ月間のアメリカ旅行をしてくれと頼んでいた。[42]

アインシュタインがパレスチナ行きにふたたび関心を抱くようになった最初の証拠としては、一九二二年九月末の文書が挙げられるかもしれない。アインシュタインがベルリンを発って極東に向かったまさにその日、ワイツマンはアインシュタインと会っていて、そのあとドイツ・シオニストの指導者であるクルト・ブルーメンフェルト（アインシュタインがベルリンのシオニストと最初に接触するうえで重要な役割を果たした人物）は、アインシュタインが、ヤッファにあったシオニスト機構のパレスチナ支局長アルトゥル・ルッピンの勧めるパレスチナ招聘を受諾した旨のことを書き留めているのである。[43] 彼はジャワからベルリンに戻る帰途にパレスチナ旅行を行なう計画を立てていたのだ。[44] だがその訪問は短期だった——わずか一〇日間だったのである。

ブルーメンフェルトによれば、アインシュタインはこのような短期滞在を本格的なパレスチナ旅行と混同しないでほしいと強く思っていた。彼はアインシュタインの以下の言葉を引用している。「パレスチナへは直接行くべきであって、他の国々への旅のついでに行ってはいけない」[45]

この中途半端な旅に関しては、一〇月六日と七日の新聞で報道された。これが当初から計画された旅程ではないこと、そしてアインシュタインは極東からの帰途、パレスチナに「数カ月間」滞在するだろうということが即座に明らかになった。また別の報道では、この短期旅行の目的は「あの国の状況に慣れること」であり、アインシュタインは「特に［……］エルサレムのヘブライ大学を訪問してそこで何回か講演するだろうと考えられている」とも記されている。[46]

だが旅に関するアインシュタインとワイツマンのやりとりも、こうした当初の新聞報道と同時進行していた。ワイツマンは、ブルーメンフェルトがその直前にアインシュタインと会ったことを知らなかったらしく、アインシュタインに「あなたには〔往路では〕パレスチナを素通りしても、『帰路で』ポートサイドから迂回するという手もありますね」と述べていた。だがアインシュタインがすでにベルリンを発ったあとだったので、義理の娘（で秘書の）イルゼ・アインシュタインはワイツマンに対して、何か異常事態が起きて不可能にならないかぎり両親（アインシュタイン夫妻）はパレスチナを旅することになっていると伝えた。イルゼは、もし両親の旅行予定期間中にワイツマンもそこにいれば「みんなにとって大きな喜び」になるだろうと思ったのだ。

彼女は、両親が二月にパレスチナに到着するだろうと推測していた。だがワイツマンは一九二二年一一月にパレスチナを急遽訪れなければならなかったし、その後も、資金集めのために長期のアメリカ旅行に出かけていってしまった。[47]

ワイツマンの手紙の一〇日後、ルッピンがシオニスト委員会に、ブルーメンフェルトからの情報を伝えてきた。アインシュタインが招聘を受諾し、パレスチナに二月末か三月初めに到着する予定とのこと。ルッピンはその訪問を、シオニスト機構にとって、それも特に計画中のヘブライ大学プロジェクトにとって「プロパガンダ面で大きな価値がある」と考えた。

ブルーメンフェルトは、アインシュタインがアメリカ旅行をしたときの経験（その間にアインシュタインは「規定の政治路線」から逸れていたのだ[48]）からして、アインシュタインにシクマ［原文のママ！］・ギンズバーグ[49]を付き添わせるだけでなく、エルザ・アインシュタインにも女性を一人、できればローザ・ギンズバーグ[50]を付き添わせることが「絶対必要だ」と考えた。

こうして今回の旅行中には、アインシュタイン夫妻の両者に公式の「影」が付くことになった。大学に関しては、シオニスト委員会がワイツマンと連絡をとり、「アインシュタイン教授に伝えておくべきプロジェクトと説明は、あなた〔ワイツマン〕自身が直接お話ししてください」ということになった。[51] 同時に、ルッピンはワイツマンに、「公的には大学プロジェクトについてどのような見解を持つべきか」をシオニスト委員会に伝えてくれるようにと頼んでいた。それはブルーメンフェルトによれば、もし誰もアインシュタインに指令を出しておかなければ、「勝手な見解を彼が支持してしまい、その結果、旅のプロパガンダ効果が弱体化してしまう危険」が生じる可能性があったからである。[52]

次にアインシュタインのスペイン訪問の話に移る。

アインシュタインとスペインが連絡をとりはじめたのは一九二〇年のことである。アインシュタインをスペインに招聘しようという計画は、一九二三年二月末と三月初めの講演旅行以前に少なくとも二度あった。まず一九二〇年四月には、アルゼンチンの数学者フリオ・レイ・パストルが、一連の講演をマドリードとバルセロナで行なってほしいとアインシュタインに伝えた。アインシュタインは親しい同僚フリッツ・ハーバーに「[……]絶対スペインに行く」と述べている。[53] だが、その旅は実現しなかった。それから一年以上あとの一九二一年七月には、数学者エステバン・テラダス・エ・イリャがアインシュタインに、バルセロナ大学で冬学期または春学期に講演してくれるよう招聘した。だがアインシュタインはそれを断わり、一九二二～二三年に訪れたいと伝えた。[54]

極東への旅をすっかり違った様相にしてしまいそうなさまざまな出来事が起こるわずか数日前、アインシュタインが親友ハインリヒ・ツァンガーにほのめかしたところによると、アインシュタインは、その直前に行なったパリ旅行および、国際連盟の国際知的協力委員会への自分の入会を巡る混乱の観点からして、状況が転換してくれることを望んでいた。彼は「孤独を渇望している」と告白し、極東への旅は「公海上の一二週間の平和」になるだろうと書いていた。(55)

彼がツァンガー宛ての手紙を書いてから六日後の六月二四日、ドイツ外相ヴァルター・ラーテナウがベルリン街頭で白昼、極右派に射殺された。(56) この暗殺は、スタートしたばかりのヴァイマル共和国の歴史を特徴づける象徴的な事件であり、極右派以外の大半のドイツ人の生活を混乱させた。その直後、大衆討議とストライキが繰り広げられた。緊張は異常に高まり、内乱寸前の状態になった。ラーテナウの葬儀の日には、ヴァイマル共和国を支援する大規模なデモが起こった。国会での演説でヨーゼフ・ヴィルト首相は、共和国に敵対する保守派に対し殺人の共謀者だと攻撃の矢を向けた。政府は右翼結社に反対する各種の法令を定め、共和国を守る法律を採択した。(57)

ラーテナウ暗殺は、アインシュタインの生活においても分岐点となった。すでに深甚な政治的意味合いを痛感していたアインシュタインは、この暗殺により、自分がユダヤ人で左翼の有名人であることから、ドイツ社会のなかで現実に身の危険を感じるようになった。

ラーテナウの母親宛ての悔やみ状で、アインシュタインは友人ラーテナウのことを、「優れた理解力と指導力をもった人物としてだけでなく、人間同士の和解という道徳的理想に命を捧げた偉大なユダヤ人の一人として」歴史に記録されるだろうと賞賛し、「［……］私自身は、彼との別れを取り返しのつかない喪失と感じています」と記している。(58) 公表された弔辞のなかで、彼はこう書いている。「幻想の世界のなかで理想主義者でいることは容易だが、［ラーテナウは］地球上で生きていて、他の人とは比べものにならないほど悪臭を嗅ぎつけていたが、それでも理想主義者だった」

しかし彼はラーテナウを率直に批判もしている。「彼が大臣になったことを私は残念に思った。ドイツの識者の大多数が反ユダヤ人だとしても、社会生活においてユダヤ人が誇り高くも控えめな態度をとるのは自然なことだと私は確信している。それにしても、憎悪と妄想、そして忘恩がここまでふくらむとは考えていなかった(59)」

アインシュタインの最初の妻ミレーヴァ・アインシュタイン＝マリチは、アインシュタインが「ある種の企み――どのような企みか、私は知らないが――の対象となる人たちの一人」だと聞いて「震え上がった(60)」。ベルリンのジャーナリストであるフリードリヒ・シュテルンタルはアインシュタインに、身の安全を前もって図るように、そして敵対する「ドイツの〈フェルキッシュな（民族主義的な）〉、そしてそれに類した集団の無軌道な憎悪」に注意するようにと嘆願した(61)。

近しい協力者で友人のヘルマン・アンシュッツ＝ケンプフェはアインシュタインに、キールで長期滞在したらどうかと誘っていた。この誘いはラーテナウの暗殺とは直接関連はなかったものの、そのタイミング――暗殺の翌日――は、おそらく偶然の一致ではないだろう(62)。

アインシュタインはその一週間後、妻といっしょにキールに行くと同意し、手紙にこう書いている。

「ラーテナウ殺害は私にとってひどいショックですっかり動揺している。政府がすべての抵抗勢力を抑制できるかどうかは、残念ながら疑わしい。とりわけ軍はまったく当てにならないようだ。道徳を軽蔑する古来の伝統は――外交目的ででっち上げられたものだが――、今や国内で有害となっている」

彼の心中では、こうしたことはベルリン市内だけの問題ではなかった。その証拠に、高名な劇作家エルンスト・トラーがバイエルンで入獄させられたことを嘆き悲しんでこう書いている。「あー、詩人と思想家の国よ、おまえはなんと情けないことになってしまったことか！」[63]

ラーテナウ暗殺は、ベルリンを永遠に去るというアインシュタインの当初の願望にふたたび火をつけた。[64]

七月一一日、彼はマリヤ・キュリー＝スクロドフスカ宛てに、プロイセン科学アカデミー会員とカイザー・ヴィルヘルム研究所物理学長を辞するつもりだと伝えている。「やかましいベルリンから」出ていって、ふたたび静かに研究したいと書いたのだ。[65] その翌日には、友人で同僚のマックス・フォン・ラウエに、自分は体こそこの地にいるが「公式には」すでにベルリンを離れていることになっていると伝えている。[66] こうして彼は今や、キールにあるアンシュッツ＝ケンプフェのジャイロコンパスの工場で仕事をしようかと、そして同市内に邸宅を購入しようかと真剣に考えるようになった。[67]

だが、それからわずか四日後には考えを翻す。暗殺直後のパニックが治まったのだ。「よくよく考えてみた結果」今後もベルリンに住み続けることにしたと記し、キールの工場に行っても自分にはあまり仕事はないと書いているのである。エルザ・アインシュタインはその間の事情がよくわかっていて、たしかにアインシュタインはラーテナウ殺害から強い影響を受けはしたし、「ここを離れて静かに仕事したいと思ったのですが」、もうすでに「静けさ云々は幻想だと彼は理解しています。彼がここベルリン以上に身を隠すのに適した場所は、ほかのどこにもないのです」。とはいえ、彼女はこう断言している。「日本旅行が終われば、彼はここでの公職から離れたがることでしょう」[68]

暗殺事件は、以後アインシュタインが公の場に顔を出すかどうかに影響を与えた。彼は、ライプツィヒで九月に開催予定のドイツ科学者・物理学者協会の一〇〇周年記念大会で演説する計画を立てていたが、親しい同僚マックス・プランクにこう書いている。ベルリン滞在に対して個人的に脅されもしたし、「ドイツ国内で公的な場に顔を出すことに関しても状況は同様だ。私は国家主義者的な暗殺者の標的となるグループの一員と見なされている」。この手紙の原稿でアインシュタインははっきりこう指摘している。「ドイツの〈フェルキッシュな（民族主義的な）〉分子に命を狙われている」と。彼はその原因として新聞を非難している。「こうした苦難が生じるのはすべて、新聞が私の名前をあまりにひんぱんに取りあげるからだ。そこで、なら ず者たちは動員され私に敵対するのだ」[69]

いずれにしても状況は、アインシュタインがベルリンを長期間離れる方向へと進んでいた。

旅日記を分析する

次に、アインシュタインの旅日記の文章、および関連史料を詳細に解きほぐして、この日記に秘められた深層を探ってみることにしよう。

特に、アインシュタインが旅の最中に訪れた各国や出会った各民族、そして地理的な場所に対して彼が受けた印象に関して、西洋人が東洋および東洋人について抱いてきた歴史的・文化的なイメージと照らし合わせて注目してみる。アインシュタインが訪れた各国については当時どう思われていたか、まずそれを調べてみる。またそうした点に関して、彼が旅行前にどんな先入観を抱いていたか、彼が各地域を観たレンズがどういうものだったかも掘り下げてみる。それから彼が旅行期間中の印象をどう表現しているか、そして新たな出会いによってそうした印象がどう変化していったかに焦点を当ててみる。

またそれとは別に、この旅が彼自身の自覚を——ユダヤ人として、ドイツ人として、そしてヨーロッパ人としての自覚を——どの程度、どう変えたかも見てみよう。この旅は彼の自意識を、さらには彼の人間観をどのくらい変化させたか？　国家や民族についての彼の見解はどういうものだったか？

その次に、アインシュタインが受けた印象を、同時代の東洋学者や植民地主義者、人種差別主義者の見解と比べてみる。

さらに、アインシュタインの旅が訪問国に与えたインパクトを探ってみる。アインシュタインの訪問は、彼を歓迎した社会にどのような影響を与えたか？　各地の新聞は彼の訪問にどう反応したか？　彼と出会った群集、一般国民は彼に対してどういう印象を抱いたか？　彼の旅は政治的、外交的にどういう影響を与えたか？　各種の科学界はどういうインパクトを受け、相対性理論をどう受けとったか？　科学知識の宣伝者としてアインシュタインはどういう役割を果たしたか？

最後に熟慮する点は、この旅がアインシュタイン本人にとって何だったかという点である。この旅の特徴、旅の仕方を検討し、この旅は彼自身にどういうインパクトを与えたかを見てゆく。また、アインシュタイン個人の信念、個人的な偏見、イデオロギーに関して、さらに広範な結論を引き出していくことにする。

レバントおよびレバント人についてのアインシュタインの見解

アインシュタインが極東に行く途中に立ち寄った最初の地域はレバントだった。旅行前にアインシュタインが「レバント人」という言葉について抱いていた連想は、おそらくポジティヴなものではなかったと思われる。

一九一九年一〇月、プラハのシオニストで当時シオニスト機構の大学委員会秘書だったフーゴー・ベルクマンは、計画中だったヘブライ大学（エルサレム）の学問的水準に懸念を表明している。

「私たちは粗悪な仕事をしたくありませんし、既存の大学が現にあるのにレバントという僻地にあえて新大学を創設するつもりもありません。そういうことにならないように、たとえ各種資源・資金は制限されているとしても、充分高度で優秀な大学を建設したいのです[70]」。当時の別の文章で、ベルクマンはこの方向の考えをさらに力強く明確に述べている。「(私たちは) レバントに低〈水準〉の大学を創設しないよう注意する必要があります。豊かな文化に何ら資することのないような、そしてユダヤ人が一人も自分たちの民族の大学だと認めたくないような大学を創ってはならないのです[71]」

ベルクマンはユダヤ人大学が学術的に高水準であるべきだと主張し、過度に開放的な大学というイメージを打破しようとしていたようだ。その数週間前にアインシュタインはそうした高水準の目標に支持を表明し、物理学者の同僚ポール・エプスタイン宛ての一通の手紙のなかでこう書いている。「その大学を、ヨーロッパの優秀な大学と肩を並べる存在にするのは私たちの責任です。人材は不足していないはずです[72]」。アインシュタインは「ヨーロッパの優秀な大学」とは言っているが、さりとて同等の大学を「レバントという僻地」に創設することを考えていたとは思えない。ベルクマンとアインシュタイン両者の言葉から明白にうかがえるのは、二人が自分たちの文化をヨーロッパ文化だと自覚していたということだ。

レバントおよびレバント人についてのアインシュタインの見解は、彼が現実と直面したときに大きく変化する。

五日間の船旅のあと、アインシュタイン夫妻はスエズ運河の北端ポートサイドに到着する。アインシュタインのポートサイド到着、および夫妻が初めて地元民と出会った場面の描写は、きわめて生々しいし、はなはだ劇的だ。「港内は漕ぎ舟が群がり、そこに乗っているさまざまなレバント人たちは叫んだり身ぶり手ぶりをしたりして、私たちの船に突進してくる。まるで地獄からつばでも吐きかけているみたいな、耳をつんざくばかりの騒音。上甲板はバザーと化しているが、買い物をする人は一人もいない。ハンサムで筋骨たくましく若い占い師数人だけ商売が成り立っていた。悪党っぽい汚いレバント人は、見た目はハンサムで上品」(73)

この文章を読むと、ポートサイドでアラブ人商人と出会ったときにアインシュタインが好感と反感の双方を感じたことがわかる。彼が描写しているのは、五感のほとんどすべてに対する攻撃だ。ヨーロッパ人が乗っていたのは日本船だったが、この光景はまるで地元レバント人が西洋文明を攻撃しているように思える。それはアインシュタインの言葉遣いに明らかだ。「漕ぎ舟が群がり」「叫んだり」「突進して」「地獄からつば」「耳をつんざくばかりの騒音」「バザー」「悪党っぽい」「汚い」。だが同時に、地元民は魅力的にも書かれている。「見た目はハンサムで上品」

目の前で繰り広げられたこのシーンを、アインシュタインがどう受けとったか、それを探るにはその後の文章が参考になる。「港の反対側は壁と建物で、熱帯を描いた絵画によく用いられる強烈な色になっていた」。このように、アインシュタインはこの場面に直面したとき、視覚と、(あとで文章で見るように)東洋についての先入観から大きな影響を受けている。

だが、アインシュタインの感性に二面性――好感と反感――があるように、マナーのいいレバント人もいた。運河南端スエズ港に到着するまでのあいだに、彼はこう書いている。「アラブの小商人たちが帆走してくる。ハンサムな砂漠の息子たちで、体格はがっしり、目は黒く輝いている。ポートサイドの人たちよりもマナーはしっかりしている」[74]。この浅黒くて誇り高いアラブ人の描写は、東洋に舞台を設定した一九世紀の冒険物語、たとえば有名なドイツの作家カール・マイの作品に由来するものかもしれない[75]。

アインシュタインがポートサイドに二度目の到着をしたとき、つまり極東からの帰途に寄港したときには、彼の印象から二面性は消えていた。「外国人や人間のくずが集まる都市」[76]。この「人間のくず」という言葉（ドイツ語で「社会の害虫」をも暗示している）は、外国人嫌いの言葉ととれなくもない。

インド人およびシンハラ族についてのアインシュタインの見解

アインシュタインが極東旅行以前にインド人についてどんな考えをもっていたか、それをうかがわせる現存史料は今のところ一つもない。彼は海上を二〇日間航行したあと、コロンボでインド人に出会う。人力車に乗った彼は、こうした人たちに対して「自分も手ひどい扱いをしているのが恥ずかしくて仕方なかった」が、今さらどうしようもない。「なぜなら、王様の格好をしたこれらの乞食たちは、相手が降参するまでぞろぞろと外国人のもとに押しかけるからだ」

この文章は彼の高潔さの裏面を表わしている。街の通りで見かける彼らの存在に言及している最中に、彼はそうした人々が「原始的な暮らし」をしていると言い、かなり見下している。だが彼は「当地の気候ゆえに一五分先、あるいは一五分前のことを考えることができないのも無理はない」とも思っている。これは、アインシュタインが地理的な決定論を信じつつも、インド人の知的劣等説をうのみにしていることの表われだ。彼は簡潔にこう記している。地元民は「ひどく不潔な場所、かなり臭い場所で、地べたにじかに接しながら」暮らしていて、「ほとんど何もせず、ほとんど何も求めないでいる。経済的には単純な暮らしの繰り返し」という調子だ。そして彼はこう考える。余裕のない生活だから「各人が特別な存在になることはない」

彼はここの地元民をポートサイドで目撃した騒々しいレバント人と比較し、ここの地元民のほうに好意を抱く。「野蛮さはないし、市場で叫ぶ人もいない。静かで、ぼけっとしていておとなしいが、ある程度の快活さは失っていない」。そして彼は、インド人が禁欲的と言われるのは地理的な決定論が原因だとする。「私たちも、もしこの気候だったら、このインド人のようにならなかっただろうか？」[77]。この文章は地元民に対する彼の二面性を表わしている。つまり、彼は苦境に耐える地元民にある程度は共感しつつも、そうした窮状のなかにいる彼らの現状を批判しているようなのだ。

帰途の最中にアインシュタイン夫妻はコロンボを再訪する。このときのアインシュタインの描写はかなりネガティヴだ。彼は「地元民」を「押しつけがましい」と感じているし、人力車の車夫一人は「真っ裸の原始人」だと記す。観光を一日したあと、「コロンボに到着するなり、人力車の車夫たちが飛びかかってきた」[78]。これまたヨーロッパ文化が襲われている象徴だ。さらに、地元民を表現するうえでの「車夫」とか「原始的」といった単語の用法がアインシュタインの優越感を暗示している。

中国および中国人についてのアインシュタインの見解

インド人についてはアインシュタインが旅行前にどういう考えをもっていたか、それがわかる史料がなかったが、それとは対照的に、中国人については旅の前に何度か言及している。興味深いことに、ひと月ちょっとのあいだにアインシュタインは中国人について二回述べていて、一つはきわめてポジティヴであり、もう一つはまったくネガティヴである。最初のほうは、パレスチナにおけるユダヤ人の民族主義とシオニストの努力についての言葉で、彼は一九一九年三月にこう記している。

「パレスチナにユダヤ人国家が出現すれば、それは大いなる喜びだ。私たちの一族は、こうした忌まわしいヨーロッパ人よりも真に思いやりがあると（少なくとも残忍ではないと）私は思っている。おそらく物事が進歩するのは、ヨーロッパ人全員を集合名詞で『無法者』と呼ぶ中国人だけが残ったときだけだろう[79]」

だがその翌月には、チューリヒの友人エーミール・ツュルヒャー宛てに、ロシアが「泥棒ギャングの親玉」によって略奪されていると記している。アインシュタインによれば、「こうしたギャングたちの大半は、スカウトされた中国人だ。私たちにとっても誠に結構なことじゃないか！」[80]。この文章を、中国人がヨーロッパを支配するかもしれないという考えと解釈すれば、これは恐怖とも解釈できる。

一九一九年末にもう一つ、中国人についての考え方がわかる言葉がある。

「私の友人［ミケーレ・］ベッソは特許局に戻るつもりだ。あのかわいそうな同僚は、獣の性格がなさすぎるのだ――着想ばかりで意思がない。まさにブッダの理想の体現だ。彼は東洋のほうが性に合うかもしれない。これは私が一昨日の夜、洗練された中国人数人と過ごしたときに痛感したことだ。彼らは私たちと違って、目的や実用性への執着はない。そうしたものは彼らにとっては悪の権化だし、万里の長城〔大きな障害の意〕なのだ」[81]

これは興味深い言葉だが矛盾している。一方においてアインシュタインは仏教の人生観のポジティヴな効果を賛美しているが、その一方で、そうしたアプローチは西洋にとっていかなる重要性もないと思っているようで、さらには、目的や実用性の欠如が究極的には中国文明を崩壊させることになるとほのめかしているように思える。

レバントで初めて東洋人と出会ってから数週間後、アインシュタインはシンガポールに到着し、この地でまったく異なる東洋人と顔を合わせる。

アインシュタインは主として、ユダヤ人共同体のリーダーであるメナッシュ・メイヤーとのやりとりを通してヘブライ大学の創設資金集めに関心を抱いていたのだが、シンガポール短期滞在中も地元在住の中国人についていくつかコメントを残している。アインシュタインを賞賛するメイヤー主宰の二つの催しの合間にこう記しているのだ。「それが済むと、私たちは中国人街（とんでもない賑わいだったが、見てまわる時間は充分にはなかったので、香りを嗅いだだけ）を通りぬけ[82]」。ここでもアインシュタインの感性は地元民から攻撃されている。

翌日、彼は中国人についての全般的な印象を書く。彼の考えによれば「中国人はその勤勉さ、倹約ぶり、子孫の多さで他のすべての民族を凌いでいるかもしれない。シンガポールはほとんど完全に彼らの手中にある。彼らは商人として尊敬されている。その点、日本人は信用できないと見なされていて比べものにならない[83]」。一九一九年四月の懸念と同様に、アインシュタインは中国人の出生率の影響に気を取られているようだ。加えて、「ほとんど完全に彼らの手中にある」というフレーズも、支配に対して脅威を感じているかのようである。

一週間後、彼は香港に到着するが、ここでも現地在住の中国人と出会う。彼の言葉は、かなりの窮状への心配から深みを増して、ある程度の非人間化に話が及ぶ。彼はまず「その村の男女は一日五セントで毎日石を砕いて、運んでいかなければならないという」と記し、同情を表現している。このようにして、「中国人は、経済という名の無神経な機械に多産を厳しく罰せられているのだ」。彼の心中を覗いてみれば、「彼らは鈍感でそのことに気づいていないと私は思うが、それを目にするのは悲しい」

こうして、虐待されているペットに対して抱くような同情はするものの、彼は中国人に充分な人間性があることは否定する。彼が本土を訪れたときに書いた次の文章はかなり露骨だ。

「勤勉で、汚く、鈍感な人々。家々は月並みで、ベランダがミツバチの巣のように並んでいる。すべてがぎっちり、そして単調に建てられている。港の後方は軽食堂ばかりなのだが、中国人たちは店の前でベンチに座ることなく、ヨーロッパ人が外の木陰で気軽に用を足すときのようにしゃがんで食べる。だが静かでおとなしい。子供たちでさえ無気力だし、鈍感に見える」

そして次にアインシュタインはこのシーンから、人種に特有の（あるいはことによると人種差別的な）結論を導き出す。「もしこうした中国人が他の全人種を駆逐することになったら残念だ。私たちにしてみれば、そう考えただけで言いようもなくうんざりする」[84]。アインシュタインが――ある程度――「黄禍論」を認めていることは明白なようだ。興味深いことに、これは三年以上前の一九一九年四月に出していた結論と似ているのだが、ただしそのわずか一カ月前に出していた結論はそれとは真逆で、彼は「身の毛もよだつヨーロッパ人」が消え去って中国人だけが生き残ることを望んでいるように読める。

アインシュタインは香港滞在中ずっと、人間の肉体美について記していて、それを地元中国人の惨めな住まいとは対照的だと見なしている。香港でいちばん高い山頂では「展望は圧巻だ」と記しているが、山頂へ登るケーブル鉄道を利用する場合、中国人とヨーロッパ人は分乗だと書いてはいるものの、この差別について何の意見も述べていない。

旅日記を読むと、アインシュタインのもとにポルトガル人教師たちが訪れてきて、「中国人に論理的思考を訓練することはできないと主張した。特に数学的才能が欠如している」と言ったとある。彼はその主張に何ら異議を唱えていない。これは外国人嫌いの考え方だが、彼は話を極端な女嫌いという方向に引っぱっていこうとしている。「この点については男女差がないことに私は気づいていた。ならば、中国人女性にはいったいどういう魅力があるのだろう？相応の男性を惹きつけてものすごい子沢山になってしまう理由が私にはわからない[85]」

アインシュタインが次に地元中国人と出会ったのは数日後、上海でのことだった。手厳しくも非人間的な彼のコメントは続く。彼は中国人の葬儀を「私たちの感性からすると〈少し〉野蛮」だと言い、中国人街の「通りはどんどん狭くなっていき、歩行者が群がって」いて、「空気中には実に果てしなき多様なにおい」を感じる。そして彼は続ける。「下層労働者たちも苦しんでいる印象はない。他人の言いなりになる奇妙な群集。［……］しばしば人間と言うよりロボットに似ている」。しかしいかなることにも逃げ道はある。中華料理を食したあと、彼はドイツ人の学者カップル宅に（まさに）安息の地を求める。彼は田舎の村を訪れたとき、地元民に関してかなり非人間的な推測をする。「お寺をじっくり見た。近所の人たちは寺の美しさには無関心みたい[86]」。だがアインシュタインには村人たちが何を考えているかわかるはずもないので、これがアインシュタインの推測にすぎないことは明白だ。

極東旅行の帰路で彼は上海を再訪し、今述べた中国人についての特徴と言われている事柄の大半を改めて述べている。だが彼は「誰もが中国人を褒めるが、知的な仕事となるとひどいもの」と記してもいる[87]。

アインシュタインの中国人観が矛盾に満ちていることは明白だ。中国人の窮状に共感を感じてはいるが、他方、中国人の人間性を疑っていることは一連の気がかりな言葉に明瞭だ。彼は中国人が他国民全員を支配する可能性を本気で心配していたようだ。

西洋の中国観および中国人観についての研究から明らかになったことがある。それは、中国人について抱いたアインシュタインの印象と固定観念は、一八五〇年代以降に西洋で一般的となったネガティヴなイメージと密接な関連があったということだ。つまり中国人は大勢の人たちから、無知、野蛮、残酷、反啓蒙主義の化身と見なされ、汚染、悪臭、貧困、卑劣、迷信を特徴とするとされていたのだ。[88] アインシュタインの描写とまったく同一で、西洋の認識は、驚くべき景観と劣悪な諸都市・村落との対照を特徴と受けとっていたのである。[89] だが、興味深いことに、第一次世界大戦直後(すなわちアインシュタインが中国人と出会う直前)には、西洋で、よりポジティヴな中国人観が登場する。世界大戦が野蛮だっただけに、何人かの知識人たちが東洋の理想に目を開いたのだ。[90]

キャンセルになった中国旅行

前述のとおり、アインシュタインはかつて、二週間北京を訪問して同地で一回講演をしようとしたことがあった。だが、ヨーロッパを発つ前に中国で政治騒動が発生したので、その計画を実行する意欲は失われていった。たしかに二、三週間中国で過ごして北京および海辺の諸都市で講演するという可能性は、依然として頭にあったが、[91] アインシュタインが日本を旅行している最中に、中国での講演旅行案は重大な誤解のため暗礁に乗り上げる。[92]

すでに日本訪問が始まっていた一二月初めに北京の蔡学長は、アインシュタインがいつ到着するのかと尋ね、「中国全土が諸手を挙げてあなたを歓迎する」と言って熱心さを訴えた。(93) その二週間後、アインシュタインは「あらゆる善意にもかかわらず、また以前のお約束にもかかわらず」今となっては招聘を受諾するのは遅きに失すると回答した。彼は、北京から連絡が届くのを五週間待ったが無駄に終わったと述べ、訪中することはないと断言した。そして彼は、このたびの「悲しい誤解」をいつか埋め合わせできればと述べた。(94)

日本と日本人についてのアインシュタインの見解

中国人との接触はごくわずかしかなかったが、それとは対照的にアインシュタインは日本の学界とは極東旅行以前から強いつながりをもっていた。彼が初めて日本人と接触したのはどうやら一九〇九年三月のことで、それは物理学の学生だった桑木彧雄《あやお》とベルンで会ったときのようである。(95) 翌年彼は、日本の物理学者である石原純が書いたポンデロモーティブ力による相対性理論についての論文を賞賛し、「これは［……］まちがいなく、このテーマに関して書かれた唯一の有意義な論文である」と述べている。(96) その一〇年後、アインシュタインは桑木（彼は物理学教授になっていた）が相対性理論について一般向けの本を翻訳してくれたというので「大喜びしている」と言っている。「私はあなたのベルン訪問のことを今もよく覚えています。何しろあなたは、私が知り合った最初の日本人でしたし、初の極東の人だったからです。あなたはあのとき、理論的知識の豊富さで私を驚かせました[97]」

その後、極東に向けて出発するまでのアインシュタインと日本人とのやりとりはほとんどすべて、前述の「改造社」による日本招聘に関連したものである。だが交渉中には、招聘条件に不満だったときに日本人のことを「まさに信用できない」と呼んだりしたこともあり[98]、その直後に彼はエルザにこう不平を漏らしている。「私は今後相当長期間ベルリンに留まることになりそうだ。鼻持ちならぬ日本人が私に面倒を吹っかけて、話を骨抜きにしてしまったからな[99]」。だが前述のように、旅費に関するハードルは最終的には飛び越えられた。

ここで、アインシュタインが旅行以前に日本についてどう思っていたかを見てみよう。すでに述べたように、日本からの招聘を了承した一因は、東方に対するアインシュタインの憧れだった。西洋在住の日本受容史専門家が指摘することだが、「東方という罠」は西洋人が日本に向かうときに常に重要な要因だった[100]。一九〇〇年のパリ万国博覧会以後、この傾向は強まった。この博覧会は西洋における日本様式流行に大きなインパクトを与えた。日本の芸術と習慣に対する熱狂は「ジャポニスム」として知られている[101]。

だがアインシュタインの日本への関心は、どうやら異国情緒への（そして空想的な）刺激のほうが強かったようだ。旅の途中で受けたインタビューで彼は、ギリシャ系アイルランド人の作家でジャーナリストのラフカディオ・ハーン（一八九六年に日本に帰化した）の作品が旅行前の自分の日本観に影響していたと述べている。訪日前のアインシュタインは、日本のことを「おとぎ話のような小さな家と小人《こびと》たちの国」だと思っていたと語っている[102]。日本到着から三週間後に書き上げた日本印象記のなかでも彼は、日本に対して感じている全般的な神秘感情を指摘している。「わが国にいる多くの日本人は孤独な生活をし、熱心に学び、親しげに微笑んでいます。自分を守っているようなその微笑みの背後に流れている感情を解明できる人は一人もいません」。同文のなかでアインシュタインはこう認めている。「私は自分が日本について抱いていることすべてを明確な像にすることは今までできませんでした」[103]

アインシュタインとエルザ。東京商科大学にて、1922年11月28日。(一橋大学のご厚意により掲載)

アインシュタインが一九二二年に旅した日本は、政治・社会・文化的に急変の最中だった。国家建設にいそしんでいた明治時代が終わり、一九一二年に大正時代が始まったが、それは「(明治時代の)狭量な見方に取って代わり、国際主義、世俗主義、そして民主化が強まっていく時期」だった。[104]

第一次世界大戦のあとの何年かは、日本にとって工業化と近代化の時期だった。日本文化は欧米からインパクトを受けはじめていたし、西洋志向の識者層が出現しつつあった。キリスト教や自由思想、過激思想の影響を受け、婦人参政権論者、労働運動、そして学生運動が展開してきていた。外国人科学者の招聘が増え、学術雑誌が初めて出版された。[105]だが、たとえ大正時代に自由主義精神が現われたとはいえ、社会の底流には政治テロもうごめいていた。アインシュタイン訪問の前年には原敬《たかし》首相が暗殺されている。社会福祉プログラムも広がりを見せはじめていた。当時の民主主義精神は「帝政下のデモクラシー」だった。帝国の外交は主流政党によって遂行されていた――相違点があったとすれば、それは帝国主義と反帝国主義のあいだではなく、「遅速」な帝国主義者と「急速」な帝国主義者のあいだだった[106]。

アインシュタインは日本と日本人をどう思っていたのだろうか？　蒸気船上で出会ったときや日本に到着後の出会いは、彼の考え方をどう変えたのだろうか？[107]

中国人に対する手厳しい見方とは驚くほど対照的に、アインシュタインの日本人観は最高度にポジティヴだった。日本人についての第一印象を彼は航海初日にすでに得ていた。

「彼〔おそらく三宅速のこと〕は問題も引き起こさないし［……］、自分に課された役割をなんの気取りもなく喜んで果たしているが、しかし連帯感と国家には誇りを抱いている。［……］慎み深くはあるが、まったくよそよそしいわけではない。社会人としてみればおおむね、自分のなかに閉じこもりもしないし、他人に隠さなければならないようなことも何一つなさそうだ[108]」

ただし、たとえこれがポジティヴな描写だとしても、アインシュタインは日本人を人間として満点とは見ていないようだ――彼は個人としての日本人を充分に成熟しているとは見なしていない。日本人女性について彼が記した第一印象はマンガチックである。彼は日本人女性をこう描写している。「日本人女性たちが、［デッキ上で］子供たちと這いまわる。外見は華やかで不思議な感じ。ほとんど〈一定の型にはまっている〉みたいだ。黒目、黒髪、大きな頭で、ちょこちょこ歩く」[109]。三週間乗船しても、アインシュタインは同乗している日本人たちの神秘的な特徴が見抜けなかったようだ。「日本人は非常に敬虔。国家イコール宗教という不気味な連中」[110]。日本音楽との最初の出会いはいっそう日本人との距離を増した。彼は日本の音楽を「いかにも異国風」と感じ、彼らの歌い方には「目がくらんでしまった」[111]

日本に到着後、彼は即座にこの国の風景を大いに楽しむ。初めて観光した町は京都で、通りは「魔法のような光に照らされている」。この印象は、直前に訪れたばかりの中国の諸都市への蔑視と著しく対照的だ。彼は「すばらしい由緒ある日本建築」にも魅了される。生徒たちは「とてもかわいらしいし」、学校は「きれい」で眺めは「壮大」。ハーンの話に出てきた「小さな家と小人たち」は実在したのだ！　彼はすぐさま「小さくて感じのいい家々」、そして「愛くるしくて小柄な人たちが、通りを早足でカタカタ歩いている」と記す。アインシュタインは日本で遭遇した清潔さ、節度、静かな立ち居振る舞いを高く評価する。彼は「日本人は簡素で上品、とても好ましい」と書き、そういう国民性だと考える[112]。

アインシュタインは山本実彦、稲垣守克、改造社スタッフ一名、それに風刺画家岡本一平とともに日光に旅したとき、この面々との深い絆を感じたようで、一人一人の個性を理解しはじめる。神戸のドイツ人協会を相手にしなければならなくなったときには、「少なくとも日本にいるあいだは日本人を相手にしていたい」と記している[113]。そしてその後は、招聘してくれた日本人たちに魅了されるようになっていったようだ。

このように彼は日本人を賞賛したが、ヨーロッパと接触する前の日本人の世界観について会話をしたあとの段階では、日本人は知的好奇心が欠如しているのではないかと当惑を覚える。彼の結論は極端で、「ここの国民は知的欲求のほうが芸術的欲求よりも弱いようだ――天性？」となっている。(114) 西洋に比べて知的に劣っているのは遺伝的なものではないかと自問した彼は、知力には国や民族によって差があるのだと考える。

日本滞在後三週間にして、アインシュタインはついに招聘元の日本人たちといっしょの場で自分が「くつろぐ」と記す。(115) それまで「くつろぐ」という言葉はヨーロッパ人、それも主としてドイツ人仲間との付き合いにだけ用いてきた単語だった。とすると彼は日本人について、当初の出会いのときこそマンガっぽい表現を用いたが、この時点までにはるかに人間味を感じるようになってきたようだ。そしてその数日後には、日本人は「皮肉や疑念とはまったく無縁」と評価している。その後、日本と日本人に対して「純粋な心は、他のどこの人々にも見られない。みんながこの国を愛して尊敬すべきだ」と書くまでになる。(116)

その一週間後、息子たち宛ての手紙にはこう書いている。「日本人のことをお父さんは、今まで知り合ったどの民族よりも気に入っています。物静かで、謙虚で、知的で、芸術的センスがあって、思いやりがあって、外見にとらわれず、責任感があるのです」(117)

アインシュタインは日本印象記のなかで、西洋人と日本人の大きな相違点をいくつか指摘している。まず、日本のほうが家族の絆がはるかに強いと述べているし、自分の感情を表に出さない伝統ゆえに日本人は親密な人たちとだけ付き合うが、そうは言っても「心情的に合わない大勢の人たち」とでも「一つ屋根の下で住むことができ」ると記している。彼は、だからと言って「心が貧弱に」なることはないと言っている。彼は、日本人の心を調べることはできないが、芸術を通して日本人の心理を読むことはできるとも言っている。「この点に関して私は驚嘆を禁じえません。自然と人間が、ここ以外のどこにもないほど一体化しているように思えるのです。この国から生まれるものはすべて愛くるしくて陽気で、決して抽象的・形而上学的ではなく、常に自然を通じて生まれてくる現実と結びついています[118]」

　アインシュタインのこうしたコメントは、歴史家が書いている当時の西洋人の日本観と大きく異なっている。当時、日本芸術の本質的特徴は西洋では「簡素、機能性、ミニマリズム」と考えられていた。日本人は「自然への愛」を特徴とし、「自然との調和」のなかで生きていると。日本庭園は、「自然愛との調和と日本独特の親和性のきわめて純粋な表現」というわけだ[119]。興味深いことに、こうした考え方は、「多くの庭園が戦時中ないしは社会的激変期に造られたもの」という現実を無視している[120]。しかも、日本人は本当は自然に対して二面性を持っているのだ[121]。

　二面性の一方に相当するのは、アインシュタインと日本人女性との出会いである。「何人かの芸者を」まじえた夕食の席で、アインシュタインは「とても若い」芸者たちの踊りと「とても色気のある顔をしていて印象深い」年長の芸者のことを「忘れがたい」と感じる。その後アインシュタインとエルザが「丁寧に見送られ」てから始まった「くだけた二次会」では、アインシュタインはこのあともっと深酒をしたり男女間のやりとりがあるのだろうとほのめかしている。その直後の彼の記述には、稲垣相手に「芸者やモラルなどについて語りあう」という文面が続いているのだ[122]。アインシュタインが、芸者イコール売春婦という通説に固執していたか

アインシュタインとエルザ。芸者をまじえての酒席。東京にて、おそらく1922年11月25日。(レオ・ベック研究所のご厚意により掲載)

どうか、それは彼の言葉からははっきりしない。

以上とは真逆なのが、尊敬する日本人女性に対する理想化である。彼は訪日が終わるまでのあいだに、日本人女性のことを「花のように美しい人々[123]」と思うようになっていた。だが、つまりはこの面では、当初のマンガチックな外見のイメージからたいして進歩しなかったのだ。とはいえ、改造社社長山本実彦の妻である山本美《よし》宛てのお別れの手紙のなかで、アインシュタインは、日本女性と日本家庭の高度な理想像をこう記している。「(あなたは)日本女性の理想として、今後常に私の念頭に浮かぶことでしょう。静かで、陽気で[……]、ご家庭の要でいらっしゃり、宝石箱のような存在で、かわいらしい子供さんたちを包み込んでいらっしゃいます。私の目から見ると、あなたはまさに日本人の心であり、愛らしくて美しい古代文化の表われです[124]」

したがってアインシュタインは、日本女性を一方では飾りとして、他方では民族の心として受けとっていたことになる。この説が成り立つのは、日本の文化と社会の装飾性こそこの国の本質的な特徴だとアインシュタインが信じていたからこそである。日本女性についてアインシュタインが抱いていた前記の矛盾した二つのイメージは、ある程度は東洋女性について西洋が抱いている固定観念そのものだ。一方は繊細であくまでも装飾的な蝶々夫人、そして他方は東洋の妖婦ドラゴンレディ。[125]

アインシュタインは日本芸術を絶賛していて、それこそは「日本人の心」の反映と見なしている。[126] 彼は日本の芝居を「部分的にはとてもエキゾチック」と見ている。[127] ただし彼は日本音楽に魅力を感じていることは認めているが、結局はそれを批判し、「高度な芸術ジャンル」ではないと言っている。彼が日本芸術の最高の表現と見なしているのは絵画と木彫だ。そして日本人芸術家を崇拝しているのは次に挙げる点があるからだという。「明確さと単純な線を日本人は何よりも好むのです。そして絵画は全体像として理解されるのです」[128]

アインシュタインは、日本の西洋文化受容について相反する二つの意見を持っていた。「日本人は正当にも西洋の知的業績に感嘆し、成功と大いなる理想をめざして科学に没頭しています」とは言いつつも、日本人にこう警告を発している。「西洋より優れている点、つまりは芸術的な生活、個人的な要望の簡素さと謙虚さ、そして日本人の心の純粋さと落ち着き、以上の大いなる宝を純粋に保持し続けることを忘れないでほしい」というのだ。[129] この点に関しては、アインシュタインが表明している意見と、訪日経験のある他の西洋人の意見には類似点がある。日本旅行経験者の研究をしている歴史家によれば、西洋人のなかには日本の西洋化、近代化に賛成しかねる人もいた。「〈エキゾチックな〉旅先ならではの〈異質性〉を弱めてしまった」というわけだ。[130]

アインシュタインの日本人観は、六週間の日本滞在のあいだに急変したと言っていいだろう。旅行前の日本のイメージと、その後実際に乗船して日本に到着してから体験した現実とのあいだには、大いなる不一致が見てとれる。彼の日本観は旅のあいだに大変化を遂げていった。旅が進むにつれて、彼は日本の社会と文化を深く洞察し、招聘元の人たちの人間性をしだいに理解するようになっていった。アインシュタインの日本人観の多くは、彼の中国人観と同様に、当時の西洋の考え方とほぼ同じだった。つまり、日本の芸術と建築を賞賛し、日本では人と自然がユニークな親和性を保っていると考え、集団が重視され個人が埋没していると考えていた。だが当時の西洋には、日本人についてポジティヴとは言えない固定観念もあった。具体的には、排他性、不公平競争、偽善性、強引。(131)

前述のように、アインシュタインのスタンスには二面性があった。彼は日本人を賞賛もするが、日本人を見下したときもあった。その最たるものが「知力が劣っていると考えられている」という点である。

この旅のドイツでの反響

一二月二〇日、アインシュタインは広島湾で寺のあいだを縫うように歩いたり山に登ったりして、のどかな時間を過ごしていたが、そこに東京のドイツ大使ヴィルヘルム・ゾルフからの電報が舞い込んだ。彼の日本旅行が突如ドイツで政治論争を巻き起こしていた。ゾルフはドイツ外務省宛てにこう知らせたというのだ。いわく、「日本のスポンサー」が一二月一五日に発表した報告によると、ドイツ人ジャーナリスト・評論家マクシミリアン・ハルデンが、アインシュタイン暗殺の噂に関してベルリンの法廷で次のように証言したと。「アインシュタイン教授が日本に赴いたのは、ドイツでは身の安全が保障できないからだ」[132]。ゾルフはこの話が逆効果となって「ドイツの事情が事情だけに、アインシュタインにとって日本訪問は特別有効なのだ」と言われるのを恐れた。そこでゾルフはアインシュタインに、電報でこの説を否定してくれるよう要請した[133]。

アインシュタインは手紙のなかで、ラーテナウ暗殺後は自分の命も脅威にさらされていることを認めた。そして日本への招聘を引き受けたのはおもに「極東への憧れ」が理由だが、「私たちの母国の緊張状態からしばらく逃避する必要」もあったのだと記した[134]。

アインシュタインのパレスチナ観

アインシュタインが一九二三年二月二日に足を踏み入れたパレスチナは、当時、各方面で大きな変化が生じている最中だった。パレスチナは、アインシュタイン訪問のわずか二年半前にイギリスの委任統治領になったばかりだった。そして一九二〇年七月にはハーバート・サミュエルが高等弁務官になった。ユダヤ人入植者たちが増加したのは第一次世界大戦後のことだが――この「第三〈アリヤ〉」（移民の波）はおもに東欧からやってきた。

アインシュタインが訪問していた時期のユダヤ人の人口は八万六〇〇〇人だったが、一般住民（大多数がアラブ人）は約六〇万人だった。当時は政治的緊張が高まった時期だった。一九二一年五月初め、ヤッファでアラブ人がユダヤ人住民を攻撃したので、委任統治当局が騒乱を鎮圧したが、この事件によりユダヤ人四七人とアラブ人四八人が死亡した。一九二二年六月にはチャーチル白書が出されてバルフォア宣言が確認されたが、逆にユダヤ人移民を制限するという発表もなされて、アラブ寄りの保証が再度与えられた。

第三〈アリヤ〉により、農業入植者数もかなり増加した。加えて、パレスチナの工業化と電化のために財団が設置された。三つの大都会で近代的な都市化がスタートした。また、〈イシュヴ〉の自主的な施設内では重要な業績が実践されていた。とはいえ、国内の経済状況はアインシュタイン訪問当時、悲惨なものだった。第一次世界大戦の影響である。ユダヤ人の経済部門においても、ユダヤ人全員にとって、あるいは新たな移民にとって雇用不足の状態だった。[135]

中東旅行者を研究している歴史家は、パレスチナを訪れた人々に対して、「自分が今まで住んでいたところの価値観がきっかけとなってパレスチナに来たのか」、それとも「パレスチナの習慣や流儀を受け入れることに何ら不満はないから来たのか」と質問した。[136] 同様に、ドイツ系ユダヤ人でパレスチナ旅行をした人たちの研究をしている歴史家は、そうした人たちがパレスチナを旅行するさいには「二つの背景」があったことを考慮する必要があると論じてきた。それは、「ドイツ語を話すユダヤ人の社会的・文化的状況と、パレスチナでのユダヤ人の状態」。そして、パレスチナを理想の地として訪れた旅行者たちは、現実を見て理想が実現されていると思ったか、それとも裏切られたと思ったかと問われたし、現実を無視して「自分の理想をパレスチナの人たちに投影したのか」とも問われた[137]。

シオニストが行なったパレスチナ旅行はもっと広範な意味で把握され、東洋についての文化論、および「東方」受容についての複合的な（そしてしばしば相反する）考え方とのからみで論じられてきた。パレスチナが東洋に位置していたからこそおもに東欧からの移民が入植したわけで、シオニストにしてみれば、東洋と東欧についてのヨーロッパ流の考え方は、西洋文明あるいはヨーロッパ文明に突きつけられた「ふたごの対決」として取り組む必要があった。シオニストのなかには、自分たちはヨーロッパ人の「文化使節」だと自覚している人々もいて、東洋は「未開の地」だからそこに西洋文明を導入しなければいけないと考えていた。また他の人たちは、シオニズムと東方の対決は、ヨーロッパの宗主国とその植民地との関係とは基本的に異なっていると見る必要があると説いていた[138]。

中東に旅した人たちの研究をしている歴史家たちのこうした考察を見てみると、次に挙げるいくつかの疑問が浮かんでくるだろう。アインシュタインのイデオロギー上の価値観はパレスチナの現実とどう直面したか？　彼の価値観は何らかの意味でこの旅から影響を受けたか？　パレスチナはアインシュタインにとってどういう意味で重要だったか？　彼はどんなレンズを通してパレスチナという国を見ていたか？　彼はパレスチナを「発展の遅れた地」と見なし、そこに西洋文明を導入しなければいけないと考えたか？　それとも、シオニズムの意見と同じで、自分たちの努力は基本的にヨーロッパの植民地主義者の努力とは違うと考えたか？

アインシュタインの旅日記のなかでパレスチナについての最初の記載は、その地が彼の中欧の目にはまったくなじまない景色の国というものだった。彼はこの国に到着するや、「平坦にして、緑のまばらな地帯［……］オリーブの木、サボテン、オレンジの木」と記している。[139] エルサレムの旧市街をぶらついているあいだも、彼にとって最も鮮明な印象は、美しさとむさ苦しさだった。

パレスチナへの移住以前からの伝統的で信心深いユダヤ共同体（古くからの〈イシュヴ〉）に関して、アインシュタインははっきりネガティヴな意見を記している。「それから神殿の壁（嘆きの壁）に下ったが、そこでは鈍感な同族たちが顔を壁につけ、体を前後に揺り動かしながら大声で祈っていた。過去があって現在がない人たちの哀れな光景」。[140] ユダヤ教急進的正統派を彼が嫌ったのは、子供時代の「同化しようとしないユダヤ人」についての考え方とか、あるいはことによると古来の〈イシュヴ〉に対するシオニストの考え方に影響されていたからかもしれない。[141]

古来の〈イシュヴ〉への反感とは逆に、当時のパレスチナ国内のユダヤ共同体、つまり新しい〈イシュヴ〉に対する彼の見方はきわめてポジティヴだった。彼は新しい〈イシュヴ〉のダイナミックな企業精神と都市開発を賞賛した。ダイナミックな動きのなかで最も目立ったのは、ユダヤ人だけの最初の都市テルアビブの急速な拡張だった。

アインシュタインが新しい〈イシュヴ〉にやたら熱狂したのは、ことによると、彼を招聘したシオニストたちが共同体内の対立から彼の目をそらせたからかもしれない。彼は個人農園、協同組合的農園、そして集団的な農園を見学したが、「ヘブライの労働問題」関連でその時点に発生していた地方の協同組合村〈モシャヴ〉の個人オーナーと、〈キブツ〉のパイオニア〈ハルーツ〉との対立には気づかなかったようだ。この問題は、個人農園がアラブ人労働者をどう雇うかという問題と関係があった。〈キブツ〉のほうはユダヤ人労働者のみを雇いたがっていたからである。(142)

このようにアインシュタインは、〈イシュヴ〉内部の不協和音を抑圧する動きは知らなかったらしいが、一方、パレスチナ国内で急増していたユダヤ人とアラブ人の民族対立については熟知していた。アインシュタインのパレスチナ訪問は、ヤッファでの大騒乱からまだ二年も経っていなかった。だが彼はどんな意見を表明する場合も、状況の激化を軽視していた。パレスチナ在住のアラブ人に関する考えを見ても、当初は、彼の理想主義的な（そしていささか上から目線的な）印象を受ける。たとえばこうだ。「厳しくて途方もない自然と、ぼろ服姿で浅黒くエレガントなアラブ人青年たち(143)」

旅をしているあいだ、アインシュタインはアラブ人共同体の代表者たちとの直接の接触を避けていた。彼が会ったのは穏健な代表者たちだけ。具体的に言うと、エルサレム市長のアラブ人ラジブ・アル＝ナシャシビ、ガリラヤ地方の何人かの要人、それにアラブ人作家アジズ・ドメト。最後のドメトは、地元アラブ人住民に充分は同化していない存在だった。アインシュタインは、この地域の民族的緊張に関してはアラブ人とユダヤ人の双方を同等に非難していたようだ。「困難の大半は識者が原因だが——ただしアラブ人の識者だけが原因というわけではない」[144]

とはいえ、アインシュタインはハイファ滞在中、アラブ人住民に対しあまりポジティヴでない見方もしている。ドイツ系シオニストのヘルマン・シュトルックの記録によると、アインシュタインはこう述べたという。「もしこの地にユダヤ人が一人もいなくてアラブ人ばかりになったら、この国は［産物を］輸出する気を失ってしまうだろう。なぜならアラブ人には何の欲もなく、自分で育てたものだけで何とかやっていくだろうから」。この言葉が本当にアインシュタインの考えだとすると、この物騒な言明は、地元アラブ人住民には「何の欲もない」とする固定観念と同じだったことになる。この考え方は、アラブ人住民に関して大方のシオニストが伝えてきた考えのようだ。[145]

前述したことだがアインシュタインは、コロンボの土着民もほとんど何も求めていないとする植民地主義者の考え方に同意していた。シュトルックの別の記録によると、アインシュタインは、パレスチナの将来は「私たちのものだ」（つまりユダヤ人のものだ）と述べていたという。[146]パレスチナ北部を旅しながら、アインシュタインはアラブ人地主への反感を記している。そうした地主は「土地を考古学者たちに法外な値段で売った」[147]。アインシュタインはこのことを旅の最中にシオニストから聞いて、強い影響を受けたと思われる。

しかしアインシュタインが、パレスチナでのアラブ人とユダヤ人の対立に関して気がかりなコメントを発したのはドイツ帰国後のことである。彼は、入植した農業労働者が直面している「二つの困難」――借金とマラリア――に比べれば、「アラブの問題など、あってなきがごとしだ」と書いた。[148] つまりアインシュタインは、共同体間の対立において片方の「困難」にそれとなく言及するのを辞さなかったわけで、これは彼の民族観における寛容の限界を示している。

アインシュタインの旅日記を読むと、彼がパレスチナの景観と建築に魅了されたことは確かだ。しかし、彼がその後表明したところでは、彼が最も熱狂したのはパレスチナの〈人々〉だった。[149] なかでも彼は二つのグループを絶賛している。一つは若いユダヤ人の農業入植者、もう一つはユダヤ人の都市建築労働者だ。これは彼がシオニズムの労働観を支援していたこと、そして今後ユダヤ人が社会的・経済的に今までよりも生産的な役割を果たしてくれることを望んでいたことからすれば当然である。アインシュタインは、若いロシア系ユダヤ人のパイオニアたちが農業面で努力しているという事実を知ってから彼らにいっそう共鳴するようになったが、これは彼がとりわけ、若い東欧系ユダヤ人に愛着を抱いていたことからすれば理の当然である。[150]

アインシュタインにとってパレスチナがどういう意味を持っていたかを考えてみれば、パレスチナへの移住、入植、そして経済的発展の可能性、以上の三つはどれもが、離散したユダヤ人（ディアスポラ）に対するポジティヴな心理的インパクトに比べれば二次的な重要性しかなかった。

彼の考えを引用してみよう。「パレスチナが今後ユダヤ人問題を解決することはないだろうが、パレスチナの復興は、ユダヤ民族の魂の解放と再生を意味することになるだろう」。彼に言わせれば、パレスチナは「道徳上のセンターにはなるだろうが、ユダヤ人の大半を吸収することはできまい[151]」

アインシュタインは旅行前からパレスチナを「役に立つ地」と見なしていたが、実際に現地を訪れたあともその考えは変わらなかったようだ。だが興味深いことに、彼はベルリンに戻ってからは本来の計画、つまりパレスチナをもっと長期間訪問するプランについて述べることはなかった。

アインシュタインは、彼以前の旅行者同様、実際に旅してみてシオニストによる入植の努力に関する自分の考え方を確認した。同時に、パレスチナのユダヤ人共同体の業績に深い感銘を受けた。彼らの努力は大いなる価値があることが確認できたので、彼は今後も大いに時間とエネルギーを注ぎ続けることにした。とりわけ、ロシア系（が大半）の入植者から受けた印象は、以前から抱いていた若い東欧系ユダヤ人への共感を深めることとなった。

それにしても、私たちはアインシュタインのパレスチナ観を、現地旅行者の史料としてどう判断すればいいのだろうか？　イスラエルの歴史家イェホシュア・ベン＝アリエーは、聖地パレスチナを訪問した人たちが同地についてどういう印象を受けたか、それを類型化した。[152] アインシュタインの認識はその類型すべてに当てはまった。

まずはパレスチナを「聖書の地、聖地」と受け取った。ただし彼はあまり感銘したとは言えない。この側面は彼にとって重みがなかった。次にパレスチナを「エキゾチックな東洋の地」とする認識があるが――これは彼の場合は特にエルサレムの旧市街、および砂漠の光景とその地の住民について感じた印象だった。そして最後になったが、アインシュタインにしてみればパレスチナは結局のところ「新たな始まりの地」だった。[153] 彼は、テルアビブに見る近代都市の発展にはポジティヴな効果があると信じたし、農業入植の努力には「人々をまとめる力」があると信じた。[154] だから、そうした「新しいユダヤ人」への共感を深めたのである。

次のテーマに移るが、アインシュタインはパレスチナの地理的位置、つまりレバントの一部としての位置をどう思っていたのだろうか？　結論から言えば、こう言っていいだろう。彼はエルサレムの旧市街を「東洋風でエキゾチック」と見なしはしたが[155]、新たな〈イシュヴ〉のことを、（明記しているわけではないが）典型的にヨーロッパ風と感じた。実際、彼が〈イシュヴ〉関連で賞賛している側面はすべてヨーロッパが源泉になっている。具体例をいくつか挙げよう。エルサレム郊外の田園、ベザレル美術学校での偽東洋風の芸術的制作活動、協同組合村〈モシャヴ〉と〈キブツ〉にいた「愉快なロシア人」、ヘルツリーヤ・ギムナジウムの生徒たちが見せてくれた体操、そして最後にテルアビブとハイファの近代的な施設と工場。

アインシュタインは、パレスチナにヨーロッパ文化を導入する必要があると思ったか、それとも、パレスチナをレバントの環境と融合させる必要があると思ったかという二者択一の問題になると、彼はパレスチナのヨーロッパ化を断固主張したと言える。アインシュタインが視覚情報をヨーロッパ風に見たことも明らかだ――彼は同地の建築をヨーロッパの同様の建築と比較し、なぞらえた。アインシュタインは、シオニストの努力は同地の人々にとって大いに有益になるだろうとはっきり信じていた。その最も明白にして象徴的な証は、ヘブライ大学建設予定地であるスコプス山の敷地（エルサレム）で行なった講演であり、これこそは彼のパレスチナ訪問のクライマックスだった。西洋の知識はふたたびシオンから発するのだった。

スペインとスペイン人についてのアインシュタインの見解

アインシュタインはこの旅で訪れたおもな国々については発言や記述を残したが、三週間滞在したスペイン、そしてスペイン人についてどう感じたか、どう思ったかについてはそうした言葉を残していない。とはいえ、断片的な話なら彼の家族の一人から聞くことができる。一九二〇年のこと、アインシュタインは義理の娘イルゼに、計画中のスペイン旅行に同行しないかと誘った。それへの返答としてイルゼはこう書いている。彼女は「いっしょに旅する準備として『遙か南の美しいスペイン』を絶えず歌ってるわ[156]」。だから、アインシュタインがスペインを、ある程度遠くに位置するエキゾチックな場所と思っていたことは推測していいと思われる。

アインシュタインはスペインに到着するまでに、旅をすでに四カ月間続けていた。スペインについての旅日記の記載が少ないのも不思議ではない[157]。だから、彼がスペインとスペイン人について素直にどう思ったか、それを知るデータはほとんどない[158]。バルセロナ滞在の当初、アインシュタインは「親切な人々」だと言及している。マドリードでは、出会った何人かに関してコメントしていて、たとえばノーベル賞受賞者のラモン・イ・カハルについては「高齢のすばらしい思想家[159]」。国王アルフォンソ一三世のことは「飾り気がなく威厳がおありで、私はその態度に尊敬を抱く」。皇太后については、「皇太后は科学の知識をご披露。皇太后に何か入れ知恵をした人はいない[160]」

だがスペイン人全般の特徴については、旅日記では一言も触れていない。彼がスペイン人のことをどのように見ていたか、それをうかがわせる唯一の断片的な情報は、名誉博士号を授与されたときの記載であり、「まさにスペイン風熱弁の数々」とある。[161] だから、イルゼ・アインシュタインが訪問時のために用意していた歌のタイトルからして、アインシュタインは現実においてもスペイン人をエキゾチックだと思っていた、くらいは言ってもいいだろう。

アインシュタインはスペイン訪問中に参加したレジャーについてもコメントが少なかった。彼はまちがいなく文化も味わい、遊覧も楽しんでいた。バルセロナで彼はこう記している。「民謡、踊り、レストラン。なんてすばらしい！」[162]。エル・グレコの一枚の絵は「今まで観たなかで最も深く心にしみた作品」。遊覧についての彼の記載は簡潔だが、誠実な熱狂を表現している。「人生最良の日の一つ。輝かしい空。トレドはおとぎ話みたい」。そしてエル・エスコリアルについては「すてきな日」[163]。

この旅がアインシュタインのヨーロッパ観に与えたインパクト

東洋人との出会いは、アインシュタイン自身のグループ、つまりヨーロッパ人についての見方にどういうインパクトを与えただろうか？　前述のように一九一九年初頭、つまり第一次世界大戦終結の数カ月後にアインシュタインは「忌まわしいヨーロッパ人」に対する嫌悪感を漏らしている。[164] とはいえ、彼が旅行の最中に出会ったヨーロッパ人に対する印象は、ポジティヴと断固ネガティヴの双方に振れている。彼が「くつろぐ」という言葉をほとんどヨーロッパの友人・知人にしか用いなかったことは既述のとおりだ。上海においては、西洋人の感性に対して中国人から激しいボディブローを食らったような気がしたので、アインシュタインにとって友人プフィスター夫妻宅は（まさに）安息の地だった。[165]

とはいえ、長期にわたる日本旅行が終わるやいなや、彼は上海のヨーロッパ人を「怠け者。自己満足に陥っていて、気はうつろ」と見ている。[166] さらに、コロンボのシンハラ族地区に住む極貧の地元民の禁欲ぶりを賞賛することにより、アインシュタインのヨーロッパ人蔑視は強烈さを増す。「こういう人たち［シンハラ族］を見たあとヨーロッパ人を見ても、もう楽しくない。ヨーロッパ人はもっと軟弱で、もっと野蛮、しかも粗野で欲張りに見えるからだ――しかもそうなったのは、残念ながら、実用面で卓越していて、しかも重大な事柄に着手したりそれを実行したりする能力があるからだ[167]」。全体としてみれば、アインシュタインはヨーロッパ人についてひどく矛盾した感じを抱いていた。旅日記のなかで彼はヨーロッパ人に対する好感と反感の双方を記している。

アインシュタインと植民地主義

アインシュタインが中東と極東を訪れたとき、時代は帝国主義を謳歌していた。だが、アインシュタインについての研究で、当時のドイツ自体の植民地の歴史が彼にとってどういう意味を持っていたか、それについて述べた文献は一つもない。彼が若かったとき、そして青年になったとき、ドイツは植民地保有国だった。具体的には一八八四年から一九一九年までである。[168]しかも、ドイツの植民地政策はフランスやイギリスのそれとは異なっていた。政府は「ドイツ人は、従属している他者に親近感を抱いている」と言っていたのである。[169]

アインシュタインは香港滞在中に、植民地ルールに関する自分の考えを明言している。「彼ら（イギリス人）は治世に長《た》けている。警備を実施しているのは驚くべき体格のインド系黒人難民で、中国人は採用されていない。イギリス人は中国人のために立派な大学を設立し、イギリス人と生活程度が接近している人たちの関心を引きつけようとしている。このような真似を誰ができるだろうか？　貧しい大陸ヨーロッパ人よ、きみたちは民族主義的な危険を寛大さによって抑えることなど考えつきもしない[170]」

この文章を読むと、アインシュタインがイギリス人の「賢明な植民地主義」「教化する使命」を絶賛していることは明確だ。ここに記載されている、地元エリートを吸収する方法は、植民地主義の歴史でよく知られている方式である。植民地側のエリートは、みずからの民族を抑圧するよう宗主国から教え込まれるのだ。[171]コロンボでも、アインシュタインはイギリスの植民地政策を賞賛している。「イギリス人は何のごまかしもせずに、申し分のない統治をしている。私はイギリス人に対する不満を誰からも聞いたことがない[172]」。となると、パレスチナ訪問中にアインシュタインがイギリスの委任統治政策について賛否いずれの意見も吐いていないことは注目に値する。ただし彼はイギリス人高等弁務官の「高貴な生活観」に対しては賞賛を記している。[173]

植民地主義の研究をしている歴史家は、宗主国側と植民地側の関係を表現するうえで二つの重要な単語――「投影」と「接触」――を峻別して用いている。伝統的な研究は、宗主国側がみずからの「欲望、警鐘、ないしは自己嫌悪」を植民地側に投影しているという面に焦点を当てていた。[174]

だが最近の研究は、ヨーロッパと現地民の相互関係を強調し、「接触」という言葉を好んで使うようになっている。後者のアプローチは、エキゾチックな地理的位置関係が、宗主国のアイデンティティにインパクトを与える可能性があることを認めている。[175] このアプローチでは、宗主国と植民地側の「コンタクト・ゾーン」という言い方もする。これは、「異文化が出会ったり、衝突したり、相互に取り組んだりする社会スペースのことで、支配と従属の関係がきわめて不釣り合いになることもしばしばある」。[176] コロンボにおけるアインシュタインと人力車の車夫との出会いは、まさにそうしたコンタクト・ゾーンでの重要な接触と見ていいだろう。たとえ、アインシュタインが車夫の言いなりになるのを嫌ったとしても、結局のところ彼はその場の流れに乗せられてしまい、宗主国側による抑圧の協力者になったのだ。いくら受け身の成り行きだったとしてもそうだったのである。

だが、いくらアインシュタインが「賢明な植民地主義」に賛意を示していたとしても、すべてのヨーロッパ人が植民地主義および帝国主義に等しく同調していたわけではないことは指摘しておこう。[177] 植民地主義を全面否定する人もいたのだ。たとえば、一九世紀初頭のドイツの探検家・地理学者アレクサンダー・フォン・フンボルトの場合、彼が訪問・研究した土地の住民との関係は反植民地主義と呼ばれるようになった。ここできわめて重要な点は、フンボルトが、たとえ地元民と自分は異なるということを認識していたとしても、地元民の基本的な人間性を疑問視しなかったことである。[178] だが前述のように、アインシュタインは他者の人間性を少なくとも一定程度は否定したときもあったのだ。

東洋と東洋人についてのアインシュタインの見解

オリエンタリズム（東洋学）の特質に関する独創的な研究を発表したパレスチナ系アメリカ人の知識人エドワード・サイードは、オリエンタリズムという語に三つの意味があると述べている。本項と関連があるのはそのうちの一つだけで、それは「東洋を支配し、再構成し、威圧するための西洋の様式」という意味だ。[179] サイードの著書は植民地研究と文化研究に影響を及ぼし、数々の論争、議論を巻き起こした。[180] ここではその論争に踏み込むわけにはいかないが、その著書の要旨——つまり、西洋の目で見た東洋は、地理的な現実と言うよりもむしろイデオロギー上の構築物である——に異論を唱えるのは難しい。

オリエンタリズム全般についての研究、とりわけドイツとユダヤのオリエンタリズムについての研究は、東洋についてのアインシュタインのイメージを理解するうえでとても有益である。東洋学者のイデオロギー研究においては、イスラム系の東洋は、西洋にとって「基本的に他者」

と見なされている。オリエンタリズムの主要な目的は、西洋のイデオロギーと支配を正当化することだ。正当化は二つの方法で実行される。つまり、東洋は劣悪であり、野蛮で、乱暴で、暴力的で、未開で、子供っぽくて、不合理で、狂信的で、変化がなくて、エキゾチックで、刺激的で、（時には）性的だ。これに対し西洋は優秀で、礼儀正しく、抑制されていて、成熟していて、合理的で、ダイナミックで、賢明で、親しみがあるとされる。

とはいえ、この二元論は実際はもっと複雑だ。西洋は、東洋から見て魅力的だが反感も抱かれているし、共通点もあれば相違点もあり、東洋に対して劣っている点もあれば優れている点もある。エキゾチックな東洋に対して西洋が魅力も感じるし反感も抱くのはなぜかと言えば、それは西洋自体がかつて「原始的」だったからだ。[181] つまり、こうしたイメージが生まれるのは、西洋が、自己否定しているそうした性質を東洋に投影しているからである。

東洋および東洋人についてのドイツ人の見解は、一九世紀末から二〇世紀初頭にかけてのカール・マイの作品から強い影響を受けている。この著者の分身である主人公カラ・ベン・ネムジは理想的なドイツ人、ヨーロッパ人として描かれていて、彼の自制心は東洋人の感情の一つとされている。しかし、東洋人についてのマイの認識は、実際には矛盾をはらんでいる。つまり、彼は東洋人を「冷静」でもあり「情熱的」でもあると見ているのだ。そのため、東洋人のなかには、西洋の礼儀に啓発される人もいれば、それに同化されない人もいるという。[182] カラ・ベン・ネムジ小説が初めて何冊か刊行されたのは一八九二年で、当時アインシュタインは一三歳だった。だから彼がそれを読んで影響を受けた可能性は大いにあるが、彼がそれを熟読したという直接的な証拠はない。

ユダヤ人のオリエンタリズム研究は、ユダヤ人の何層ものオリエント観を調査対象としてきた。「ユダヤ人は、オリエントおよびヨーロッパ域内のオリエントという二つの概念と深い関係があり、一九世紀末までは『ユダヤ問題』が話題になるたびに、東欧を〈半アジア〉とする考え方が大いなる反響を呼んだ」。反ユダヤ主義の考えによれば、「ユダヤ人はまさに異国人だが、それはユダヤ人が東方を源流としていて、オリエントの特徴を持っているからだ」ということになる。異文化を受容したユダヤ人にしてみれば、東欧のユダヤ人は「『異文化を受容したユダヤ人』が今まで喜んで放置してきた『ユダヤ主義のなかのアジア的要素』を体現していた」

だが、若い世代のシオニストに言わせれば、〈東方ユダヤ人〉は、より正統的なユダヤ人という新しい神話を構築することにより[183]、こうした「浅薄な模倣である西洋ユダヤ人、同化ばかりしてきた西洋ユダヤ人」を糾弾していたのである[184]。こうした若い世代のシオニストの見解によれば、西洋のユダヤ人は老齢で弱体化し病弱であり、それとは逆に、パレスチナのユダヤ人パイオニアは健康な正統派だった[185]。だが大半のシオニストにとって、オリエントは後進的とされ、西洋文明を導入すべき地域とされていた[186]。

オリエントについてのアインシュタインのイメージは、こうした東洋学者のイデオロギー論とどのような関連があったのだろうか？

青年アインシュタインがベルンで講義をしていたときのことである。彼の妹マヤがやってきて、兄はどこの教室で講義をしているかを典礼係に尋ね、係の人に驚かれてしまった。「あのー、えーと……あのルスキ〔ロシア人の意〕はあなたのお兄さんですか?」。典礼係は今にもロシア人についてのひどい悪口を言おうとしていたのだ。[187] これがきっかけとなってアインシュタインは〈東方ユダヤ人〉だと誤解され、ヨーロッパ人から「オリエント」と呼ばれるようになった。

中東および極東と遭遇する数年前のこと、アインシュタインは自分とユダヤ人全員を東洋人と見なしていた。一九一七年八月、彼は速達便を使うのを拒否したことがあった。ユダヤ人のことを「アジアの息子たちと娘たち」と呼んでいた彼は、アジア人が何事も急がないことをほのめかしたかったのである。翌日には怠惰を推奨しているし、友人ツァンガーには、生活の変化に対して無気力に対応し「私たち怠け者の東洋人」同様に暮らすことを勧めた。[188] こうした言葉はおそらくからかい半分だったのだろうが、それにしても当時のアインシュタインの自己イメージがうかがえないでもない。

第一次世界大戦後の混乱のベルリンで、アインシュタインは日々の生活の極端な不安定さに言及している。彼はそれに対して、人々(彼自身も含む)は「東洋の一種の運命論に駆られているが、それは心地よいことだ」と言っている。[189] アインシュタインはこうした諦観に全面的に賛成していたようだ。前述のすべての例に見るように、ユダヤ人を東洋人と見る「ネガティヴな反ユダヤ主義」とは逆に、アインシュタインは、自分は東洋人としてポジティヴな特徴を持っていると思っていた。

今回の旅日記のなかで「東洋」ないし「東洋人」について最初に言及しているのは旅の三日

目、メッシーナ海峡を通過しているときである。「左右どちらも、緑が少なくていかめしい山岳風景。町々も同様にいかめしい。圧倒的な水平線。屋根が平らで低く、白い家々。全体的に東洋的な印象。気温は絶えず上昇」

この旅日記のなかで「東洋的」という言葉が出てくるのはほかに四カ所だけだ。シンガポールでは、彼の名誉を称える宴席が「広々とした東洋風の食堂」で催される。また同地ではアインシュタインは「あまりの湿度」に「温室を思い出した。東洋に酔わされたようなもの」。エルサレムの旧市街では、せわしない場面をこう記している。「それから、(とても汚い)町中を斜めに抜けたが、実に多様な聖人と人種がうようよしていて騒がしく、東洋風でエキゾチックだった」。そしてポートサイドでは、彼は知事のことを「顔幅の広い東洋人」と表現している。(190)

このように彼はいかめしい風景や、屋根が低い家々、高温、多湿、そして多様な人種に遭遇したときに東洋を連想している。旅の前に抱いていた完璧にポジティヴな考え方とは違い、旅日記に記されている例はかすかにポジティヴとは言えるが、単に中立的なだけとか、エルサレムのケースではむしろネガティヴだ。興味深いことに、彼は旅の最中で自分のことを東洋人のように感じるとは書いていない。

アインシュタインは、ヨーロッパの支配についての東洋学者の考えに賛成だったのだろうか?前述のように、彼は「賢明な」植民地主義には明らかに賛成だった。植民地住民を過酷に取り扱うことには反対だったし、西洋には他地域を植民地化する使命があるとも思っていなかった。ただし主として、現地の人々の教育は近代化したほうがいいという、ほぼポジティヴな考え方をしていたからこそ西洋の植民地化を支持していたのだろう。

彼はオリエンタリズムの二面性を、旅行中に出会った現地の人々相手に感じていただろうか？彼が、少なくともある程度はその二面性を感じていた例は多数ある。たとえばネガティヴな印象を記している例としては、スエズ運河で出会った野蛮なレバント人や、コロンボでの強引な乞食、中国の無気力な労働者と村人、そして知的に劣っていると呼んだ中国人と日本人が挙げられる。また、マルセイユにいた刺激的で「官能的な女性たち」[191]と、東京で出会った浮気っぽい芸者はともに、エキゾチックで、時にはセクシュアルな固定観念にぴったりだ。こうした特例において、アインシュタインはエキゾチックなイメージをネガティヴには見ない。

多くの場合、彼は出会った外国人をまぎれもなくポジティヴな人々だと考えている（そうした外国人のなかには、ネガティヴな特徴の人たちだとアインシュタインが考えていた面々もいたが、彼は一般に西洋人が他者に対して抱いていた矛盾したイメージに準じてポジティヴに考えたのだ）。こうした断固ポジティヴな見方の例としては、スエズ運河で出会ったマナーのいいアラブ人や、コロンボにいた高貴で謙虚な乞食、洗練され教養を備えている日本人、繊細で優美な日本人女性が挙げられる。彼は中国人の過酷な窮状にかなりの共感を示しているが、ふだんの彼だったら中傷するところだ。

ユダヤ人とシオニストがオリエンタリズムからどんな影響を受けていたかを考えてみれば、アインシュタインは、「西洋のユダヤ人が〈東方ユダヤ人〉、それもとりわけパレスチナに入植した人たちの影響を受けて精神的に再生する」というシオニストの考えに完全に同意していたと言える。

旅のあいだ、彼が東洋に対してヨーロッパ人と同様の感じを抱いていたかどうかと言えば、彼は大きな矛盾を感じていたようだ。前述のように彼は旅日記に時折、ヨーロッパ人への嫌悪感を記している。だが彼は、訪問した国々が西洋文化を導入することには賛成だった。ただし日本についてはごく弱めに、またパレスチナにおいてははるかに強めに導入したほうがいいと思っていた。このような矛盾はあるにしても、彼は旅行中はヨーロッパ人と同じ感覚をかなり強く抱いていたと結論づけてよさそうだ。

アインシュタインの凝視

モダニズムを研究している歴史家は、「対象を見るさいの二つの強力な凝視——男性中心社会における『男性としての凝視』と、植民地主義における『帝国主義的な凝視』——」を強調している。[192] この二つの凝視はアインシュタインの旅日記にどのように現われているだろうか？

西洋からの旅行者だったアインシュタインの凝視を調べるうえで重要な側面の一つは、遭遇した景色や人々を認識するときに現われる先入観である。旅日記を読むと明らかなように、アインシュタインはしばしばヨーロッパ人のフィルター——とりわけスイスとドイツのレンズを通して対象を見た。香港の湾を取り巻いている山々を見れば、アルプス山麓の丘陵地帯を思い起こしたし、日本の海峡を通過して神戸に着いたときに〔原文では「神戸の（いくつかの）海峡」となっているが、旅日記には前記のように記載されている〕まず連想したのはフィヨルド風の景観だった。京都では、まるでお祭りのように光で照らされた通りを見るとオクトーバー・フェストを思い出したし、風景のなかに寺がいくつか見えるとイタリア・ルネサンスの建築を連想した。パレスチナでは、ガリラヤ湖（ティベリアス湖）を見た途端にレマン湖を思い出しているし、ナザレではドイツ人のホテルでアットホームな雰囲気を感じている。

アインシュタインの第二の凝視は、地元民との接触時に生じる実際の凝視だ。アインシュタインがこうした凝視のことを初めてコメントするのは、彼が一回目の上海訪問をしたときである。地元民が「私たちのようなヨーロッパ人訪問者と会うと、互いに奇妙な凝視——エルザは一見攻撃的なオペラグラスで強烈な印象」。お互いに見つめ合うということは、西洋人と地元民との相互関係の一種である。さらに、ふだんはヨーロッパ人が訪れない上海市内の村落を訪れたときには、「お互いに凝視すると、都心よりもこっちのほうが剽軽《ひょうきん》な感じ[193]」が漂った。日本からの帰路、コロンボ近郊のネゴンボという小さな町では、「私たちはどこでもじろじろ見られるが、それは私たちがシンハラ族を見ているのと同じ[194]」という状況になり、おかしな、ふざけた形で見つめ合うことになる。地元民との接触が最高潮に達するのは、アインシュタインが自分は西洋人だと自覚したときだ。E・アン・カプランが述べていることだが、「人は旅行中のほうが、自国内にいるときよりも自分の〈国民性〉を強く感じることが多い[195]」

ここから一つの重要な結論が導き出される。アインシュタインはこの旅行中に東方の地元民と接触したことにより、ヨーロッパ人としての自覚が強まったのだ。この旅により、ある程度はいっそうヨーロッパ人らしくなったわけである。

アインシュタインの凝視としてもう一つ重要なのは、男性としての凝視である。文化論において「男性としての凝視」といえば、快楽の対象として女性を見るときに用いられるフレーズである。[196] アインシュタインは旅日記のなかで、出会った女性のことを特筆していることが多い。だから彼の旅日記を読めば、アインシュタインの女性観についていくつかの点が理解できることになる。女性を見つめる彼の凝視は、快楽志向の凝視と、それほどでもない凝視に分類される。旅日記のまさに最初の記載は、前記のようにマルセイユで乗船前に見かけた「官能的な女性たち」である。これはおそらく、かなり自由な船上の旅に出る前のアインシュタインの欲望を示唆しているのだろう。

アインシュタインが中国人女性をどう見なし、どう理解したかについては、中国人の人口が多い諸都市を訪れたときの記載に明らかだ。女性についての彼の描写はたいていはネガティヴであり、女性を犠牲者と見なしたり、全否定したりしている。だが日本人女性について彼は両極端の見方をしている。

そして帰路の途中では、女性に関して快楽志向の体験例をいくつか記している。日本旅行が終わった直後、彼は上海に戻り、大晦日のお祝いの席で「ウィーン女性の隣に座った」。これが彼にしてみればその晩で唯一のクライマックスだったようだ。「それ以外のことを言えば、周囲は騒音だらけで私は悲しい」。[197] ペナンで彼は「押しつけがましい乞食の美女」を目にする。[198] コロンボでは、「絵のように美しい若いシンハラ族女性」から明らかに強い印象を受けている。[199]

またパレスチナでは、「有能かつ素朴で愉快な女性」と会った喜びを即座に表現している。[200] その娘は、アインシュタインがこの旅日記全体を通じて唯一、ファーストネームで記している女性だ(ハダサ)――もちろんエルザ以外で唯一。[201]

だがアインシュタインの凝視は、「帝国主義的な意図を抱いて周囲を見渡し、モノを所有しようとする［白人］男性の凝視［……］」だけではなかった(たとえそれが彼の凝視の中心だったとしても、である)。[202] ドイツ系ユダヤ人であり、インサイダーにしてアウトサイダーだった彼の凝視には「二重の意識」が宿っていて、彼は「常に他者の目で自分自身を見つめる感覚」を持っていた。[203] 彼は他者から見られているあいだは、自分自身を凝視していたわけである。この旅行中、アインシュタインは、「帝国主義的な凝視」で対象を見ながらも、同時に他者から「非ユダヤ人の凝視」で見られていたのである。そのうえ彼は有名人だったので、他者から強烈な視線を浴びていたし――航行中はさらに――国際的な文化的偶像として自己を見ていた。

アインシュタインと他者

自己と他者に関する研究書を読むと、アインシュタインの旅日記のなかに出てくる他者についての理解をいくらか深めることができる。アインシュタインの場合、自己と他者の二者関係は、旅行者と地元民との関係を基礎として成り立っている。旅行者は心のなかで自己を他者に投影する。[204] 自己にとって他者は「キャンバスであり、そこには最良ないしは最悪の自画像が投影され、審査される」[205]。外国人は、ヴァミク・D・ヴォルカンのフレーズによれば、「客観化に適したターゲット」である。心のなかで処理が困難なことは他者に投影される[206]。

西洋人の旅行者は外国人を判断するさいに、「地元民の実相を根拠にするのではなく、自己の規範を根拠にする」。つまり西洋人の旅行者は、フィルターとしてのレンズを用いて、「自分が熟知している身近な世界と、他者が持っている異質な世界との類似点および相違点」を比較する[207]。このプロセスにおいて、「他者化された地元民は集団として『彼ら』と呼ばれ」、さらなる類型化を経て、典型的な「彼」（標準的な成人男子）と見なされる[208]。

自己と他者の二者関係は、アインシュタインの日記にどう表現されているだろうか？　彼は自己のどういう点を他者に投影しているだろうか？　私たちは、彼が旅の初めに手にした最初の読み物が何かを知っているので、結論から言えば、旅を始めた途端に彼は心の内なる希望が覚醒したと言っていいだろう。心身の特徴に関する論文を熟読したことで、彼は自己に集中することが容易になったのだ[209]。そのうえ、ことによると、予定されていた船上でのレジャータイムと、幾多の国々での名士との出会いへの期待、以上二点によって、彼はより深く自己を理解しようとするようになったのかもしれない。

前述のように、アインシュタインが他者を認識するさいに用いたフィルターの多くは、事実上ヨーロッパ的なレンズだった。旅日記に記載された多くの例でアインシュタインは、出会った外国人との接触を一種の攻撃として描写している。彼の五感への攻撃もあった（たとえばスエズ運河での騒音や、シンガポールの中国人街でのにおい）。あるいは、押しつけがましさという攻撃（たとえばコロンボの人力車の車夫のしつこさや、彼にパレスチナへの移住を勧めるシオニストの懇願）。

彼が外国人のどういう点を蔑視したかと言えば、それは攻撃性、無理強い、無気力、後進性、知的劣等、鈍感である。しかし興味深い矛盾点もある。前述のようにアインシュタインは時には、因習、無頓着、怠惰に賛意を示しているのだ。他者の性質のなかで彼が賞賛しているのは、信頼、清潔、秩序、洗練、高潔、優雅なのだが、つじつまが合わないことには彼は時に、低俗、乱雑、無秩序、不潔も好んでいるのである。

アインシュタインは他者をひとまとめに表現するさいに、二つの方法を用いる。たとえば彼はよく日本国民全体のことを「日本人」と単数形で書くが、それとは対照的に中国人となると常に（一回だけ例外はあるが）複数形で記している。これは、中国人との感情的な距離が遠かったからだ。つまり、日本人と付きあっていた回数のほうがはるかに多かったのだろう。さらに、前述のように、日本旅行中に彼は、招聘元であるさまざまな人たち（日本人）とその仲間たちとの関係を深め、各人をしだいに熟知するようになっていったのだ。

アインシュタインと国民性

自国民と他国民を区別する一般的な方法は、他国の人たちを固定観念化し、それを「国民性」と見なすことである。そうした国民性は「当たり前のこととして流布し——何度も反復されているうちに慣れ親しまれることになる」。国民性を信じる人にとっては、こうして慣れ親しんで固定観念化した特徴は、実体験の真実よりも重要だ。

国民性には、浅い理解と深い理解がある。浅い理解の場合には、「おもに心理面で国民性を固定観念化し、特定の個人の特徴を国民性と見なす」。一方、深い理解のほうは、「国民性は［……］本質的かつ中心的な気質のワンセットであり、ある国民を他国民と区別するだけでなく、世界のなかでのその国民の存在感（プレゼンス）と行動の源でもあり、そうした存在感と行動を特徴づけるさいの説明になる」。こうした本質的な性格としての国民性においては「いくつかの特徴が選抜され、強調されるのだ」。そのいくつかの特徴は二つの意味で典型的となる。「そうした特徴は時の経過とともにそのタイプの〈顔〉とされ、珍しく、かつ人目にもつくようになる」[210]

本書ではここまでにすでに、アインシュタインがこの旅で出会った外国人と民族に対してどういう認識を持ったか、それを詳細に分析してきた。だから彼が、各々の「国民性」とその本質を確信していったのは明らかかと思われる。彼は国民性の考えを繰り返し一般化して固定観念を作っては、旅日記の読み手に、自分が接触した国民たちから受けた印象を伝えようとしている。前述のように、彼は印象をすぐさま書こうとしたのだ。「日本人」（単数形）については、外国航路の船に乗ったまさに当日に自分の考えを固める。彼は各国民のなかのごく少数の人たちと会っただけで、その最初の印象を各国の「国民性」だと信じる。何度か接しても第一印象が強まるだけだ。

「国民性」についてのアインシュタインの確信は二つの点で興味深い。その一は――これは私がどこかで言ったことだが――彼は国粋主義者ではない点だ。私は今までアインシュタインおよびシオニストについて研究してきたが、その結果、彼はユダヤ民族主義者ではなく「ユダヤ民族性重視主義者」だったことがわかった。すなわち、民族の特徴に関して「自意識をポジティヴに重視する人」ではあるが、民族主義者と違い、自分たちの民族的エリアの政治的独立が必要だと訴えたわけではないのだ。[211] その二は、アインシュタインが科学の分野では経験的な証拠を断固信用するのに、いざ話が国民性となると、そうした証拠がなくても固定観念化をしたがる点だ。これはきわめておもしろい。以上を総合すると、彼は国民性に関して強い趣味を持っていたと結論づけていいと思われる。

アインシュタイン、人種、人種差別主義

人種という概念についての歴史研究、および人種差別主義についての社会学研究はともに、アインシュタインが「人種」という単語をどのように使っているか、そして、外国の国民と民族グループに対してネガティヴな判断を下しているからには彼は人種差別主義者だったと言っていいのか、以上の点を理解するうえで参考になる。

啓蒙主義時代および一九世紀前半の思想家たち、たとえばヴォルテールやカント、ヘーゲル、そしてマルクスといった人たちは、過激な思想を抱いていたにもかかわらず、人種間の平等を

信じていなかった。[212]だが一九世紀末になると、人種という概念はヨーロッパの識者にとって「学術的なパラダイム」へと発展し、ついには「学術的な人種差別主義」が出現するに至る。[213]一八八〇年代までのあいだに、「生物学的な反ユダヤ主義」を信じる過激な右翼は、「ユダヤ人のなかに、いわゆる『遺伝的欠陥』がひんぱんに出現するようになってきた」と主張した。[214]こうした歴史の流れのなかで、ユダヤ人識者は「ユダヤ人のアイデンティティを規定する客観的な判断基準」を探そうとするようになる。

こうして人種論は中欧では、ユダヤ人のアイデンティティについて学術的に論じられるようになった。[215]ドイツではおもにシオニストが、ユダヤ人のアイデンティティに関する「本質的な見方」を援用して自分たちの主張を強調し、「民族としての誇りを高めようとした」。[216]だが、穏健なユダヤ人や、極端なユダヤ人同化主義者たちのなかには、ユダヤ人のアイデンティティの人種的定義をもてあそぶ人たちもいた。[217]たとえばオットー・ヴァイニンガーやアルトゥル・トレビチュ、さらにはヴァルター・ラーテナウでさえ、実質的には「アーリア人種イデオロギー」の主要な考え方を受け入れていた。[218]またたとえばマックス・ノルダウのようにシオニスト・イデオロギー唱道者のなかにさえ、ユダヤ人の「堕落」という反ユダヤ主義の主張に賛成する者もいた。[219]

主要なユダヤ人共同体内部で、ユダヤ人という集団のアイデンティティが重視されるようになったのはこの時期だったが、それは西洋のユダヤ人共同体内で宗教の意味が薄れ、共通の言語が失われ、さらにはユダヤ人入植者の自給自足地域がなくなったからである。だからこそ「学術的な」理論を基礎とする共通の祖先、共通の「生物学的」あるいは「人種的な」遺産が、ユダヤ人のアイデンティティを規定する特徴の最たるものとされるようになったのである。[220]

多くのドイツ人シオニストたちは、ユダヤ人の「人種的純血」を主張し、ドイツのユダヤ人共同体内で異人種間の結婚が増加するのを考慮して、それにストップをかける必要があると考えた。アルトゥル・ルッピンのような穏健派指導者は左翼シオニストを支持し、パレスチナでのアラブ人との平和的共存を希望していたが、ユダヤ人の「人種的純血」には賛意を示していた。[221]

ドイツ国内のシオニストのなかには、ユダヤ人が「人種的に他と異なったままでいること」を支持する人もいて、ユダヤ人とドイツ人は両立しないと言い張った。[222] しかし、ドイツ系ユダヤ人を研究している歴史家は、ユダヤ人民族主義者で人種論を擁護する人たちが「人種的優越性の原則を表立って論じたことは一度もない」と主張している。[223] だがドイツ系シオニストは「ユダヤ人のほうが道徳的、知的、感情的に優れているという主張」をプロパガンダとするのを妨げることもなかった。[224]

人種差別主義の研究をしている最近の社会学者はこの現象を、もっと基礎的なレベルの「人間性否定であり［……］」、不平等正当化の一つの方法」と定義している。[225] 自他の対話は「すべての人種差別主義のなかに見られる」。[226] 自他のグループを区別すること（たとえば「人種のカテゴリー化」）とは、「各グループを線引きし、各境界内に各個人を割り振ることであり、その根拠として遺伝的かつ生物学的な、あるいは遺伝的ないしは生物学的な、（通常は形質上の）

特徴を（推測において）第一に重視すること」とも定義できる[227]。

マイルスとブラウンは、イデオロギーとしての人種差別主義を「生物学的ないしは身体的な特徴」が「人々のアイデンティティを判断する基準として」用いられることと定義している。「［……］そうした人々には、生まれつき不変の出自とステータスがあり、それゆえ遺伝的に他者とは異なっている」。比較対象とされるグループには、「追加の（ネガティヴな評価を得ている）特徴があるに違いない［……］」。そうした特徴ないし帰結は、生物学的ないしは文化的なものと思われる[228]」。ネガティヴな評価をされたグループは「イデオロギー上の脅威と見なされる」。そのイデオロギーは「比較的首尾一貫した理論形態を帯びているかもしれない」。だが、それは「日々の生活を乗り越えていくために構築・採用される固定観念、イメージ、特徴、解釈だが、あまり首尾一貫していない集合体に見える場合もありうる[229]」

アインシュタインは、極東に旅立つ前に、「人種」という単語をどう把握していたのだろうか？彼がこの語を使った最初の例は第一次世界大戦中のことだった。「民族あるいは国家」という語を定義するさいに、彼は、人種、共同体、言語、そして「おそらくは宗教」を主要な構成要素として挙げている[230]。

その約二年後、彼はふたたび似たようなことを言っている。今度はユダヤ人の本質的な特性として人種、気質、伝統を挙げたのだ。反ユダヤ主義を説明しようとしたときには、アインシュタインは、ユダヤ人への憎悪はユダヤ人固有の特徴が対象ではなく、ユダヤ人の存在自体が対象だと述べている。彼の考えによれば、「異人種の構成員」に対するこうした嫌悪感は避けようのないものだった[231]。その二日後、同化志向だったドイツ系ユダヤ人の中心機関に宛てた辛辣な手紙のなかで、彼は、反ユダヤ主義は有害な現象ではなく、それこそは「私たちが人種として生き延びてきた」理由だとさえ主張している[232]。

それから一年以上後、ユダヤ人国家を構成するうえでの人種の役割に関する彼の見解は変化を来したように見える。「私たちユダヤ人がどの程度自分たちのことを人種として、あるいは民族として見なすべきか、はたまた、私たちがどの程度伝統だけに則って社会共同体を構成するべきか、それについて私は確たる結論には達していない[233]」

アインシュタインの見解がなぜこのように変化したのか、その理由は明確にはわからないが、その数カ月前にアメリカでユダヤ人共同体の指導陣と出会ったり（アインシュタインは彼らに魅了されることはなかった）、アメリカでユダヤ人団体と出会ったことが（彼らは集団でアインシュタインを熱狂的に歓迎し、彼のほうも相手をポジティヴに理解した）、何らかの形で関連があるのだろう[234]。

アインシュタインは「人種」（単数形と複数形の双方）という語を、極東旅行の日記のなかで三度用いている。香港で中東出身のユダヤ人と出会ったあと、彼はこう記している。「ユダヤ民族は、ユーフラテス川とティグリス川の地のユダヤ人が私たちとよく似ていることからわかるように、過去一五〇〇年間にわたり純粋さを維持してきたと私は今確信している」。同日のうちに彼は、この項で先ほど分析した気がかりな文章を書いている。「もしこうした中国人が他の全人種を駆逐することになったら残念だ[235]」。そして最後に、彼はエルサレムの「とても汚い」旧市街での場面をこう描写している。「実に多様な聖人と人種がうようよしていて騒がしく、東洋風でエキゾチックだった」(236)

以上のデータから私たちは、アインシュタインの人種観について、どういう結論を出すことができるだろうか？　彼を人種差別主義者と見なすことはできるのだろうか？　初期の頃の発言からすれば、彼が「人種」という語を使うときには本質的には、生物学的に共通の民族的起源を持っている人々のことを指していることは明白だ。ユダヤ人は独特のグループであり、ほとんど独自の生物として今まで「生き延びてきた」人たちなのだ。彼が――当時活躍していた他のドイツ系ユダヤ人の識者たち同様――ユダヤ人の民族的アイデンティティを定義する一つの方法として人種というカテゴリーを用いていたことは明らかである。彼がユダヤ人を、他の人種や人々と区別できる「人種」と見なしていたことは明白なのだ。

ユダヤ人も非ユダヤ人も、自他を区分けする一つの方法として形質の特徴を用いていたことを私たちは知っている。小学校で、彼は「他の子供たちが人種的特徴を驚くほど知っていたことに」ショックを覚えている。(237)だが彼は、どんな優秀な特徴もユダヤ人のおかげとは考えていなかったので、たとえ彼の考え方が今から見れば人種差別主義的だったとしても、当時の段階では明確な人種差別主義ではなかったと思われる。

形質の特徴を民族の目印と見なすアインシュタインの考え方からすると、岡本一平の有名な戯画に付けた彼の手書きのキャプションに言及しないわけにはいかない。そこには大きな鼻が誇張して描かれているが、これが「ユダヤ人」の鼻と見られることは絶対間違いない。キャプションはこういう文章だ。「アルバート・アインシュタイン、ないしは『鼻はアイデアの宝庫』(238)」。この文章は、自分の「典型的な」ユダヤ人の鼻への自嘲でもあり、反ユダヤ主義者がいつもユダヤ人の特徴として取りあげるので広く知られている大きな鼻への嘲笑でもある。

この皮肉なキャプションが暗示しているのは、ユダヤ人特有の大きな鼻と高い知性との関連だ。しかし、すでに述べたように、アインシュタインはそうした固定観念を是認していたし、幼いときに頭に入っていたから、こうした固定観念は根っから染みついた考えの一つと推測してもかまわないと思われる。

旅日記のなかで「人種」という語がどのように用いられているか、それを知れば、この語についてのアインシュタインの考え方がいっそうよくわかる。実は旅日記のなかでは突然、ユダヤという人種が「純粋さを維持してきた」と記されている。つまりは、雑婚によって血が汚されるかもしれないことが暗示されているのだ。この文章からするとアインシュタインは、ユダヤ人の「人種の純血」は守る必要があるというドイツのシオニスト(たとえばアルトゥル・ルッピン)の考え方に同意していたようだ。エルサレム旧市街でのざわめきの場面を描写したときには、ネガティヴな含蓄をともなった言葉(たとえば「汚い」「うようよ」「騒がしく」)が使われていて、人種差別主義者の意図がかすかに漏れている。これと対照的なのは、日本人や中国人、そしてインド人が知的に劣っているとされる件についてで、旅日記では生物学的な起源があると明記されており、人種差別主義と見なすことができる——こうした例では、他国民は生物学的に劣っていると記されている。これは人種差別主義の明白な特徴だ。

この点が最もあからさまに露呈されているのは、中国人が「他の全人種を駆逐」という不穏なコメントだ。アインシュタインはここで他の「人種」に脅威を感じているわけで、この点は前記のように、人種差別主義のイデオロギーの一大特徴である。だがこの言葉は現代の読者にこそきわめて攻撃的に映るが、この言葉の遠因は理解不足にある。つまり、中国人男性が中国人女性を充分魅力的と思い、いっしょに子孫を産む理由が、アインシュタインには理解できなかったのである。

こうした例を見ていくと、アインシュタインは人種差別主義的で非人間的なコメントを残しており、そうした言葉は特に現代の読者にはきわめて不快ではあるが、とはいえ、彼がそういう考えを旅日記に記した回数はとても少ないと言わざるを得ない。こうした文章においてアインシュタインはたしかに他の「人種」の劣等を肯定している。こう見てくると、彼は前述のドイツのユダヤ人およびシオニストの識者が唱えていた「人種差別主義」を凌いでいた。歴史研究によれば、実はドイツのユダヤ人およびシオニストは、ユダヤ人の優越性を主張していなかったのである。[239]

私は、アインシュタインが人種差別主義の「比較的首尾一貫した理論」に賛同していたとは思っていない。彼は断じて、他人種の「脅威」に対して具体的な手段に訴えることを強く支持してはいなかった。香港で目撃した「人種による分離」といった何らかの排他的な手段によって、彼がひどく心をかき乱されたとは思えない。したがって私は、たとえ彼が徹底的な人種差別主義というイデオロギーに完全に同意していたことはないにせよ、時には、種々の民族構成員間に感じられる相違点を理解するために、「あまり首尾一貫していない固定観念やイメージ、特徴、説明の集合体」[240]というカテゴリーの人種差別主義者の一人にはなっていたと強く主張したいと思う。

アインシュタインの旅の特徴

近現代における旅と観光の歴史を調べれば、アインシュタインの極東旅行の特徴についてどんなことがわかってくるだろうか？

旅はしばしば自己に至る道と見なされる。[241] イタリアのミクロヒストリー学者エドアルド・グレンディは、工業時代の観光を「例外的な日常」とも呼んだ。[242] 観光を研究している歴史家ディーン・マキャンネルも同様の説を唱えていて、こう書いている。「観光客は、日常生活で疎遠になっている体験、対象、場所を求めている。それらが自分の日常生活の体系を回復してくれるのだ」

近現代の旅行者は外国に対して、かなり立派な骨組みを求める。[243] 植民地主義の時代には必然的に「異質な世界を精神的に咀嚼《そしゃく》して、慣れ親しんだ快適なカテゴリー内にそれを取り込むことも多かったが、……もしそうでなければ異質な世界を他者として構築し、エキゾチック、エロティック、劣等、優秀、危険なものとして処理した」。[244]「骨組みとしての他者」を求める者は、「骨組みとしての自己」を求めることだとも見なされてきた。[245] 外国人のイメージは、自分が所属する文化圏の概念によってあらかじめ規定されているものである。[246]

旅を研究している多くの歴史家は、「道を切り開いて士気を高める旅行者」と、「万事が受け身で、規定どおりの経路を追いかけていき、所定の体験を予定されたとおりに求める観光客」とを区別する。[247] アインシュタインの海外旅行は、近現代の大衆観光ブームが勃興した時期に実施された。ドイツでは第一次世界大戦後、旅行熱が急激に高まった。戦前とは対照的に、旅はもはや少数者の特権ではなく、国民の各層がどんどん参加できる商品となっていた。[248]

アインシュタインの極東旅行は、自己探求の旅と見なすことができるだろうか？ それは「例外的な日常」という雰囲気のなかで実施されたのだろうか？ 彼は日常生活で疎遠になっている体系を回復しようとしたのだろうか？

旅の二日目から、アインシュタインはこの旅を、大いなる自己発見と内省の機会とする心づもりだったようだ。気温上昇がそれに拍車をかける。「太陽が私を元気づけ、『自我』と『本能的衝動』との溝を埋めてくれる」。その次に記されているのは、乗船してから何日間か、余暇時間に論文を読んでいた事実である。その論文とは、生理学と性格型との関連についてドイツの精神医学者エルンスト・クレッチュマーが書いた文章だった。彼は当初この本を重要とは見なしていなかった。「私は大勢の知り合いを客観視できるようになったが、自分のこととなると不可能。なぜかと言えば、私はどうしようもなくいろいろな要素が混じっているからだ」

だがその翌日、彼はこの本が自分に深いインパクトを与えてくれ、自分自身の性格について重大な洞察を与えてくれたと書いている。「昨日もクレッチュマーを読んで感動。まるで心をしっかりつかまれたみたい。敏感になりすぎて、かえって無関心になりそう。若い頃は内気で世間知らず。自己と他者のあいだにガラス板。理由もないのに不信感。無味乾燥な代用品。禁欲的な感情の発作[249]」

実際、象徴的なレベルにおいても心理的なレベルにおいても、人はこの旅を、アインシュタインの心理のなかに降下していく旅、彼の「心の闇」に分け入っていく旅と見なすこともできる。こうしたことはとりわけ旅の初めの数週間に当てはまる。赤道に近づくにつれて気温が急上昇し、彼が熱帯の暑さに初めて対処した時期だ。彼は旅日記に「温室なみの温度」とか自分が「植物のようにうつらうつら」しているとか、先述のようにレバント人については「まるで地獄からつばでも吐きかけているみたい」という言葉を持ち出している。

アインシュタインはどういう旅行者だったのか？　彼が旅のあいだにガイドブックや地図を参考にしたという証拠は一つもない。彼の旅はある程度、観光客のツアーに似た性格があった――もちろん庶民のパックツアーではなく、ＶＩＰ専用のオーダーメイド・ツアー。アインシュタインの旅は、それまでのヨーロッパ域内旅行、つまり彼自身が目的地も旅程も自分で決めることができた旅とははっきり異なっていた。アインシュタインはそれまで旅をベルリンからのひんぱんな逃亡として使い、ライデンやキール、ラウトラッハ（ドイツ南部）、そしてチューリヒといったところに出かけて行っていた。海外旅行は、彼にとっては新たな旅の形態だった。「どうにもイライラする」ベルリンを長期間離れることになったからである。

アインシュタインの日本旅行にはどういう特徴があったのだろう？　彼の旅程は、改造社および各種学術機関によってぎゅう詰めにされていた。アインシュタイン夫妻がガイド抜きで二人で出かけたのは二回だけ。たしかに言葉の問題があるからこれは理解できるが、二回だけという事実にはアインシュタインの旅行の仕方が暗示されている。しかも彼が日本講演ツアーの旅程計画に関与していたという証拠もないのだ。

彼は目的地の選択をすっかり人任せにするほうが喜ばしかったようで、実質的にほとんどすべての決定を他者に任せていた。

先述のように、旅人のタイプとしてまずは旅行者と観光客があるが、中東旅行の研究をしている歴史家によるともう一つのタイプがある。巡礼者である。巡礼の目的は「この世と天国の架け橋になる」ことだ。旅行者は旅先での自分の個人的な体験に焦点を合わせ、観光客は計画どおりの団体ツアーに同行する。[250] アインシュタインはパレスチナでは巡礼者だったのだろうか？それとも旅行者とか観光客？

この疑問に関して言えば、旅日記に記されているように彼の体験談は完全に非宗教的であり、——聖書に登場する人物に間接的に言及することはあっても、だからと言って聖地に向かった彼の旅は巡礼ではない。では、世俗的な巡礼だったか？　あるいは旅行者とか観光客？　たとえ彼がリッダに向かうときに（寝台車が彼のために予約してあったにもかかわらず）二等車を利用したとしても、[251] アインシュタインが旅行中に何らかの苦難に耐えたという兆候はない。旅行中の宿泊先は、エルサレムの高等弁務官官邸もハイファの民宿も、そしてナザレのドイツ人経営のホテルもすべて快適だった。彼が旅を通して「天国とこの世の架け橋」になろうとした形跡は一つもない。彼の訪問を世俗的な巡礼だったと主張するとしても、その証拠としては、旅行前にユダヤ人の入植の努力を賞賛していたことくらいだ。

とすると、アインシュタインはパレスチナに向かった「旅行者」と呼んでいいのだろうか？彼のパレスチナ旅行は、そう呼ぶほど自発的なものではなかった。彼が旅行期間中に何かを自分で決めたという兆候はもちろん皆無だ。アインシュタインに旅の準備をする時間（あるいは趣味）があったようにも思えない。アインシュタイン関連の個人図書館内に現存するパレスチナ関連の唯一の本は、著者である左翼の旅行ライターだったアルトゥル・ホリッチャーから一九二二年八月に彼に贈られたものだったが、その本をアインシュタインが覗いたことは一度もなかった。[252]

彼の旅のなかで旅行者の定義に当てはまりそうなのは唯一、出会った人々や場所についての彼個人の見解である。彼はシオニストの招聘者たちが紹介した業績に大いに熱狂し、シオニストたちのさらなる努力を強力に支援すると励ましはしたが、だからと言って彼が入植者たちの努力にすっかり夢中になったと結論づけることもできないし、彼が入植者たちの目標に完全に同意したという証拠もまったくない。旅行者説はシオニズム全般との関連同様、認めがたいのだ。[253]前述のように、彼はパレスチナを、おもに一つの目標をめざすための単なる道具と考えていて、彼にしてみれば、その目標のほうが重要だった。それは、「ユダヤ人の病んでいる魂」を治癒し、ユダヤ人が非ユダヤ人からもっと高く評価されるようになることだった。

とすると、アインシュタインの訪問は、シオニスト旅行者の旅、あるいは厳密に言えば、シオニズムの「流れのなかで」旅行者が行なった旅だったと結論づけることができる。彼を招聘した人たちは、シオニストの考えに沿った話を語り、高度に組織化されたツアー、慎重に調整されたツアーを各国内で彼に提供し、自分たちが彼に見せたい場所だけを見せ、ユダヤ人内部の対立を彼に知らせず、物議を醸している人物や場所から遠ざけた。こういう旅行になった原因はアインシュタイン自身にも大いにある。彼はアラブ人の過激な代表者たちと会うことを求めなかったようだし、あまり歓迎されそうもない地域へ旅行したいと主張した証拠もないからである。

では、アインシュタインはパレスチナをシオニストの目で見たのだろうか？ 彼はきわめて積極的な心の持ち主なだけに、パレスチナを自分の目で見たと言ってもかまわないだろう。とはいえ、彼が行なったのがプロパガンダ・ツアーだったことを考慮すれば、彼はそこにいたあいだ、シオニスト色の濃い眼鏡をかけていたと言っていいだろう。

この旅はアインシュタイン個人にどういうインパクトを与えただろうか？ 他の旅行者同様、アインシュタインは旅行中に頭のなかがいろいろ混乱していた。(254) 混乱の兆候はたくさんある。まず彼は旅日記のなかで地名をいくつか取り違えている。シンガポールとコロンボを混同し、ハイファとヤッファを取り違え、香港のスペリングを絶えず間違えていた。そのほかの混乱としては、「一月一日」と書くべきところを最初に「一二月三一日」と記してしまっている。

長旅は、彼と妻エルザとの関係にどういう影響を及ぼしたか？ 旅日記には、二人の間柄を示唆する話がいくつか書かれている。旅行が始まったばかりのときに起きた最初のごたごたは

「国境で妻〔エルザ〕が迷子」になったこと。[255] またシンガポールでは、エルザが「おまると大きな洗濯たらい」が置かれた「トイレ」に「ぞっと」している。[256] 東京から出発する前には、ホテル内で大急ぎで荷造り中に夫婦喧嘩もどきの大騒ぎ。[257] その後アインシュタインは京都から大阪へ、エルザ抜きで行く決心をする。だが京都に戻ってみると、「ほったらかされていた妻が激怒」[258]。ペナンでは、波に揺られながら船に戻るときの描写をしたときに、アインシュタインは妻の名前を誤記している。つまり、「エルゼ[259]はとても怖がっていたが、それでも不満をこぼすだけの元気は充分あった」と書いているのだ。

　夫婦いっしょの長旅は二人の間柄に何らかのインパクトを及ぼしていた。その兆候は旅日記の記載に見てとれる。ポートサイドでエルザの具合が悪かったとき、アインシュタインは一人で散歩して「自由の感覚」を得ているのだ。[260]

　アインシュタインは内向的な人で、華々しい祭典などは苦手なはずだが、では、旅行中に訪問国で次から次へと催される会合をどう処理していったのか？　日本到着の翌日、彼は東京で開かれた数々の歓迎会に参加して、明らかに疲れ果てていた。「疲労困憊の状態でホテルに到着するが、巨大な花輪と花束に囲まれる。その後もベアリーナー夫妻の訪問。生きたまま埋葬」[261]。東京での多忙な一日を終えたときには、彼はホテルに「死ぬほど疲れて」戻った。[262] こうした記載のうち最も深刻なのは、疑いもなく、日本旅行も終わろうとする頃の次の文章だ。「私は死んでいた。遺体は門司に戻され」という箇所である。[263]

　パレスチナに到着する時点まで、アインシュタインが催し物に対してよそよそしい距離感を

日本へ向かう途中の「北野丸」船上のアインシュタインとエルザ。1922年10月。（日本郵船歴史博物館のご厚意により掲載）

感じていたことは明白だ。それは「コメディ」という語に表われている。[264]スペインではさらに一歩踏み込んで、催し物のたぐいを「いつも天罰」と呼んでいる。[265]

往復旅行中にアインシュタインが船上での孤独を満喫していたことは不思議ではない。彼は広い海の上での平穏静寂を深く味わっていることを、旅日記に繰り返し書いている。ヨーロッパへの帰路が始まったとき、彼はノーベル物理学賞選考委員会の会長スヴァンテ・アレニウス宛ての手紙にこう書いている。「それから長期の船旅はなんと思考と研究に役立つことか――パラダイスのような状況です。手紙のやりとりもなければ、客も来ない。会議もなければ、そのほか悪魔が考えつきそうなことは何もなし!」[266]。これではまるで、遠洋航海こそはアインシュタインが海外旅行を行なった第一の動機であり、講演旅行は二の次、つまりは長期の航海旅行というモラトリアム期間を得るための代償だったと言ってもいいくらいだ。

しかし日本旅行があまりに多忙だったため、アインシュタインは、今後ふたたびこのような旅行をするかどうかについて、矛盾する二つの感情を抱いた。一二月半ばまでのある時点で、彼は京都から息子たち宛てにこう手紙を書いている。「お父さんは、もう二度と世界中を回ることはしないと固く決心した。でも本当にそうなるかな?」[267]

旅行中のアインシュタインの科学研究

極東往復中のアインシュタインは人々から注目され、大忙しの訪問スケジュールをこなしていったが、それとは対照的に、大洋航路船上での静かな余暇に彼は、何の邪魔も受けずに長時間研究に没頭していた。ただし、往路では「重力と電気についての問題」を研究していた証拠がわずかあるだけ――熟考と計算に関して二度の記載しかない。だが帰路となると、統一場理論についてイギリスの天文学者アーサー・S・エディントンがその直前に発表したアプローチに関する複雑な計算に熱中している。

一九二三年一月一〇日の直後、彼は、それまで取りかかっていた論文を書き上げている[268]。旅日記への記載および、旅行中の手紙のやりとりのなかのコメントを読むと、アインシュタイン

ノーベル物理学賞の授与状。1922年12月10日。(エルサレムのヘブライ大学アルバート・アインシュタイン文書館の許可を得て掲載)

が満足していた様子がよくわかる。それは静寂のなかでアイデアが浮かんだ満足感だ。たとえば彼はその論文を書き終えようとしていた頃、デンマークの物理学者ニールス・ボーア宛てにこう書いている。「今回はすばらしい旅をしています。私は日本と日本人に魅了されています。あなたもきっとそう感じることでしょう。しかもこういう船旅は、思案する人にとってはすばらしい時間です——まるで修道院のようです[269]」

ノーベル物理学賞受賞の知らせ

上海到着時にアインシュタインは、スウェーデン科学アカデミーの事務局長クリストファー・アウリヴィリウスからの電報により、自分が一九二二年度のノーベル物理学賞を受賞したことを知った[270]。ノーベル賞を受賞するかもしれないことは、九月一七日頃にスヴァンテ・アレニウスから初めてほのめかされていた[271]。マックス・フォン・ラウエはアインシュタインに、日本旅行を再考したらどうかとさえ言っていた。「昨日聞いた信頼できる筋の話によると、催し物が一一月に何回かあるかもしれないとのこと。その結果によっては、あなたは一二月にヨーロッパにいたほうがいいと思われる」[272]。こうしたやりとりがどれもノーベル賞のことだとは明言されていないが、アインシュタインは何が進行中なのかは理解していたと思われる。それでも、彼はアレニウス宛てに、契約があるので自分は講演旅行に出かけないわけにいかないし、旅行を先延ばしもできないと書いている[273]。興味深いことに、アインシュタインは旅日記のなかではノーベル賞のことに一度も触れていない。

相対性理論の評価、および同理論が旅行に及ぼした影響

一般相対性理論の正しさが立証されると、アインシュタインは一九一九年一一月、一夜にして国際的な名士になった。前述したように、その後何年間か彼はヨーロッパ各地に赴いた。そうした旅には動機が二つあった。一つは自分の理論の普及であり、もう一つは第一次世界大戦でダメージを受けたドイツと世界の科学界の協力関係の再建だった[274]。ドイツの科学史家ユルゲン・レンによれば、「(当時)科学は国際協力のメッセンジャーになった。アインシュタインは指導的役割を果たした」[275]。彼は熱意をもってこうした旅に出かけていった。一九二〇年代には自身のことを皮肉を込めて「相対性理論に囚われた旅行者」と言っていた[276]。半年後、彼は初めてヨーロッパ大陸を離れ、アメリカ合衆国とイギリスの双方を訪れた[277]。

では今から、アインシュタインが極東旅行の往復で訪ねた国々で相対性理論がどう受容されたか、それを調べてみることにする。優秀な科学史家たちのなかには、もうすでに相対性理論の受容史について広範な調査を行なった人もいるので、私はそうした地域を調べた彼らの結論をここで要約してみようと思う(278)。さらに、アインシュタインは訪問した国々に、他の形のどんな科学的・非科学的インパクトを与えたか、それも探ってみようと思う。

相対性理論が中国で初めて紹介されたのは一九一七年のこと。日本で物理学を学んだ中国人の大学生が導入したのだった。北京では、バートランド・ラッセルが相対性理論について一九二一年に一連の説明をした。彼の講演とアインシュタインの短期訪問により、「中国での相対性理論関連の本の出版は激増した」。相対性理論は中国では、「即座に、そして実質的には何の論争もなく」受け入れられた。科学史家ダニアン・胡《フー》は、このように「実にユニークな」受容をされたのは、相対性理論に革命的なイメージがあったからだと言った。相対性理論は中国の識者には魅力的だったが、それは「中国には古典物理学の伝統がなかったため」とされている(279)。

では、この旅の最も重要な訪問地である日本では、アインシュタインと相対性理論はどう見なされただろうか？　アインシュタインの日本旅行がとてつもない大成功だったことは間違いない。彼は行く先々で名士扱いされたし、彼の訪問はメディアでセンセーションを巻き起こした。学術講演も一般講演も大入り満員。大いなる熱狂を呼んだ。相対性理論に対する関心は、庶民に広まっただけではない。皇室も、政治家も、そして実業界も著名人の来日に魅了された(280)。講演旅行が成功を収めた要因の一つは、改造社が行なった効果的なＰＲ活動だった。同社は中央紙および地方紙に競合的な協力関係を仕掛けた。『改造』誌は完売し、全四巻の『アインスタイン全集』（翻訳版。この種の出版は世界初）は、アインシュタインの旅行中から旅行後にかけて四〇〇〇部売れた。[281]

たしかにアインシュタインにとって日本旅行は「計画的なメディア・イベント」と呼べる唯一の訪問だったかもしれないが、科学史家トーマス・F・グリックに言わせると、「日本が彼の理論を受容したその状況は、他国での受容とそれほど異なるものではなかった」。[282] しかし、「改造社が始めた激しいPR活動への反発」もあったし、アインシュタインの訪問にあまり熱狂しなかった保守的知識人たちもいた。[283] また彼の理論に関する誤解もあった。相対性という言葉は、「多くの日本人を誤った方向に導いたし、おもしろがる人たちもいた」。なぜなら、相対性という言葉はアイタイ性とも読めるので、「恋人同士が向かい合って性交する」とも読めてしまい、それが帝国議会内で話題になってしまったのだ。[284]

アインシュタインの六週間の日本滞在は日本にどんなインパクトを与えたか？　まずは、日本社会で科学への関心が非常に高まった。[285] 前述のように、アインシュタインは初期の段階で桑木および石原と接触していたので、相対性理論の日本への導入は比較的早かった。彼の訪問は日本の若い科学者世代に強烈なインパクトを与えた。だが、批判もあった。アインシュタインがもっぱら年輩世代の学者の話相手にされてしまったので、若い科学者たちはアインシュタインと充分に論議する時間がなかった。[286]

この旅には重大な政治的側面もあった。アインシュタインは二人の傑出したキリスト教改革者、労働運動家、つまり賀川豊彦および山本宣治と会っている。場所は前者とは神戸、後者とは京都。[287] またアインシュタインはもっと過激な政治集団とも接触していた。日本プロレタリア同盟がアインシュタイン宛てに送った手紙は、明らかに当局の検閲を受けている。同盟は、アインシュタインに「日本の……〔検閲箇所〕帝国主義的政府について」意見を求めた。検閲を受けた語はおそらく「侵略的」あるいは「攻撃的」だった。同盟は日本の若者に対する彼の希望も尋ねた。[288] それへの返信のなかで、アインシュタインは日本の労働者階級の組織化を勧めている。だがアインシュタインは「反対のための反対という運動」にならないよう警告している。これは他の件でもアインシュタインが口にしているスタンスだ。[289] また彼は軍国主義の危険についても警告を発している。[290]

彼の訪日はドイツ外交にとっても有益だった。ドイツの科学は、アインシュタイン訪日前からすでに日本社会で尊敬されていた。[291] アインシュタインは、旅行中ずっとドイツ人科学者として認められていたので、その面では成功と言えたし、彼の理論はドイツ人の偉業とも見なされていた。駐日ドイツ大使ヴィルヘルム・ゾルフはベルリンに「アインシュタインの来訪はドイツのためにとりわけ有益な影響」があったと返信している。しかしアインシュタインは、マクシミリアン・ハルデンの言葉に関わるベルリンの状況がドイツにとって有害になることを憂慮していた。[292]

パレスチナでは相対性理論はどう受け取られたか？　他の多くの国々と同様、相対性理論は理解しがたいという話がパレスチナでも広まっていた。アインシュタインが訪問したのは、パレスチナで教育制度の基礎がスタートしたばかりの時期だった。アインシュタインはエルサレムとテルアビブの双方で相対性理論について講演したが、新聞や指導的政治家たちは概して、理解不能と受け止めていた。講演が実施されたという事実のほうが講演の内容よりも重要だったのであり、民族にとっての意味合いのほうが科学的な重要性よりも上だったようである。ただし相対性理論について報じた新聞記事のなかには、アインシュタインの訪問によって〈イシュヴ〉内で彼の理論がある程度普及した、とするものもあった。[293]

アインシュタインの訪問はパレスチナにどういうインパクトを与えたか？　地元シオニストがユダヤ人入植者たちの努力および、〈イシュヴ〉の要望、そして地元アラブ人との関係に関するシオニスト本流の考えをこの名士に伝えたことは明白である。訪問日程を見ればよくわかることだが、シオニストの目的はユダヤ人共同体の業績をアインシュタインに伝えることだった。当時はシオニスト・ツーリズムが全般的に発展してきていたので、招聘側としては「シオニズムに関心を抱いていて、パレスチナを訪問しようかと考えている人たち。今まで自分がシオニストの事業に好意的な印象を受けてきたのは間違いではなかったと確認済みのユダヤ人」を魅了することが重要だった。[294]

前述したことだが、国内の対立は軽視された。アラブ民族主義のセンター、たとえばヤッファでは暴力沙汰が発生してからまだ二年も経過していなかったので、旅程からざっくり排除された。委任統治当局の代表者相手の幾度かの議論を除けば、アインシュタインはシオニストのみを相手にして最小限の面会をしただけだった。パレスチナのシオニストはアインシュタインの訪問を、民族関連の訪問だけに切りつめた。彼らのあいだではアインシュタインは「天才」と崇拝され、シオニストが「二〇〇〇年」[295]待っていた救世主のような扱いをされた。

興味深いことに、民族的には熱狂が巻き起こっていたが、アインシュタインの旅行の焦点――ヘブライ大学建設予定地であるスコプス山の敷地で行なった講演――について、アインシュタインは旅日記にきわめて簡潔なコメントを記しただけであり、この重要な儀式に対する彼の心情は一切書かれていない。その後も、アインシュタインはこのイベントについて一行も記したことはない。

シオニストがこのツアーをプロパガンダに用いたことは明らかだ。そのことは、ベン＝シオン・モシンソンの公開演説に明白である。モシンソンはとんでもない主張をしたのだ。今アインシュタインはヘブライ語を勉強中で、将来エルサレムに住むつもりだと述べたのである。こうした例は、アインシュタインがヘブライ語を知らないことに対する皮肉と見ていいだろう。

ロンドンのシオニスト機構も、アインシュタインの訪問については最高度に民族的重要性を強調した。彼をパレスチナに迎えることで、ハイム・ワイツマンはアインシュタインに、かつてない民族的な役割を押しつけた。こうしてアインシュタインは、パレスチナにおいてもディアスポラにおいても、民族を再生する人とされた。[296]

ユダヤ人共同体の受容の仕方、およびアインシュタイン観を知るには、地元新聞に掲載された訪問関連記事を少しずつ収集するしかない。だが結局はアインシュタインに対するべた褒めの言葉だらけであり、誇大表現に満ちあふれていて、お世辞の羅列。〈イシュヴ〉内でのアインシュタイン・フィーバーは、彼の訪問の中心をなすイベント――ヘブライ大学建設予定地であるスコプス山の敷地で行なった学術講演――において熱狂の域に達した。日刊紙『ハアレツ』は催し物の数々を「民族の祝典、科学の祝典」と表現した。アインシュタインが講演のために演壇に上がったことですら、新聞では聖なる瞬間同然と解釈された。アインシュタインは、「トーラー（教え）」がふたたびシオンから施与されたというのである。名士アインシュタインは、新たな「シオンに建設される科学の寺院」内の高僧と呼ばれた。[297]

アインシュタインは民族の象徴となった。彼はそのことを意識したからこそ、シオニストの指導者アルトゥル・ルッピン宛ての絵葉書で、自分の頭の周囲に光輪をスケッチしたのだと思われる。[298]

相対性理論がスペイン科学界に紹介されたのは一九〇八年であり、紹介者は数学者エステバン・テラダス・エ・イリャと物理学者ブラス・カブレラだった。この二人は一九一九年以降も相対性理論普及の主役だった。スペインでは物理学者の数が充分ではなかったため、相対性理論はおもに数学者によって受容された。相対性理論をおもに研究したのは、新たに出現してきた「科学的な中間階層」であり、技師と物理学者が多かった。指導的な支持者の多くは保守的なカトリック教徒だった。一般庶民は相対性理論を「文化的現象であり、社会と哲学という異次元を同時に扱う理論」と呼んだ。相対性理論に科学界で反対していたおもな敵は天文学者コマス・ソラだった。[299]

アインシュタインのスペイン訪問は各方面にインパクトを与えた。彼の訪問は、すでに変わりつつあった庶民の科学観を決定的に変えた。アインシュタインは「科学界の象徴的名士」とされ、知的エリートたちは「文化の一環としての純粋科学」をいっそう歓迎するようになった。科学の中間階層は、古い政治的・文化的エリートに取って代わろうとした。古いエリートたちは相対性理論を「理解できず」困惑していた。[300] アインシュタインの訪問には政治的側面もあった。とりわけ、カタロニアの民族主義者はアインシュタインを自分たちのイデオロギーに利用しようとした。[301]

この時期の相対性理論受容を通じて、科学史家は全般的にどのような結論を引き出しているだろうか？

レンが指摘しているように、アインシュタインの旅行は、「すでに進行中だった各地域の科学界の解放プロセスをスピードアップした。そのプロセスは、社会における基礎科学の役割を高める方向に進んだ」。[302] グリックは、相対性理論を受け入れるかどうかという疑問により、「科学者たちは、自分自身および自分の専門分野の双方と立ち向かう羽目になった」と結論づけている。[303] その結果、アインシュタインとその理論の名声は、「国民のなかにおける科学と特定分野のステータス、ならびに地域と全世界的な科学的伝統の関係の双方を考慮する引き金となった」[304]

科学理論受容の問題に対する新たなアプローチは、科学的知識の伝達方法に目をつけるようになっている。パティニオティスとガヴログルは、伝統的な受容研究からの移行を主張している。従来の受容研究の見解である「中央」から「周辺」への知識伝達に焦点を合わせるのではなく、「周辺」によってアイデアと実務にどう利用されたかに焦点を当てようとしているのだ。[305] こうしたアプローチは、前述のメアリー・ルイーズ・プラットが主唱する「コンタクト・ゾーン」、つまり「外来要素が導入」されるときに生じるゾーンから導き出された方法だ。そうした導入プロセスにおいては、「従属的ないしは辺境のグループが、支配的ないし大都市圏の文化から伝達されるものを選択、創造する」[306]

アインシュタインが極東旅行で訪れた国々の科学界に、相対性理論がどう「利用されたか」、それについての詳細な論文はまだ書かれていない。

結語

アインシュタインは世界を半周する六カ月の旅を行なったが、では今の時点で、彼個人について、そして彼の全般的な意見、見解について、さらには彼が旅した流儀についてどのようなことが言えるだろうか？

先述のように、遠洋航海が始まるとほとんど同時にアインシュタインは自分自身について、そして途中で出会ったさまざまな人たちのアイデンティティについてあれこれ考えるようになった。そして彼は自身のさまざまなアイデンティティと直面することになる。具体的には、民族としてのユダヤ人、国民としてのドイツ人とスイス人、大陸別で言うとヨーロッパ人、そして地球規模で言うと西洋人といったアイデンティティと直面したのだ。

旅日記はアインシュタインがどのように外国旅行をしたか、それを理解する資料を提供してくれる。彼はヨーロッパ内の旅と違い、海外に出るとほぼ人任せになった。各国の招聘者たちにほとんどすべてお膳立てを任せてきわめて幸せだったのだ。まさにあなた任せだった――ほとんど何もかも。そうすることにより、何事もスムーズに運んだ。長期旅行をすることによって彼は、「どうにもイライラする」ベルリンから長期間離れることができた。

彼の旅行の仕方は、いわば実に多様だった。たしかにこの旅の参加者は彼とエルザだけだったから個人旅行の性格を帯びてはいたが、実際には観光客のパック旅行に近かった。

もう一つ興味をそそられる疑問がある。それは、この旅行中、相手に仕える役を担ったのは誰か、という点だ。招聘者のほうか、それともアインシュタイン自身のほうか？　日本国内では、改造社が作ったぎゅう詰めのスケジュールに従って行動したので、アインシュタインは疲労困憊になった。とはいえ、彼は旅行を自分の科学理論の宣伝、普及にも使った。さらにはベルリンの政治不安から長期間離れていられたのでほっとしていた。パレスチナでは、招聘元の言いなりに近かったと言っていいだろう。シオニストにとって、最も著名な非シオニストのユダヤ人が訪問してきたことは、プロパガンダとして大成功だった。アインシュタインにしてみれば、この旅は主としてパレスチナという国についての好奇心を満たす手段だった。彼はパレスチナの発展を数年来、後押ししていた。そして彼にとって最大の目的であるヘブライ大学の今後を決定づける瞬間に居合わせるチャンスでもあった。

次にアインシュタインの考え方に関しては、結論としてこう言っていいだろう。先述の幾多の例に見られるように、アインシュタインは地理的な決定論を信じていた。気温が上昇し続けると彼はこう書いた。「古典古代のギリシャ人やユダヤ人は、今より怠惰でない暮らしをしていたと確信した。その時代以降、知的に活発な地域が北に移っていったのは偶然ではない。無気力に暮らすほうが安楽」[307]

だがこの旅日記を読むと、環境より遺伝を優先する例も出てくる。香港訪問中のこと、彼は現地ユダヤ人共同体の人たちと会っている最中に、中東とヨーロッパのユダヤ人が似ていることに感慨を覚える。アインシュタインは生物学的な世界観を抱いていて、遺伝優先の考えを持っていたのだろう。[308] 皮肉なことに、生い立ちよりも自然（遺伝）を重視する考え方は、彼の地理的決定論と矛盾している。

アインシュタインの考え方で旅日記に出てくるもう一つの興味深い側面は、賞賛と倫理に関する彼の見解だ。数々の例において彼は悪臭と汚れへの尊敬を（おもに中国で）表現しているが、その彼が日本では清潔さと完璧さを高く評価している。この矛盾は、ブルジョアに対する尊敬および軽蔑と考え合わせると実におもしろい。

この旅日記は、アインシュタインの性格のなかに隠れている魅力的な矛盾を露呈している。彼はナショナリズムをひどく蔑視していたが、国民性のほうは固く信じていた。抑圧されている人たち、そして時には、搾取に共謀したことを恥じている人に対しては大いなる共感を覚えていたが、その一方で、東洋学者の見解を明らかに支持し、「賢明な」植民地主義に賛辞を送っていた。植民地の地元民の基本的人権を、常に認めていたわけではなかったのだ。

旅で出会った一部地元民の窮状を不快には思っていたが、その一方で、人種差別主義的な発言、不穏な考えを標榜していた。とりわけ日本人と中国人は生物学的に知的劣等だと言いながら、中国人による人種的支配を恐れていた。

旅日記を読むと、アインシュタインが自身のことをどう考えていたかについてある程度わかってくる。彼はしばしば、多種多様な挑戦者から複数の攻撃を受けていると考えていた。この点に関して象徴的に言えば、彼は、いくら自分が「攻撃」されかかっても――ことによると十字軍兵士とか伝道者同様に――自分が守備側の主人公となり、（いわば西洋文明の先陣を切って）相対性理論を「現地の人たちに」普及させるための探求に出たのかもしれない。

彼を日本に招聘した人たちが語っているところでは、彼の東京到着は「凱旋将軍のよう」だった。(309) アインシュタインが自分を英雄に擬したとすれば、それは彼がよく自分自身のことを自嘲的に語るときに用いた好みの引用句、ドイツの詩から彼が選んだ引用句にぴったりである。その句とは、「しかし、雄々しいシュヴァーベン〔ドイツ南部の地方名〕の人は恐れることを知らない」というものだ。(310)

この旅日記には国民性についての固定観念、および人種差別主義な文章が数多く記載されているので、そうした記載は、アインシュタインの公的な考え方である人道主義とどのように合致するのだろうかと悩んでしまう。固定観念などは、彼の賢明な公的発言とどう両立し、進歩的な目的にどう資するのだろうか？　この「人道的で紳士的な名士(311)」はどうしてこんな偏見を抱いていたのだろうか？

一つの解釈としては、この旅日記は公表の予定がまったくなかったという事情が挙げられる。アインシュタインがこの旅日記を書いたのは、将来自分が備忘録として参考にするとか、ないしは前述のように、ベルリンに戻ってから義理の娘たちに読ませるためだった。こうした事情は、寛大で慎重な言明と、旅日記に見るような率直かつ、(時には)不穏な個人的見解の矛盾の説明になるだろう。

この旅日記はアインシュタインに、不合理で本能的な側面を表現する機会、かなり自由に個人的な偏見を表現する機会を与えることになった。

もう一つの解釈は、知性に関するアインシュタインの明白なエリート意識である。彼の人道主義は、ある国を知的に劣等だと見なしたときに消失する。[312] さらには、彼は公には人権を標榜していたが、彼の宇宙のなかで中心を占めていたのは人道ではなく科学だったのかもしれない。

もう一つの解釈がある。それは、著名な人道主義者というアインシュタインの公的イメージ(政治上の革新系・左翼系支持とは対照的な考え)は、この旅日記を書いたときよりあとに発展したものだという説だ。そうしたイメージがとりわけ明白になったのは第二次世界大戦後のことなのである。

極東旅行でアインシュタインが主たる目的の一つと考えたのは、他者に自分を認識させること、そして自分のなかにある他者性を認識することだった。今まで見てきたように、彼はいつもそういうふうに行動してきたわけではないが、彼についての上記の評価について何らかの断定をしてはならない。この文化的名士の厄介な側面に直面したり、私たち自身の心もとない側面を認めたりすると、私たちは落ち着かなくなる。しだいに寛容さを失っていく現代世界においては、他者にとっての自分自身、そして私たち自身のなかの他者を理解するのは依然としてとても困難なことだ。

旅日記

日本、パレスチナ、スペイン(1)

一九二二年一〇月六日〜一九二三年三月一二日

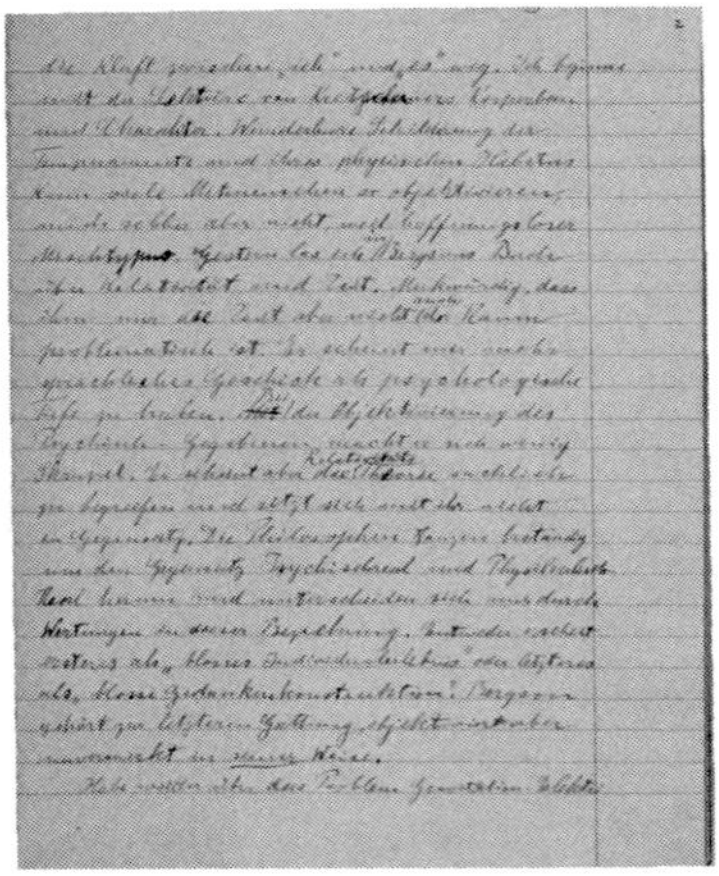

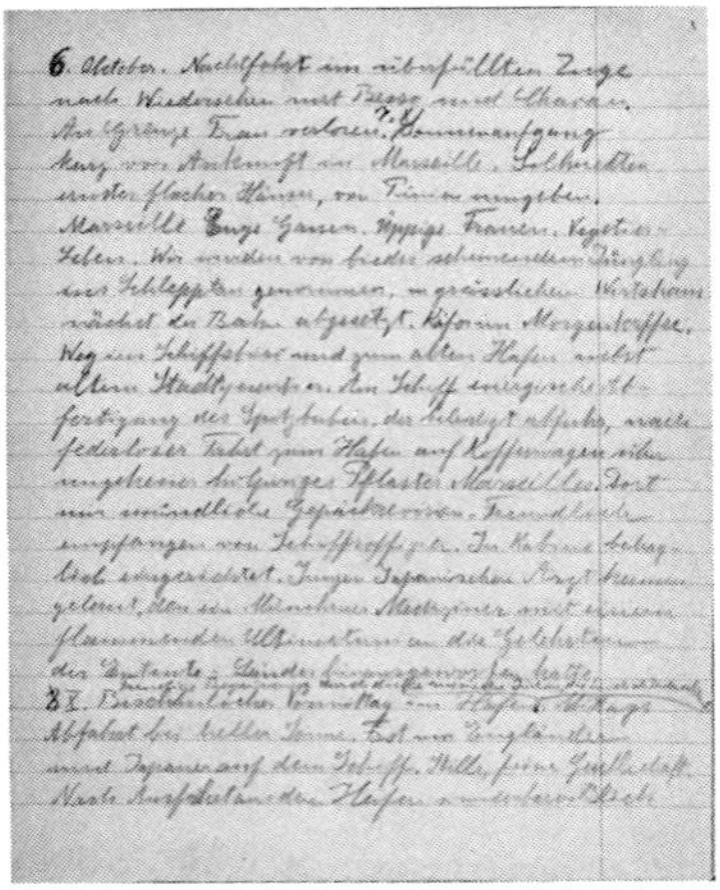

アインシュタインの旅日記、直筆。
以下同じ。

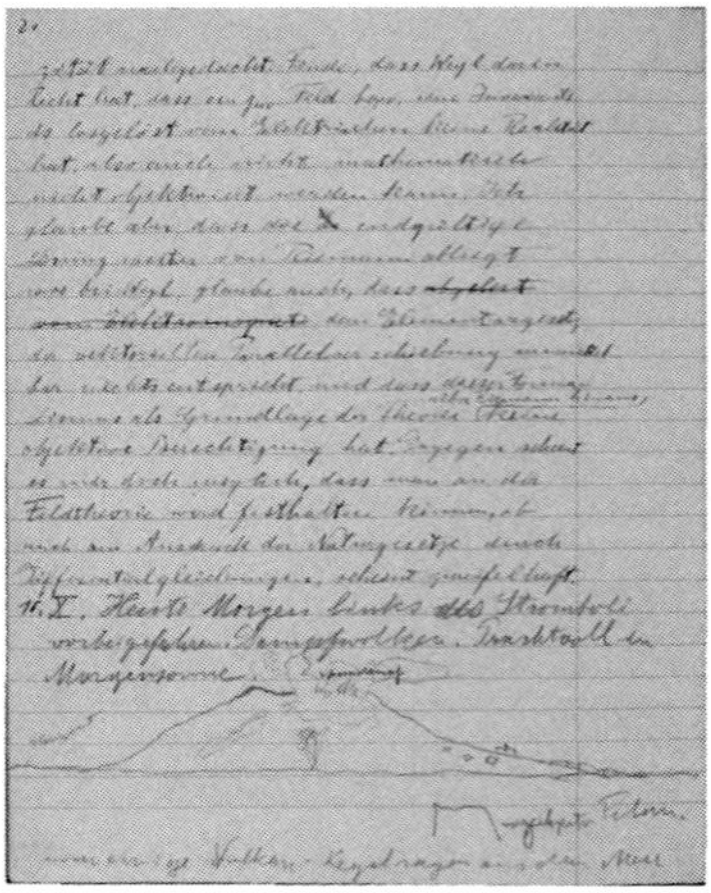

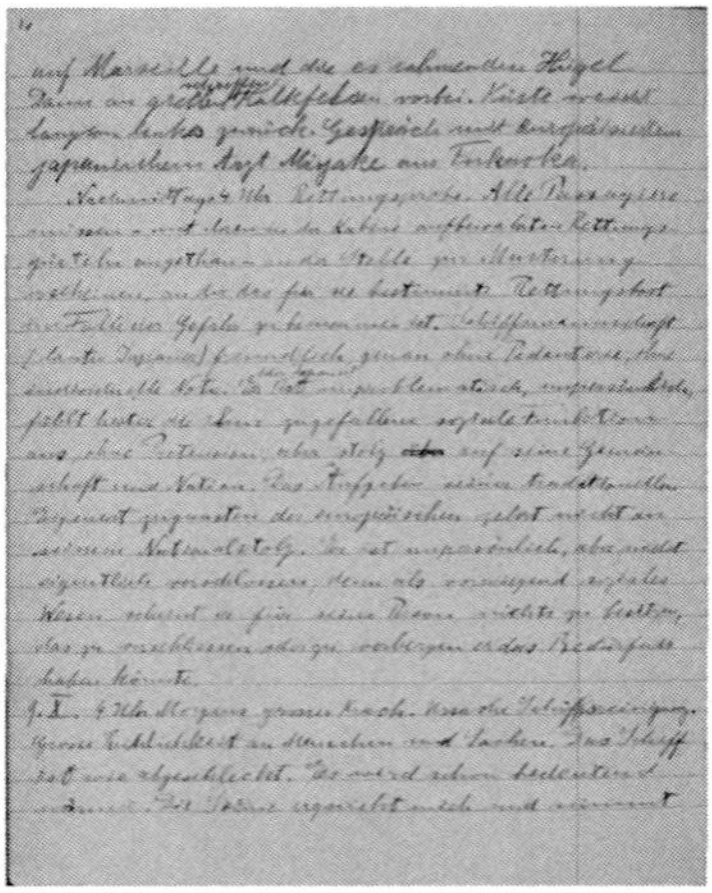

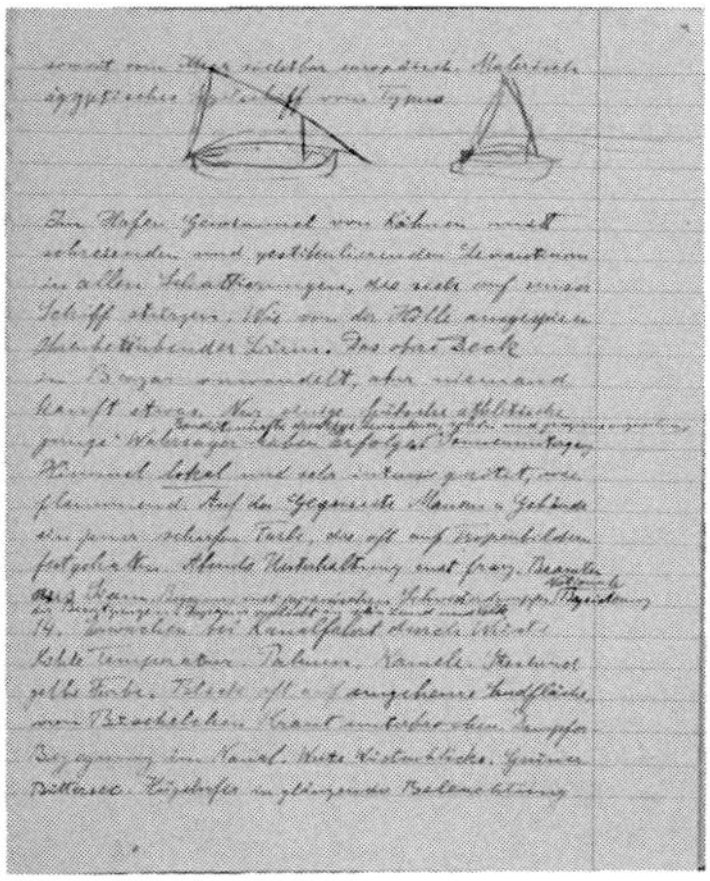

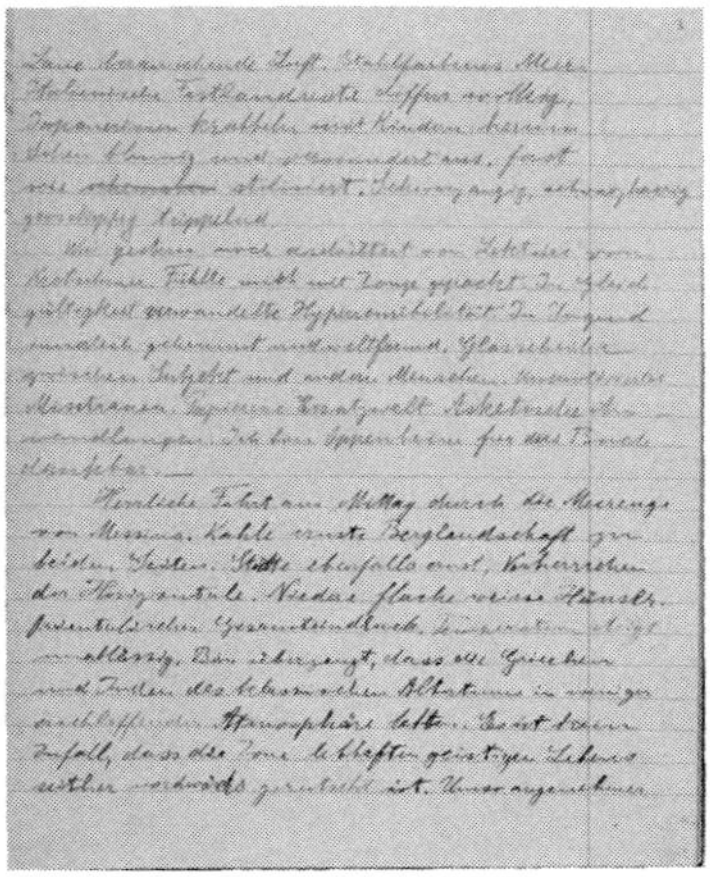

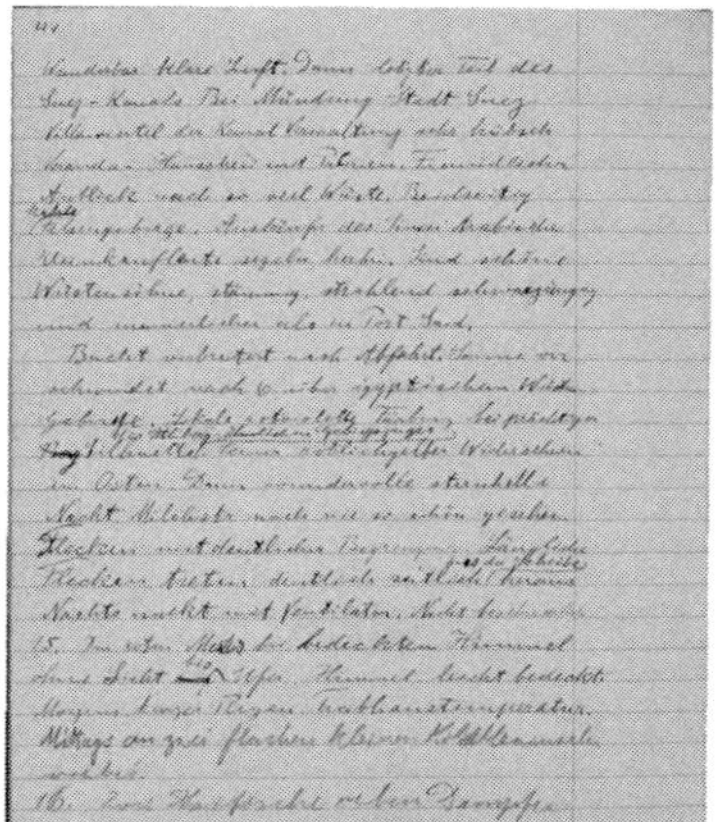

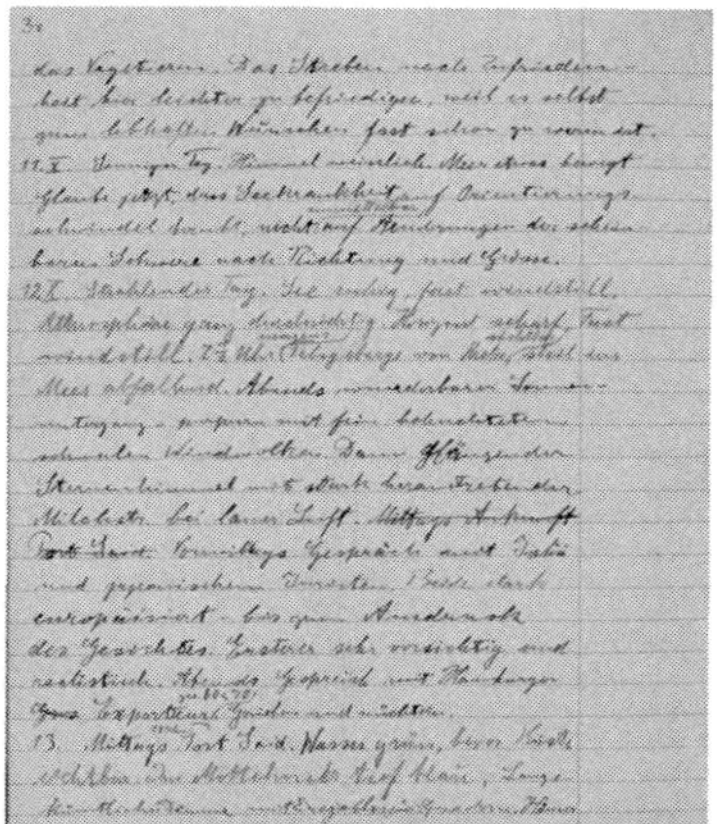

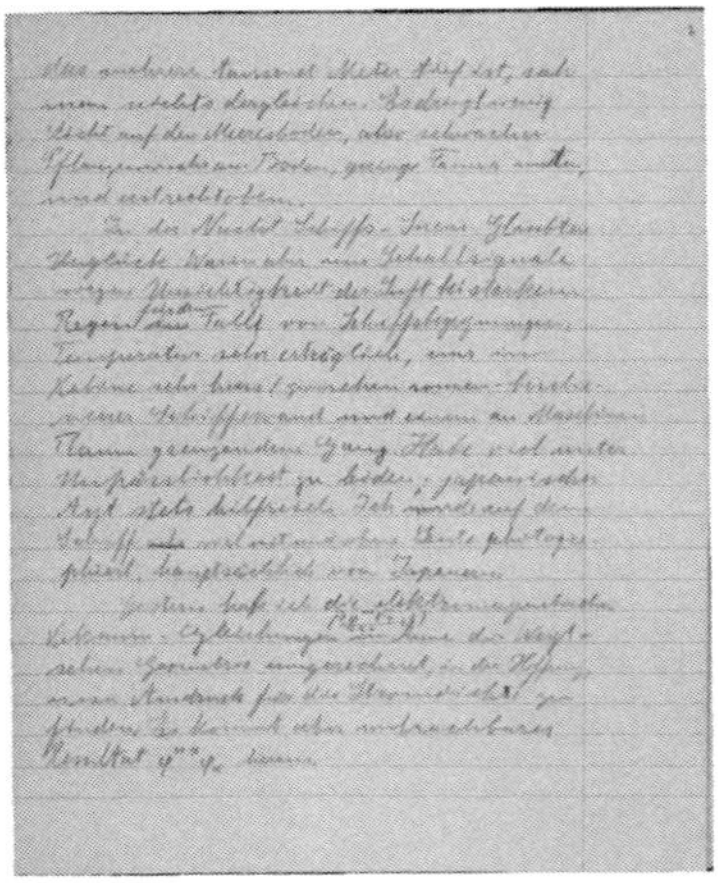

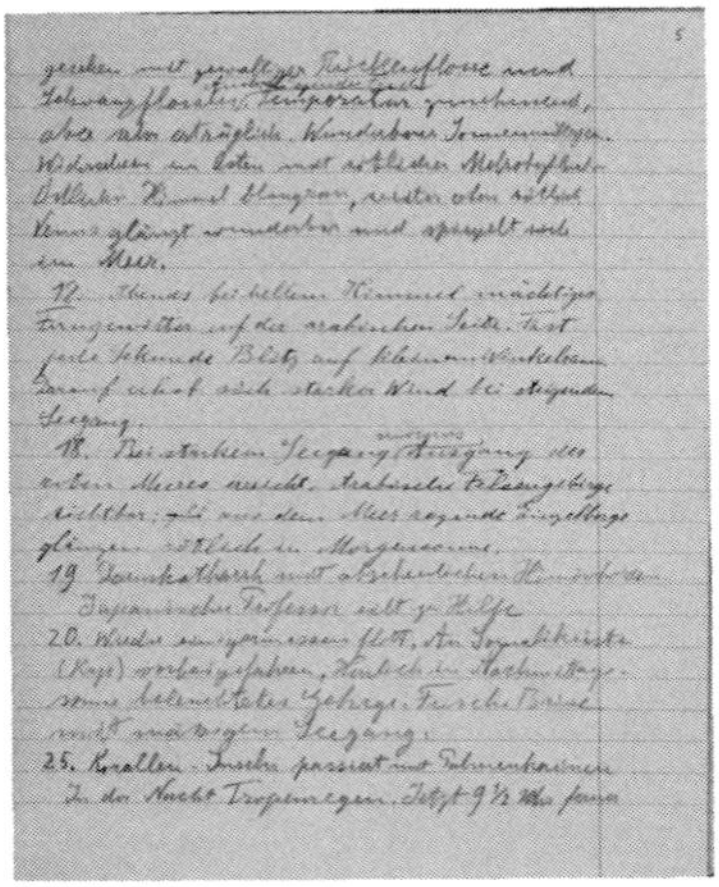

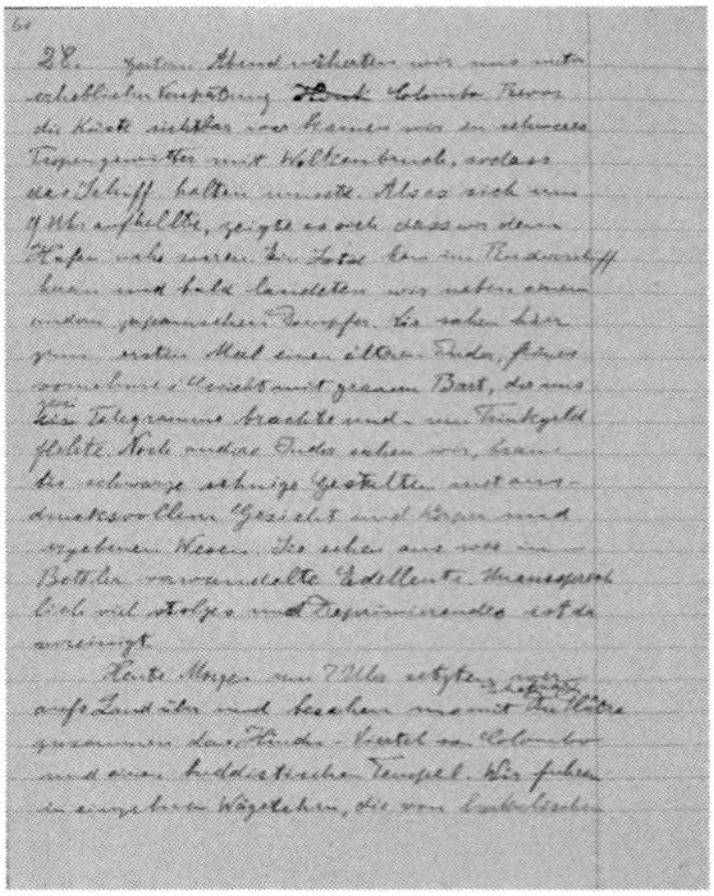

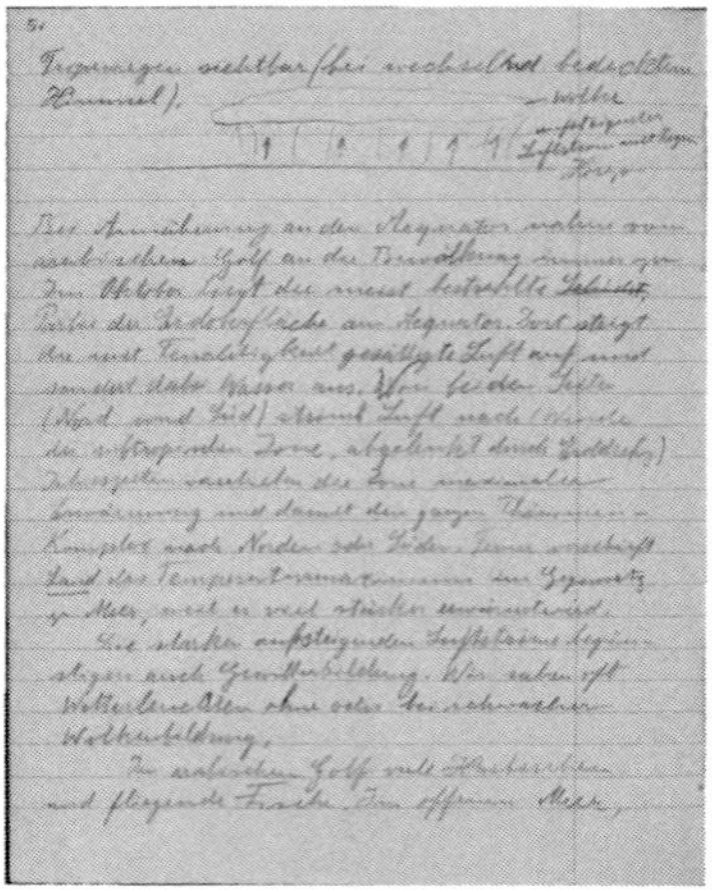

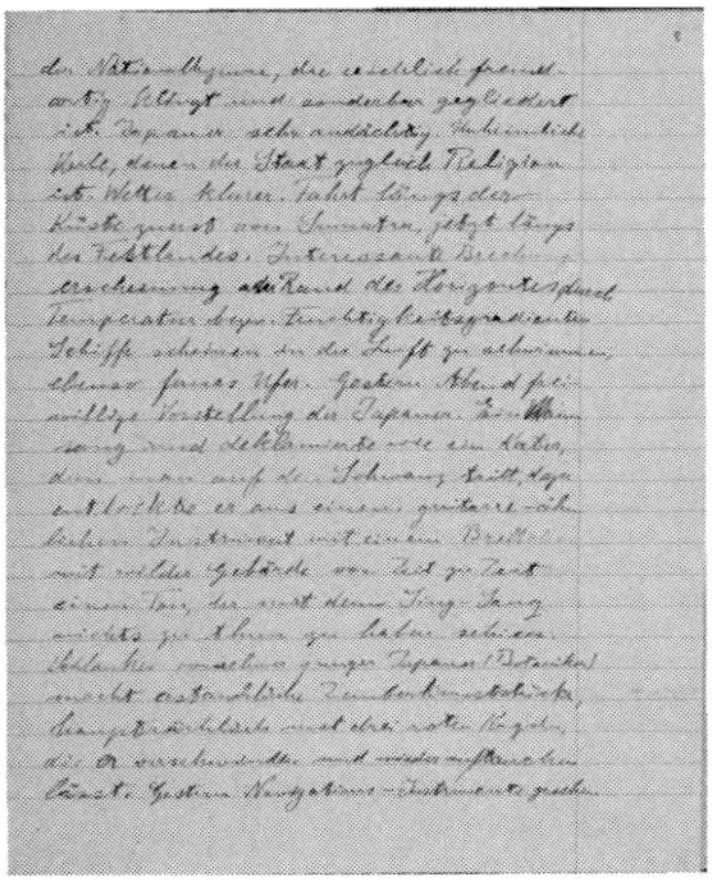

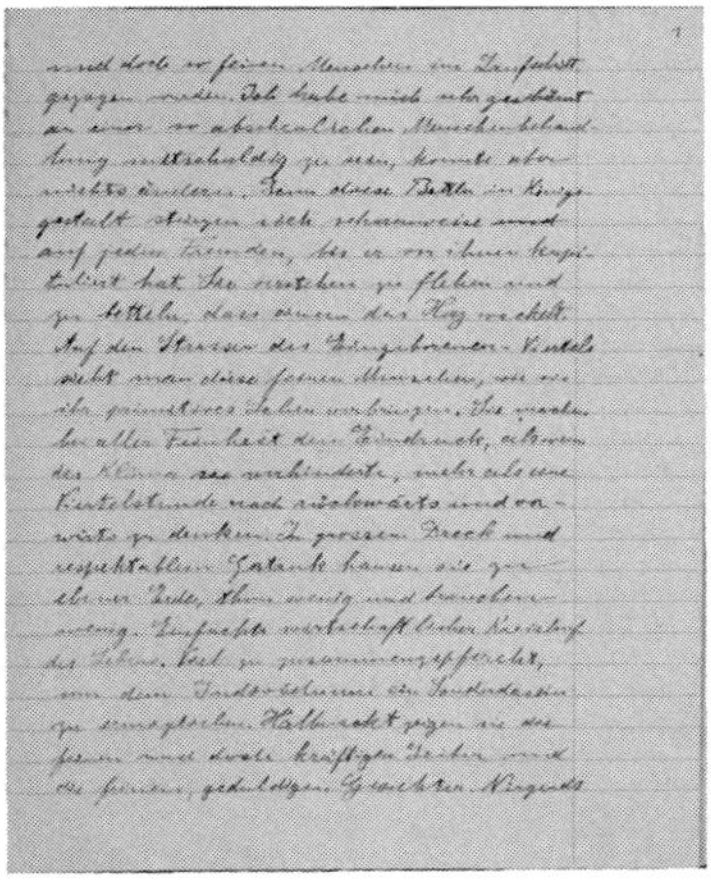

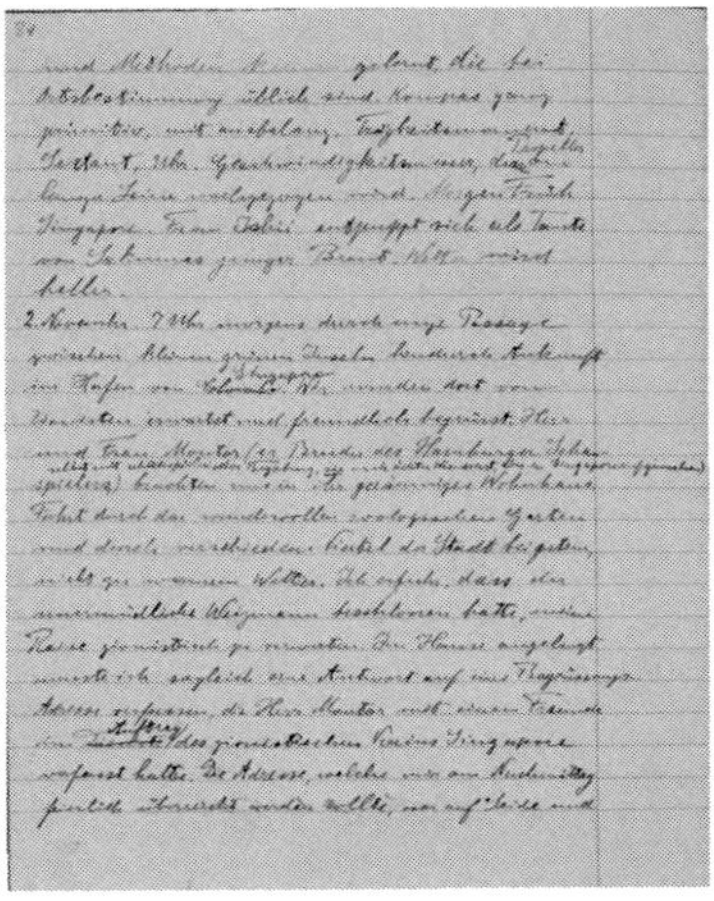

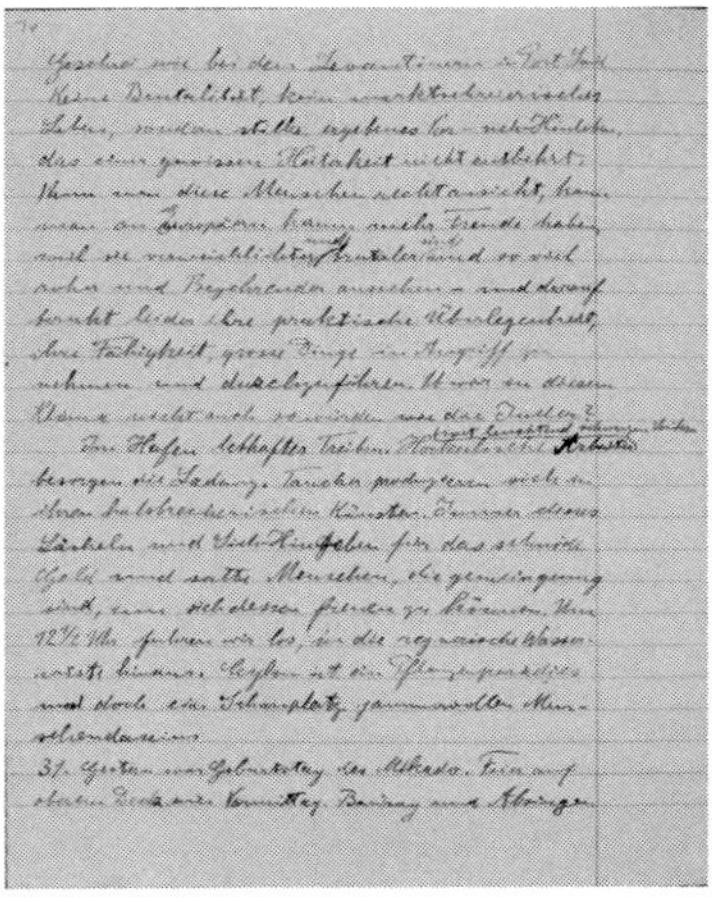

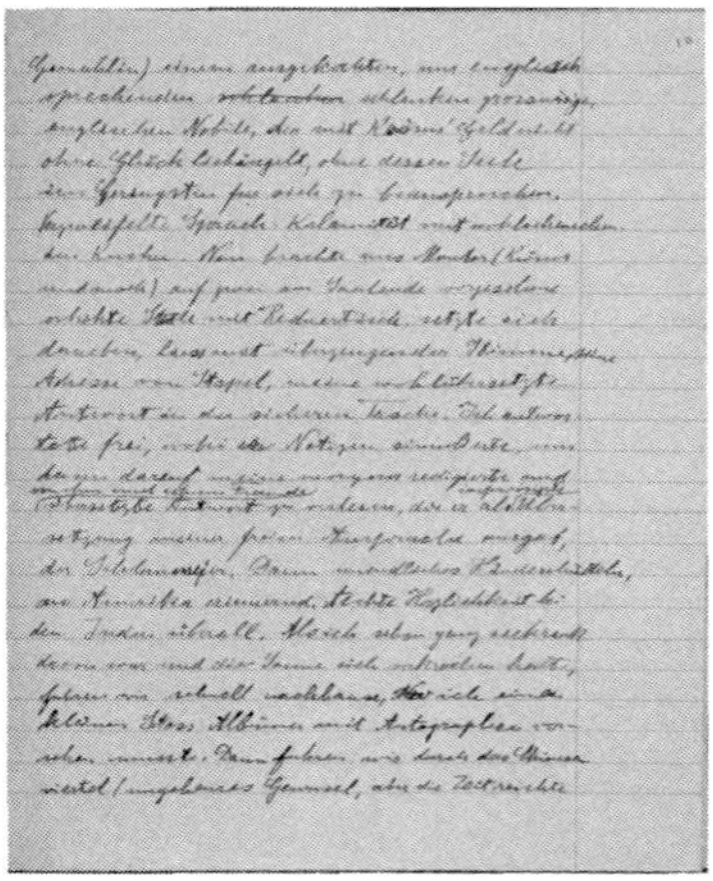

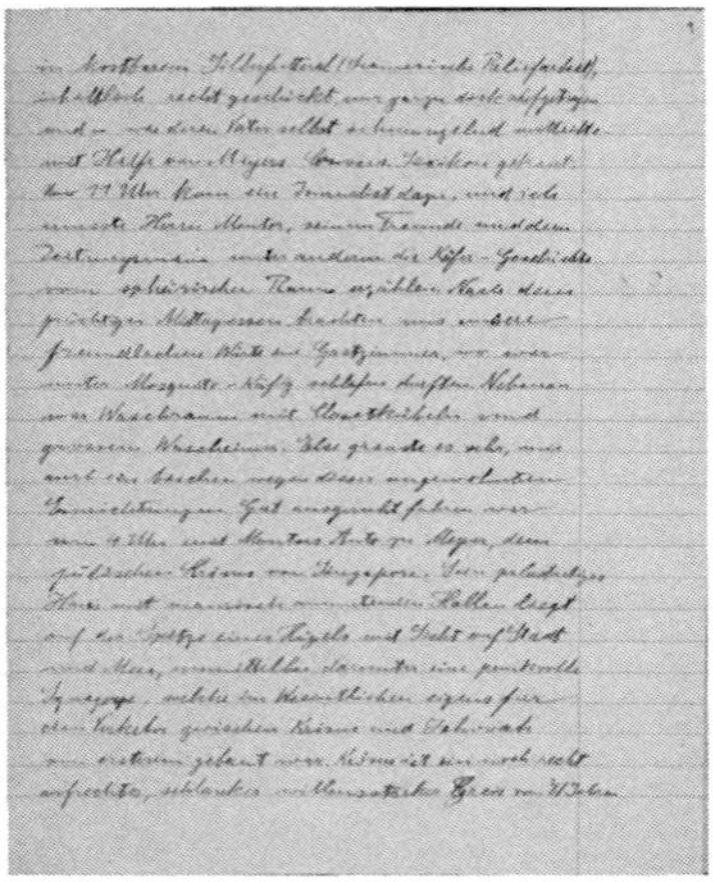

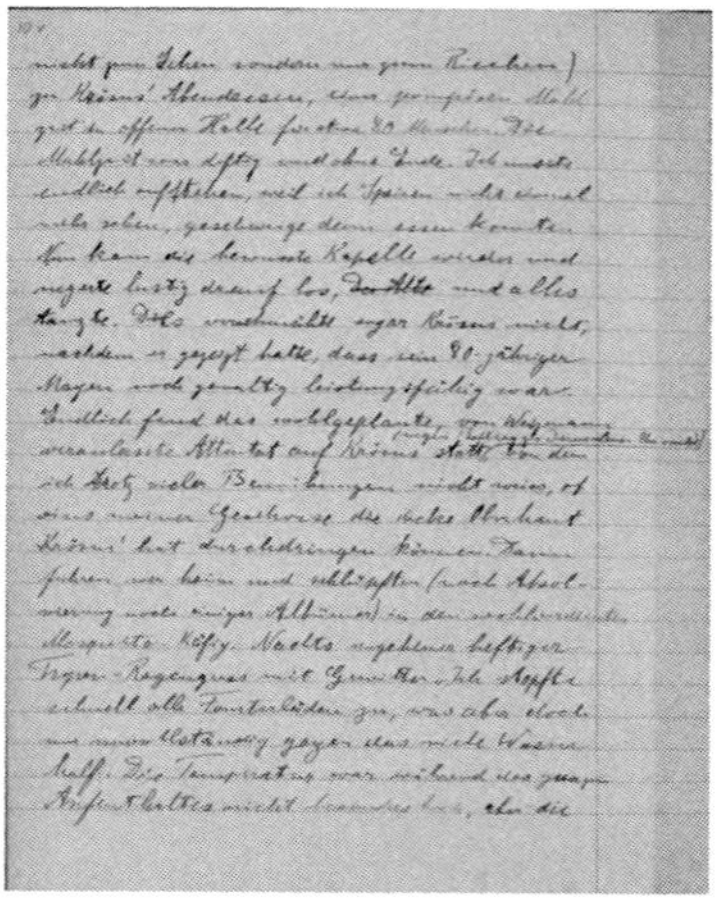

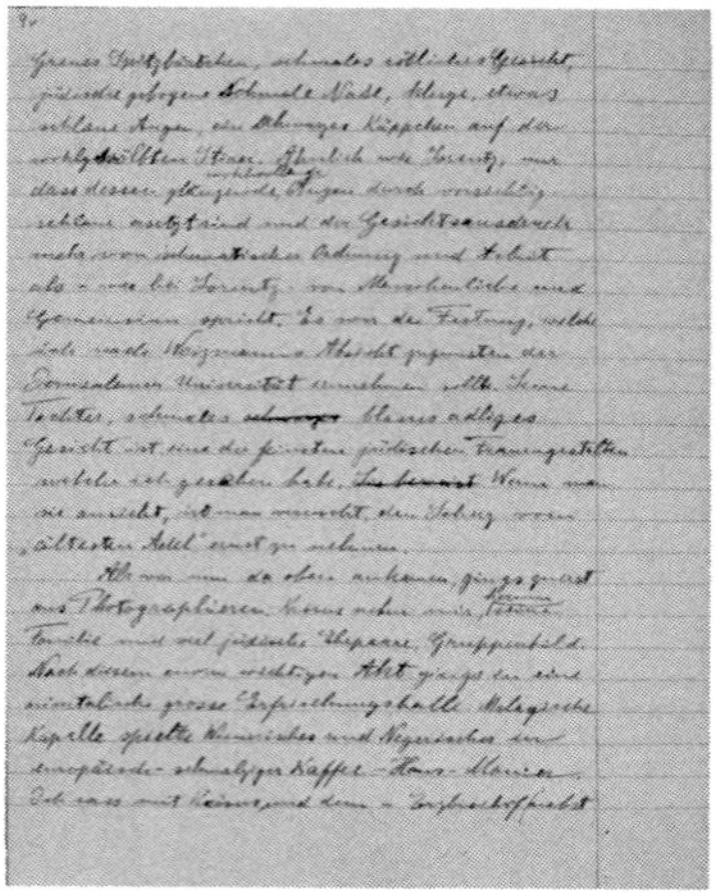

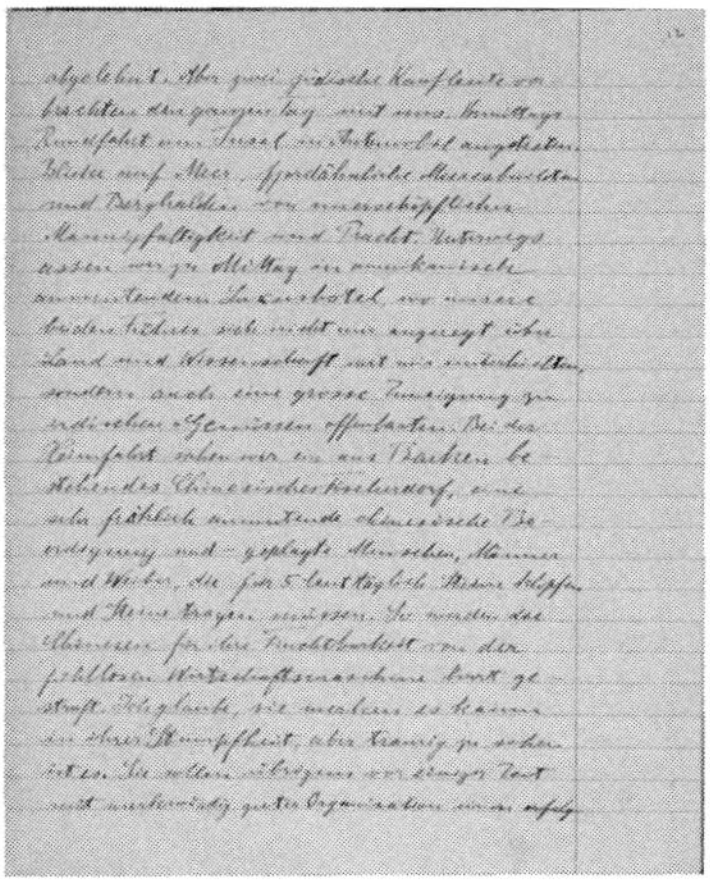

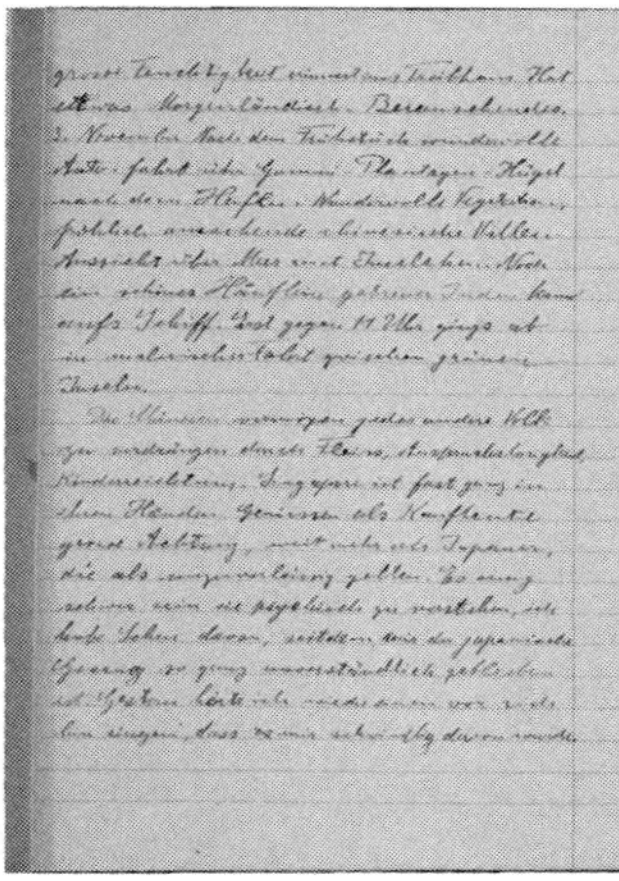

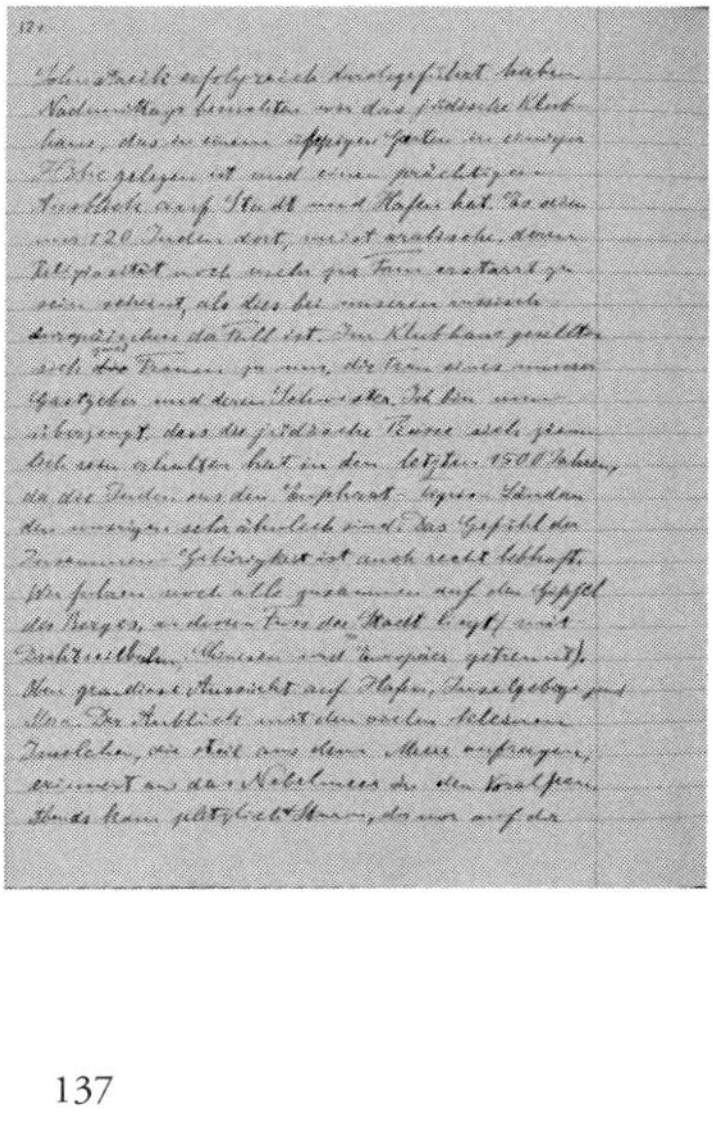

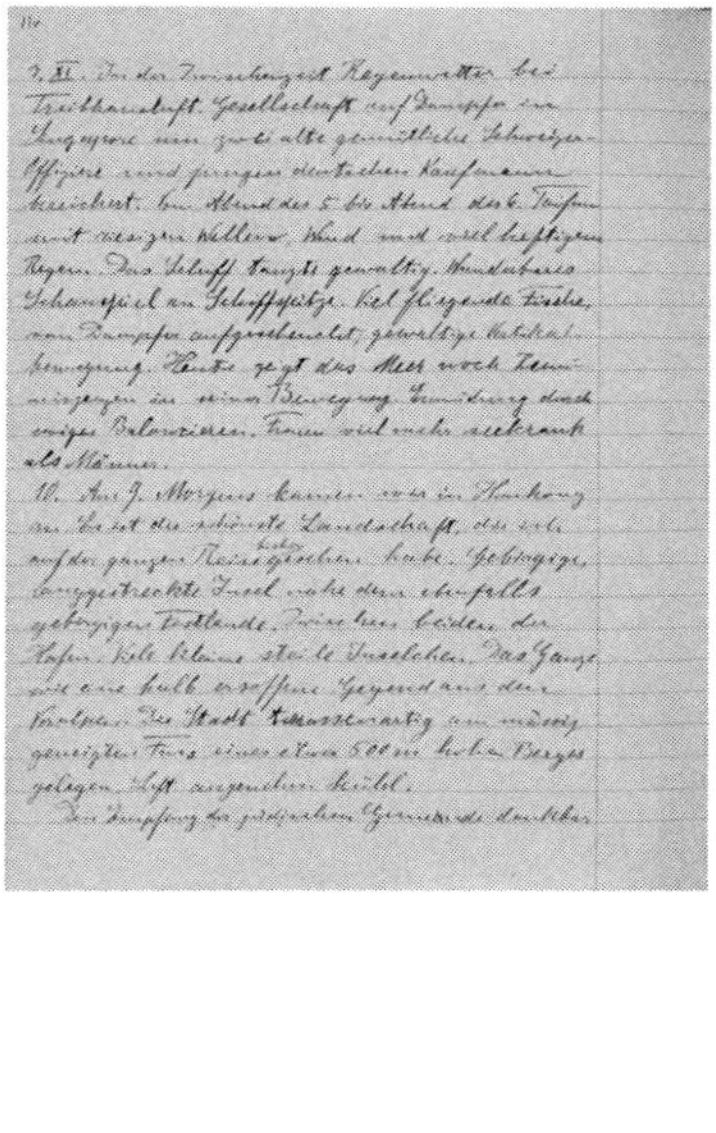

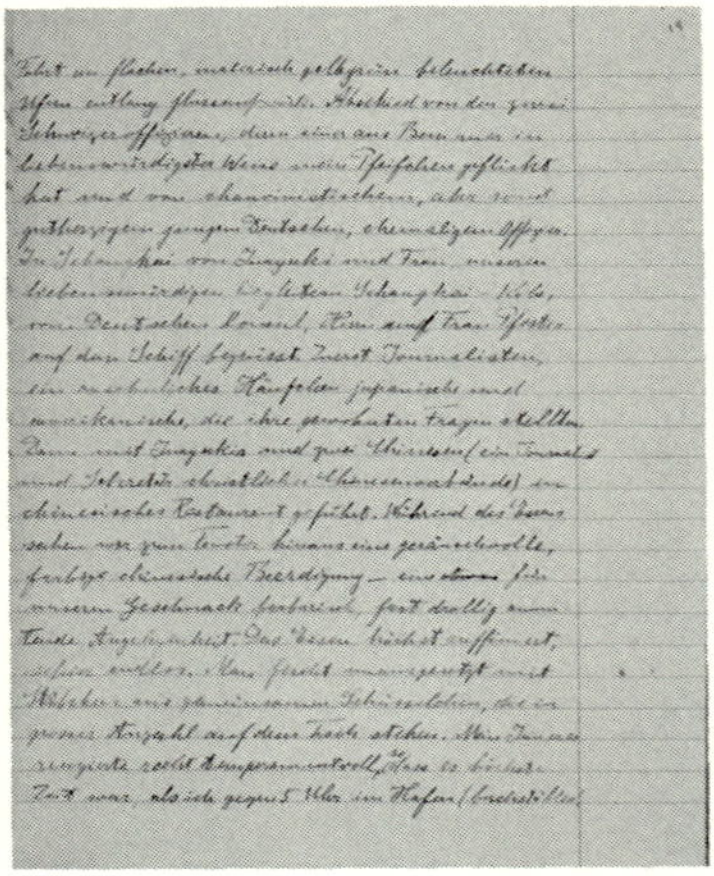
Fahrt an flachen, malerisch gelbgrün beleuchteten Ufern entlang flussaufwärts. Abschied von den zwei Schweizeroffizieren, deren einer aus Bern mir in liebenswürdigster Weise meine Pfeifchen geflickt hat und vom chauvinistischen, aber sonst gutherzigen jungen Deutschen, ehemaligen Offizier. In Schanghai von Inagaki und Frau, unseren liebenswürdigen Begleitern, Schanghai-[illegible], vom Deutschen Konsul, Herrn und Frau Pfister auf dem Schiff begrüsst. Zuerst Journalisten, ein [illegible] Häufchen japanische und amerikanische, die ihre gewohnten Fragen stellten. Dann mit Inagakis und zwei Chinesen (ein Journalist und Sekretär [illegible]) in chinesisches Restaurant geführt. Während des Essens sahen wir zum Fenster hinaus eine prunkvolle, farbige chinesische Beerdigung – eine ~~etwas~~ für unseren Geschmack barbarisch, fast drollig anmutende Angelegenheit. Das Essen höchst raffiniert, schier endlos. Man fischt unausgesetzt mit Stäbchen aus gemeinsamen Schüsselchen, die in grosser Anzahl auf dem Tisch stehen. [illegible] recht temperamentvoll, [illegible] höchste Zeit war, als ich gegen 5 Uhr im Hafen (Landestelle)

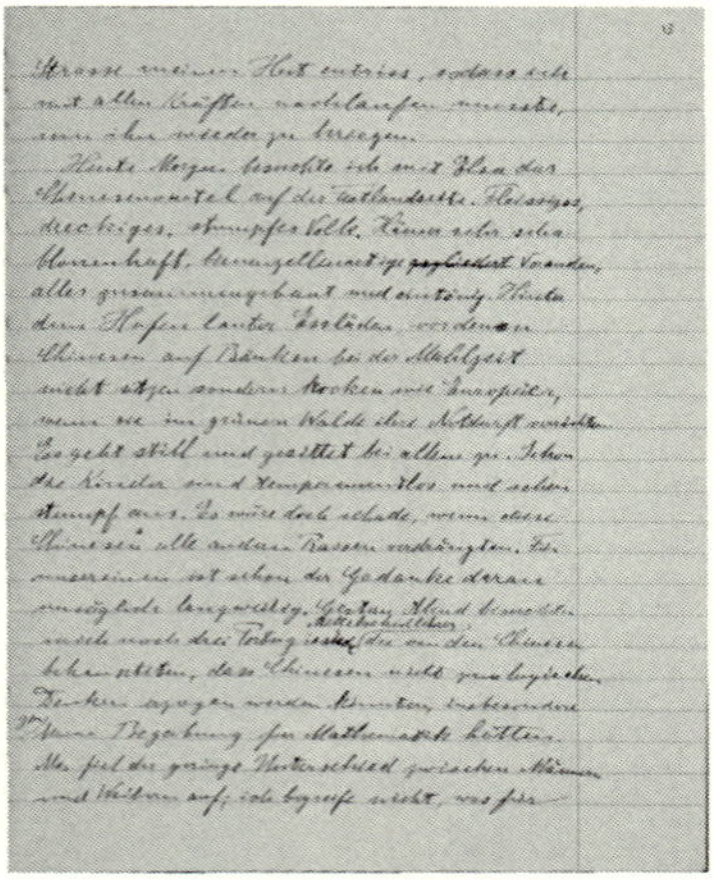
Strasse meinen Hut entriss, sodass ich mit allen Kräften nachlaufen musste, um ihn wieder zu kriegen.
Heute Morgen besuchte ich mit [illegible] das Chinesenviertel auf der Festlandseite. Fleissiges, dreckiges, stumpfes Volk. Häuser sehr schablonenhaft, [illegible] ~~[illegible]~~ Veranden, alles zusammengebaut und eintönig. Hinter dem Hafen lauter Esslädchen, vor denen Chinesen auf Bänken bei der Mahlzeit nicht sitzen sondern hocken wie Europäer, wenn sie im grünen Walde ihre Notdurft verrichten. Es geht still und gesittet bei allem zu. Schon die Kinder sind temperamentlos und sehen stumpf aus. Es wäre doch schade, wenn diese Chinesen alle anderen Rassen verdrängten. Für unsereinen ist schon der Gedanke daran unsäglich langweilig. Gestern Abend [illegible] mich noch drei [illegible] (die an den Chinesen behaupteten, dass Chinesen nicht zum logischen Denken erzogen werden könnten, insbesondere keine Begabung für Mathematik hätten. Mir fiel der geringe Unterschied zwischen Männern und Weibern auf; ich begreife nicht, was für

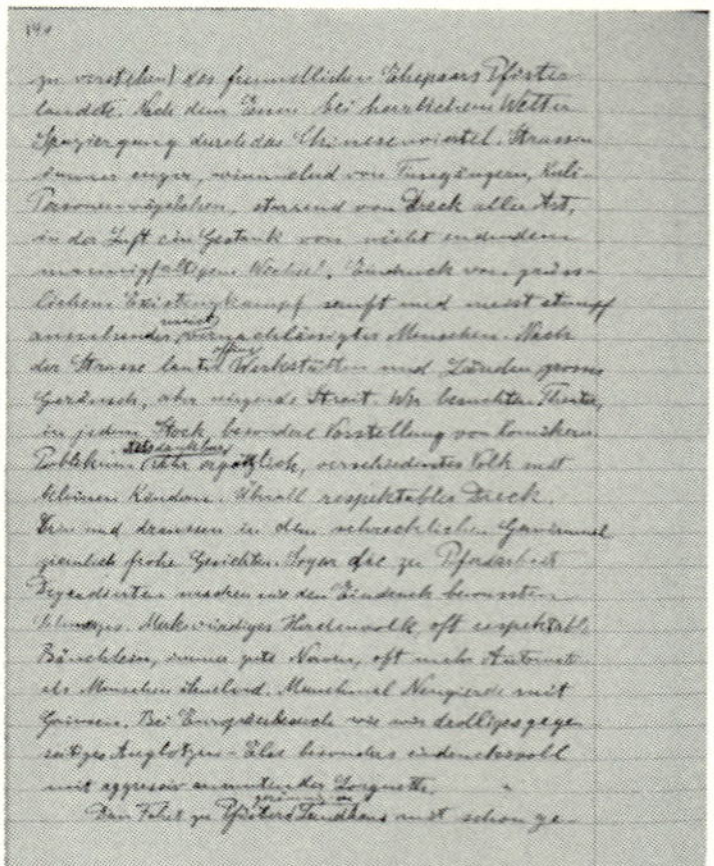
zu verstehen) des freundlichen Ehepaars Pfister landete. Nach dem Essen bei herrlichem Wetter Spaziergang durch das Chinesenviertel. Strassen immer enger, wimmelnd von Fussgängern, [illegible] [illegible], starrend von Dreck aller Art, in der Luft ein Gestank von nicht endendem mannigfaltigem Wechsel. Eindruck von grässlichem Existenzkampf, sanft und meist stumpf aussehender, [illegible] Menschen. Nach der Strasse lauter [illegible] Werkstätten und Läden zum Gebrauch, aber nirgends Streit. Wir besuchten Theater, in jedem Stock besondere Vorstellung vor [illegible] Publikum [illegible], verschiedenstes Volk mit kleinen Kindern. Überall respektabler Dreck. Drin und draussen in dem schrecklichen Gewimmel ziemlich frohe Gesichter. Sogar die zu Pferdearbeit Degradierten machen nie den Eindruck bewussten Leidens. Merkwürdiges Herdenvolk, oft respektable Bäuchlein, immer gute Nerven, oft mehr Automaten als Menschen ähnelnd. Manchmal Neugierde mit Grinsen. Bei Europäern [illegible] gegenseitiges Anglotzen – [illegible] besonders eindrucksvoll mit aggressiv [illegible] Lorgnette.
Die Fahrt zu Pfisters Landhaus mit schon ge-

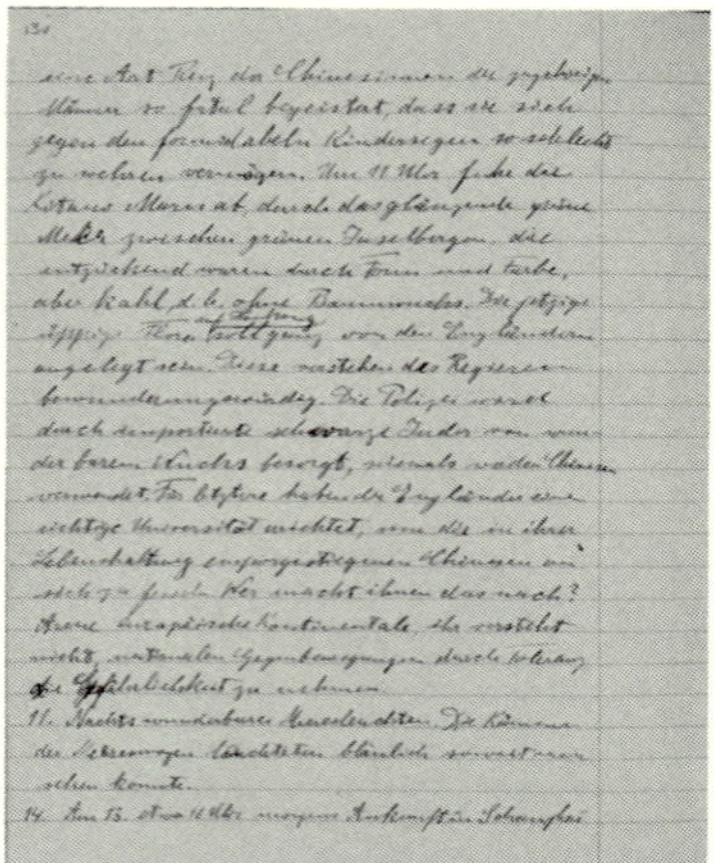
eine Art Reiz, der Chinesinnen die zugehörigen Männer so fatal begeistert, dass sie sich gegen den formidablen Kindersegen so schlecht zu wehren vermögen. Um 11 Uhr fuhr das Schiff [illegible] ab, durch das glänzende grüne Meer zwischen grünen Inselbergen, die entzückend waren durch Form und Farbe, aber kahl, d. h. ohne Baumwuchs. Die jetzige üppige Flora [illegible] ganz von den Engländern angelegt sein. [illegible] des Regierens [illegible]. Die Polizei wird durch importierte schwarze Inder von [illegible] besorgt, niemals werden Chinesen verwendet. Für letztere haben die Engländer eine wichtige Universität errichtet, um die in ihrer Lebenshaltung emporgestiegenen Chinesen an sich zu fesseln. Wer macht ihnen das nach? Unsere europäischen Kontinentalen [illegible] nicht, nationalen Gegenbewegungen durch [illegible] die Gefährlichkeit zu nehmen.
11. Nachts wunderbares Meerleuchten. Die Kämme der Schraubenwogen leuchteten bläulich so weit man sehen konnte.
14. Am 13. etwa 11 Uhr morgens Ankunft in Schanghai

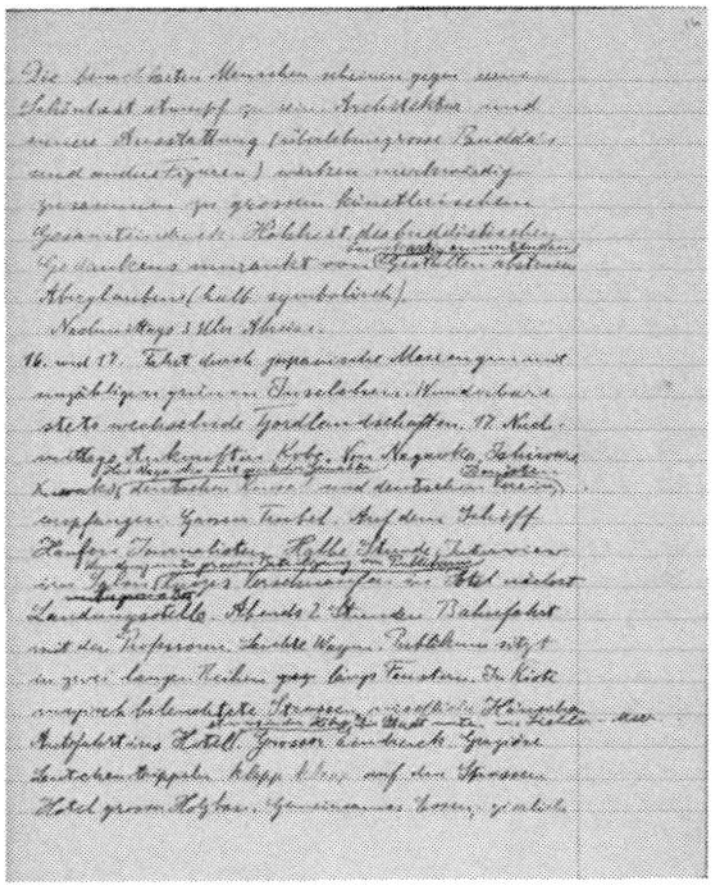

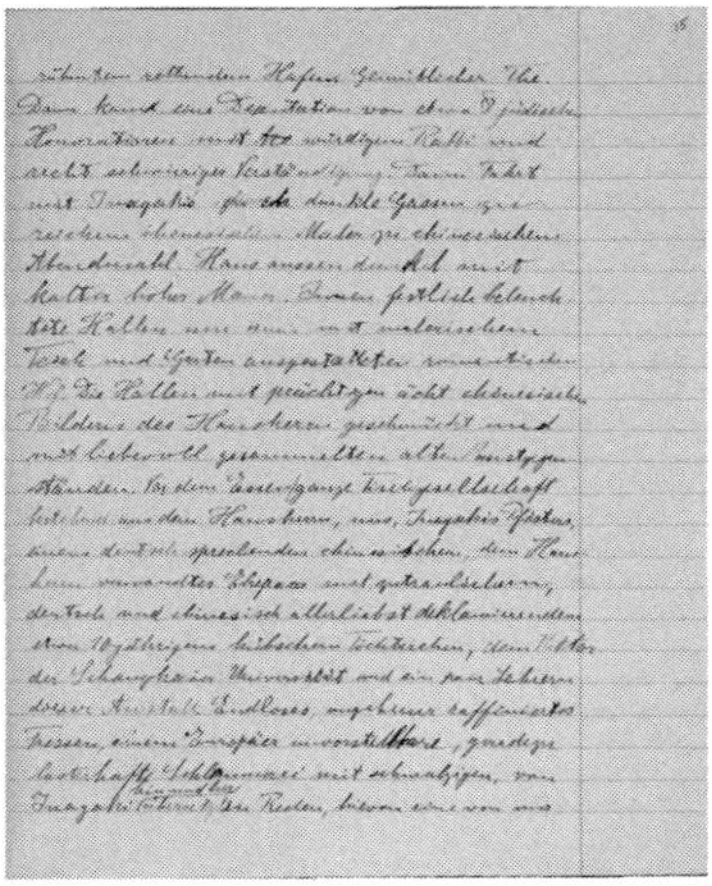

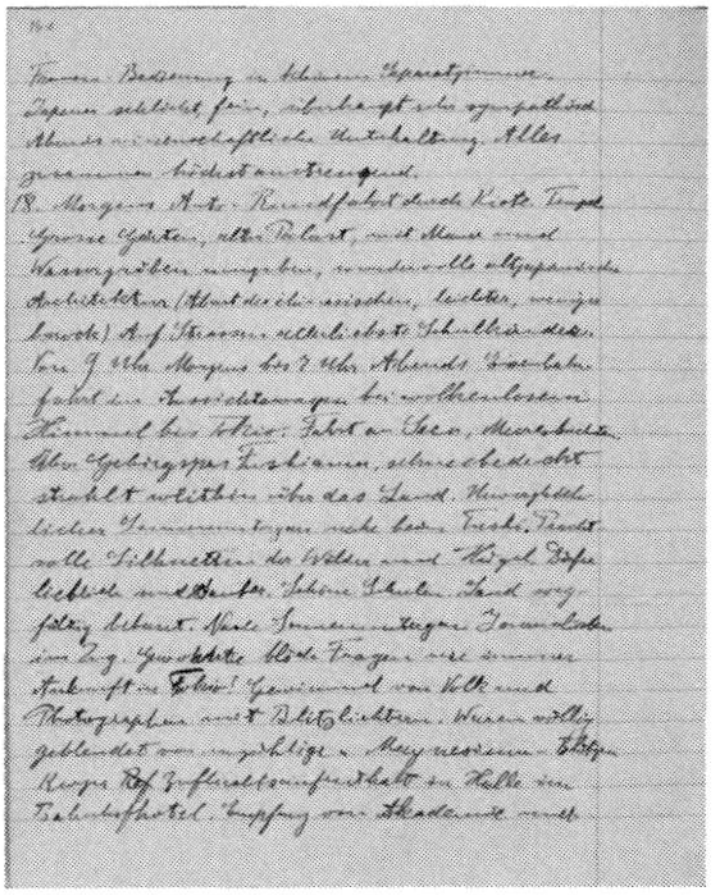

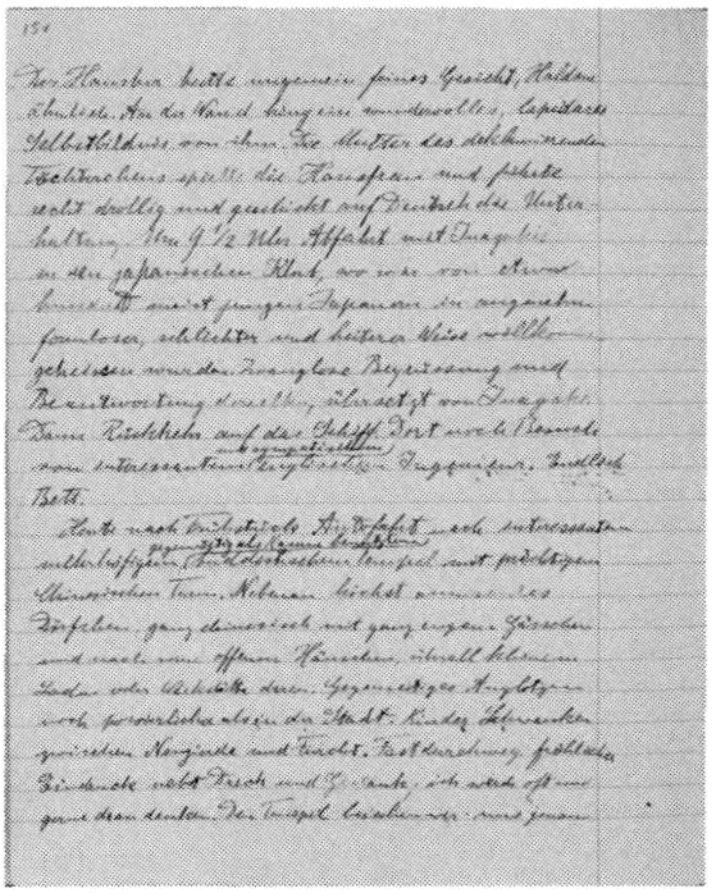

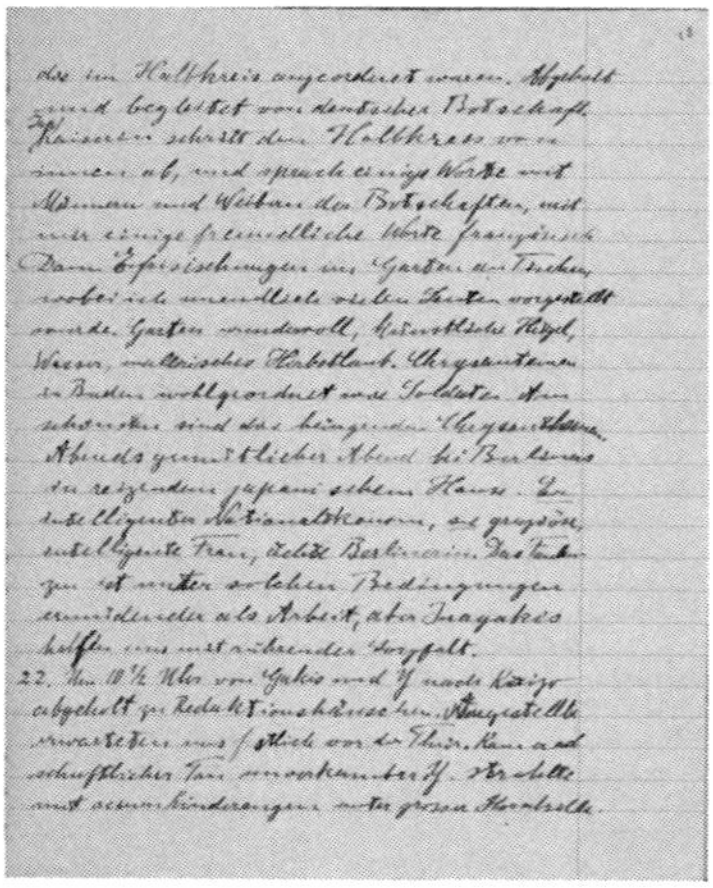

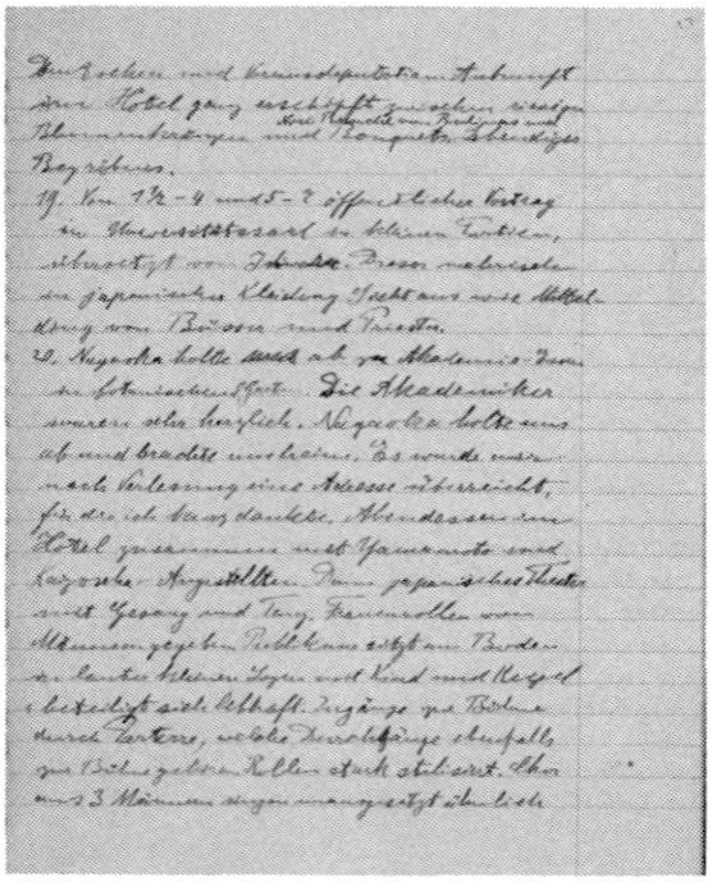

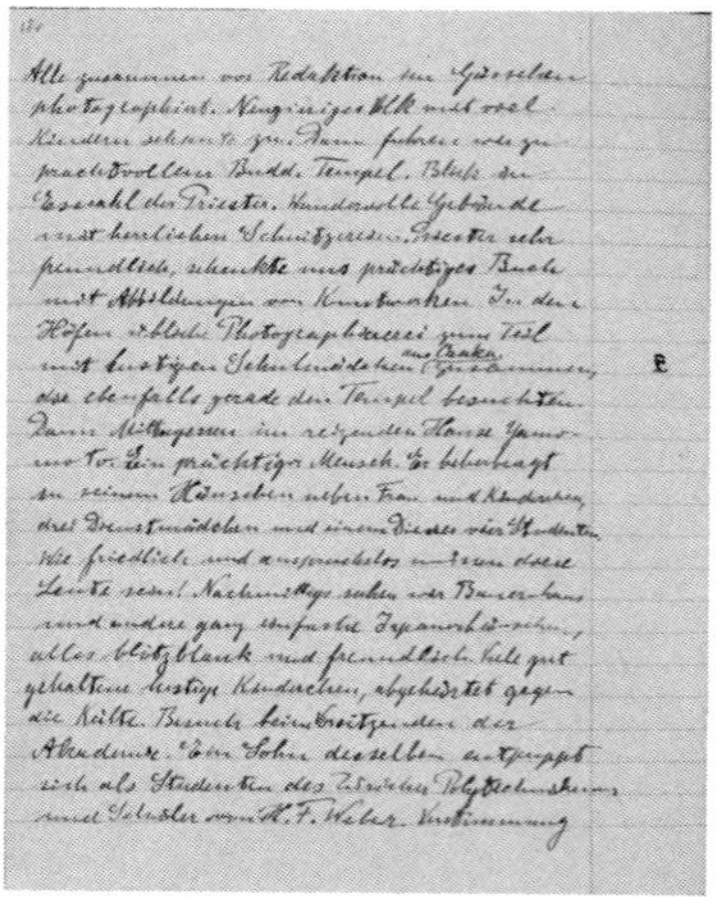

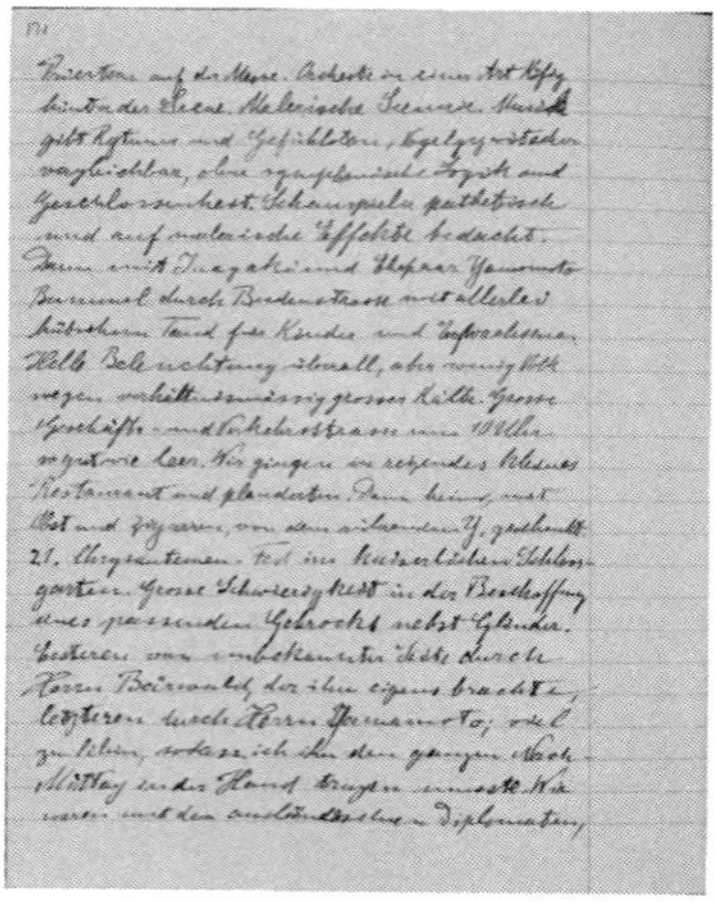

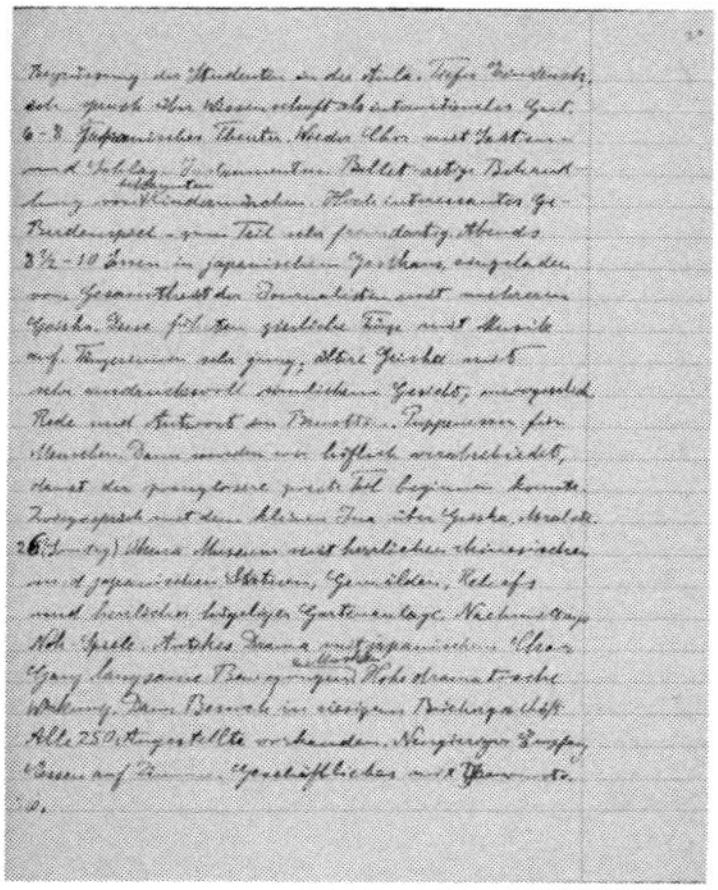

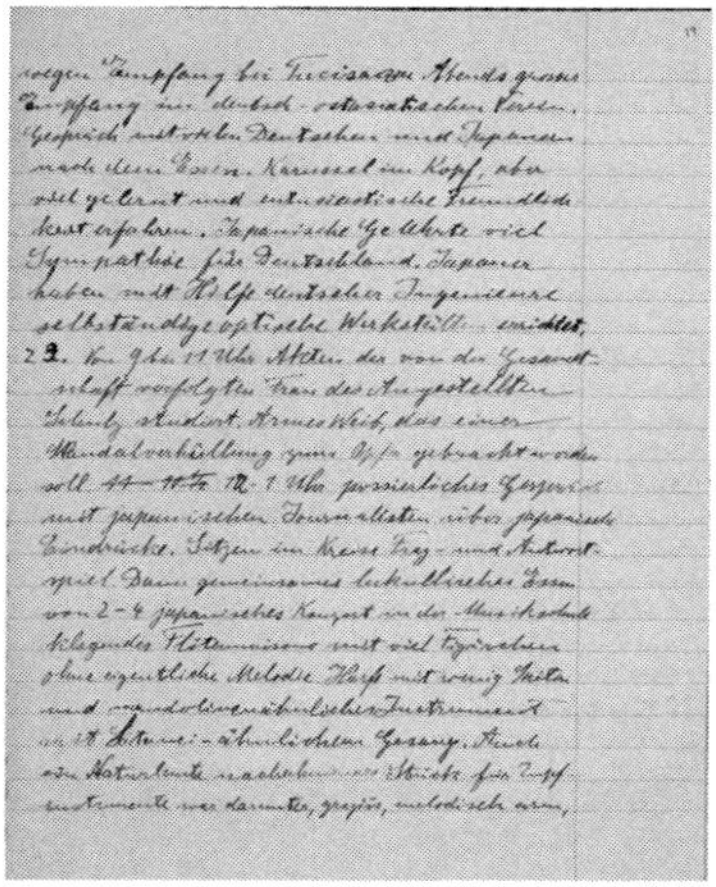

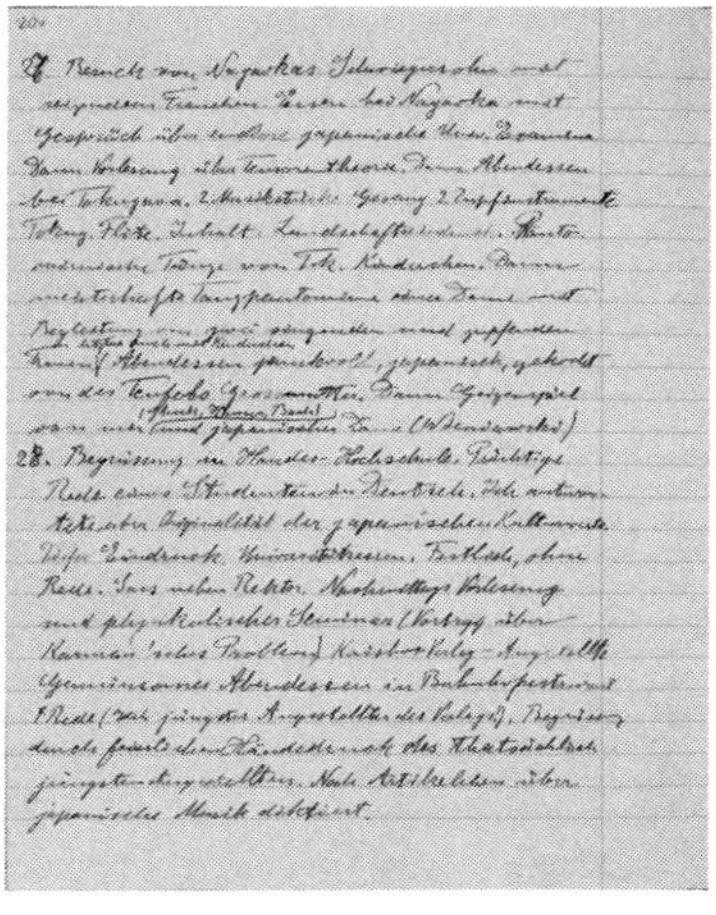

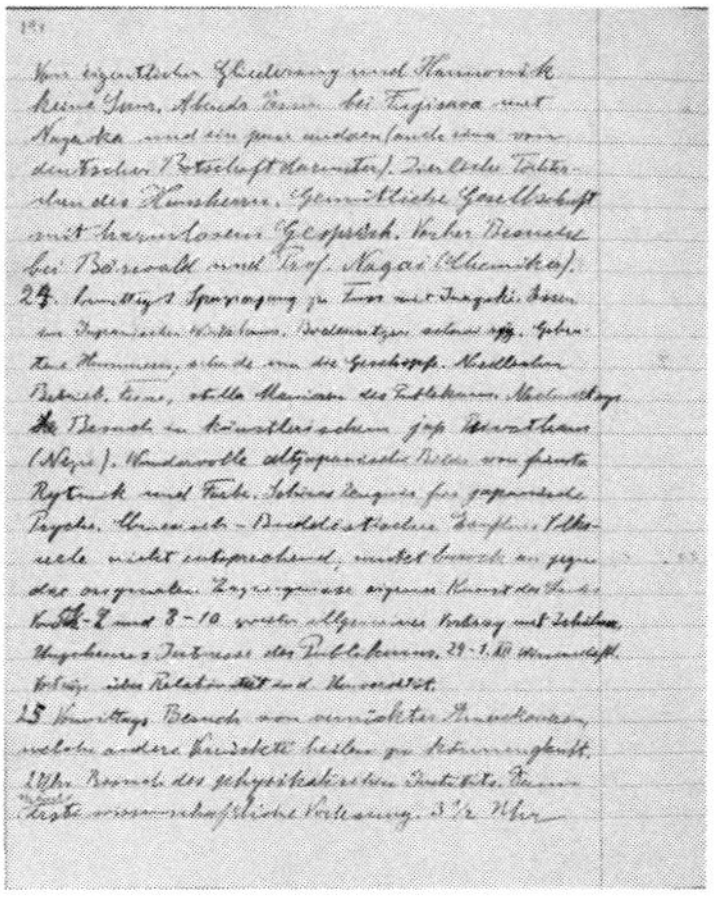

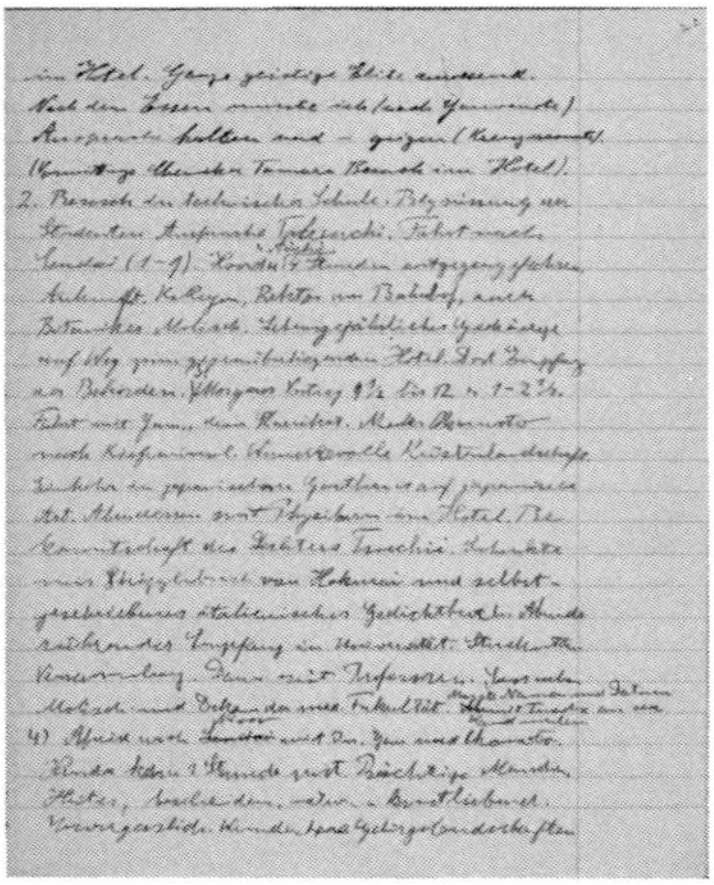

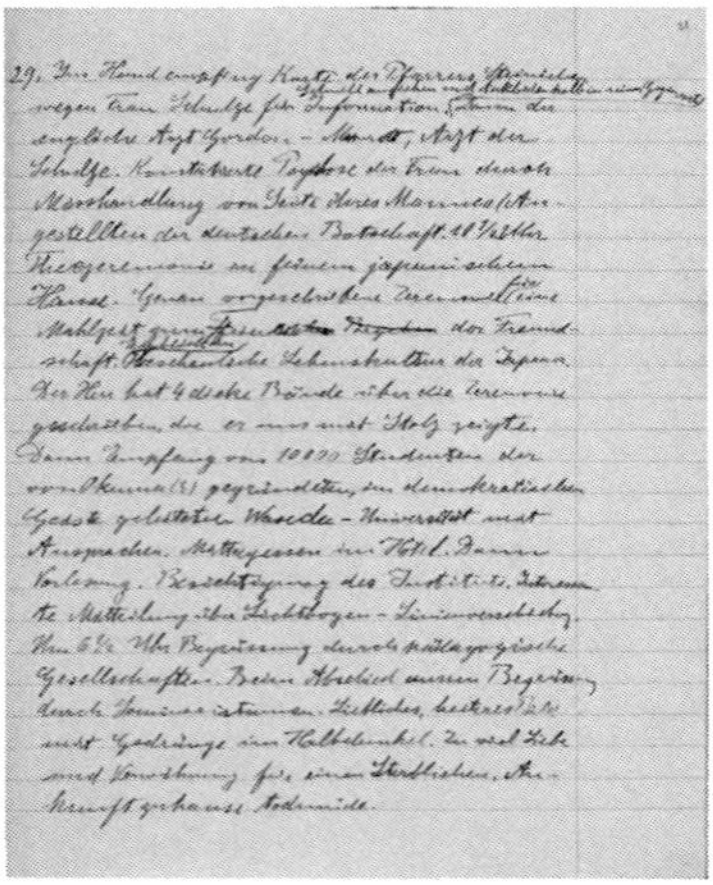

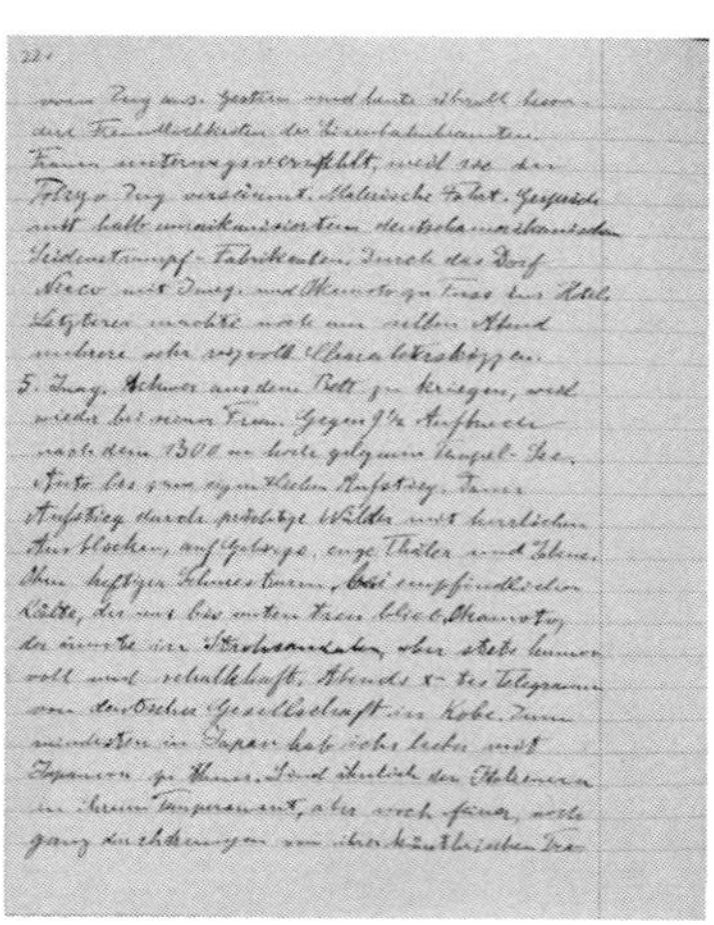

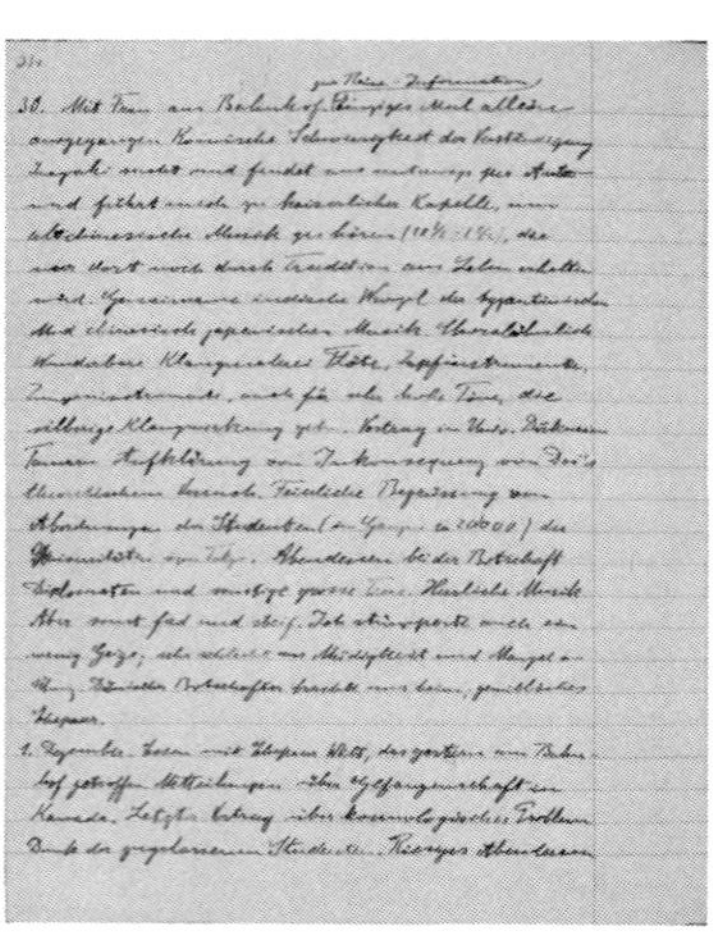

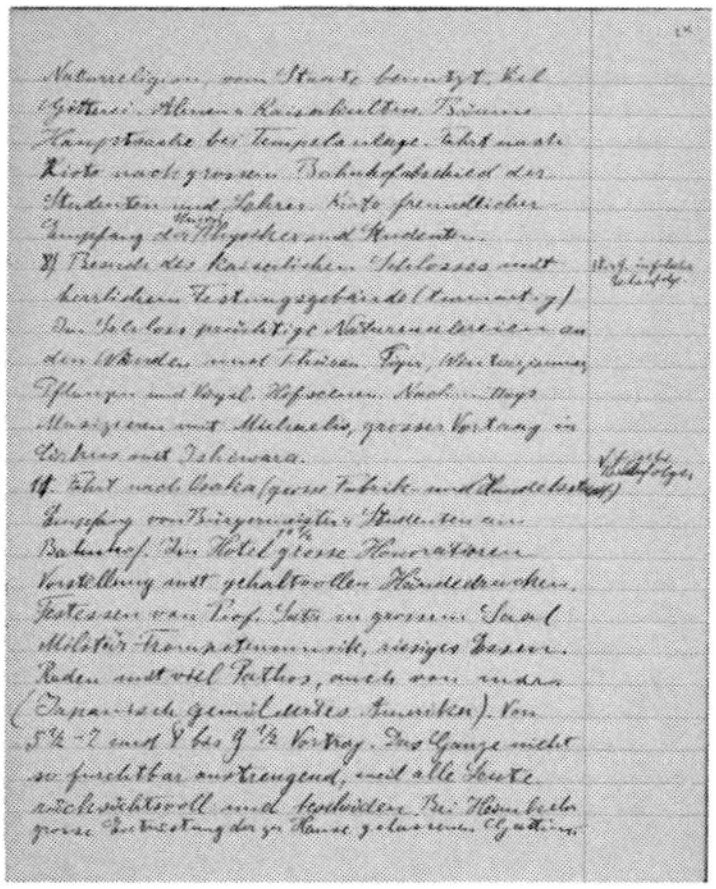

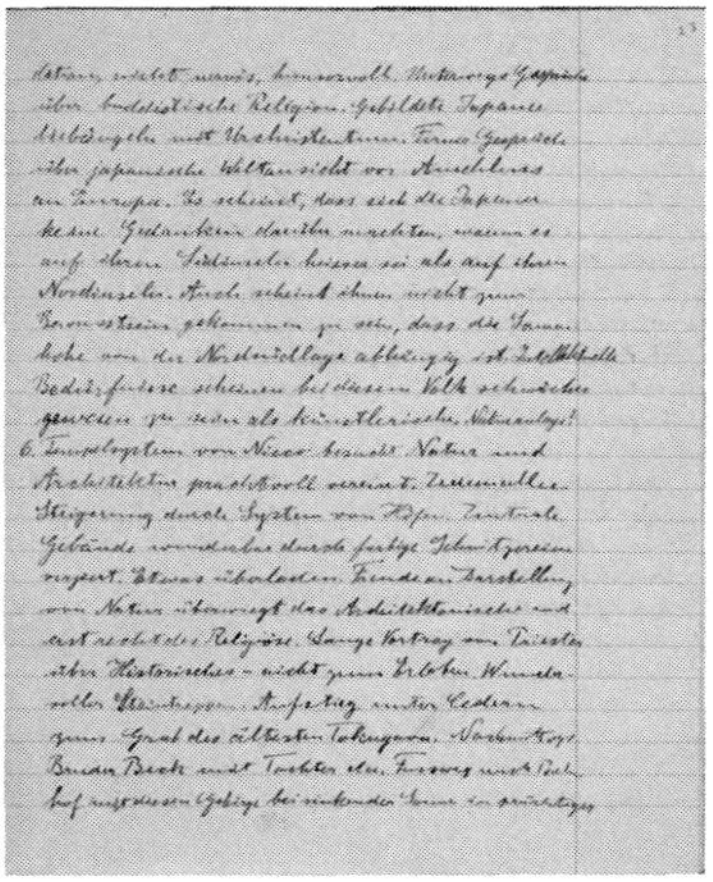

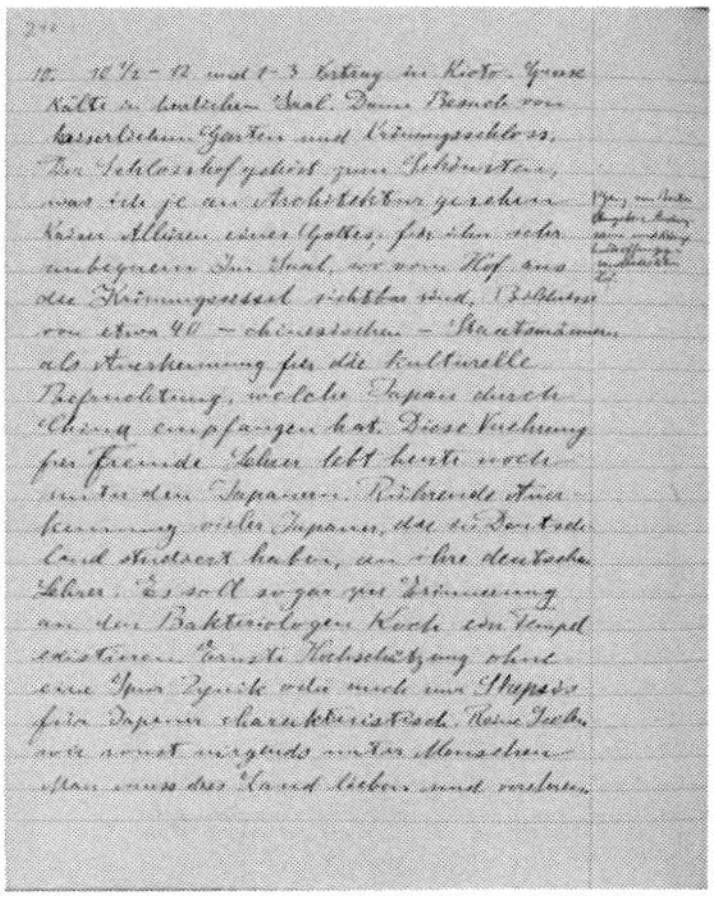

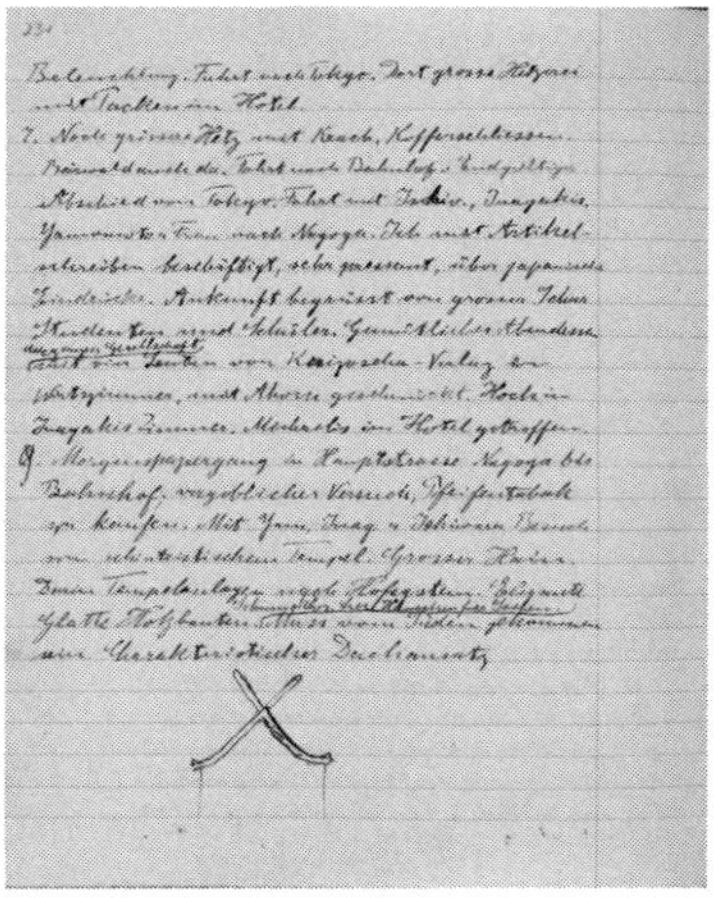

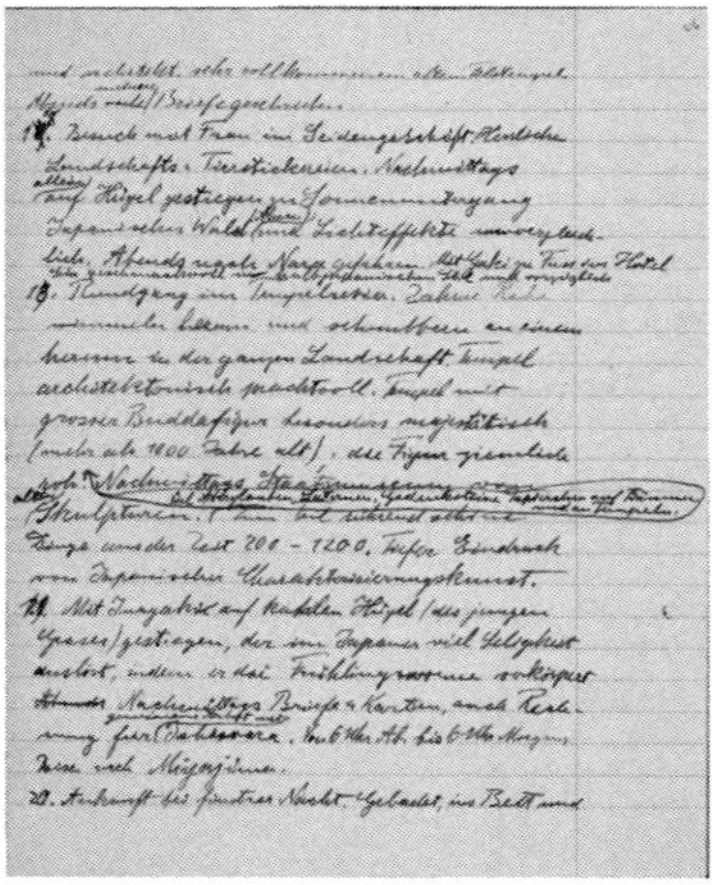

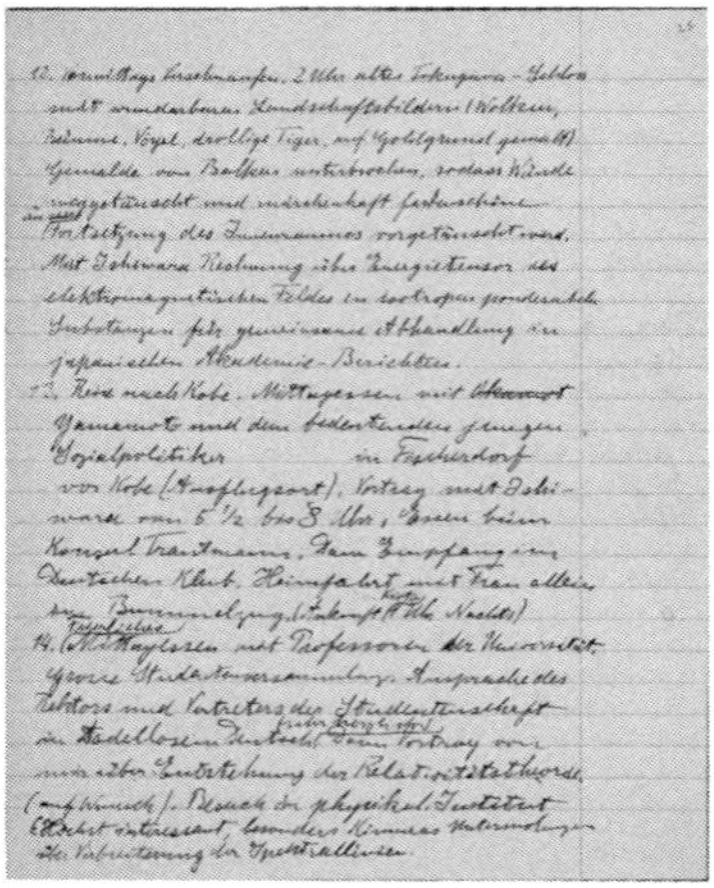

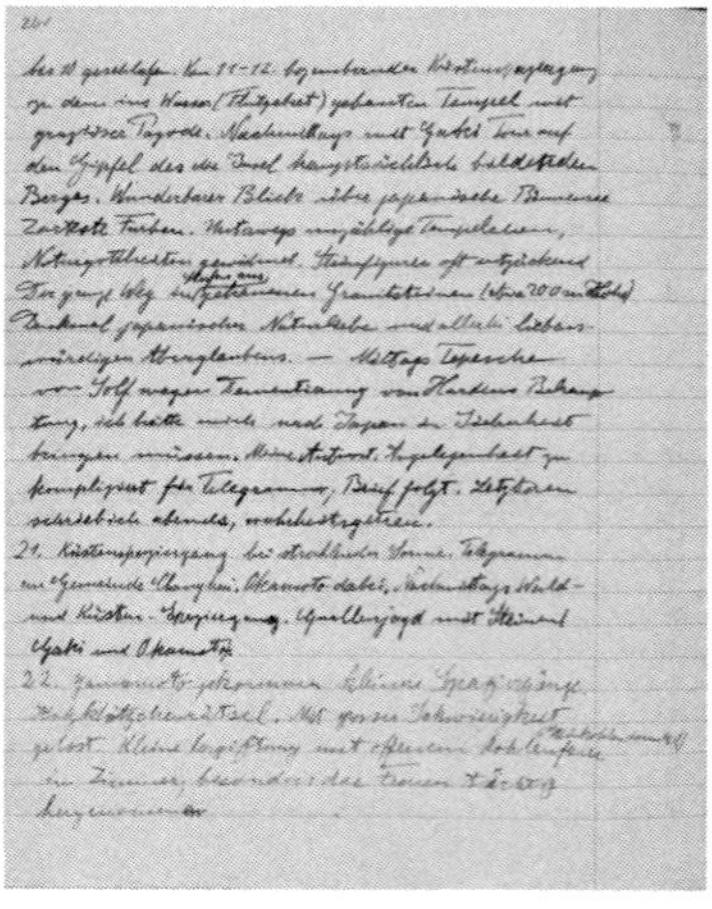

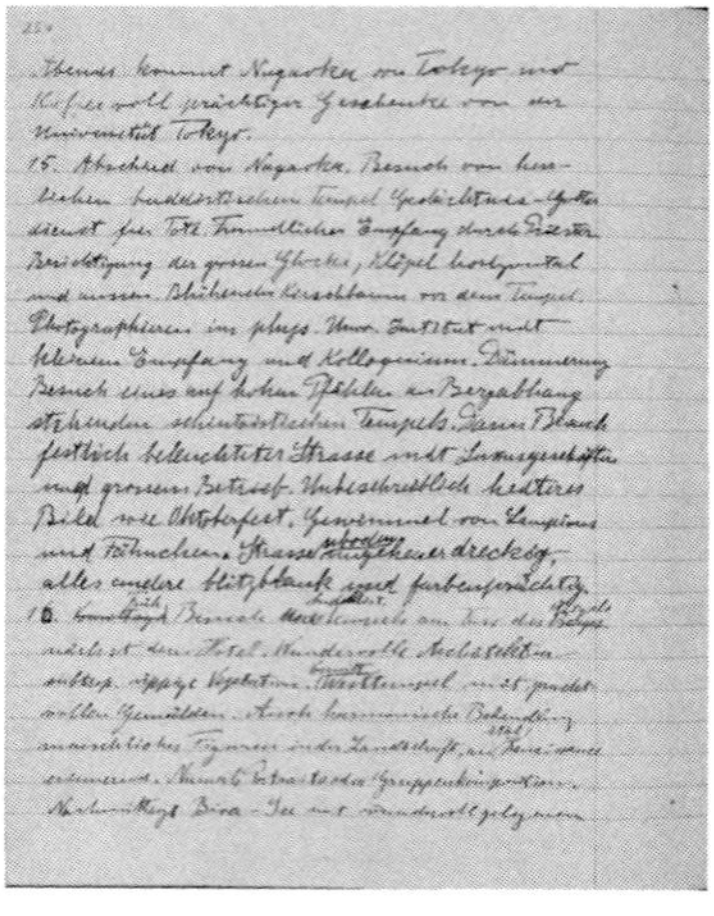

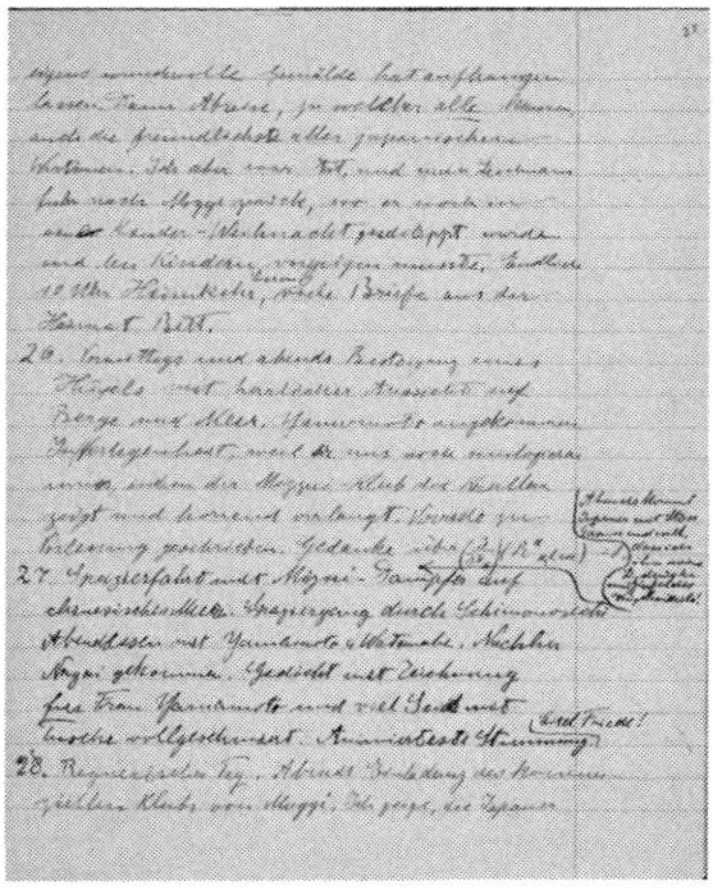

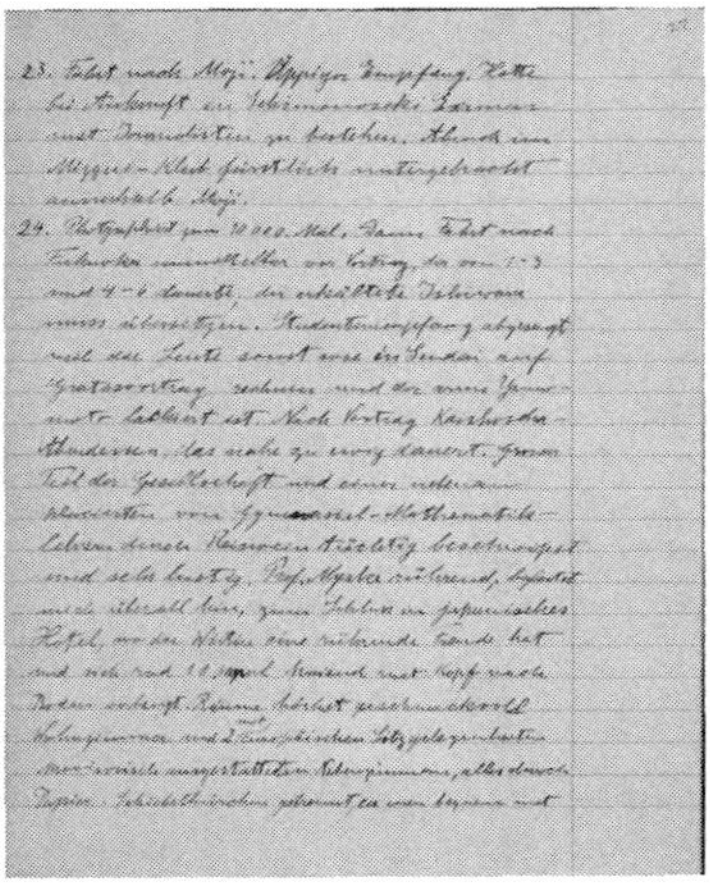

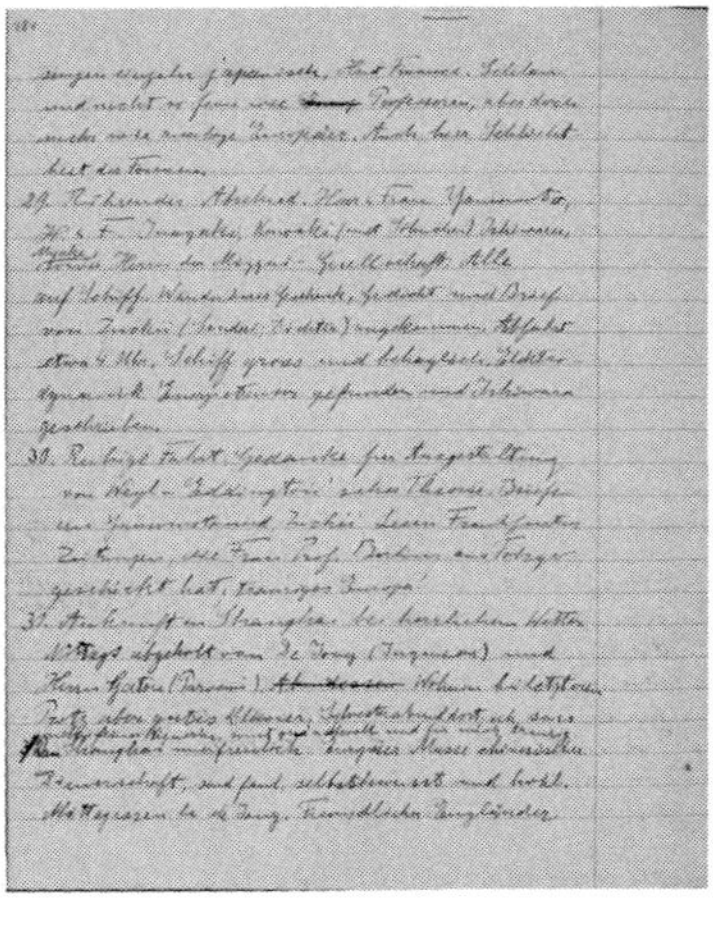

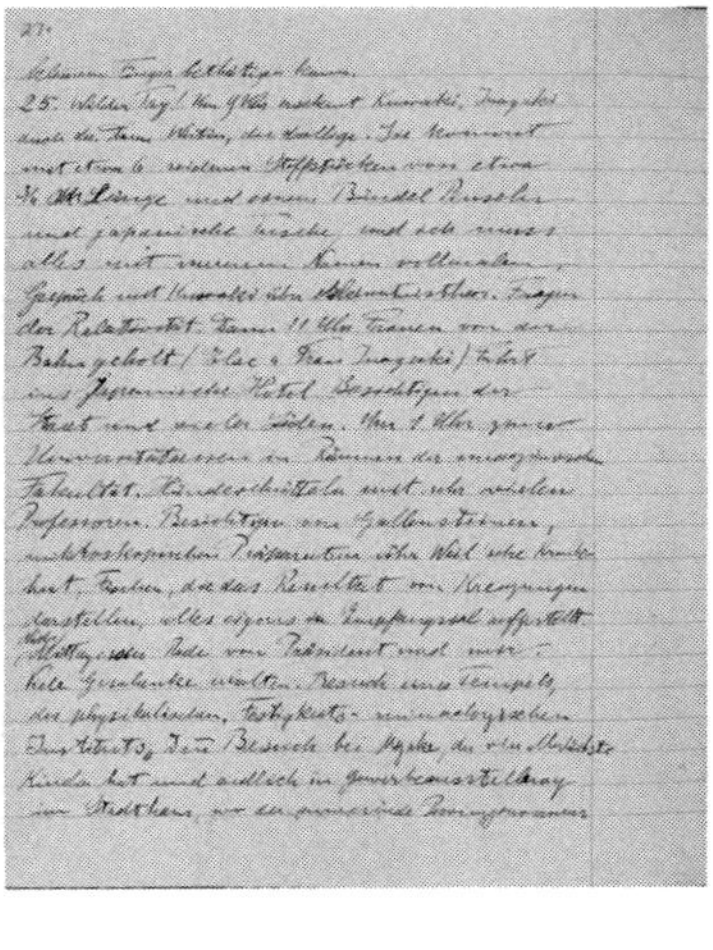

日本人は自国と自国民を愛している

一〇月六日。ベッソ[2]およびシャヴァン[3]と再会後、超満員の夜行列車。国境で妻が迷子。[4]

一〇月七日。マルセイユ到着寸前に日の出。屋根が平らで質素な家々のシルエット、松の木に囲まれている。マルセイユ、狭い小路。官能的な女性たち。無為な生活。私たちは正直そうな青年に引っぱられていき、鉄道駅近くの、ぞっとするような宿で降ろされる。モーニング・コーヒーのなかに虫。船会社に行き、それから旧市街近くの古い港に向かう。船の近くで、[5]一人のならず者が荷物の発送手続きを行ない、むくれながら運搬車をスタートさせる。マルセイユのひどいでこぼこ道をがたがた揺れながら港に到着。港では口頭だけの荷物検査。高級船員が親切に出迎え。船室のなかは快適。若い日本人と出会う。その日本人は、ミュンヘンの一人の医師によって、挑発的な最後通告とともに協商国の学者たちのほうに追いやられたとのこと。[6]

一〇月八日。港内、のどかな午前中。太ったロシア系ユダヤ人女性がすがすがしい挨拶。彼女、私のことをユダヤ人とわかっていた。昼、晴れわたった日射しを受けて出航。船内はほとんどイギリス人と日本人のみ。静かで好ましい一団。出航後、マルセイユとその周辺の丘の絶景。その後、険しく切り立った石灰岩の崖近くを通過。岸辺がゆっくり後方に去っていく。ヨーロッパの影響を強く受けた福岡の日本人外科医である三宅と会話。[7]

午後四時、安全訓練。点検のため、乗客全員が——船室内に置かれている救命帯を着用して——いざという時のために用意されている救命ボートの置き場所に顔を出さねばならない。船員（全員が日本人）は親切で、知ったかぶりもせず慎み深い。彼（日本人）〔おそらく三宅速のこと〕は問題も引き起こさないし個人色を出そうともせず、自分に課された役割を何の気取りもなく喜んで果

蒸気船「北野丸」（日本郵船歴史博物館のご厚意により掲載）

たしているが、しかし連帯感と国家には誇りを抱いている。たとえヨーロッパ色に染まって日本特有の流儀を捨てているとしても、だからと言って国家への誇りが衰えることはない。慎み深くはあるが、まったくよそよそしいわけではない。社会人としてみればおおむね、自分のなかに閉じこもりもしないし、他人に隠さなければならないようなことも何一つなさそうだ。

一〇月九日。午前四時、激しい破裂音。その原因は船の清掃。人も物もとてもきれい。船は、なめてもいいように清潔になった。陽気がかなり暖かくなった。太陽が私を元気づけ、「自我」と「本能的衝動」との溝を埋めてくれる。私はクレッチュマーの『体格と性格』を読み

はじめた。[8] 気質と体型についての見事な叙述。私は大勢の知り合いを客観視できるようになったが、自分のこととなると不可能。なぜかと言えば、私はどうしようもなくいろいろな要素が混じっているからだ。

昨日、ベルクソンの相対性と時間についての本を読んだ。[9] 彼にとって問題なのは時間だけであって空間ではないのが不思議。私は、彼の心理的な深い思索よりも言語面の巧みさのほうに強い印象を受けた。彼は、精神状態をあまり客観的に扱わなくても気にしないようだ。しかし相対性理論の内容は重視しているようで、反論はしていない。哲学者たちは、精神的現実と物理的現実という二者択一のまわりで絶えず踊っていて、互いの相違は、この点についての価値判断のみである。前者は「単なる個人体験」に思えるが、後者は「単なる思考構築」に思える。ベルクソンは後者に属すが、彼自身も知らぬ間に彼なりの方法で客観視している。

重力場と電磁場について改めて考えている。ヴァイルは、電気と無関係な $g_{\mu\nu}$ 場、ないし不変量 ds に実体はなく、それゆえ数学的にも対象化できないと言っているのだと思う。しかし私の考えでは、究極の結論はリーマン同様ヴァイルからも離れており、したがって〈電磁気とは無関係に〉ベクトルの平行移動の基本法則とは直接はまったく対応していない。こうした形式主義は、理論の基礎としてリーマン以上に客観的に正当とは言えないと思うが、場の理論から離れないでいることも可能だと思う。自然法則を微分方程式で表現しうるかどうかも疑わし

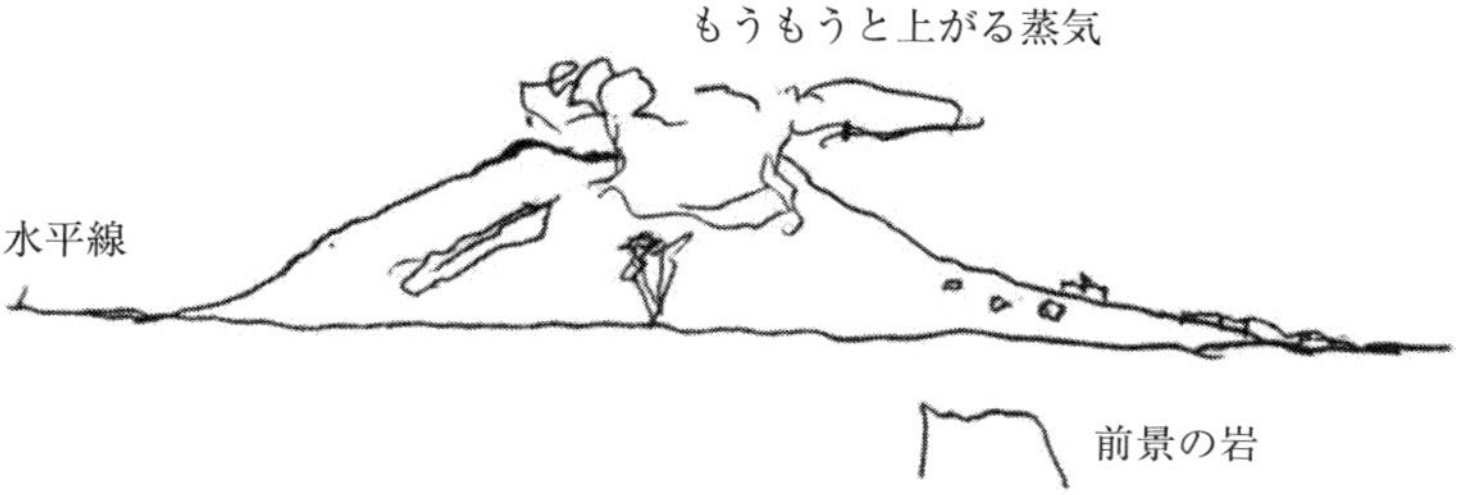

海に浮かぶ火山円錐丘の数々

いとは思うが[10]。

一〇月一〇日。今朝、ストロムボリ火山の左側を航行[11]。もうもうと上がる蒸気。朝日を浴びて壮大。

温暖でうっとりするような空気。鋼色の海。イタリア本土はそこはかとなく曇りがち。日本人女性たちが、［デッキ上で］子供たちと這いまわる。外見は華やかで不思議な感じ。ほとんど〈一定の型にはまっている〉みたいだ。黒目、黒髪、大きな頭で、ちょこちょこ歩く。

昨日もクレッチュマーを読んで感動。まるで心をしっかりつかまれたみたい。敏感になりすぎて、かえって無関心になりそう。若い頃は内気で世間知らず。自己と他者のあいだにガラス板。理由もないのに不信感。無味乾燥な代用品。禁欲的な感情の発作。本書の件でオッペンハイムに大いに感謝している[12]。

昼、メッシーナ海峡を堂々と通過。左右どちらも、緑が少なくていかめしい山岳風景。町々も同様にいかめしい。圧倒的な水平線。屋根が平らで低く、白い家々。全体的に東洋的な印象。

気温は絶えず上昇。古典古代のギリシャ人やユダヤ人は、今より怠惰でない暮らしをしていたと確信した。その時代以降、知的に活発な地域が北に移っていったのは偶然ではない。無気力に暮らすほうが安楽。ここのほうが満足を得るのは簡単。なぜなら、活発に動こうとするには天候が暑すぎる。

一〇月一一日。上天気の一日。空が白っぽい。海は荒れ気味。私の考えでは、船酔いは方向感覚が変になるのが原因であって、決して、船の方向や大きさがじかに影響して体が動きにくくなるためではない。

一〇月一二日。日射しがまばゆい日。海は静か、ほとんど無風。空気は完全に透明。水平線が明確。ほとんど無風。朝七時半、クレタ島の岩山が見える。きつい傾斜で海に落ちこんでいる。夕方には、すばらしい日没――色は紫、風に吹かれた薄雲が見事な光を浴びている。その後、温暖な空気のなかで輝かしい星空、そしてひときわ目立つ銀河を見る。〈正午にポートサイド着〉。午前中、石井[13]および日本人法律家一人と会話。二人ともヨーロッパに強く影響されている――顔の表情も。前者は慎重で現実派。晩に、ハンブルクから来た六〇代の輸出業者と会話。抜け目なくて冷静。

一〇月一三日。午後三時。ポートサイド。海岸が視野に入ってくる前から水が緑色になる。地中海は深い青だった。形が不規則な石の塊でできた長い人工ダム。家々は海から見えるかぎりはヨーロッパ調。絵のように美しいエジプトの帆船。

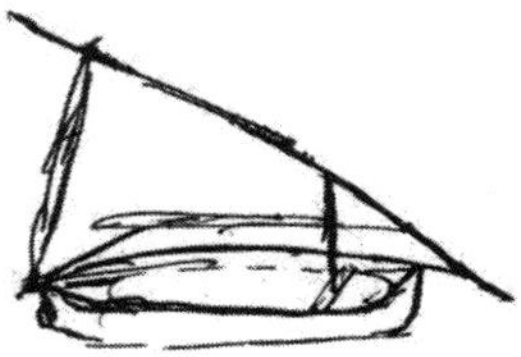
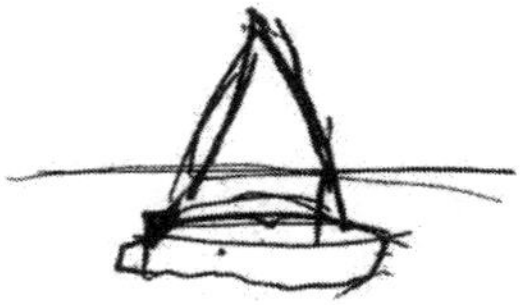

港内は漕ぎ舟が群がり、そこに乗っているさまざまなレバント人たちは叫んだり身ぶり手ぶりをしたりして、私たちの船に突進してくる。まるで地獄からつばでも吐きかけているみたいな、耳をつんざくばかりの騒音。上甲板はバザーと化しているが、買い物をする人は一人もいない。ハンサムで筋骨たくましく若い占い師数人だけ商売が成り立っていた。悪党っぽい汚いレバント人は、見た目はハンサムで上品。日没、空はごく一部が、まるで燃えさかってでもいるかのように真っ赤。港の反対側は壁と建物で、熱帯を描いた絵画によく用いられる強烈な色になっていた。晩、シャム〔タイ国の旧称〕から来たフランス人公務員と会話。日本の姉妹蒸気船と遭遇。船員たちの熱狂的な愛国心。日本人は自国と自国民を愛している。

一四日。砂漠のあいだの運河を通過中に目が覚める。[14] 涼しい温度。ヤシ、ラクダ。まぶしい黄色。広大な砂地をひんぱんに見るが、時には草地も。運河内で蒸気船と遭遇。幅広の砂漠。緑色のビター湖[15]。輝くように照らされている岸辺の丘。すばらしく透明な空気。その後、スエズ運河の最終部分。出口に当たるスエズの町には、運河管理者たちの住宅地区があり、とてもきれい。ベランダとヤシの木が見える何軒かの小住宅。砂漠をたくさん見たあとだけに、なごめる風景。左右とも不毛の岩山。シナイの末端部。アラブの小商人たちが帆走してくる。ハンサムな砂漠の息子たちで、体格はがっしり、目は黒く輝いている。ポートサイドの人たちよりもマナーはしっかりしている。

出航後、広い湾に出る。太陽は六時以降、エジプトの砂漠の山上に消えた。当地の山脈の見事なシルエットは赤紫に染まり、ユトリベルク山[16]に似ている。加えて、東の方角に赤黄色の照り返し。次いですばらしい星月夜。こんな美しい銀河は見たことがない。境界明示の目印。長めの目印が側面の円板からはっきり突き出て見える。夜間は通風機だけ。面倒は起きない。

一五日。曇り空の下に紅海、岸辺は見えず。かすかな曇天。朝、一時的に雨。温度は温室なみ。昼、平坦で小さなサンゴ島二つを通過。

一六日。巨大な背びれと尾びれのあるサメ二頭を、船近くで目撃。飛魚も。温度は上がったが、まずまず耐えられる程度。すばらしい日の入り。東方の海面に赤みがかった照り返し。東の空は薄青い灰色。金星が見事に輝き、海面に反射。

一七日。晩、晴天のもとアラビア側の遠方で激しい雷雨。ほぼ毎秒ごと、狭い地域に稲妻。そのあと強風が起こり、海が荒れる。

一八日。朝、強いうねりのなか、紅海の出口に到達。アラビアの岩だらけの連峰が見える。

海から突き出た孤高の山岳が、赤みがかった朝日を受けて輝いている。

一九日。腸カタルと、猛烈な痔《じ》。日本人教授が急いで助けに来てくれる。(17)

二〇日。多少は元の状態に戻る。ソマリアの沿岸（岬）を通過。(18)昼下がりの陽光に見事に照らされた山並み。さわやかな微風と、ほどよい波。

二五日。ヤシ林のあるサンゴ島をいくつか通過。夜、熱帯雨。今は九時半、遠くに熱帯雨が見える（曇り空がさまざまに変化）。

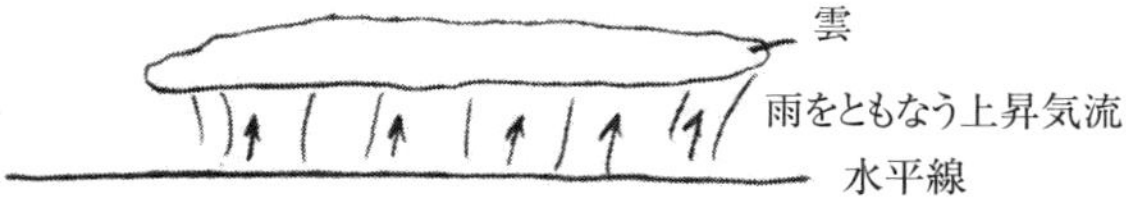

赤道に接近し、アラビアの湾を進むにつれて雲量が増してきた。地表（の層）で一〇月に最も強く照射を受けるのは赤道だ。そこでは高湿度の空気が上昇して水分を吐き出す。空気はその後、（南北）双方から流入してくる（亜熱帯風。地球の回転により偏向）。いちばん暖かい地域は季節によって変化するので、それが北ないし南方向の現象全体に影響する。しかも〈陸地〉は、海とは逆に最高温度を上昇させるが、それは陸地のほうがはるかに強烈に熱せられるからだ。

強い上昇気流は雷雨の形成も促進する。私たちはしばしば、雲が形成されなくても、あるいはわずかに形成されただけでも幕電光〔雷鳴なしに起こる幕状の閃光〕が生じるのを見た。

アラビアの湾では、多くのサメと飛魚。この種のものは、深さ数千メートルの外海では見られなかった。大海の海底にはほとんど光が届かないので、海底には植物がわずかに育つだけ。下では動物相も貧弱、上のほうに近づくとある程度の相になる。
夜、船のサイレン。事故だと思った。だが大雨のため視界が利かないので、船船同士の遭遇時に音響信号が鳴っただけと判明。温度はまずまずだが、船室内だけは非常に暑い（日に照らされた船の壁と、機関室との隔壁のあいだ）。しばしば気分が優れない。日本人の医師[19]がいつも助けてくれる。船上では私はおもに日本人に写真をひんぱんに撮られた。いっしょに写る人がいたりいなかったり。

昨日、ヴァイルの幾何学に従って、電磁気の真空方程式（$\frac{\partial \varphi^{\mu\nu}\sqrt{-g}}{\partial x_\nu} = 0$）を検討してみた。電流密度の式が見つかるかと思ったのだ。しかし、無意味な $\varphi^{\mu\alpha}\varphi_\alpha$ が出てきただけ。

二八日。昨晩、私たちはかなり遅れてコロンボに近づいた。〈警笛が鳴る〉。岸辺が見えてくる前に激しい熱帯暴風と土砂降りに見舞われ、停船させられたのだ。九時頃空が明るくなったので、私たちは港近くにいることがわかった。水先案内人が漕ぎ舟で近づいてきた。私たちはすぐさま別の日本の蒸気船に横付けした。私たちはここで初めて年輩のインド人一人と出会った。立派で上品な顔つき、白いひげ。その人は私たちに二通の電報を渡して——チップを求めた。私たちは他のインド人も何人か見たが、みんな褐色ないしは黒くて筋骨たくましい体格をしており、顔も体も表情豊かで、振る舞いは謙虚だった。まるで乞食になった貴族みたい。言語に絶する壮大なプライドと落胆が混在している。

今朝七時、私たちは上陸し、デュ・プラートル夫妻といっしょに、コロンボのヒンドゥー地区と仏教寺院一寺を見た。[20]私たちは流しの小さなクルマに乗ったが、そのクルマを駆け足で引っぱってくれていたのは、ヘラクレスのようだが上品な人たちだった。私はこうした人たちに対して自分も手ひどい扱いをしているのが恥ずかしくて仕方なかったが、今さらどうしようもなかった。なぜなら、王様の格好をしたこれらの乞食たちは、相手が降参するまでぞろぞろと外国人のもとに押しかけるからだ。彼らは相手の気持ちが動揺するまで哀願し、物乞いをするやり方を心得ている。現地人の在住地区に行けば、こうした立派な人たちが通りで彼らなりの原始的な暮らしを送っているのを見ることができる。[21]彼らがいくら立派だとしても、当地の気候ゆえに一五分先、あるいは一五分前のことを考えることができないのも無理はないと思う。

彼らはひどく不潔な場所、かなり臭い場所で、地べたにじかに接しながらほとんど何もせず、ほとんど何も求めないでいる。経済的には単純な暮らしの繰り返し。狭い場所にぎゅう詰めになっているので、各人が特別な存在になることはない。なかば裸のまま、立派で力強い体と立派で寛容な顔をさらしている。ポートサイドのレバント人のように、叫び声を上げている場所などどこにもない。野蛮さはないし、市場で叫ぶ人もいない。静かで、ぼけっとしていておとなしいが、ある程度の快活さは失っていない人々。

こういう人たちを見たあとヨーロッパ人を見ても、もう楽しくない。ヨーロッパ人はもっと軟弱で、もっと野蛮、しかも粗野で欲張りに見えるからだ——しかもそうなったのは、残念ながら、実用面で卓越していて、しかも重大な事柄に着手したりそれを実行したりする能力があるからだ。私たちも、もしこの気候だったら、このインド人のようにならなかっただろうか？ 港内は大賑わい。黒光りするヘラクレス風の体の労働者たちが、貨物を扱っている。潜水夫たちは猛烈なスピードでいろいろな技をやっている。取るに足らぬ金のために常に微笑し、熱心にやっているのだが、その一方では、この程度のことで喜べるかと思っているさもしい人たちがいる。一二時半、私たちは雨の降る荒涼たる大海原に出かける。セイロン〔スリランカの旧称〕は植物にとっては楽園だが、人間が暮らすには悲惨な地だ。

三一日。昨日は天皇誕生日[22]〔本来の天皇誕生日は八月三一日だったが、盛暑期に天長節の祝典を斎行するのは困難との理由で、一九一四年以降は二カ月遅れの一〇月三一日に天長節の式典を斎行するようになった。なお、月遅れでは九月に三一日が存在しないため二カ月遅れとなった〕。上甲板で正午前に祝典。万歳と国歌斉唱。歌はいかにも異国風で、（曲の構成から言うと）いくつかの部分に奇妙に分かれている。[23] 日本人は非常に敬虔。国家イコール宗教という不気味な連中。

天気が晴れてきた。海岸沿いに航行し、まずはスマトラ沿岸、今は本土沿い。水平線のきわに興味深い屈折現象。温度と湿度の変化により何隻かの船がはるか遠くの空中に浮かんでいるように見える。昨晩、日本人たちが自発的にショーを披露。歌を歌った男性は、しっぽを踏まれた雄ネコみたいに悲しげに鳴いてみせた。おまけに彼は時々フレットの狭いギターみたいな楽器に合わせながら、激しく動いて全体をリードしていたが、楽器が奏でている曲と彼の単調な歌は無関係のようだった。(24) 痩せた上品な若い日本人男性（植物学者）が驚くべきマジックを披露。おもに赤い玉三個を使って、それをいったん消してはまた出してみせる。昨日、航行機器を見て、位置決定の通常の方法を知る。コンパスは非常に原始的で、バランスのとれた慣性モーメント。六分儀、時計。速度計のプロペラは、長いロープを後方に引くのだ。明朝はシンガポール。石井夫人が佐久間の若い花嫁のおばと判明。(25) 天候が明るさを増している。

天皇誕生日（1922年10月31日）の「北野丸」船上でのディナー・メニュー。（エルサレムのヘブライ大学アルバート・アインシュタイン文書館の許可を得て掲載）

私の旅はシオニスト運動のために利用されようとしている

一一月二日。 午前七時。緑色のいくつかの小島のあいだの狭い水路を航行。〈コロンボ〉シンガポール港着。シオニストたちがそこで私たちを待っていて、歓迎してくれた。モントー夫妻（〈夫〉はハンブルクの俳優の兄弟で、彼自身も演劇方面の才能あり。〈妻〉は生粋のウィーンっ子だがシンガポールで育った）が、広々とした自宅に私たちを連れて行ってくれた。[26] すばらしい動物園内や、この町のあちこちの地区を、さほど暖かくない気候のなかでドライブ。疲れ知らずのハイム・ワイツマンが私の旅をシオニスト運動のために利用しようとしていることを知る。[27] 私はモントー宅に着くとすぐさま、シンガポールのシオニスト協会の要請を受けてモントー氏が友人といっしょに書いた歓迎の挨拶への返答を考えさせられた。私に渡されたその歓迎の挨拶文は、いかにも儀式張っていて、絹布に記され、高価な銀のケース（シャムの装飾レリーフ）に入れられていたし、中身は実に見事だったが、上面の造りが厚すぎた。これは——作成者自身が目で笑っていたとおり、『マイアー会話大辞典』[28] を参考にしてこしらえたものだ。

午前一一時、一人のジャーナリストが加わり、私はモントー氏、その友人一人、それからその新聞記者に向かって、カブトムシと曲面の話〔カブトムシが曲面の上を這うとき、自分が来た道が曲がっていることに気がつかない。アインシュタインのエピソードの一つ〕をせざるを得なくなった。豪華な昼食のあと、親切なホストたちは私たちをゲストルームに案内したので、私たちはそこの蚊帳《かや》の下で眠るのを許された。隣室はトイレで、そこにはおまると大きな洗濯たらいがあった。それを知ってエルザは大いに、そして私もちょっとぞっとした。

ゆっくり休んだ私たちはモントーの車で午後四時に、シンガポールのユダヤ人大富豪メイヤー[29]のところに出かけた。ムーア風のホールをいくつか備えた彼の豪邸は、市街と海を望む丘の上に建っていて、すぐ下に豪華なシナゴーグがあったが[30]、それは大富豪とエホバの交流のため、と言うより実質的には前者のためにのみ建てられたものである。この大富豪は今なお非常に正直であり、スリムで、意志強固な八一歳だ。

白いやぎひげ、面長で血色のいい顔、細くていかにもユダヤ人らしいかぎ鼻、賢そうでちょっとお茶目な目、きれいに反った眉の上の黒い頭蓋冠〔頭蓋上部〕。ローレンツと似てはいるが、目は慈悲深く輝いていると言うより慎重で賢そうであり、顔の表情は――ローレンツのように――親切で公共精神にあふれていると言うより、型どおりにきちんとしていて業績重視の印象を受ける。[31]この人物こそ、ワイツマンの計画によれば、エルサレム大学創設のために私が克服すべき要塞だったのだ。彼の娘は細くて〈黒くて〉青白くて上品な顔立ちであり、私が今までに見たユダヤ人女性のなかでも屈指のすばらしい女性だ。〈彼女が証拠だが〉彼女を見ていると、「美人は高貴」というジョークを真に受けてしまいそうになる。[32]

私たちが上に着くと、まずは写真撮影だった。大富豪が私の隣、そして私の周囲は彼の家族とユダヤ人カップル大勢。集合写真だ。[33]とても重要なこの行事のあと、私たちは広々とした東洋風の食堂に列をなして入っていった。[34]マレーのバンドが、ヨーロッパの感傷的なコーヒーハウスでやりそうな、ウィーンと黒人の音楽を演奏した。私は大富豪――それに主教（配偶者の

アインシュタイン夫妻とシンガポール・ユダヤ人共同体のメンバー。博愛主義者メナッシュ・メイヤー邸にて、1922年11月２日に撮影。前列左からアルフレート・モントー、アンナ・モントー、アインシュタイン、メナッシュ・メイヤー、エルザ・アインシュタイン、ワイル夫妻、ローザ・フランケル。後列左から氏名不詳、モゼル・ニッシム、ジュリアン・フランケル、チャールズ・R・ギンズバーグ、ティラ・フランケル、ヴィクトー・クルメック、マリー・フランケル＝クルメック、そしてアブラハム・フランケル。（この写真はジョアン・ビエーダーの著書 *The Jews of Singapore*〔2007年刊〕に掲載された。リサ・ギンズバーグの許可を得て掲載）

横）とともに座ったが、主教は狡猾な人間で英語しかしゃべらない。痩せていて、鼻の大きなイングランド貴族であり、露ほども大富豪の魂を求めることなく大富豪の金を狙うのだが、その幸運に見離されることはないのだ[35]。

　絶品のケーキだったが、語学についてはての手のつけようのない惨事が出来《しゅったい》。モントーは、ホールの端に置かれていた聖書朗読台付きの高めの椅子二脚に私たち（大富豪と私）を案内してから私たちの横に座り、確信に満ちた声で歓迎の言葉を読み上げた。ポケットには、上手に翻訳された私の返礼の言葉がそっと入れられていたのだ。その後、私が自由に語っているあいだに、彼はメモを取るふりをし、私の返礼を読んでいたが、それは実は私が今朝書いた文章、そして彼とその友人が翻訳した文章だったのだが、私が前もって書いた挨拶を、その場で即興で翻訳したことにしたのだ。悪賢い手段である。その後、果てしない握手。アメリカを思い出す。どこでもユダヤ人同士は熱烈だ。いろいろなことが続いてすでに船酔い状態。日はもう暮れて、私たちは車で急いでモントー宅に行く。

何冊かのアルバムにサインせねば。それが済むと、私たちは中国人街（とんでもない賑わいだったが、見てまわる時間は充分にはなかったので、香りを嗅いだだけ）を通り抜けて大富豪宅のディナーに加わる。豪華な食事で、八〇人ほどが入れる開放的なホール。[36] 料理は心がこもっていたし、際限なく出てきた。食べるどころか料理が見えないので立ち上がらざるを得ない。次いで、例のバンドが戻ってきて、楽しそうに黒人音楽を演奏した。[37]〈例の老人〉と全員が踊っていた。大富豪さえ断わらなかったし、そのあとも八〇歳の胃がまだ食欲のあるところを見せていた。ここでとうとうワイツマンが仕掛けた見事な大富豪襲撃計画（エルサレム大学創設のための募金）が火ぶたを切った。私は努力はしたが、私の弾丸の一発が大富豪の厚い皮を貫通したかどうかは知らない。[38] それから私たちは戻り、（もう少しアルバムをやってから）待望の蚊帳のなかに潜りこんだ。

夜、猛烈な熱帯の豪雨と雷鳴。私は急いで窓のシャッターを閉めたが、それでも完全には防ぎきれなかった。滞在中、気温はそれほど上がらなかったが、あまりの湿度に温室を思い出した。東洋に酔わされたようなもの。

一一月三日。朝食後、ゴム園の丘を快適にドライブして港へ。植物の見事な発育。楽しそうな中国人邸宅の数々。別の信心深いユダヤ人の一団が乗船。午前一一時頃にようやく出航し、緑の島々のあいだの絶景のなかを航海。

中国人はその勤勉さ、倹約ぶり、子孫の多さで他のすべての民族を凌いでいるかもしれない。シンガポールはほとんど完全に彼らの手中にある。彼らは商人として尊敬されている。その点、日本人は信用できないと見なされていて比べものにならない。日本人の心理を理解するのは困難だ。私は日本人の歌があんなに訳がわからなかったので、日本人を理解しようと思わなくなった。昨日、他の日本人がまた歌っていたので目がくらんでしまった。

一一月七日。そうこうするうちに雨天、温室なみの温度。シンガポールで蒸気船に、年輩のなごやかなスイス人公務員二人とドイツ人ビジネスマン一人が乗船。五日晩から六日晩にかけて台風が、大波と風、豪雨を引きつれてきた。船は大いに揺らされる。船首が見物《みもの》。飛魚の多くが蒸気船に追い立てられ、垂直に大きな動き。今日の海の動きにまだ台風の影響。絶えずバランスを取ろうとして疲労。女性たちのほうが男性よりも船酔いが多い。

一〇日。九日の朝、私たちは香港に到着した。今回の船旅で今までに私が見たなかでいちばんきれいな風景。山がちに細長く延びた島、その近くには同様に山がちの本土。両者のあいだに港。数多くの険しい小島。すべてを見渡すと、アルプス山麓の丘陵地帯がなかば溺れたような地域だ。町は、高さ五〇〇メートルほど[39]の山の麓にあり、なだらかな斜面に段丘のように横たわっている。空気は快適な涼しさ。

ユダヤ人共同体による歓迎会を、感謝しつつ断わる。[40]だがユダヤ人ビジネスマン二人が一日中私たちといっしょに過ごした。[41]午前中、車で島巡りスタート。海と、フィヨルドに似た湾をいくつか、そして多様にして雄大な山腹を見る。途中で私たちはアメリカ風の豪華ホテル[42]で昼食を摂ったが、その間、私たちのガイド役であるユダヤ人ビジネスマン二人がともに、私相手に国と科学について活発に会話しただけでなく、世俗的な喜びを好む点はみんな似ているとも語った。帰途の最中に、帆船のある中国人の漁村を見かけたが、そこではとても陽気そうに見える中国人の葬儀と――嘆いている人々がいた。その村の男女は一日五セントで毎日石を砕いて、運んでいかなければならないという。こうして中国人は、経済という名の無神経な機械に多産を厳しく罰せられているのだ。彼らは鈍感でそのことに気づいていないと私は思うが、それを目にするのは悲しい。ちなみに彼らは少し前にはおそらく、非常に優れた組織を作って賃金ストライキを打てば成功を収めただろう。[43]

午後、私たちはユダヤ人クラブハウスを訪問した。その建物は、標高の高い緑茂る庭園内に設置されていて、町と港の展望が見事。[44]ユダヤ人は一二〇人だけのようで、大半はアラブ人だったが、彼らアラブ人の信仰心はロシア系ヨーロッパのユダヤ人以上に硬直化してしまっていると思われる。クラブハウス内では女性二人が付き添ってくれた。ホストの奥さんと、その姉〔もしくは妹〕である。ユダヤ民族は、ユーフラテス川とティグリス川の地のユダヤ人が私たちとよく似ていることからわかるように、過去一五〇〇年間にわたり純粋さを維持してきたと私は今確信している。一体感も非常に強い。

私たちは全員、山頂までドライブした。その麓に町が広がっている（ケーブル鉄道利用の場合は中国人とヨーロッパ人は分乗）。頂上から見る港、島の山々、そして海の展望は圧巻だ。多くの小島は海から急勾配で突き出ていて、その景観はアルプス山脈の山麓丘陵地帯にある霧の湖を想起させる。晩、突然の暴風で私の帽子が通りまで飛んでしまい、それを取り戻すべく、追いかけて走っていかなければならなかった。

今朝、エルザといっしょに本土側の中国人街を訪れた。勤勉で、汚く、鈍感な人々。家々は月並みで、ベランダがミツバチの巣のように並んでいる。すべてがぎっちり、そして単調に建てられている。港の後方は軽食堂ばかりなのだが、中国人たちは店の前でベンチに座ることなく、ヨーロッパ人が外の木陰で気軽に用を足すときのようにしゃがんで食べる。だが静かでおとなしい。子供たちでさえ無気力だし、鈍感に見える。もしこうした中国人が他の全人種を駆逐することになったら残念だ。私たちにしてみれば、そう考えただけで言いようもなくうんざりする。

昨晩、中等学校のポルトガル人教師三人が私を訪れてきて、中国人に論理的思考を訓練することはできないと主張した。特に数学的才能が欠如しているという。この点については男女差がないことに私は気づいていた。ならば、中国人女性にはいったいどういう魅力があるのだろう？　相応の男性を惹きつけてものすごい子沢山になってしまう理由が私にはわからない。

一一時、「北野丸」は出航し、緑色の丘状の島々のあいだ、輝くような緑の海を通っていった。そうした丘の形と色には魅了されたが、それらは以前は禿《は》げ山、つまりは木が生えていなかったのだ。今の香港の豊かな植物群をすべて育てたのはイギリス人なのだろう。彼らは治世に長《た》けている。警備を実施しているのは驚くべき体格のインド系黒人難民で、中国人は採用されていない。イギリス人は中国人のために立派な大学を設立し、(45)イギリス人と生活程度が接近している人たちの関心を引きつけようとしている。このような真似を誰ができるだろうか？　貧しい大陸ヨーロッパ人よ、きみたちは民族主義的な危険を寛大さによって抑えることなど考えつきもしない。

一一日。夜、海面がすばらしい発光。見渡すかぎり海の波が青く輝いた。

一四日。一三日の朝一〇時、上海着。平坦で、絵のように美しい黄緑色の岸辺に沿って川をさかのぼる。(46)スイス人公務員二人と別れる。うち一人はベルンから来た人で、私の小さなパイプをとても親切に修理してくれた。そして、熱狂的な愛国者だがそれ以外の点では心の優しい若いドイツの元公務員とも別れ。上海では船上で稲垣夫妻に迎えられる。上海から神戸までの大切なガイドだ。[47] それからドイツ領事、[48] それにプフィスター夫妻[49]にも出迎えられる。

まずは日米の相当数の記者がいつもの質問。次いで稲垣夫妻と中国人二人（記者一人と中国キリスト教団体事務長）が中華料理店に案内してくれた。[50] 食事中に私たちは窓を通して、騒がしくもカラフルな中国の葬儀を見たが、私たちの感性からすると〈少し〉野蛮で、一見するとコミカルな雰囲気だった。料理はきわめて洗練されていたし、果てしなく続いた。テーブル上に多数載っている小鉢から、一人の男性が絶えず箸で魚をつまむ。私はおなかが神経質になってきたような気がしていたので、親切なプフィスター夫妻宅という（まさに）安息の地に午後五時頃になんとか逃げ込んだ。

食事後、好天のもとで中国人街を散策。通りはどんどん狭くなっていき、歩行者が群がっている。人力車、さまざまな汚れ、空気中には実に果てしなき多様なにおい。柔和だが、大半は鈍感で無視されているように見える人たちの不快な生存競争の印象。通りの向こう側は営業中のやかましい作業場と商店、大変な騒音。だがどこでも喧嘩はしていない。私たちはある劇場を訪れた。各階でコメディアンが別々の上演をしている。[51] 観客はいつも感謝の念を抱いていて、とても喜んでいる。小さな子供も含めて、実にさまざまな人たちがいた。どこもかしこも、そこそこの汚れ。内も外もひどい雑踏と上機嫌の顔。下層労働者たちも苦しんでいる印象はない。他人の言いなりになる奇妙な群集。しばしば立派な太鼓腹、常に健全な神経、しばしば人間と言うよりロボットに似ている。時にはニタリとして好奇心。私たちのようなヨーロッパ人訪問者と会うと、互いに奇妙な凝視――エルザは一見攻撃的なオペラグラスで強烈な印象。

アインシュタインとエルザは1922年11月13日に、上海の画家・実業家として高名な王一亭の邸宅でのディナーに参加した。前列左から應時夫人、トニー稲垣、エルザ・アインシュタイン、應蕙徳、アインシュタイン、稲垣守克、王一亭、于右任。（レオ・ベック研究所のご厚意により掲載）

　その後は、先ほど安息の地と賞賛したプフィスター夫妻の広々とした邸宅までドライブ。ゆったりとティー[52]。それから、ユダヤ人代表の大物八人ほどが、高位のラビといっしょにやってきて、非常に難しい論議[53]。それから稲垣夫妻とドライブ。暗い小路を通って裕福な中国人画家のところに行き、中華料理の夕食。画家の邸宅は外見が暗いし、高い壁は冷たい感じ。中に入ると、華やかな照明のホールがあり、その周辺は絵のように美しい池と花園を備えたロマンティックな中庭。ホールは、ホストが描いた本格的で華麗な中国画と、大切に収集された骨董品。食事に先立ってディナー・パーティーの参加者が集まったが、その面々はと言えば、ホスト、私たち、稲垣夫妻、プフィスター夫妻、ドイツ語を話す中国人一人、ホストの親戚のカップル、中国語とドイツ語で愛らしく歌う一〇歳くらいの人なつこい娘、上海大学学長、そして同大学の教員数人(54)。

極上の美味が際限なく出てくる。ヨーロッパ人には想像もつかないような、まさに罰当たりなほどの飽食。それに加えてスピーチだが、これは稲垣が各国語をあやつってくれた。私も一回だけ通訳(55)。ホストは、高貴な顔立ちで、ホールデーン(56)に似ている。壁には、宝石細工を施したホストの自画像が掛かっていた。歌を歌ったかわいい少女の母親がホステス役を務め、会話をとても愉快かつ巧妙に導いた。

九時半、稲垣夫妻と日本クラブに向かい、そこで私たちは、大半は若い日本人一〇〇人ほどに、心地よく非公式に、謙虚かつ楽しく歓迎された(57)。同様にくつろいだ歓迎と答辞を稲垣が通訳。それから船に戻る。さらに、興味深くて思いやりのあるイギリス人技師の訪問を受ける。ようやく就寝。

今日は、朝食後、多くの中庭と華麗な中国風の塔がある興味深い仏寺へ車で行く。現在は営舎として使われている寺。隣にはきわめて楽しい小村があった。すっかり中国風で、ずいぶん狭い小路と、玄関が開けっ放しの小さな家々。どこに行っても小さな商店や作業場。お互いに凝視すると、都心よりもこっちのほうが剽軽《ひょうきん》な感じ。子供たちは、好奇心を抱いたり恐怖に陥ったり。汚れとにおいはあるが、すっかり嬉しくなりそう。今後、ここのことを何度も喜んで思い出すことになりそうだ。お寺をじっくり見た。近所の人たちは寺の美しさには無関心みたい。建築物と内装（等身大より大きな仏像等々）が一体化して、芸術全体として奇妙な印象を放っている。高尚な仏教思想の周囲に、バロックを連想させる深遠な迷信像（なかば象徴的）。

午後三時。出発。

一六日と一七日。緑の小島が無数に浮かぶ日本の海峡を通過。絶えず変化するフィヨルド風のすばらしい景観。一七日午後、神戸着。長岡、石原《いしわら》、桑木。長岡氏は、華奢で上品な夫人を同伴。それにドイツ領事とドイツ人協会、シオニストたちが歓迎[58]。大騒ぎ。船上に多数のジャーナリスト。サロンで三〇分間のインタビュー[59]。大勢の人々といっしょに上陸。波止場近辺のホテルで息抜き[60]。

晩に、教授たちと二時間の列車の旅。軽快な車両。乗客たちは窓沿いに長く二列に座っている。京都では、通りや、小さくて感じのいい家々が魔法のような光に照らされている。少し高いところにあるホテルまで車で行く[61]。下の町はまるで光の海。強烈な印象。愛くるしくて小柄な人たちが、通りを早足でカタカタ歩いている。ホテルは大きな木造建築。みんなで食事。狭い個室に、華奢で上品なウェイトレスたち。日本人は簡素で上品、とても好ましい。

晩、科学について会話。いろいろあってとても疲れた。

一八日。朝、京都を車で回る。寺。大きな庭園、壁と堀で囲まれた古風な宮殿、すばらしい由緒ある日本建築（中国建築の変種だが、あれより簡素だしバロック調ではない）[62]。通りにはとてもかわいらしい生徒たち。午前九時～午後七時は、雲ひとつない空のもと、展望車で東京へ。湖と入り江に沿っての旅。峠の上に富士山、雪に覆われて遠くまで陸地を幸福に輝かせている[63]。富士山近くで無類の日没。森と丘の壮大なシルエット。村々は好ましいし清潔。きれいな学校。土地は念入りに耕作されている。日没後、ジャーナリストたちが列車内に。いつもどおりばかげた質問。

東京到着！　人だかり、写真撮影のフラッシュ。マグネシウムの無数のフラッシュですっかり目がくらむ[64]。ステーション・ホテルの食堂に一時避難[65]。学士院、ドイツ人、協会代表者たちが歓迎[66]。疲労困憊の状態でホテル〔帝国ホテル〕に到着するが、巨大な花輪と花束に囲まれる。その後もベアリーナー夫妻[67]の訪問。生きたまま埋葬。

一九日。一時半～四時、および五時～七時は、大学の講堂で、内容を小分けにしながら講演。通訳は石原[68]。石原のいでたちは絵のような着物姿だったので、贖罪者にして僧侶のような感じ。

アインシュタインとエルザ。帝国学士院会員とともに東京の小石川植物園にて。1922年11月20日。前列中央が井上哲次郎、テレーゼ・長井゠シューマッハー、アインシュタイン、穂積陳重、エルザ・アインシュタイン、長岡半太郎。（日本学士院のご厚意により掲載）

二〇日。長岡が、植物園での学士院の昼食会にと私たちを迎えに来てくれた。学士院の面々は真心がこもっていた。長岡は私たちの送迎をしてくれた。祝賀のメッセージが読み上げられたあと、その書面が私に手渡されたので、私は短く謝意を述べた。(69)

山本および改造社の社員たち(70)とホテルで夕食。それから、歌と踊りのついた日本の芝居。(71)女役を男が演じる。観客は家族みんなで、床に区切られた狭い囲いに座り、生き生きと参加している。一階席を通って舞台に行く通路が複数あるが、その通路も舞台の一部。役柄は明確に定型化。男性三名の合唱が絶え間なく続くのは、ミサの聖職者に似ている。オーケストラは舞台後方にいて一種の籠《かご》のなか。舞台装置はまるで絵画のよう。音楽はリズムと感情を表現する鳥のさえずりのようだが、管弦楽のような論理性とまとまりには欠ける。俳優たちは感情過多に演じていて、見た目の効果に専念。

その後、稲垣および山本夫妻と、屋台のあるショッピング通りをぶらぶら歩いたが、そこには子供向け、大人向けのあらゆる小物が売られていた。どこもかしこも明かりに照らされていたが、かなり寒かったので人出は少なめ。大きな商店街と車道は一〇時頃には閑散。私たちは魅力的な小レストランに入っておしゃべり。それから、果物と葉巻を持ってホテルに戻るが、これらは山本からいただいたありがたい贈り物。

二一日。皇居の庭園で菊の祝典。(72)体にぴったりのフロックコートとシルクハットを調達するのに大いに手を焼く。フロックコートは、どなたかがベーアヴァルト氏に渡してくださったものを同氏がわざわざ私にじきじきに持ってきてくれた。(73) シルクハットは山本氏のものを使ったが、小さすぎたので、午後ずっと手に持っていなければならなかった。私たちは、外国の外交官たちといっしょに半円に並んだ。ドイツ大使館員が迎えに来たので同行。日本の皇后陛下はその半円のなかから外に出られて、大使館の男女としばし会話をなさり、私とは親しげなお言葉でフランス語の会話をなさった。(74) それから庭園の各テーブルで軽い飲食。このとき、私は無数の人たちに紹介された。庭園、すばらしい人工の砂山と水、絵のように美しい秋の木の葉。小屋のなかの菊は、兵士のようにきちんと並んでいる。いちばん美しかったのは懸崖作りの菊。

晩は、ベアリーナー夫妻の魅力的な日本家屋でゆったりとした夕べ。〈彼は〉聡明な経済学者、〈彼女は〉愛くるしくて聡明な女性で生粋のベルリンっ子。近頃のような状況では、のんびりしているほうが仕事をしているより疲れる。だが稲垣夫妻がとことん気を使ってくれる。

二二日。一〇時半頃、ガキ（稲垣）と山本に連れられて、改造社（出版社）の小さなビル内での会合に向かう。(75) 従業員たちが玄関先で私たちをお祝い気分で待っていてくれた。仲間意識は明瞭。山本は、角縁の大きな眼鏡の奥から子供っぽい目を輝かせていた。

編集室前の小路で全員がいっしょに撮影。(76) 好奇心旺盛な人たちが、子供たちといっしょにじっと見ていた。それから私たちは車で壮麗な仏教寺院に行った。(77) 僧侶たちの食堂を一瞥。すば

アインシュタインとエルザ。改造社社長山本実彦邸にて。
1922年11月22日。（レオ・ベック研究所のご厚意により掲載）

らしい木彫りのある見事な建物。僧侶はとても親切で、美術品の図版・写真が入った豪華本を贈呈してくれた。中庭に行ったとき、大阪から来てそのときちょうどこの寺を見ていた愉快な女生徒たちなどと例によって写真撮影。

それから、山本の魅力的な自宅で昼食(78)。立派な人物(79)。彼はその小さな家に、家政婦三人と召使い一人、そして書生四人を置いていた。これらの人たちは穏やかで謙虚にちがいない！

午後、私たちは農家やその他の質素な日本家屋を見たが、すべてぴかぴかに輝いていて、親しみが湧いた。躾《しつけ》がよくて愉快な大勢の子供たち。寒さに慣れている。学士院の院長宅を訪問。彼の息子の一人がチューリヒ連邦工科大学の学生であり、H・F・ヴェーバーの弟子と判明(80)。藤沢邸での歓迎会の件でどぎまぎ(81)。晩は、ドイツ・東アジア協会の大歓迎会(82)。食後、多くのドイツ人、日本人と会話。頭のなかはメリーゴーラウンド状態だったが、多くを学び、厚い友情を感じた。日本の学者たちはドイツに深い親近感を抱いている。日本人はドイツ人技師たちの協力を得て独自に光学工場を建設した(83)。

二三日。午前九時〜一一時。ドイツ大使館によって迫害された女性、つまり館員シュルツ〔一七八ページ参照〕の夫人に関する書類を調べる。スキャンダル隠蔽《いんぺい》の犠牲になったとは、かわいそうな女性。(84) ~~〈十一時〜一〇時半〉~~ 一二時〜午後一時、日本人のジャーナリストたち相手に日本の印象についての愉快なおしゃべり(85)。輪になって質疑応答のお遊び。それから豪勢な食事。

二時〜四時、日本の音楽学校でコンサート。フルートによる嘆きのユニゾン、本来の旋律がなく幾多の音型(86)。弦の本数が少なめのハープと、マンドリンに似た楽器、そして連禱《れんとう》に似た歌。撥弦楽器の曲も一曲あり、自然音を模倣していて優雅だったが旋律は貧弱。適切な構造と和声が皆無。

夕食は藤沢邸で、長岡その他二、三名と（ドイツ大使館員も一人）。藤沢家の娘さんたちは愛くるしくて上品。どうということもないおしゃべりをして、くつろいで過ごす。その前に、ベーアヴァルト宅と長井教授（化学者）宅を訪問(87)。

二四日。午前中、稲垣と散歩。和式の食堂で食事。床に座るのは難儀。カニの焼き物。生き物がかわいそう。感じのいい店(88)。マナーが上品で静かな客たち。午後、日本の美的な私邸を訪問（根津(89)）。上品な律動と色彩を帯びた見事な日本の昔の絵画。日本人の心が美しい証拠。中国仏教の影響は国民の心にふさわしくないので、そうしたものはこの国独自の美術品と比べるとバロック風な感じがする。五時半～七時と、八時～一〇時は二回目の一般講演で、石原が通訳。聴衆の関心は最高潮。[90] 二四日～一二月一日は、大学で相対性理論について科学の話。

二五日。頭のおかしいアメリカ人女性がやってきた。本人は、頭のおかしい他人を治癒できると信じている。午後二時、物理学研究所を訪問。その後、私にとって初の特別講演。[91] 三時半、講堂で学生たち主催の歓迎会。深く感銘。私は、国際的な財産としての科学について語った。[92] 六時～八時、日本の劇場。またしても合唱と弦楽器、打楽器。有名な童話をバレエ風に扱っている。とても興味深いパントマイム――部分的にはとてもエキゾチック。[93]

晩の八時半～一〇時は和風の旅館兼食堂で、ジャーナリストたちの招きにより、何人かの芸者をまじえて食事。芸者は音楽に合わせて愛くるしくも優雅な踊りと音楽を披露した。踊っている女性たちはとても若い。年長の芸者は、とても色気のある顔をしていて印象深く忘れがたい。語る声、答える声は低音域の胸声。人間ではなく人形が食べたほうがふさわしいような食事。その後私たちは丁寧に見送られ、それを機に、くだけた二次会が始まった。[94] 小柄な稲垣相手に芸者やモラルなどについて語りあう。

二六日（日曜）。大倉美術館。中国と日本のすばらしい像、絵画、レリーフがあり、見事な丘状の庭園を備えている。[96] 午後は能の劇。古代の芝居、日本語の合唱。非常にゆったりとした

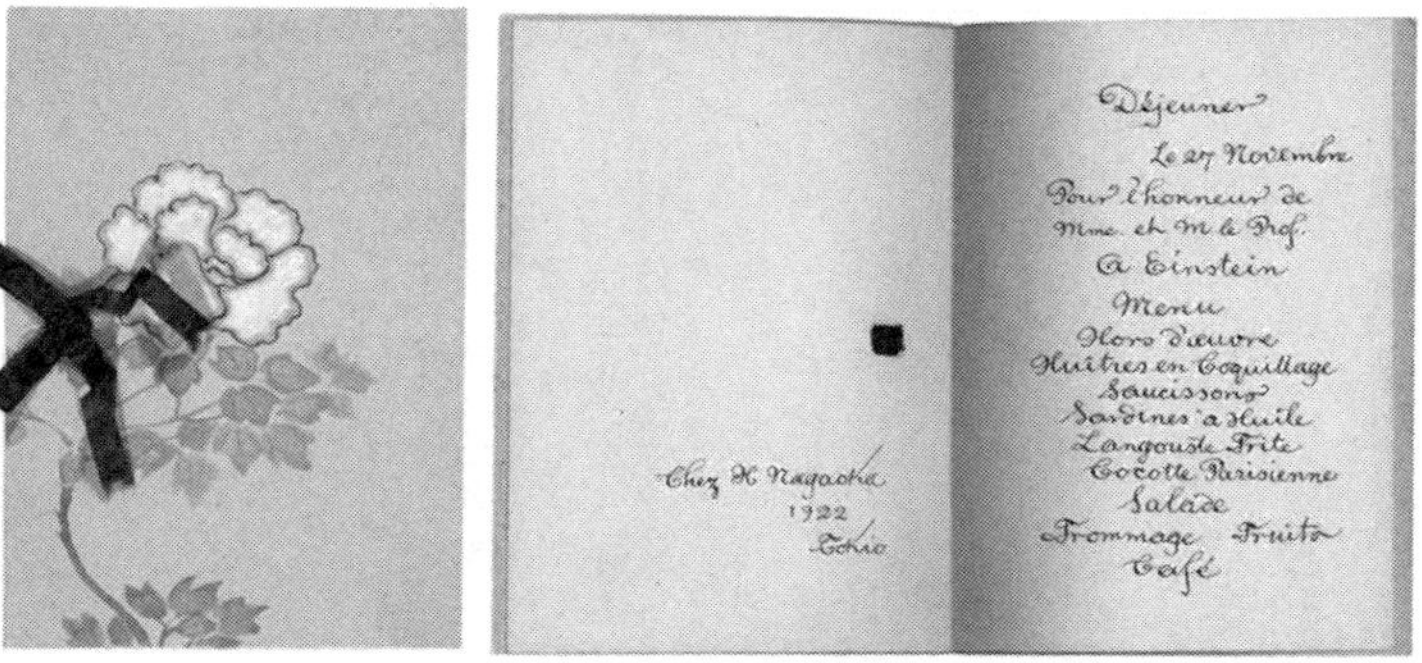

長岡半太郎邸での昼食会のメニュー。1922年11月27日、東京にて。（プリンストン大学図書館のご厚意により掲載）

動きと仮面。高度に劇的な効果。[97] その後、巨大な書店を訪れる。二五〇人の社員全員が顔をそろえていた。[98] 好奇の目で歓迎される。部屋で食事。山本と商売の話。

二六日。

二七日。長岡の娘婿が、魅力的な奥さんを連れて来訪。日本の大学につきまとう果てしない試験をテーマに会話を交わしながら長岡宅で食事。[99]

それからテンソル解析の講義。[100] それから徳川邸で食事。[101] 音楽を二曲。歌と撥弦楽器二張、徳川氏のフルート。曲の内容は風景の印象。徳川氏の幼い子供たちによるパントマイム。それから、女性一人による格調の高いパントマイム。これは歌と撥弦楽器演奏の女性二人の伴奏付きで、撥弦楽器を奏した女性たちは幼い子供たちを連れてきていた。夕食は豪華な和食で、料理人はきわめて腕の立つ老嬢。それからヴァイオリンを演奏。私はグルック、ハウザー、バッハ、日本のレディーは

東京商科大学で講演するアインシュタイン。1922年11月28日。（東京の一橋大学のご厚意により掲載）

ヴィエニャフスキー[102]。

二八日。商科大学で挨拶[103]。一人の男子学生がドイツ語で出色のスピーチ。それに応えて私は日本の文化的価値の独創性についてスピーチ。深く感銘。大学で食事。祝祭的。スピーチなし。学長の横に座った[104]。午後、講義と物理学セミナー（カルマン問題についての話[105]）。改造社の社員たちと駅のレストランでいっしょに夕食[106]。スピーチ（話し手は私。同社に入社したての社員として！）。歓迎の儀式として、本当に最年少の社員と握手。日本音楽について短文を口述[107]。

二九日。シャツ姿で、シュタイニヒェン牧師からシュルツェ夫人〔前述のシュルツ夫人と同一人物。どちらの名前が正しいか不明〕関連の情報を記した紙片を受け取る。牧師の前で急いで服を着ながら身支度をととのえる。それからシュルツェ夫人のかかりつけのイギリス人医師ゴードン＝マンローが来訪[108]。夫人が異常な精神状態になったのは夫（ドイツ大使館

アインシュタインと塩沢昌貞。早稲田大学にて。1922年11月29日。（早稲田大学のご厚意により掲載）

員）による虐待が原因だと同医師が断言。

一〇時半、上品な日本家屋で茶会。親交を祝う食事慣行に関連のあるしきたりで、作法の決まっている儀式。日本人の瞑想文化を瞥見。主人が茶会に関する分厚い四巻本を書いたとのことで、それを私たちに得意げに見せた。[109] それから、民主主義精神に基づいて大隈（？）によって設立された早稲田大学の学生一万人による歓迎会で短い挨拶。[110]

ホテルで昼食。それから講演。[111] 研究所を視察。アークライン変位についての興味深い報告。六時半、諸々の教育学会による歓迎会。散会のさいに外で、師範学校の女学生たちの歓迎を受ける。薄明のなかでの、愛らしく陽気な女学生たちの殺到。[112] 一人の人間にとっては過ぎたる愛情と甘やかし。死ぬほど疲れてホテルに戻る。

三〇日。妻といっしょに駅の旅行案内所へ。初めて二人だけで外出。妙に意見が食い違う。稲垣が私たちを車で探して途中で見つけてくれたので、宮中の楽団による古代中国の音楽を聴くために私を車で連れて行ってくれた（一〇時半〜一一時半）。この音楽は、そこにだけ伝統によって残されているもの[113]。ビザンチンと中国・日本の音楽はともにインドが源泉。コラールと類似。すばらしい擬音語、擬声語。フルート、撥弦楽器、リード楽器。非常に高い音でも、澄んだ音が出る。

大学で講演。田丸と議論。土井の試論の矛盾を解説。東京の各大学の学生（全部で約二万人）の代表がお祝いの挨拶[114]。大使館で夕食。外交官およびそのほかの大物たち。すばらしい音楽。だがそのほかは気が抜けていて、ぎこちない。私もヴァイオリンをヘタ奏《び》き。疲労と練習不足でひどい出来。デンマーク大使が私たちをホテルまで連れて行ってくれた。人柄のいい夫婦[115]。

日本人の純粋な心は他のどこの人々にも見られない

一二月一日。ヴィット夫妻と食事。この二人とは昨日駅で会った。カナダで服役させられた話。宇宙論について最後の講演。この講演会を開いてくれた学生たちから謝意[116]。ホテルで途方もない夕食。全員がエリート。食後、私は（山本のあとで）挨拶をしなければならなかった。そして——ヴァイオリンを奏いた（クロイツェル・ソナタ[117]）。（午前中、化学者の田丸がホテルに来訪）

アインシュタインは、東京帝国大学物理学教室で相対性理論について講演するさいに変分法を用いた。1922年12月初頭。（杉元賢治氏の財産管理人および講談社の許可、ならびにアルバート・アインシュタイン文書館のご厚意により掲載）

アインシュタインとエルザ。東京高等工業学校にて。1922年12月2日。（杉元賢治氏の財産管理人および講談社の許可、ならびにアルバート・アインシュタイン文書館のご厚意により掲載）

二日。工業学校を訪問。学生たちに挨拶。竹内が演説[118]。仙台に向かう（一時～九時）。本多と愛知は四時間かけて出迎えてくれた[119]。到着。駅には教官仲間、学長。それに植物学者モーリッシュ。通りの向かいにあるホテルとのあいだの道は命知らずの大混雑。そのホテルで官庁主催の歓迎会[120]。

三日。朝、九時半～一二時と、一時～二時半に講演[121]。山本、そして風刺画家岡本といっしょに松島へ[122]。海岸の絶景。和風の和食店に立ち寄る。夕食は物理学者たちとホテルで。詩人の土井と知り合う。北斎のスケッチブックと、彼自作のイタリア語詩集を贈ってくれた[123]。晩には大学で感動的な歓迎会。学生たちとの集まり。それから教授たちと。モーリッシュおよび医学部長の隣に座る。名前と日付を壁に墨で書かされた[124]。

四日。稲垣、山本、岡本といっしょに〈仙台〉日光に向けて出発。本多は一時間同行[125]。立派な人たち。陽気で謙虚、自然と芸術を愛している。忘れがたい。列車からすばらしい山岳風景を観た。昨日と今日はどこへ行っても鉄道職員たちから特別親切に配慮してもらう。ご夫人たちが東京で列車に乗り遅れたため途中で行き違い[126]。絵のように美しい列車旅。なかばアメリカ風のドイツ系アメリカ人の男性と会話。絹の靴下を製造している人。稲垣、岡本とともに日光村を通り、歩いてホテルへ。同日の晩にも岡本はとても魅力的な戯画を多数スケッチ[127]。

五日。稲垣がなかなかベッドから出てこない。奥さん[128]と再会したからだ。九時半頃、標高一

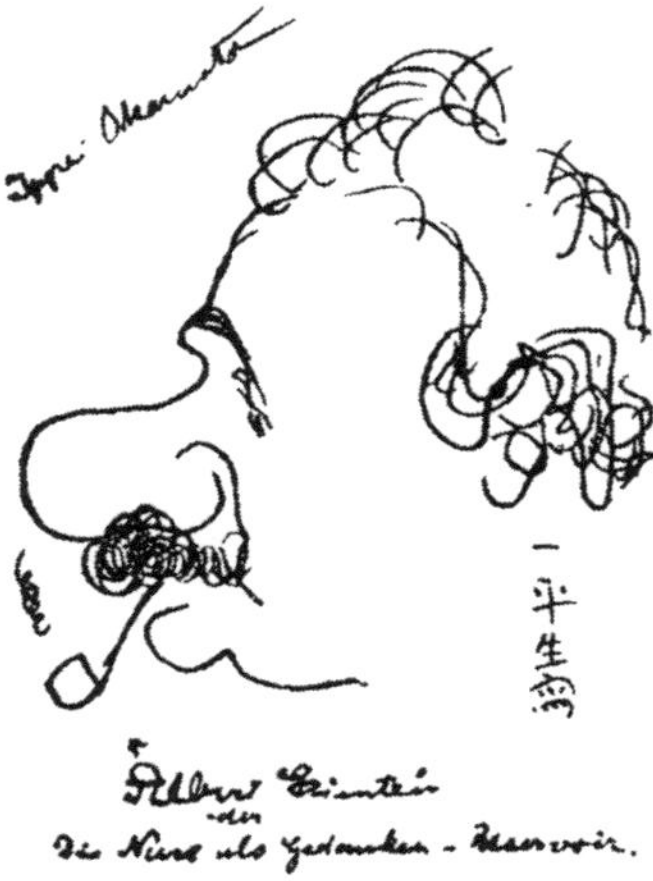

岡本一平が描いたスケッチ。題して「アルバート・アインシュタイン、ないしは『鼻はアイデアの宝庫』」。1922年12月４日。（岡本一平の財産管理人のご厚意により掲載）

三〇〇メートルの中禅寺湖に向け出発[129]。正式な登山口まで車で行く。それから壮麗な森林のなかを登る。山岳と狭い峡谷、平地の眺めを愛でる。頂上で激しい吹雪に遭い、寒気を感じる。吹雪は、私たちが下に戻るまで続いた。わらじ姿の岡本はなかでも哀れだったが、常にユーモアといたずら。

晩に、神戸のドイツ人協会から何通目かの電報。少なくとも日本にいるあいだは日本人を相手にしていたい。日本人はイタリア人と気性が似ているが、日本人のほうが洗練されているし、今も芸術的伝統が染みこんでいる。神経質ではなくユーモアたっぷり。途中で仏教談義。日本の教養人は原始キリスト教をもてあそんでいる。次のテーマは、ヨーロッパと接触する前の日本人の世界観。以前の日本人は、国内の南の島々のほうが北の島々よりも暑いのはなぜかを考えたことがなかったようだ。また、太陽の高さが南北の位置によって異なることも知らなかったようだ。ここの国民は知的欲求のほうが芸術的欲求よりも弱いようだ――天性？[130]

六日。日光で一連の寺院を訪れる。自然と建築が荘厳に一体化。杉の並木道。一連の中庭の構成によって効果が高まっている。中央の建築群は多彩な彫刻によって華麗に装飾されている。誇張気味。[131] 自然表現の喜びのほうが、建築や、さらには宗教面の喜びを凌駕している。歴史について僧侶が長話――うんざり。杉の下のすばらしい石段を登っていくと、徳川家最古の墓に出る。[132] 午後、そこにベック〔兄弟のどちらか〕と娘。駅に歩いて行く途中で、山並みに沈む豪壮な日没。

東京に移動。[133] ホテル内でごたごたしながら荷造り。

七日。ドタンバタンと、喧嘩もどきの大騒ぎをしてスーツケースを閉じる。ベーアヴァルトもそこにいた。駅に向かう。東京もこれで最後。石原、稲垣、山本夫妻といっしょに名古屋へ。私は日本の印象記を大急ぎで書くのに忙しい。[134] 到着。学生や生徒たちが集団で歓迎。カエデに飾られたレストランで、改造社の社員四人も加わりみんなでくつろぎながら夕食。[135] 稲垣の部屋に集まる。ホテル内でミヒャエリスと会った。[136]

〈八日〉 **九日**。朝、名古屋の中央通りを駅まで散歩。パイプタバコを買おうとしたが買えなかった。山本、稲垣、石原といっしょに神社を訪問。広大な聖域の森。そのなかにある寺院群と中庭。優雅で流麗な木造建築。簡素。魂のための、内部が空虚な家々。[137] 南方から伝来したに相

名古屋駅に着いたアインシュタイン。1922年12月7日。（杉元賢治氏の財産管理人および講談社の許可により掲載）

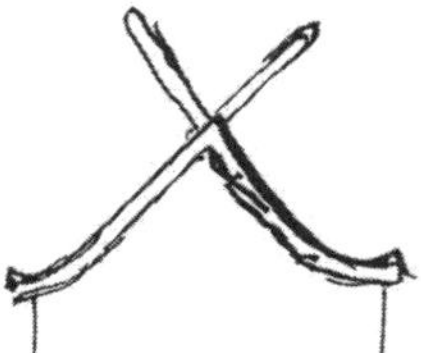

違ない。屋根の延長部分が特徴的。

自然宗教を国家が利用している。多神教。祖先と天皇を崇拝。神社建築の主役は樹木。駅で学生や教授たちの盛大な見送りを受けて京都に向かう。京都で大学教授たちや学生たちの友好的な歓迎。[138]

八日。[139] 雄大な（塔のような）要塞を備えた威厳ある城を訪問。城内の壁とドアにはすばらしい絵画類。トラ、冬の部屋、植物、そして鳥類。荘厳な風景。[140] 午後、ミヒャエリスと演奏。競技場〔名古屋国技館〕で石原を通訳として盛大な講演。[141]

〈十〇日〉**一一日**。[142] 大阪（工業と商業の大都市）に向かう。駅で市長と学生たちが出迎え。一一時半、ホテルに要人たち。紹介されてしっかり握手。大ホールで佐多教授をホストとする祝宴。軍楽隊によるトランペット演奏。山のような食事。感情の高ぶったスピーチ。私もスピーチ[143]（全体に和風が混ざったアメリカ風）。五時半~七時と、八時~九時半に講演。[144] 何事もあまり疲れないのは、みんながたっぷり気配りしてくれて謙虚だからだ。ホテルに戻ると、ほったらかされていた妻が激怒。

一〇日。一〇時半~一二時と一時~三時、京都で講演。ホールはすばらしかったが、とても寒かった。[145] それから、皇室の庭園と御所を訪問。[146] 御所は私が今まで見たなかで最も美しい建物だった。まわり中が建物で囲われている。接見の間《ま》と戴冠の間は、砂が敷かれた中庭に面して開かれている。天皇は神の地位にある。本人にとってはとても厄介なことだ。中庭からは、戴冠の間にある戴冠用の椅子が見える。四〇人ほどの――中国の――政治家の肖像があったが、これは日本が中国から文化的影響を受けたことを評価していればこそ。[147] 外国の師への尊敬の念は、今も日本人には見られる。ドイツで学んだ多くの日本人はドイツ人の師を敬服している。ことによると細菌学者コッホを記念して殿堂が建てられるかもしれない。[148] 皮肉や疑念とはまったく無縁な純然たる尊敬の心は日本人の特徴だ。純粋な心は、他のどこの人々にも見られない。みんながこの国を愛して尊敬すべきだ。

一二日。午前中、一休み。午後二時、すばらしい風景画（金地に描かれた雲、木、鳥、滑稽なトラ）のある徳川の古城へ行く。絵が梁《はり》によって分けられているため壁がないように見え、空間が内部から、信じられないくらい多彩な戸外へと続いている。[149] 石原といっしょに、計量可能な等方性物質における電磁場のエネルギー・テンソルを計算。これは日本学士院の紀要への共同論文のため。[150]

一三日。神戸に行く。〈南本〉山本および有能な若い社会政策家[151]と神戸近郊の漁村（行楽地）で昼食。五時半～八時、石原の通訳で講演。領事トラウトマン家で夕食。それからドイツ人協会で歓迎会。[152] 妻と二人だけで鈍行に乗る（京都到着は午前一時）。

一四日。大学教授たちとお祝いの昼食会。大勢の学生が集合。学長と学生代表が、申し分のないドイツ語で挨拶（とても心がこもっていた）[153]。それから、（リクエストを受けて）私が相対性理論の誕生話を講演[154]。物理学教室を訪問（とても興味深かった。特にスペクトル線の分布に関する木村の研究[155]）。晩に東京から長岡がやって来て、東京大学からの見事なプレゼントで一杯のスーツケースを持参[156]。

一五日。長岡との別れ。見事な寺を訪れる。死者の追悼ミサを行なう場所。僧侶たちが親切な出迎え。大鐘を観光。鐘の外側を横に打つ方式。寺の前には開花している桜[157]。

大学の物理学研究所で、写真撮影と小規模な歓迎会、討論集会。黄昏《たそがれ》時に、山腹に建つ神社の高い支柱を何本か見る。それから、華麗な照明を浴びた高級店が並ぶ大賑わいの通りを訪れる。筆舌に尽くしがたい陽気な光景で、まるでオクトーバー・フェストみたい。提灯《ちょうちん》と小旗だらけ。路面はきわめて汚いが、ほかはすべてぴかぴかに輝いていて絢爛豪華[158]。

一六日。早朝、ホテル近くの〈山の〉丘の麓にある寺を訪れる。すばらしい建築。亜熱帯の植物が繁茂[159]。昼前、壮麗な絵画のある西本願寺へ。風景のなかに人間が調和していて、イタリア・ルネサンスを思い出す。肖像画や集団を描いた絵は皆無[160]。午後、絶好の位置にある琵琶湖と、建築がほぼ完璧な非常に古い岩の寺[161]。晩、手紙を何通か書いた。

〈十九日／十八日〉**一七日**。絹の店に妻と行く。見事な景色と動物の刺繍[162]。午後、日の入りを見に一人で丘に登る。日本の森（カエデ）と光の効果は比類ない。晩、奈良に行く。ガキ（稲垣）といっしょに歩いてホテルへ。とても趣味がよく、なかば和風で秀逸[163]。
〈十九日〉**一八日**。寺の多い地区を観光。人慣れしたシカがあたりをうろついて、鼻をすりつけてくる。寺は建築が壮麗。大仏のある寺は特に威厳がある（一〇〇〇年以上の歴史）。大仏はきわめて荒削り[164]。迷信だらけ。提灯、記念の石。木の上や寺院のそばに紙の小片。午後、古

知恩院（京都）の階段に座るアインシュタイン。1922年12月15日。（杉元賢治氏の財産管理人および講談社の許可により掲載）

代彫刻の国立美術館。[165] 一部は七〇〇～一二〇〇年作の心揺さぶられる美しい品々。日本独特の芸術に深い印象。

〈十〇日〉 **一九日**。稲垣といっしょに、禿げ山（若草山）に登る。日本人はこの山が春の至福を体現しているというので嬉しがる。[166]〈晩〉午後、手紙と葉書。加えて石原との共同論文の計算。午後六時～午前六時、宮島への旅。[167]

〈十一日〉 **二〇日**。漆黒の闇のなか、到着。風呂に入り、ベッドに入り、一〇時まで眠る。一一～一二時、水中（潮の流れているところ）に建てられた優雅なパゴダのある寺まで、岸辺沿いに至福の散歩。[168] 午後、稲垣といっしょに、島に人工的に作られた山の頂上まで遠足。日本の内海の見事な眺め。[169] 柔和この上ない色彩。途中に無数の小さな寺。自然神を祀っている。時には喜ばしい石像も。階段の道はすべて花崗岩を切ったもの（標高七〇〇メートルほど）。日本人の自然への愛情と各種の愛すべき迷信の記念碑。――昼、ゾルフから電報。私が身の安全を図って日本に逃げたとするハルデンの主張を否定する件。私の回答は、事情が複雑なので電報では無理、手紙を書く、というもの。晩に手紙を書いた。真実に即して。[170]

二一日。輝かしい日射しを受けて岸辺を散歩。上海の協会に電報。岡本が同行。午後、森のなかと岸辺を散歩。石を使ってクラゲ採り（稲垣と岡本）。

二二日。山本が到着。軽く散歩。宮島の丸太の謎。大いに苦労して解決。室内の直火の石炭暖房（下に石炭！）で軽い中毒。特に症状が出たのは女性陣。

二三日。門司に向かう。華やかな歓迎会。下関に着くなり記者から質問攻め。晩、門司近郊の三井倶楽部で豪華な宿泊[171]。

二四日。一万回目の写真撮影。それから福岡に行き、直後の一～三時および四～六時に講演。石原は風邪にめげず通訳を引き受けてくれた。学生たちの歓迎会はキャンセル。理由は、学生がかつての仙台のときのように無料講演と思ってしまうと、山本がかわいそうなことになってしまうからだ[172]。講演後、改造社主催の果てしない夕食会。社員の大半と高校の数学教師の一団が隣のテーブルに陣取り、日本酒でしたたかに酔っ払って、大いにはしゃいでいた[173]。三宅教授は、こちらが感動するほどどこへでも付き添ってくれて、とうとう旅館まで同行してくれた。そこの女将は喜び、感動のあまり一〇〇回ほどもひざまずき、頭を床につけてお辞儀した。各部屋はきわめて趣味がよかった。居間と隣の二室には、ヨーロッパ風の椅子が臨時で用意されていた。すべてが紙製の引き戸で仕切られていて、その引き戸は小指一本で容易に動かすことができた[174]。

二五日。途方もない一日！　午前九時、桑木が姿を見せ、稲垣も来た。それから陽気な女将。彼女は長さ四分の三メートルほどの絹の生地を六枚と、束ねた筆、そして日本のインクを持って現われた。私はその生地すべてにサインする羽目となった[175]。相対性理論の認識論的問題について、桑木と会話。それから午前一一時に女性陣（エルザと稲垣夫人）を駅で出迎え、旅館に移動[176]。市内を観光し、多くの店を訪れる。午後一時、大学医学部の複数の部屋で昼食会。大勢の教授と握手。胆石、ワイル病の顕微鏡標本、交雑育種の魚を見学する。すべて歓迎会場に特別展示してあった。昼食後、総長と私のスピーチ。プレゼントをたくさんいただく[177]。寺、物理学研究所、そして固体・鉱物学科研究所を訪問[178]。それから三宅家を訪問。かわいい子供が四人。そして最後に、市庁舎別館で開催中の産業博覧会へ。そこにいらっしゃった県知事が、すばらしい絵画類を特別に展示してくれた[179]。

それから出発。チェックアウトは〈誰もが〉してきたこと。たとえ日本一思いやりのある女将だとしても。私は死んでいた。遺体は門司に戻され、子供たちのクリスマス会場に運ばれ、子供たちのためにヴァイオリンを奏かなければならなかった。午後一〇時にようやく宿に戻り、夕食、母国から多数の手紙、ベッド[180]。

二六日。午前中および夕方、山々と海の眺望がすばらしい丘に登る。山本が到着。困り果てていた。私たちの次の宿を探さなければならないからだ。三井倶楽部が歯向かって、法外な値段を要求してきたのだ。講演の序文を書いた[181]。$\left(\frac{\partial}{\partial x_{\alpha}}\right)\left(R^{\alpha}_{\kappa,lm}\right)=0$ について考察。晩に一人の日本人男性が多量の紙を持ってやってきて、あの丘の頂上からの印象について話してくれと言う！

二七日。三井の蒸気船でシナ海を遊覧。下関市内を散歩、山本および渡辺と夕食。あとから

門司ＹＭＣＡで催された子供たちのためのクリスマス会に出席したアインシュタイン夫妻。1922年12月25日。（杉元賢治氏の財産管理人および講談社の許可により掲載）

長井が到着。山本夫人のために詩とスケッチを、筆で絹布に塗りたくる。[182] 気分潑剌《はつらつ》。心がなごむ！

二八日。雨模様の日。門司の商業団体から晩に招待。[183] 私はヴァイオリンを奏し、日本人は一人ずつ日本語で歌う。財界の人がいる。ずるがしこい。〈ヨーロッパの〉教授のようには洗練されていないが、結局のところヨーロッパ人に似ている。ここでも作法は控えめ。

二九日。感動的な別れ。[184] 山本夫妻、稲垣夫妻、桑木（幼い息子といっしょ）、石原、三宅、それから三井物産の男性陣。全員が乗船。[185] すてきなプレゼント、土井（仙台、詩人）から詩と手紙が届いた。[186] 午後四時頃出航。[187] 船は大型で快適。電気力学的エネルギー・テンソルを見つけたので、石原に手紙を書いた。[188]

三〇日。穏やかな航海。ヴァイル・エディントン理論の展開を考える。[189] 山本と土井に手紙。ベアリーナー教授夫人が東京から送ってくれたフランクフルトの諸新聞を読む。悲惨なヨーロッパ。[190]

三一日。好天の上海に到着。正午にディ・ジョング（技師）とガットン氏（成金）に迎えられる。〈夕食〉ガットン宅に泊まる。いばり屋だが、所有しているピアノはすばらしい。同邸で大晦日。私は上品なウィーン女性の隣に座ったが、それ以外のことを言えば、周囲は騒音だらけで私は悲しい。[191]

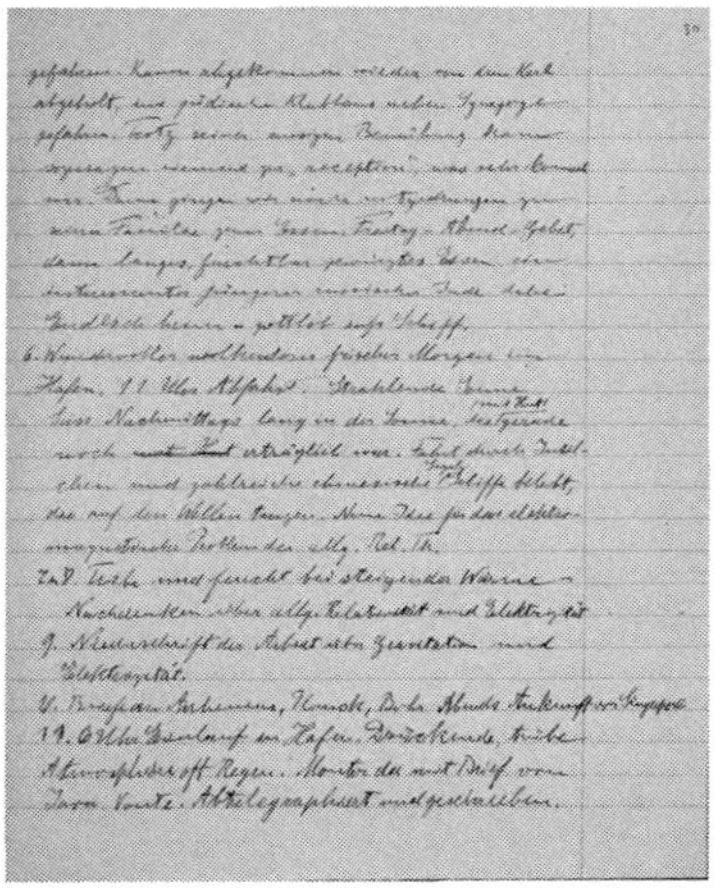

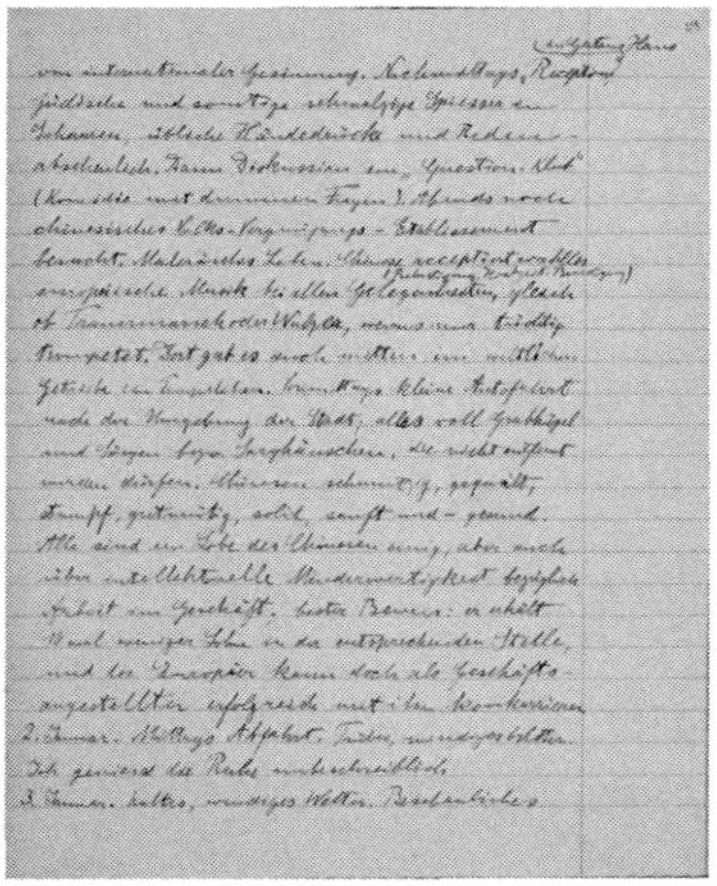

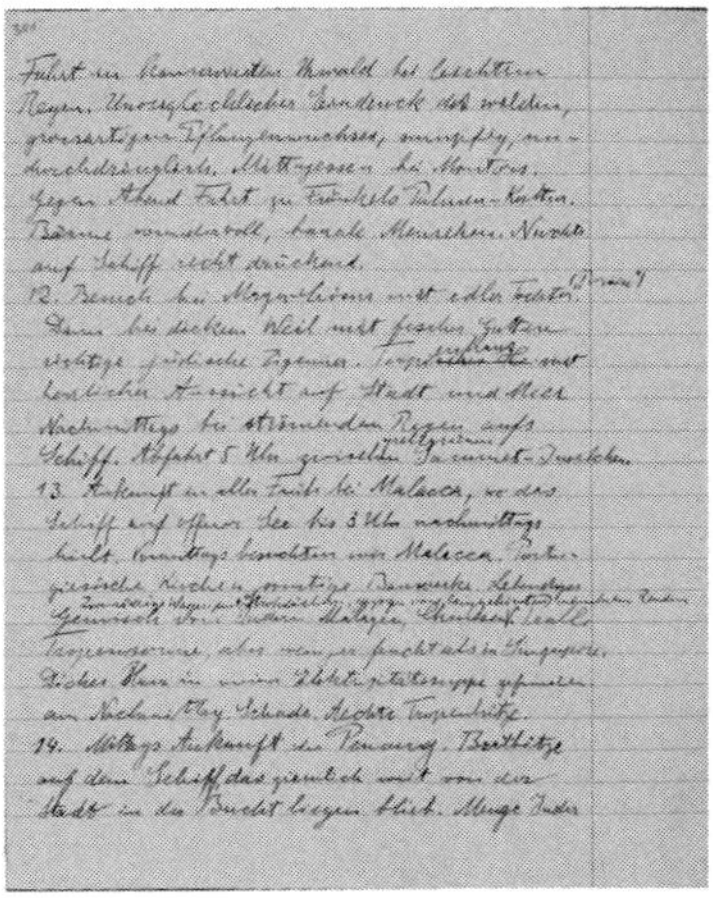

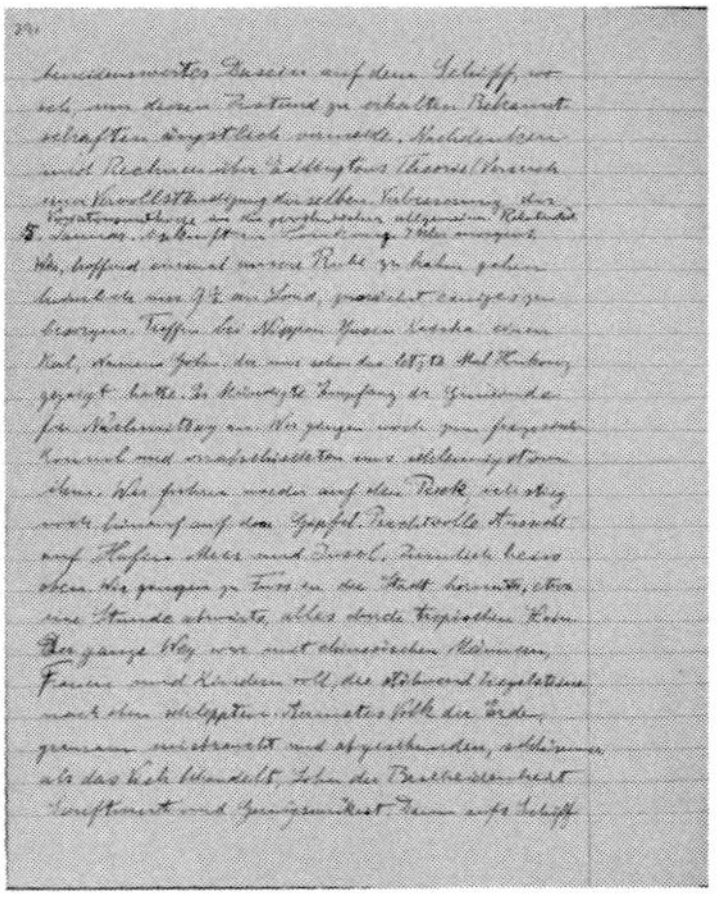

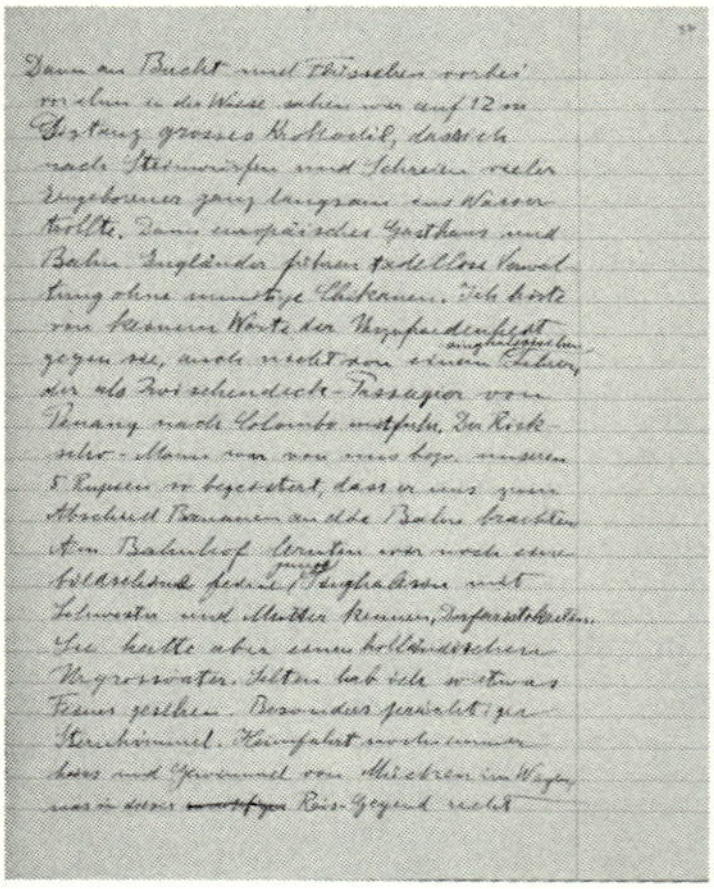

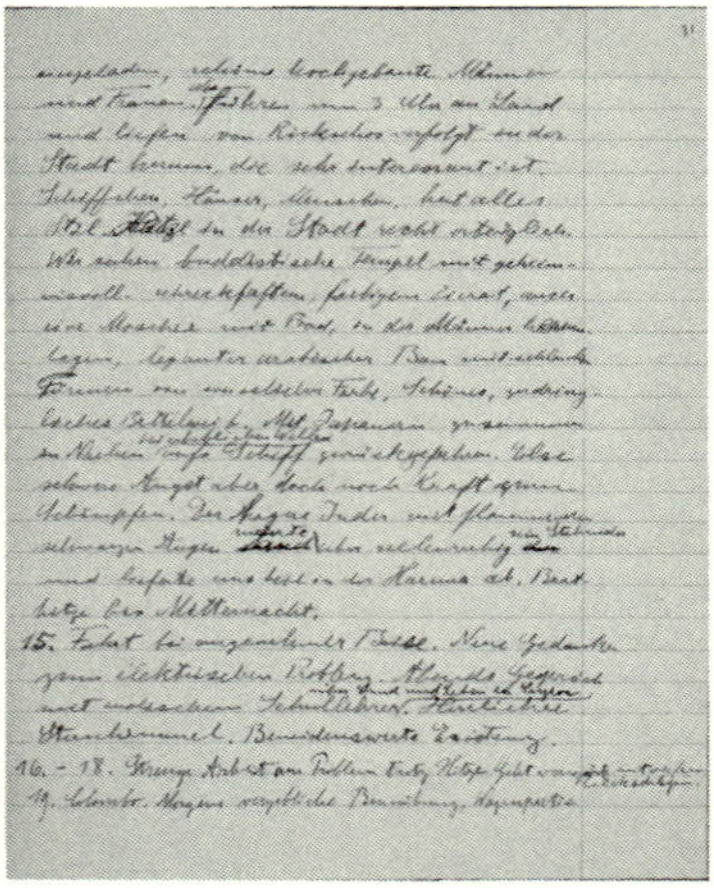

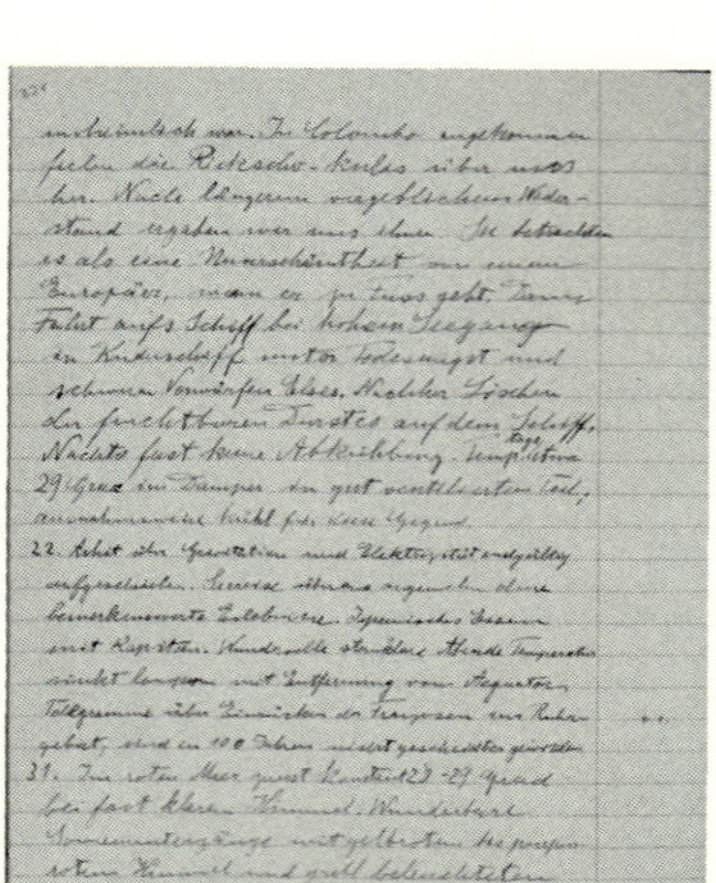

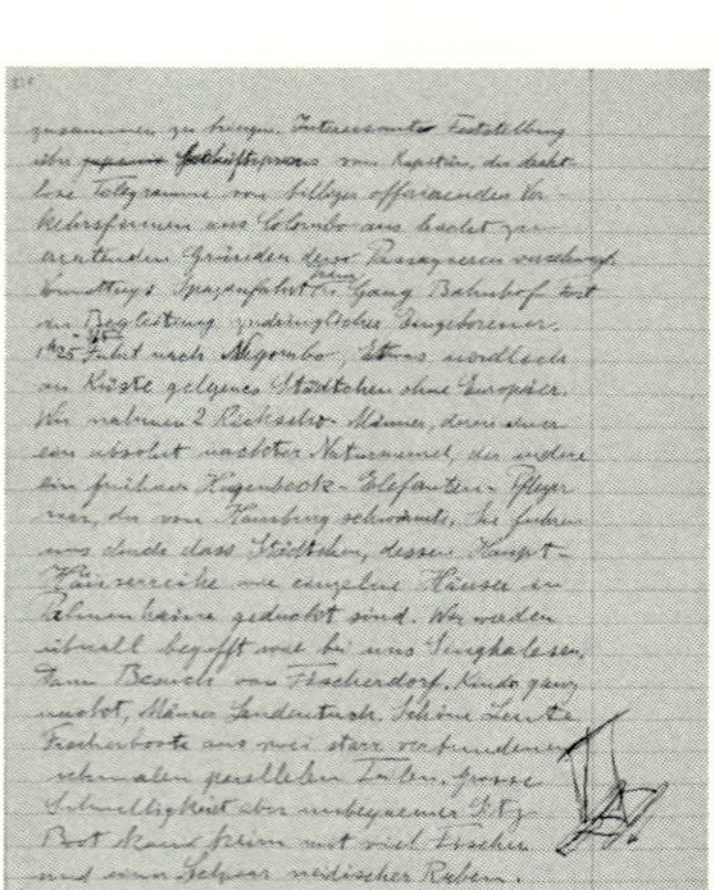

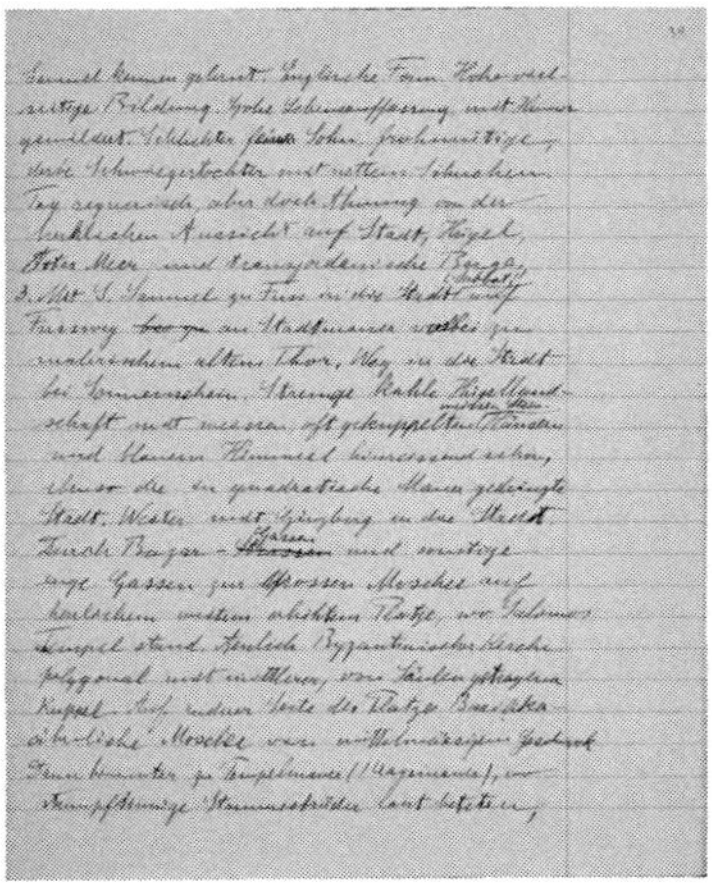

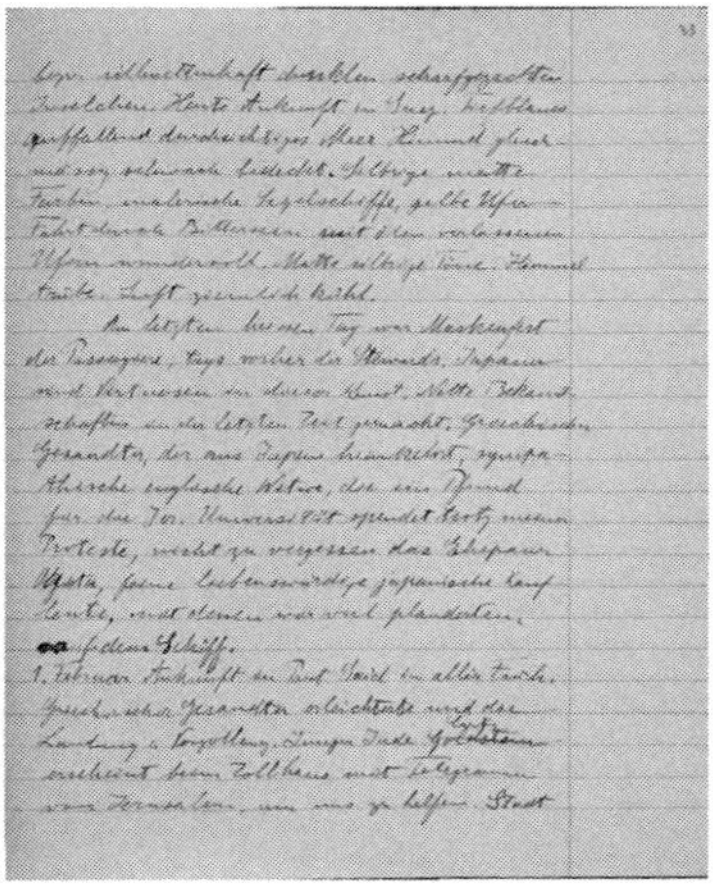

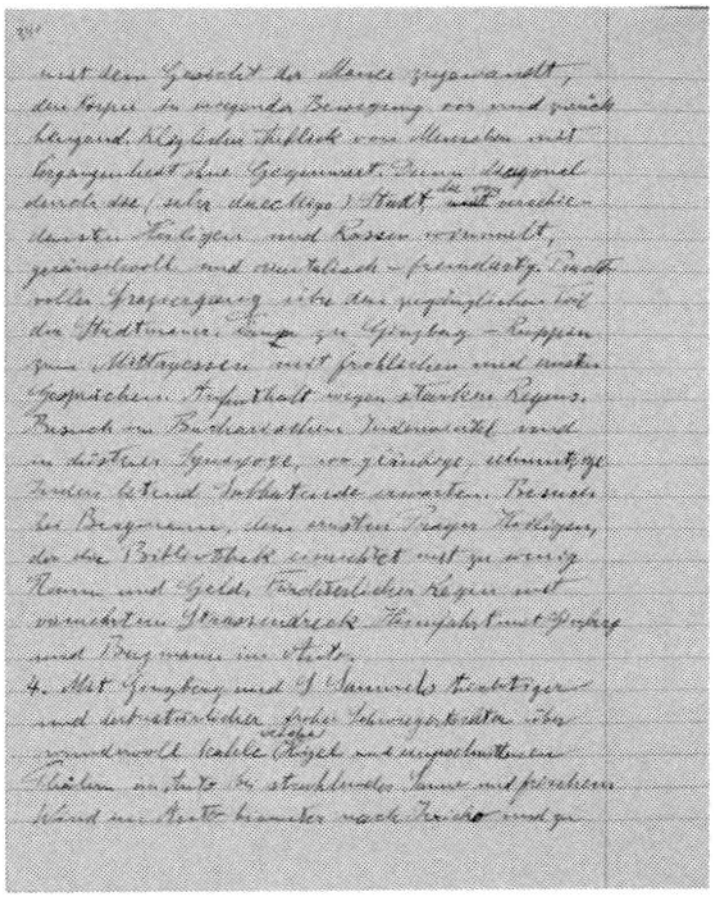

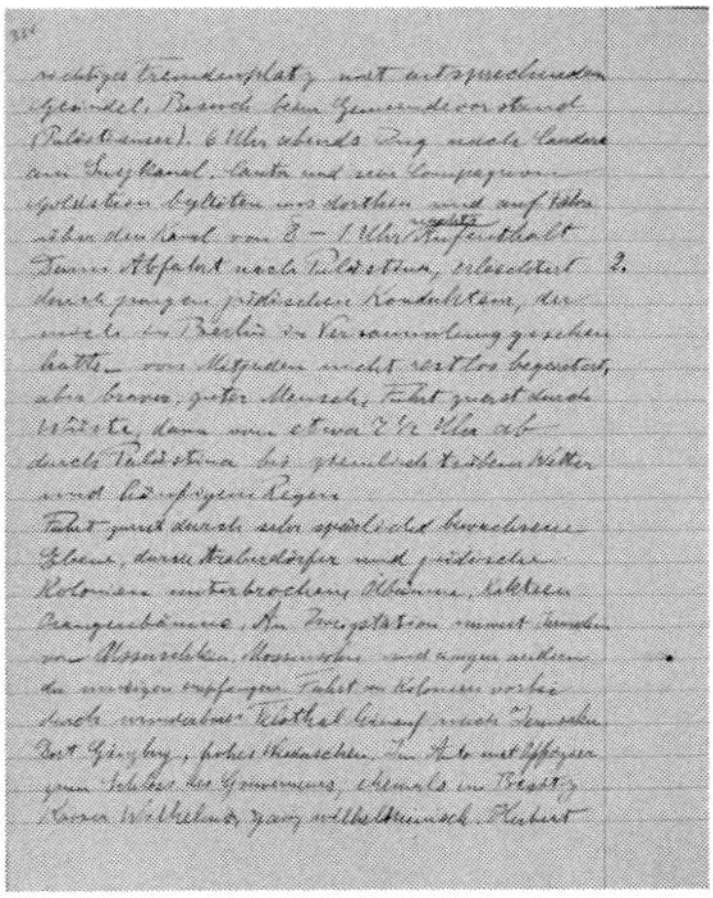

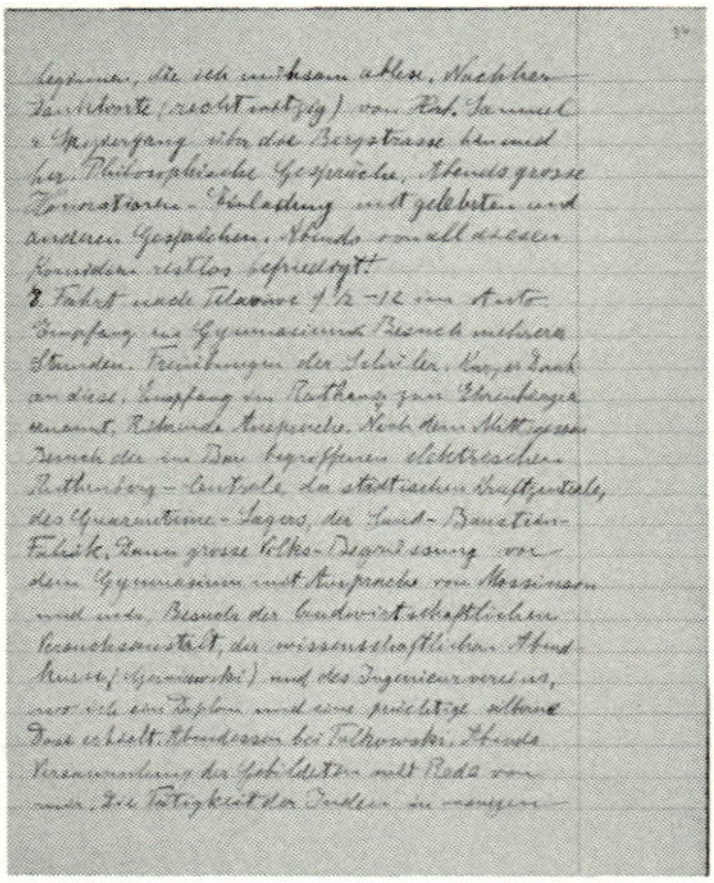
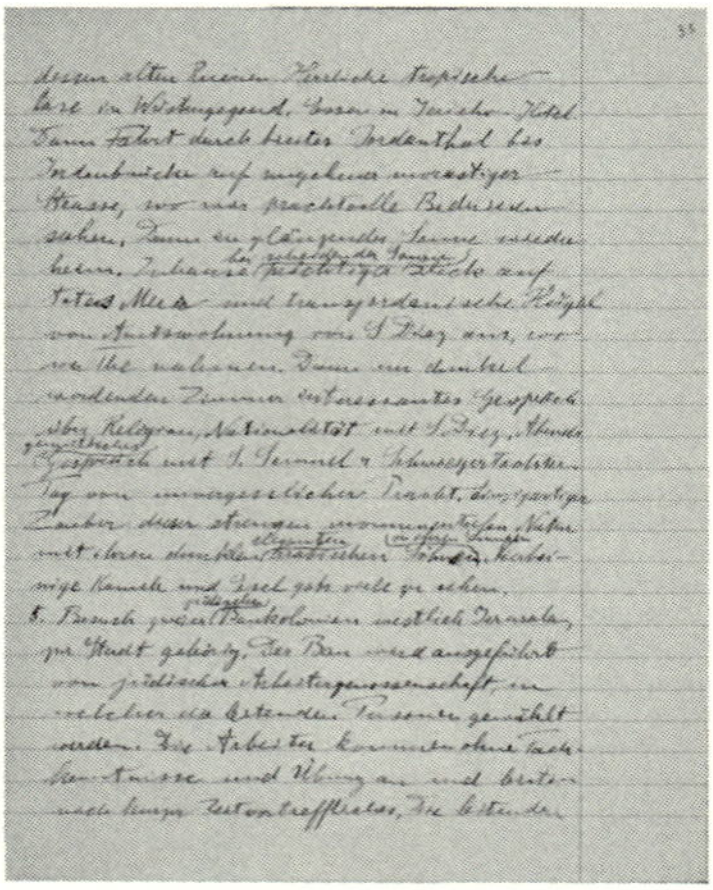
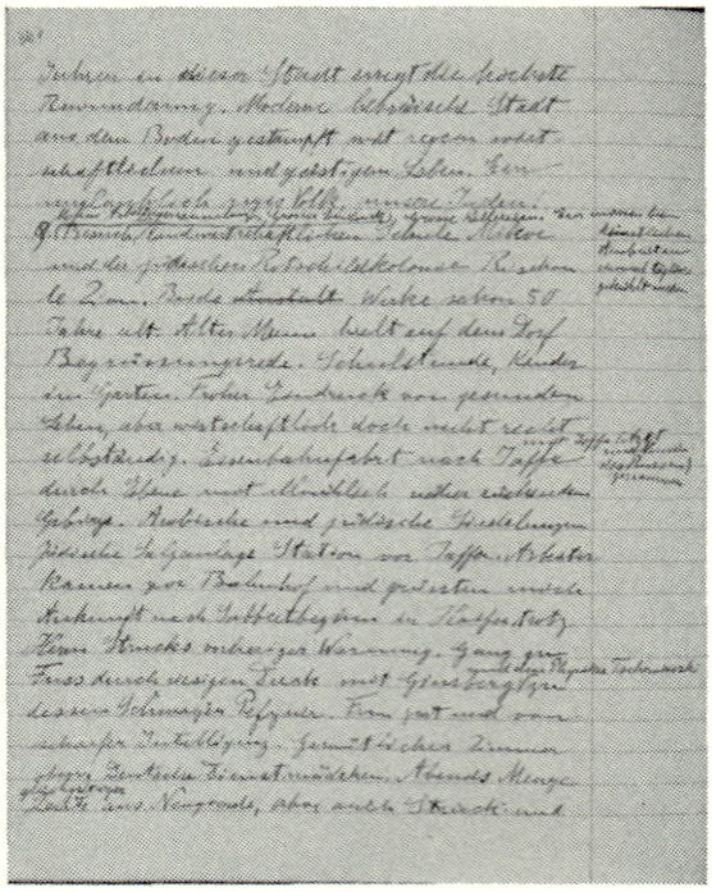
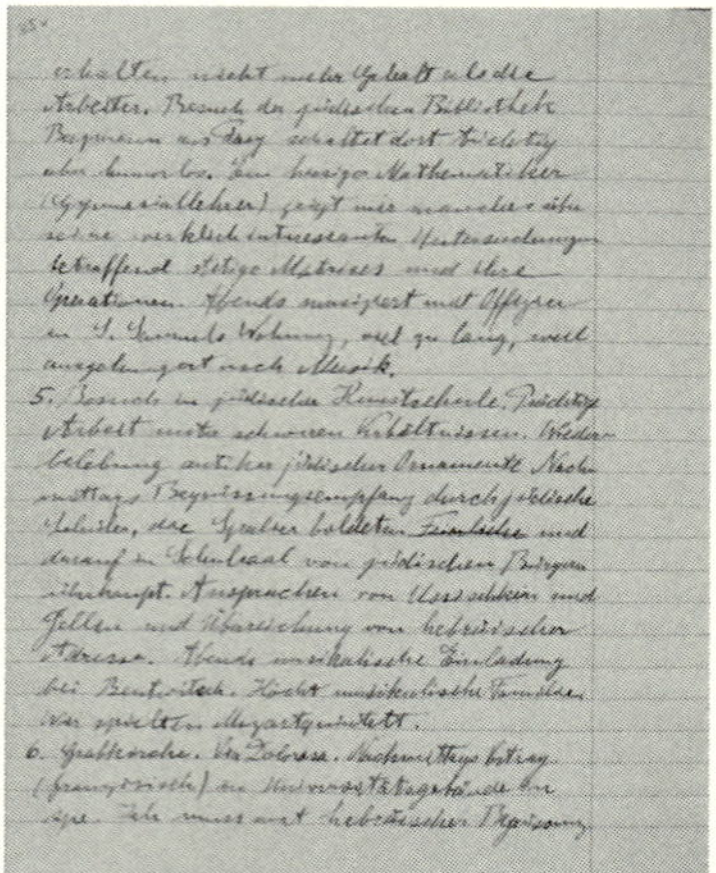

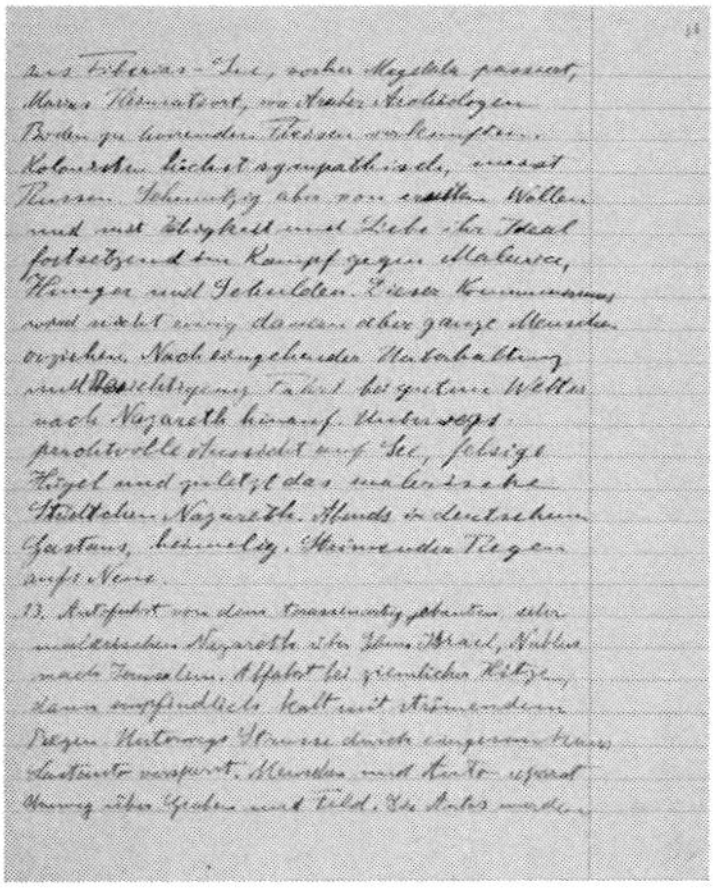

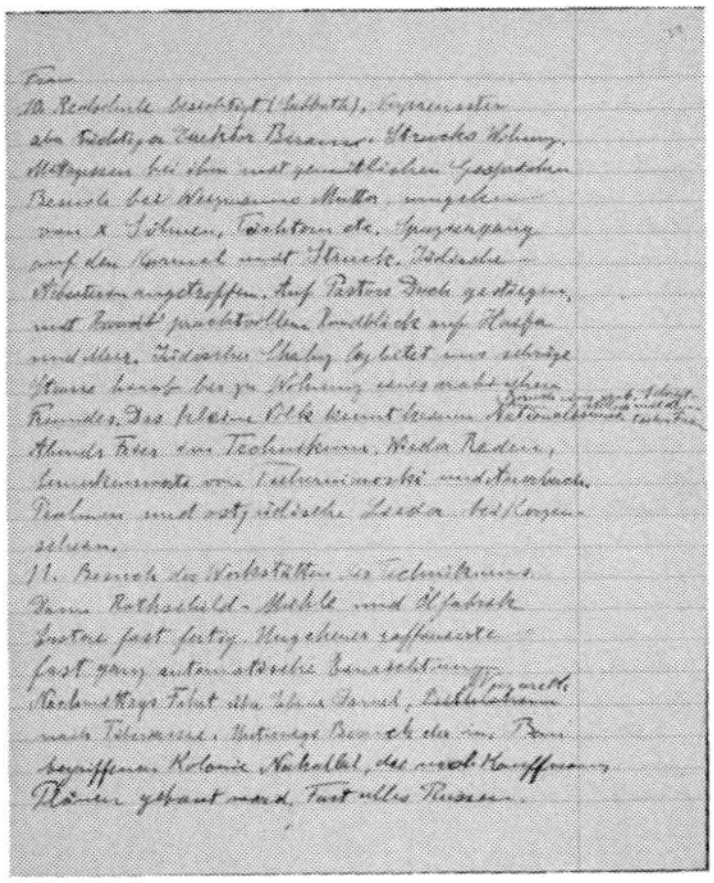

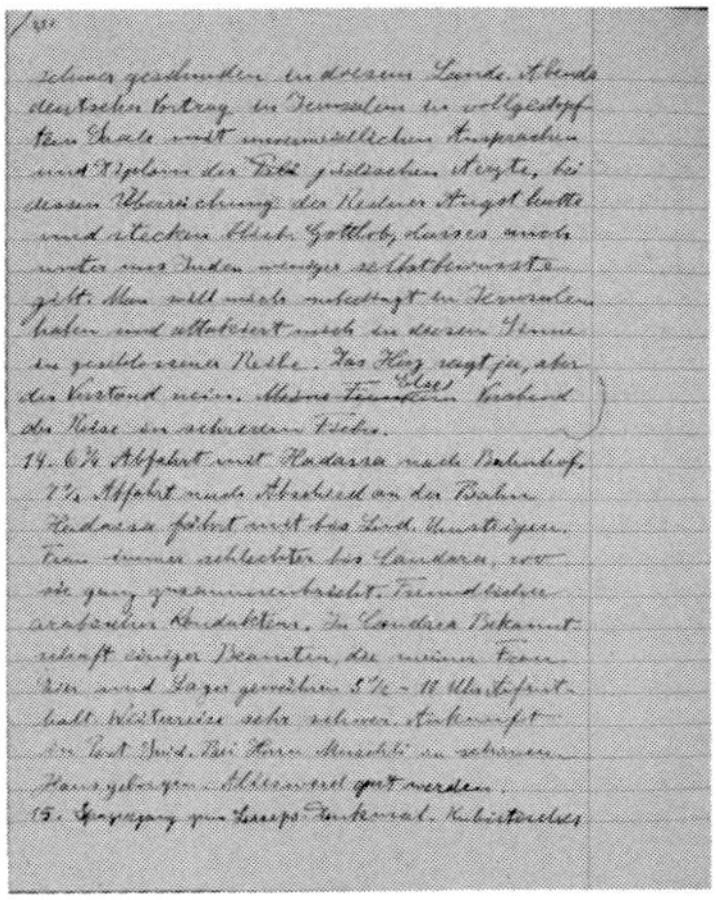

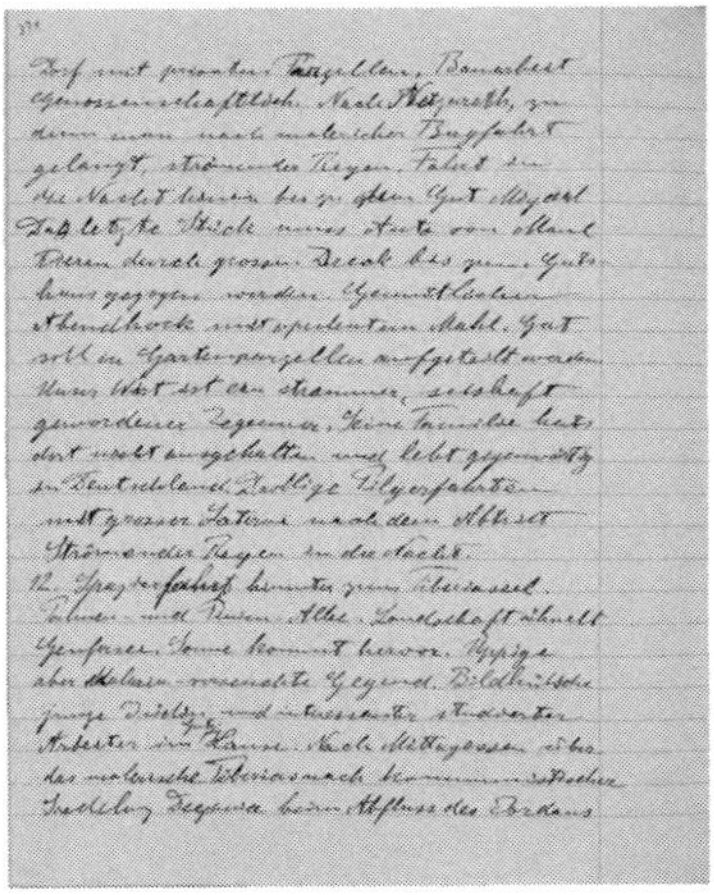

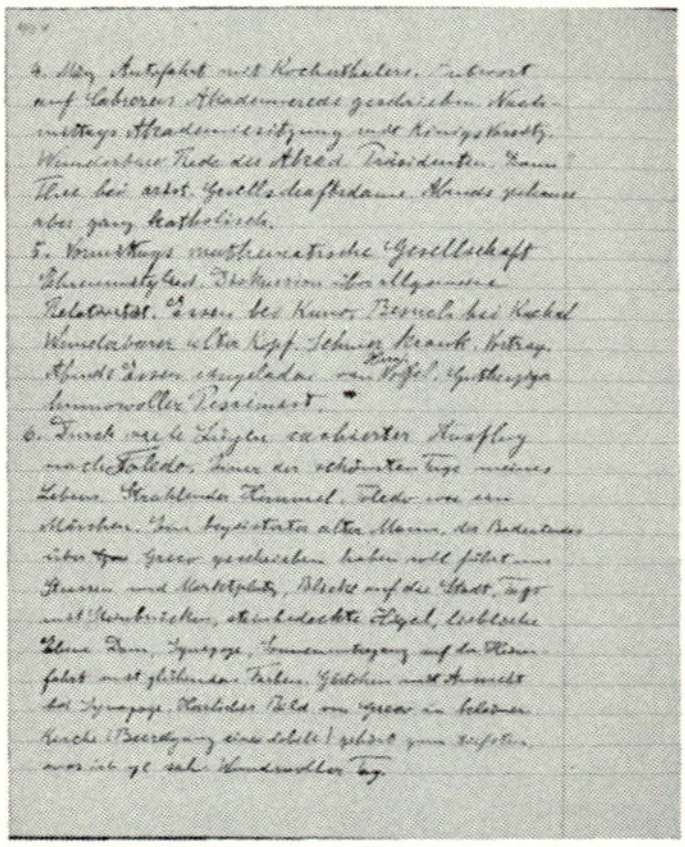

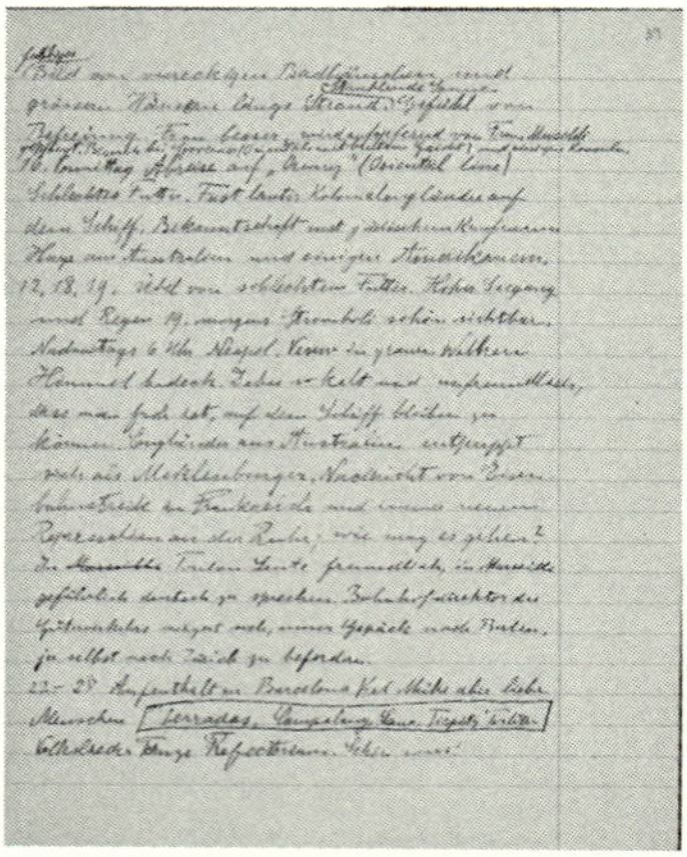

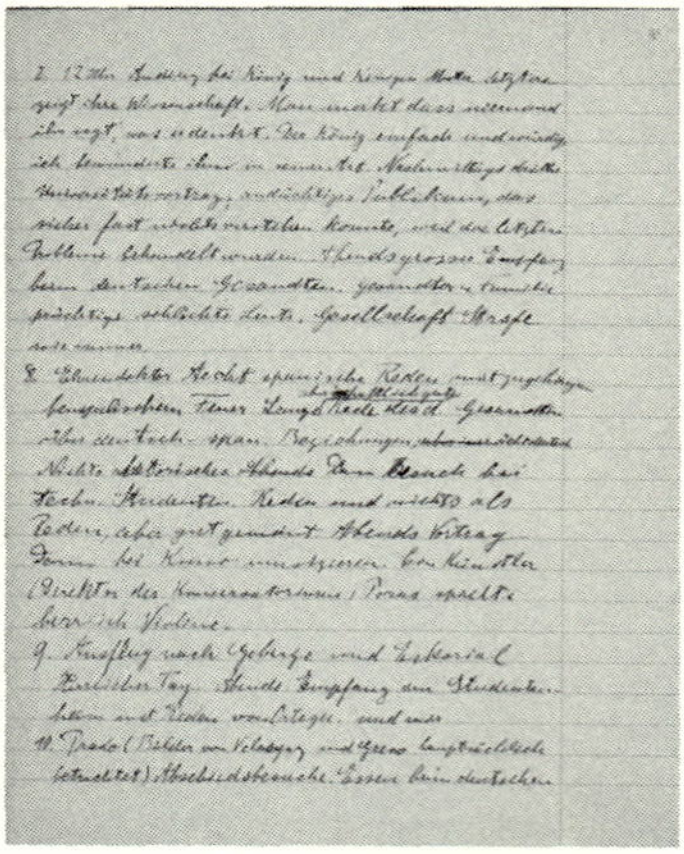

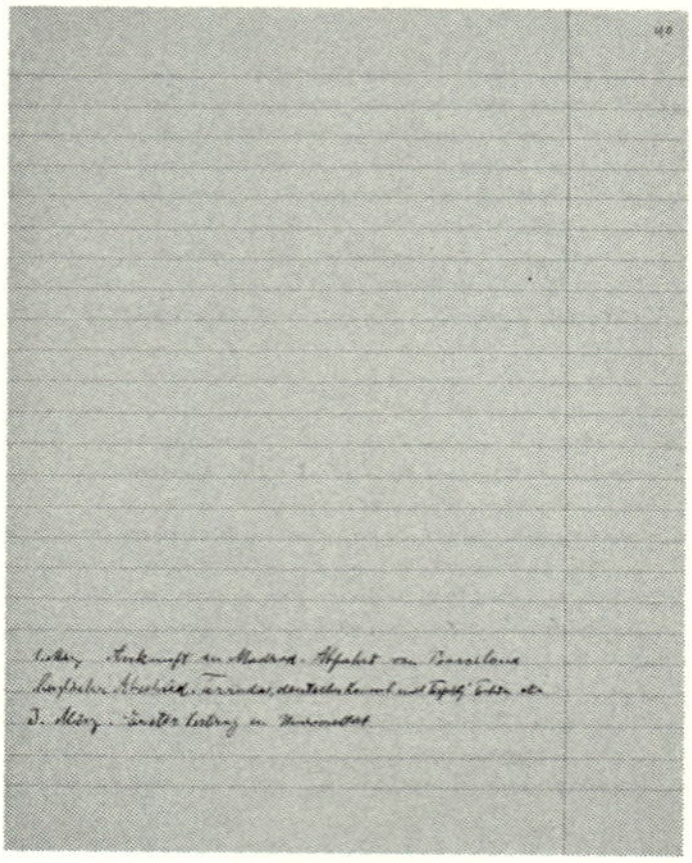

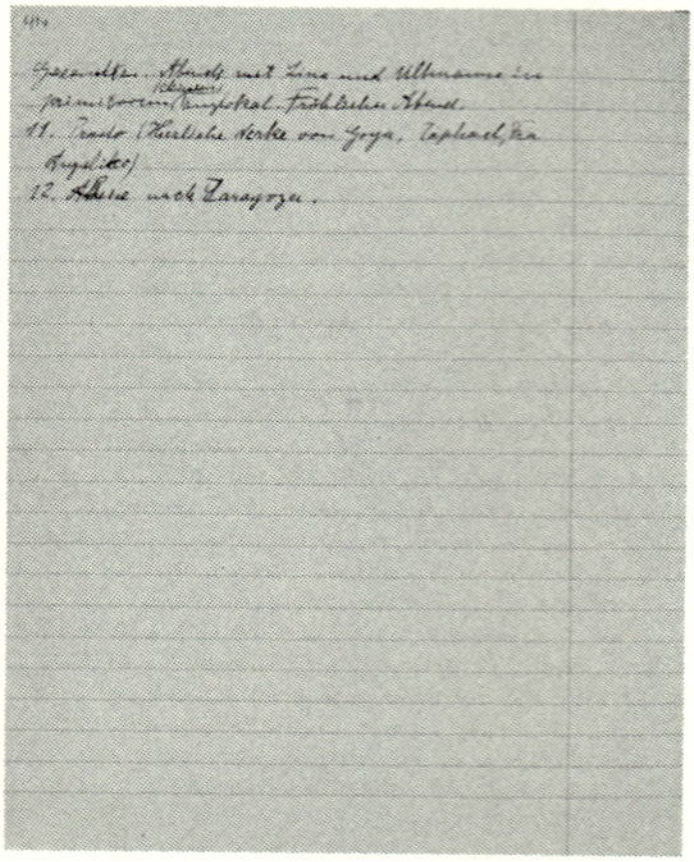

フランスがルール地方に行進。一〇〇年経っても利口にならない

〈上海〉**一月一日**。上海、不愉快。ヨーロッパ人たち（中国人に仕えている集団）は怠け者。自己満足に陥っていて、気はうつろ。ディ・ジョング宅で昼食。親切で国際感覚を持ったイギリス人男性。午後、ガットン邸で「歓迎会」。ユダヤ人などの感傷的な集団、プチブル。いつもどおり握手とスピーチ——いやはや、ひどいものだ。(192)「クエスチョン・クラブ」で議論（ばかげた質問だらけのコメディ）。(193)晩、中国で人気のエンターテイメントをまた観る。生き生きとした生活。中国人はどんな場面（娯楽、結婚式、埋葬）でも、ヨーロッパ音楽をすべて見境なく受け入れる。トランペットがたくさん鳴ってさえいれば、葬送行進曲だろうがワルツだろうが気にしない。周囲が世俗的でも、そのど真ん中に小さな寺があったりする。

午前、郊外にミニ・ドライブ。どこを見ても埋葬塚と棺、ないしは棺を入れる小さな家。遠方にあってはいけないのだ。中国人は汚くて、苦しんでいて、無気力で、気はよくて、信頼できて、上品で——健康的だ。誰もが中国人を褒めるが、知的な仕事となるとひどいもの。その証拠に、中国人は本来の仕事相応の一割しか給料をもらっていない。従業員としては、ヨーロッパ人のほうが依然として中国人より上。

一月二日。正午に出発。風の強い憂鬱な天候。私は充分に静けさを味わった。

一月三日。寒くて風の強い天候。船上で黙想にふける絶好の機会。私は、この状態を維持するため、びくびくしつつも人付き合いを避けた。黙想と、エディントン理論の計算[194]（計算を完成しようとする）。通常の一般相対性理論での変形方式を改善。

一月〈四日〉**五日**。午前七時、香港到着。私たちは放っておいてほしかったので九時半にこっそり上陸。当初はちょっとした用事。日本郵船会社でゴビンという名の人と会う。前回すでに私たちに香港を見せてくれた人だ。彼は私たちに［ユダヤ人］共同体の歓迎会を午後に催す旨、伝えた。私たちはさらにフランス領事に会いに行ったが、すぐに別れを告げた[195]。

私たちは車で例の山にふたたび行った。私は登頂。港、海、島が絶景。上はとても暑かった。私たちは一時間ほどかけて歩き、街まで下りた。至る所に熱帯林。その道は中国人の男女、子供だらけ。うなり声を上げながらレンガを運びあげているのだ。地球上で最も哀れな人たち、ひどい扱いを受け、こき使われている。畜牛よりひどい。控えめでおとなしくて質素にしているのに。それから車で船に戻る。戻るやいなや、ふたたび例の人に拾ってもらって、シナゴーグ横のユダヤ人クラブハウスへ。彼が努力してくれたかいもなく、「歓迎会」にはほとんど一人も来なかった。とても滑稽だった。そこで私たちは否応なく彼の自宅に行って食事。金曜の晩の祈禱。それから長きにわたって、とても辛い食事。愉快なロシア系ユダヤ人男性もそこにいた。最後に――やっと船に戻る。

六日。港は、雲一つないさわやかな朝。午前一一時、出航。輝かしい陽光。午後は長いあいだ座って日射しを浴びていたが、(帽子をかぶっていたから)なんとか耐えられた。小島のあいだを航行。幾多の中国の帆船が活発に動き、波の上で踊っている。一般相対性理論の電磁問題に新アイデア。

七日と八日。天候は憂鬱でじめじめ。温度が上昇。一般相対性理論と電気について熟考。

九日。重力と電気について書き記す[196]。

一〇日。アレニウス、プランク、ボーア宛てに手紙[197]。晩、シンガポールに停泊。

一一日。六時、入港。重苦しくて陰気な雰囲気。しばしば雨。モントーがそこにいて、ジャワ島からの手紙を持参。ヴーット。電報を打って断わり、[手紙を]書く[198]。小雨のなか、車でジャングルの自然保護区に入っていく。野生の鬱蒼たる森と、見通しのきかない沼地。比類ない印象。モントー家で昼食。晩に車で、フレンケルのヤシ園へ[199]。樹木はすばらしく、人々は凡庸。夜の船上はうだるよう。

一二日。大富豪メイヤーと上品なその娘(ポルティア)を訪問[200]。それから、肥満のワイルと、きれいな奥さんのところへ。本物のユダヤ系ジプシー。ヤシ栽培の温室から見る街と海はすばらしい。午後、土砂降りの雨のなかを船に戻る。午後五時に出航し、輝くばかりの緑色をしているビロードめいた小島のあいだを航行。

一三日。早朝、マラッカ近くに到着。午後三時まで外洋で停船。私たちは午前中にマラッカを観光。ポルトガル風の教会やその他の建築。インド、マレー、中国の活気あふれるミックス。藁《わら》屋根の二輪カートを引いているのは、角《つの》の長い雄牛。ぎらつく熱帯の太陽。だがシンガポールより湿度は低い。午後、電気の問題に取り組んでいて、とんでもないミスを発見。残念。まさに熱帯の酷暑。

一四日。昼、ペナン着。船内は炎暑。街から遠く離れていても湾内は同じ状態。多数のインド人が船内に招かれる。男女ともハンサムで長身。私たちは午後三時頃上陸し、人力車に追われながら町中を歩く。とてもおもしろかった。小舟、家々、人々。それぞれに風格がある。町中の暑さは耐えられる。私たちが見た仏教寺院には、神秘的だったり恐ろしかったりする多彩な装飾が施されていた。また、中に風呂があるモスクもあって、男性が寝そべっていた。エレガントなアラブ建築で、白っぽくて細い塔がついている。押しつけがましい乞食の美女。船に積まれている小舟に乗って、複数の日本人といっしょに波に揺られながら船に戻る。エルゼ〔誤記。本来ならエルザ〕はとても怖がっていたが、それでも不満をこぼすだけの元気は充分あった。輝くような黒い目をしたひょろ長いインド人男性が、落ち着いて長いオールで漕いでくれ、私たちを安全に「榛名丸」まで運んでくれた。真夜中までうだるような暑さ。

一五日。快適なそよ風のなかをクルージング。電気の問題で新たなアイデア。晩に、インド人の教師相手にセイロンの国と生活についておしゃべり。きれいな星空。羨ましがられそうな日々。

一六日〜一八日。暑さにめげず、例の問題について真剣に研究。前進したがたくさんの失敗。

一九日。コロンボ。朝、車のツーリングをしようとして失敗。興味深いことに気づいた。〈日本人の〉船長が、コロンボの通信会社から提供される安価な無線電報のことを乗客には隠しているのだ。それもごく安直な理由で。午前、トラムと徒歩、それに列車駅を使って観光。押しつけがましい地元民といっしょに移動。一時二五分〜三時一五分、ネゴンボまで列車。やや北東方向の岸辺にある小さな町で、ヨーロッパ人はいない。[201] 私たちは人力車の車夫を二人雇ったが、うち一人は真っ裸の原始人、もう一人は以前ハーゲンベック動物園でゾウの飼育係をやっていたハンブルク大好き人間。[202] 彼らはこの小さな町をあちこち走りまわった。中央通りの家並みも個々の家々も、ヤシ林の下に隠れている。私たちはどこでもじろじろ見られるが、それは私たちがシンハラ族を見ているのと同じ。それから、とある漁村に行く。子供たちは真っ裸、男たちは腰巻き。ハンサムな男たち。漁船は、二つの細い部分が近く平行にしっかり結ばれた造り。速いが、座り心地は悪い。

漁船が魚をたくさん捕って帰ってきた。カラスの大群があとから追ってくる。その後、湾と小川を通過したが、その前の草地では、私たちから一二メートル離れた所に大きなワニが一頭

横たわっていた。大勢の地元民から石を投げられたり、がなられたりしていたが、ワニは至極ゆっくりと水中に滑り込んでいった。それから、ヨーロッパ風のホテル兼レストラン、列車。イギリス人は何のごまかしもせずに、申し分のない統治をしている。私はイギリス人に対する不満を誰からも聞いたことがない。ペナンからコロンボまで最下等の客室に乗っていたシンハラ族の教師も、不満を口にしなかった。人力車の車夫は私たちに、と言うより私たちの五ルピーに大喜びし、駅で別れるとき私たちにバナナをくれた。駅では、妹〔または姉〕と母親といっしょの、絵のように美しい若いシンハラ族女性とも知り合った。村の貴族だという。だが彼女の曾祖父はオランダ人。私がこんなに目の保養をするのは稀。壮麗きわまりない星空。

宿への帰途も相変わらず暑く、列車内には蚊《か》がうようよしていて、その存在はこの〈沼地の〉米作地帯では不気味だった。コロンボに到着するなり、人力車の車夫たちが飛びかかってきた。私たちは長いあいだ抵抗したが無駄に終わり降参。ヨーロッパ人が歩いているのを放っておくのは、彼らにしてみれば恥なのだ。その後、高波のなかを、エルザの死ぬほどの恐怖を目にしながら、かつ彼女のきつい難癖を耳にしながら、漕ぎ舟に乗って船に戻った。その後、船内で途方もない喉の渇きを癒やす。夜、ほとんど涼はとれない。昼の気温は、この蒸気船内だと風通しのいい区画でも二九度ほど。そこは例外的に涼しい場所。

二二日。重力と電気についての研究結果を書き記す[203]。注目すべき出来事もなく、船旅はきわめて快適。船長と和食。星の明るいすばらしい晩。赤道からゆっくり離れるにつれて気温が下降。フランスがルール地方に行進してきたとの電報。一〇〇年経っても利口にならないものだ[204]。

三一日。紅海に入って初めてコンスタントに二八〜二九度。ほぼ快晴。すばらしい日没。黄色がかった赤、ないし紫がかった赤い空。鋭い鋸《のこぎり》の歯のようないくつかの小島がぎらぎらと照らされていたり、黒いシルエットを見せていたり。今日、スエズ着。真っ青で驚くほど透明な海。空はどこもほんのり雲に覆われている。曇った銀色、絵のように美しいヨット、黄色い岸。両ビター湖を航行するが、その岸辺は荒涼としていて美しい。どんよりとした銀色の世界。重苦しい空。大気はきわめて涼しい。

最後の暑い日に、乗客のための仮面パーティー。前日はスチュワードのためのパーティー。日本人はこの種の芸にかけては名人だ。最近、何人かとすてきな出会い。日本から母国に戻るギリシャの外交官。私の反対にもめげず一ポンドをエルサレム大学のために寄付したがる感じのいいイギリスの未亡人。忘れてはいけないのはオガタ夫妻——二人は洗練された親切な日本人商人で、私たちはこの二人と船上でたくさんしゃべった。

嘆きの壁にて。過去があって現在がない人たちの哀れな光景

二月一日。早朝、ポートサイド着。ギリシャの外交官が私たちの上陸と税関の手続きを円滑に進めてくれた。ユダヤ人青年〈ゴルトシュタイン〉カントルはエルサレムからの電報を持って税関に姿を現わし、私たちを手助けしてくれた。外国人や人間のくずが集まる都市。市長（パレスチナ人）を訪問。晩の六時、列車でスエズ運河のカンタラへ。[205] カントルとその同行者ゴルトシュタインは私たちといっしょにそこに行き、フェリーで運河を渡り、午後八時～午前一時の夜間はそこに滞在。［**二日**］それから、パレスチナ行きを円滑にしてくれたのは[206]ユダヤ人の青年車掌で、彼は私をベルリンの集会で見たことがあったという――ユダヤ人同士で大いに興奮することはなかったが、信頼のおける善人だった。列車はまず砂漠を通り、その後七時半頃からパレスチナを通過していった。空はどんよりしていて、時々雨が降った。

当初は平坦にして、緑のまばらな地帯を通過。アラブ人の村々とユダヤ人の集落、オリーブの木、サボテン、オレンジの木が点在。エルサレムから遠からぬ位置にある連絡駅では、ウシシュキン、モシンソン、そのほか私たちの［仲間のユダヤ人］数名が歓迎してくれた。[207] その後、すばらしい岩の谷間《たにあい》にある集落を通過し、エルサレムに至った。[208] そこにギンズバーグ。嬉しい

再会。[209] 幹部たちといっしょに、以前はヴィルヘルム皇帝が所有していた高等弁務官官邸に車で向かう。まさにヴィルヘルム二世様式。ハーバート・サミュエルと知り合う。イギリス風の几帳面さ。教養豊かで高貴な生活観が漂っているが、そうした特徴がユーモアで緩和されている。気取りのない洗練された息子、陽気でそっけないその妻、そして幼くてかわいい息子。[210] 雨模様の日だが、町とあちこちの丘、死海、そしてトランスヨルダンの山並みがすばらしく展望できそうな予感。

三日。サミュエル卿と市内まで歩道を散歩し（安息日！）、市壁を通って絵のように美しい古い門のところまで行き、日光を浴びながら、歩いて市中に入る。緑の少ないいかめしい丘の景色のなかに、白い家々や、しばしばドーム状の白い石の家々があり、我を忘れそうになる美しい青空が見える。さらに、正方形のなかに押し込まれたような町。[211] その後ギンズバーグといっしょに町中へ。バザーの小路街やその他の小路を通り、かつてソロモンの神殿が建っていた広くて一段高いすばらしい広場の大モスクに向かう。ビザンチンの教会同様、中央のドームが柱で支えられている多角形の建物。[212] 広場の反対側には、バジリカに似た凡庸なモスク。[213] それから神殿の壁（嘆きの壁）に下ったが、そこでは鈍感な同族たちが顔を壁につけ、体を前後に揺り動かしながら大声で祈っていた。[214] 過去があって現在がない人たちの哀れな光景。
それから、（とても汚い）町中を斜めに抜けたが、実に多様な聖人と人種がうようよしていて騒がしく、東洋風でエキゾチックだった。城壁[215]を越えて行くことのできる市内を通り抜けたすてきな散歩。それから、ギンズバーグおよびルッピンといっしょに昼食に行き、愉快なおしゃべりとまじめな会話[216]。ひどい雨降りのため長居。ブハラ・ユダヤ人街およびシナゴーグに行く。シナゴーグでは、信心深いが垢じみたユダヤ人たちが安息日の終わりを祈っていた[217]。ベルクマンを訪問。プラハからやって来たまじめな信心深い人で、スペースも資金もほとんどないのに図書館を建てている[218]。

四日。ギンズバーグおよび、サミュエル卿の義理の娘で有能かつ素朴で愉快な女性といっしょに車で出かける[219]。緑は少ないが穏やかですばらしい丘と、岩がえぐられた谷を越えて、輝くような陽光のもと、さわやかな風を受けてジェリコおよびその古代廃墟まで下る。砂漠地帯のなかのすばらしい熱帯オアシス。ジェリコ・ホテルで食事。それから、広いヨルダン地溝帯を車で通り抜け、ひどく湿っぽい道を走ってヨルダンの橋に至った。そこでベドウィン族を見かけた[220]。

それから、輝かしい日射しを受けてふたたびエルサレムに。エルサレムでは、ディデス卿の公舎でティーを飲んでいたときに日が沈んでいき、死海とトランスヨルダンのいくつかの丘の壮麗な光景が見えた[221]。その後、暗くなってゆく室内で、ディデス卿相手に宗教と国家について興味深い会話。晩には、サミュエル卿およびその義理の娘と楽しいおしゃべり。忘れがたきすてきな一日。厳しくて途方もない自然と、ぼろ服姿で浅黒くエレガントなアラブ人青年たちとが共存している奇妙な魅力。四つ足のラクダとロバをたくさん見た。

五日。エルサレム西地区にあって当市に属しているユダヤ人入植地二カ所を見学。これを建設しているのはユダヤ人労働者の協同組合で、そのリーダーたちは同組合内で選ばれる。労働者たちは専門知識もなく訓練もしないで入ってくるが、短期間のうちに優れた仕事をするようになる。リーダーたちも労働者と同じ給与だった。[222] ユダヤ民族図書館を見学。プラハから来たベルクマンはそこで有能な働きぶりを示していたが、ユーモアのセンスは皆無。[223] 地元の数学者（高校教師）が、連続マトリクスとその演算について実に興味深い論文を私に見せる。[224] 晩、サミュエル卿邸で幹部たちと演奏。演奏時間が長すぎたが、それは音楽に飢えていたからだ。[225]

五日［**六日**］。ユダヤ人の美術学校を訪問。困難な状況下にもかかわらず見事な作品。アンティークのユダヤ装飾が今、再現されている。[226] 午後、ユダヤ人生徒たちが敬意を表し、二列に並んで私を歓迎。その後、ユダヤ人市民が学校の講堂で歓迎会。ウシシュキンとイェリンがスピーチ。ヘブライ語による挨拶状の贈呈。[227] 晩、ベントウィッチ家から音楽への招待。大の音楽好き一家。私たちはモーツァルトの五重奏曲を演奏した。[228]

六日［**七日**］。聖墳墓教会。ヴィア・ドロローサ。[229] 午後、〈将来の〉大学の建物内で講演（フランス語）。初めの挨拶はヘブライ語でせざるを得なかった。苦労して音読。その後、ハーバ

高等弁務官官邸でのアインシュタイン夫妻、エルサレムにて。1923年 2 月 6 日。前列左からエドウィン・サミュエル、エルザ・アインシュタイン、ハーバート・サミュエル卿、ベアトリス・サミュエル、アインシュタイン、そしてエドゥアール＝ポール・ドルム。中列はアントナン＝ジルベール・セルティアンジュ、そしてマーガレット・リッチモンド＝ラボック。後列はノーマン・ベントウィッチ、アーネスト・T・リッチモンド、そしてガウデンツィオ・オーファリ。（エルサレムのフランス聖書考古学学院のご厚意により掲載）

アインシュタインとエルザは、ユダヤ民族基金の「ゴールデン・ブック」に1923年2月6日に名前を刻まれた。（エルサレムのヘブライ大学アルバート・アインシュタイン文書館の許可を得て掲載）

ート・サミュエルから感謝の言葉（とてもユーモラス）[230]。丘の道を歩いて、行ったり来たり。哲学の会話。晩、要人参加の歓迎会で学問的な会話など[231]。この晩は、こうしたコメディにすっかり満足！

テルアビブ市庁舎で催されたアインシュタイン歓迎会。1923年2月8日。前列にはアインシュタイン夫妻、メイア・ディゼンゴフ市長（アインシュタインの左）がいる。後列にはアハド・ハアム、ベン＝シオン・モシンソン、そして市議会のメンバーたちが写っている。（エルサレムのシオニスト中央文書館のご厚意により掲載）

〈七日〉**八日**。九時半〜一二時、車でテルアビブまで。高校で歓迎会。結局、何時間かいた。生徒たちが徒手体操。彼らに短く感謝の言葉[232]。市庁舎で歓迎会。名誉市民に指名される。感動的なスピーチ[233]。昼食後、建設中のルーテンベルク・センターという市中央発電所および、検疫所、レンガ工場を見学[234]。それから、先ほどの高校前で大群集が歓迎、モシンソンと私がスピーチ[235]。農業試験場を見学、晩の科学講座（ツェルニアフスキー）。そして技師協会に行き、そこで卒業証書とすばらしい銀の缶をいただく[236]。タルコフスキー家で夕食。晩、学者たちが集まり、私がスピーチ。(237) この町でユダヤ人がわずか数年でなしとげた業績が大いに賞賛される。現代のユダヤ都市が活発な経済的・知的生活によって一歩一歩躍動。私たちユダヤ人はなんと信じられないくらい活発な民族であることか！

〈八日〉**九日**。朝、労働者の集まり。強烈な印象。(238) 農業学校を訪問。ミクヴェ。大規模なワイン醸造所。人工的に孵化させた卵は、一日に一回は冷却させる必要がある。(239) ロスチャイルドのユダヤ人集落リション・レ・ジーヨン。(240) どちらの事業もすでに五〇年前から。老人が同村で歓迎の挨拶をしてくれた。学校の授業、庭にいた子供たち。健全な生活の喜ばしい印象。だが経済的には、すっかり独立できているわけではない。

ヨフェ（医者。パレスチナ在住ロシア人のいとこ）と列車に乗り、しだいに近づいてくる山並みを見ながら平地をヤッファへ向かう。(241) アラブ人とユダヤ人の集落。ヤッファの手前にユダヤ人経営の製塩工場。労働者たちが駅にやってきて私を歓迎してくれた。(242) シュトルック氏が前もって注意してくれたにもかかわらず、安息日開始前にハイファ到着。とてつもない汚れのなかを、ギンズバーグおよび物理学者ツェルニアフスキーといっしょに歩いていき、後者の義理の兄弟ペフズナー家に着く。奥さんはデリケートで鋭い知性の持ち主。(243) 上階は居心地よし。ドイツ人のメイド。晩、知り合いでもない人たちが大勢、好奇心から［やってくる］、シュトルックも奥さんも知らない人たち。(244)

一〇日。実科学校を訪問（安息日）。プロイセン風だが有能な校長ビラム。[245] シュトルックのアパート。そこで彼といっしょに昼食をとりながら陽気な会話。ワイツマンの母を訪問。数えきれないくらい大勢の息子、娘、等々。[246] シュトルックといっしょにカルメル［山］まで散歩。ユダヤ人の女性労働者と遭遇。牧師館の屋上まで登り、ハイファと海の壮麗な景観を見る。[247] ユダヤ人の〈ハルーツ〉［シオニスト・パイオニア］がアラブ人の友人のアパートまで行くというので、ついでに私たちに付き添って道を下ってくれた。庶民にとってナショナリズムは無縁。ドイツ人を妻にしているアラブ人作家を訪問。[248] 晩、工科大学で歓迎会。またしてもスピーチ。ツェルニアフスキーとアウアーバッハのスピーチが傑出していた。ロウソクの明かりのなかで詩編と東欧ユダヤ人の歌。[249]

リション・レ・ジーヨン入植地で催されたアインシュタイン歓迎会、1923年２月９日。左から右へ：メナッシュ・メイロウィッツ、アブラハム・ブリル、アーロン・アイゼンベルク、アインシュタイン、アブラハム・ドヴ・ルブマン＝ハフィフ、エルザ・アインシュタイン、リフカ・アブラフィア、そしてミリアム・メイロウィッツ。（ケデム・オークションハウスのご厚意により掲載）

一一日。工科大学の作業場を訪問。それからロスチャイルドの製粉所と製油所。前者はほぼ完成していた。信じがたいほど精妙で、ほとんど全面的に機械化された設備。[250] 午後、イズレル渓谷を〈ベツレヘム〉ナザレを通ってティベリアス湖へ。[251] 途中でナハラル集落を訪れる。カウフマンの設計により建設されたところで、実質的には全員がロシア人。村は小区画に分割されている。建築は共同作業。[252] ナザレへ。絵のように美しい山岳風景を見ながら車で到着。土砂降り。夜になるがミグダル農園へ。ミグダル農園に到着する寸前はひどいぬかるみだったので、車をラバに引いてもらう。いっしょに豪華な食事。快適な晩。農園は、果樹園ごとに分割されているようだ。私たちをもてなしてくれた主人はがっしりした体格の農民で、ここに定住したジプシー。彼の家族はここでの生活に耐えられず、今はドイツに住んでいる。[253] 大きなランタン持参で陽気な巡礼者たちが屋外の便所へ。夜間は豪雨。

一二日。車でティベリアス湖へ。ヤシと松の並木道。景色はレマン湖に似ている。太陽が現われる。緑の多い豊かな地だがマラリアが流行。若いユダヤ人美女と、農園内の男性熟練労働者。昼食後は、絵のように美しいティベリアスを経由して共産主義集落デガニヤへ。ここはヨルダン川が死海から流れ出る地点だが、まずはマグダラを通る。マリアの故郷だが、ここでアラブ人は土地を考古学者たちに法外な値段で売った。[254] 入植者はきわめて好感が持てた。大半はロシア人。不潔だがまじめで粘り強い。理想を追求し、マラリアや飢餓、借金に負けない。ここの共産主義は永続することはないだろうが、人々をまとめる力はある。詳しい会話と見学のあと、好天のなかをナザレに向かう。途中で、湖と岩山の絶景、そして最後には絵のように美しい小さなナザレの町。晩には、ドイツ人のホテル。アットホームな雰囲気。[255] またしても土砂降り。

一三日。段丘状に建設されたきれいなナザレを車であとにし、イズレエル平原を通りナブルス、そしてエルサレムへ。出発時はとても暑かったが、土砂降りのためひどい寒さに一転。途中で、一台のトラックがぬかるみから抜けられなくなっていたので道は閉鎖状態。人々と車は、水路と野原を越えて迂回。この国では車は乱暴に扱われている。

晩に、エルサレム市内の満員の会場でドイツ語による講演。いつもながらのスピーチと、ユダヤ人医師協会からの証書授与。スピーチをした人があがってしまい、言葉につかえてしまった。[256] やれやれ、私たちユダヤ人のなかにも、あまり自信がない人もいるのだ。私は一方からはエルサレム在住を求められているが、他方からは全面的な攻撃をされている。私のハートはイエスと言っているが、頭ではノーだ。〈妻の〉エルゼ〔誤記。本来ならエルザ〕は今回の旅の終わりが近づくにつれてひどく興奮してきている。[257]

一四日。六時四五分、ハダサといっしょに駅に向かって出発。別れのあと七時半に列車で出発。ハダサは私たちといっしょにロドまで乗車。[258] 乗り換え。妻はカンタラに着くまでどんどん具合が悪くなり、ついにへとへとに。親切なアラブ人車掌。カンタラで何人かの役人と知り合う。彼らは私の妻に卵をくれたり、横になるスペースを作ってくれたりした。乗り継ぎの待ち合わせ時間は午後五時半〜一〇時。これからの旅はきつい。ポートサイド着。きれいなムシュリ邸に無事到着。[259] すべてうまくいくだろう。

一五日。レセップスの記念像まで歩く。[260] 岸辺に沿って建っている小さな四角な温泉浴場。大きな家々のキュビスム的で多彩な光景。輝くばかりの陽光。自由の感覚。妻は具合がよくなってきて、ムシュリ夫人から熱心に面倒を見てもらっている。[261] 知事（顔幅の広い東洋人）および何人かの領事を訪問。

一六日。午前、「オルムズ号」（オリエンタル・ライン）で出航。[262] まずい食べ物。乗船しているのは大半が、植民地に住むイギリス人。オーストラリアから来たユダヤ人ビジネスマンのヘイおよび、何人かのアメリカ人と知り合う。

一七日・一八日・一九日。まずい食べ物で不愉快。荒波と雨。一九日の朝、ストロムボリ火山の絶景。午後六時、ナポリ。灰色の雲に覆われたヴェスヴィオ、どんよりした空。とても寒くて不快。乗船したままのほうが快適。オーストラリアから来たと言っていたイギリス人が実はメクレンブルク〔ドイツ北東部〕出身とばれる。フランスの鉄道ストと、ルール地方での賠償金増額のニュース。これからどうなることか？[263]〈マルセイユ〉トゥーロンの人たちは親切。マルセ

ポートサイドのアインシュタイン夫妻。いっしょにいるのはマックス・ムシュリおよびセリア・ムシュリ＝トゥルケル。1923年2月16日。（エルサレムのヘブライ大学アルバート・アインシュタイン文書館の許可を得て掲載）

アインシュタインと子供たち。レスプルガ・デ・フランコリ（カタロニア、スペイン）。1923年2月25日。（スペイン教育・文化・スポーツ省のご厚意により掲載）

イユでドイツ語をしゃべるのは危険。駅の貨物担当部長が私たちのスーツケースをベルリンに運ぶのを拒否、チューリヒまでも同様。[264]

二二日〜二八日。バルセロナに滞在。とても退屈だが親切な人々。テラダス、カンパランス、ラナ、ティルピッツの娘〔原文では、以上四人の名前を四角で囲んでいる〕。民謡、踊り、レストラン。[265] なんてすばらしい！[266]

トレドの教会にて。格調高いグレコの絵が深く心にしみる

三月一日。マドリード着。バルセロナを出発。心のこもった別れ。テラダス、ドイツ領事とティルピッツの娘。[267]

三月三日。大学で一回目の講演。[268]

三月四日。コチェルタレル夫妻とドライブ。カブレラ夫妻に返答。アカデミーで口にする挨拶を書く。午後、国王を議長としてアカデミーで会議。アカデミー会長による見事なスピーチ。[269] それから上流階級の女性相手にティー。[270] 晩はホテルへ。しかしとてもカトリック風。[271]

五日。午前、数学協会の名誉会員。一般相対性理論について議論。クノ宅で食事。クチャル宅を訪問。高齢のすばらしい思想家。重病。講演。晩、フォーゲル宅に招かれる。[272] 子供みたいな心の持ち主、ユーモラスでペシミスト。

六日。たくさん嘘をついて、トレドに小旅行。人生最良の日の一つ。輝かしい空。トレドは

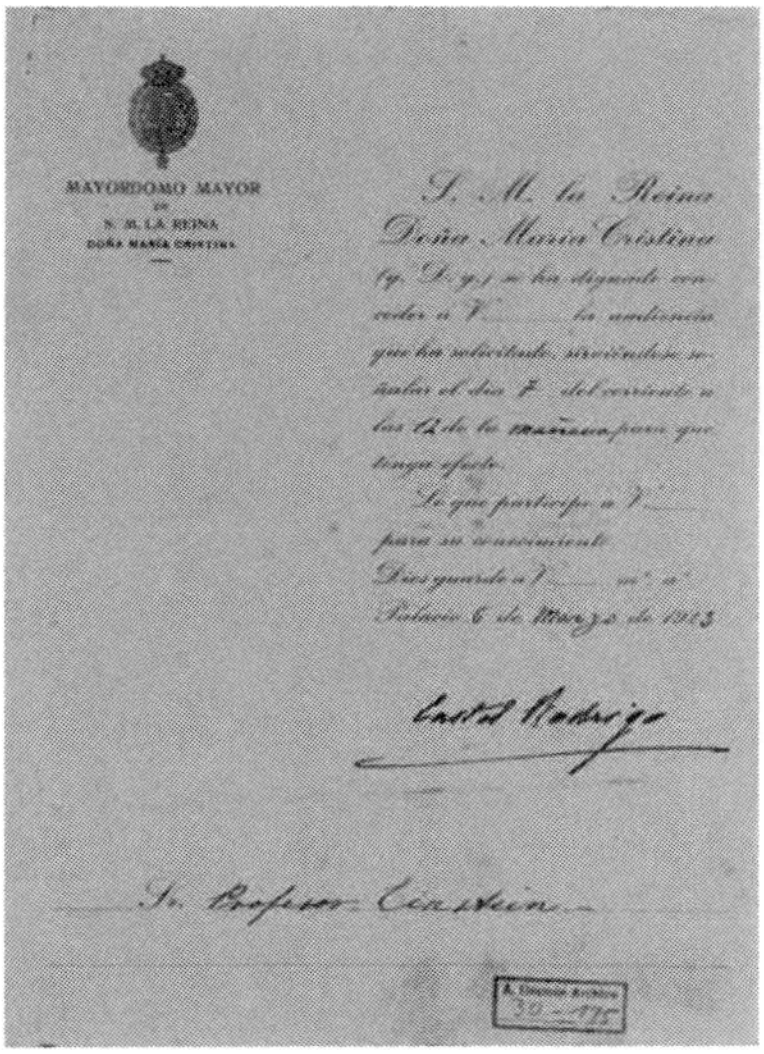
MAYORDOMO MAYOR
DE
S. M. LA REINA
DOÑA MARÍA CRISTINA

S. M. la Reina
Doña María Cristina
(q. D. g.) se ha dignado conceder a V. la audiencia
que ha solicitado, sirviéndose señalar el día 7 del corriente a
las 12 de la mañana para que
tenga efecto.
Lo que participo a V.
para su conocimiento.
Dios guarde a V. m. a.
Palacio 6 de Marzo de 1923

Sr. Profesor Einstein

マリア・クリスティーナ（オーストリア出身のスペイン皇太后）に拝謁したときの招待状。マドリード、1923年３月６日。（エルサレムのヘブライ大学アルバート・アインシュタイン文書館の許可を得て掲載）

El Ministro de Instrucción Pública y Bellas Artes
y en su nombre
El Rector de la Universidad de Madrid

Don Alberto Einstein

Doctor "Honoris Causa"

マドリード大学名誉博士号の証書。1923年３月８日。（エルサレムのヘブライ大学アルバート・アインシュタイン文書館の許可を得て掲載）

アインシュタインとマドリードの大学教授たち。1923年３月８日。前列：ミゲル・ベガス、ホセ・ロドリゲス・カラシド、アインシュタイン、ルイス・オクタビオ・デ・トレド、ブラス・カブレラ。後列：エドムンド・ロサノ・レイ、ホセプ・マリア・プランス、ホセ・マドリード・モレノ、Ｅ・ロサノ・ポンセ・デ・レオン、イグナシオ・ゴンサレス・マルティン、フリオ・パラシオス・そしてアンヘル・デル・カンポ。（エルサレムのヘブライ大学アルバート・アインシュタイン文書館の許可を得て掲載）

おとぎ話みたい。〈ゴヤ〉グレコに関して何か大事なことを熱中して書いている高齢の男性が、私たちを案内してくれる。通りと市場、町の展望、タホ川と何本かの橋、石で覆われた丘、魅力的な平原、大聖堂、シナゴーグ、帰途の途中見た灼熱の日没。シナゴーグ近くの眺望のいい小庭。小さな教会（貴族の埋葬）内の格調高いエル・グレコは、今まで観たなかで最も深く心にしみた作品。(273) すばらしい一日。

七日。一二時、国王並びに皇太后に拝謁。皇太后は科学の知識をご披露。皇太后に何か入れ知恵をした人はいない。国王は飾り気がなく威厳がおありで、私はその態度に尊敬を抱く。午後、大学で三回目の講演。聴衆は熱心だったが、本当は何も理解できなかったはず。なぜなら、語った内容は最近問題にしたテーマだったから。晩、ドイツ大使公邸で大歓迎会。大使と家族は立派で素直な方々[274]。交際はいつも天罰だ。

八日。名誉博士号。まさにスペイン風熱弁の数々。ドイツ大使のスピーチは長かったが、ドイツ・スペイン関係にとっては良い内容。まさにドイツ的。美辞麗句なし。それから工業部門の学生たちと会う。スピーチの連続だったが考え方は正しい。晩、講演。それからクノ宅で演

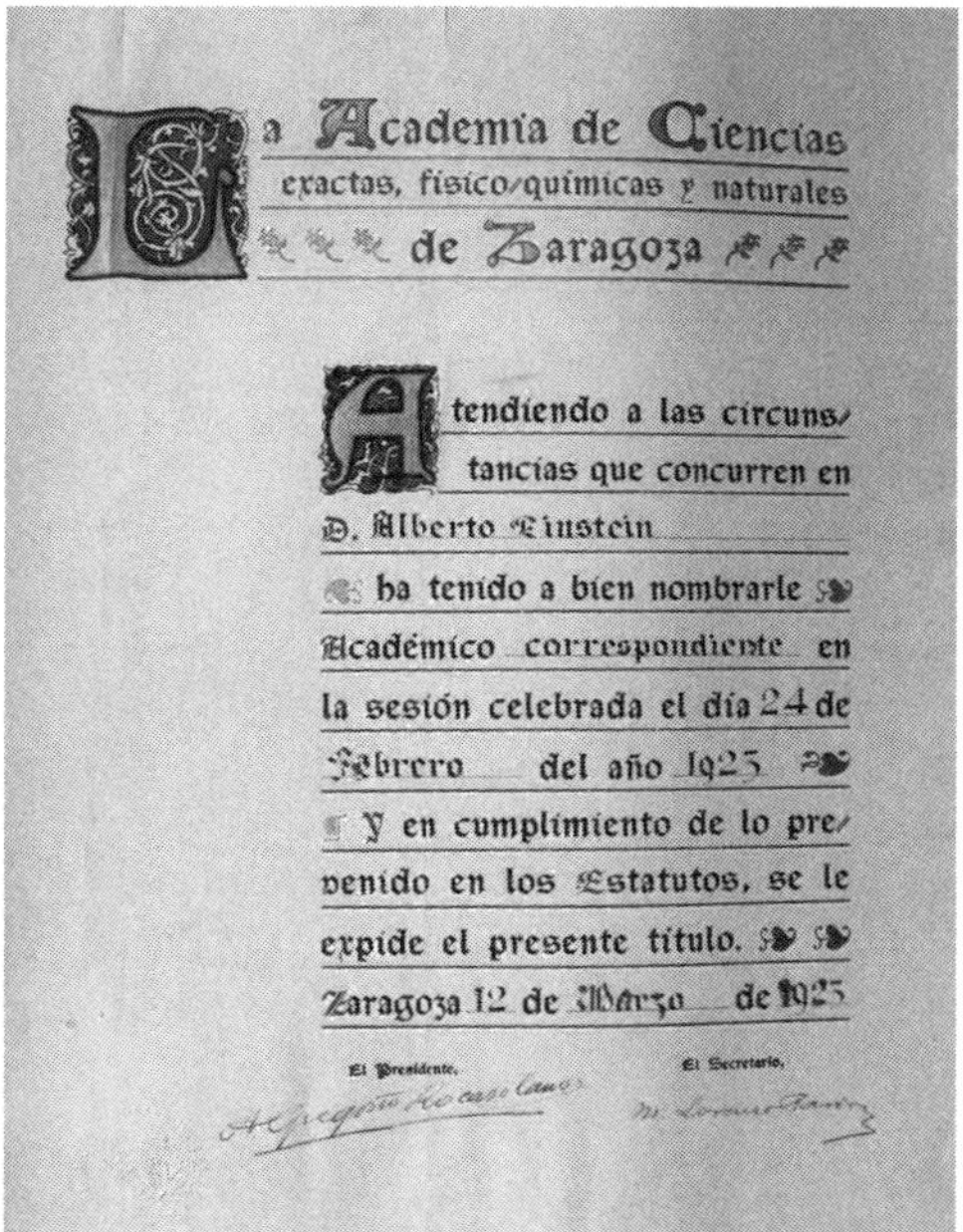
La Academia de Ciencias
exactas, físico-químicas y naturales
de Zaragoza

Atendiendo a las circunstancias que concurren en
D. Alberto Einstein
ha tenido a bien nombrarle
Académico correspondiente en
la sesión celebrada el día 24 de
Febrero del año 1923
y en cumplimiento de lo prevenido en los Estatutos, se le
expide el presente título.
Zaragoza 12 de Marzo de 1923

El Presidente, El Secretario,

サラゴサの精密科学・生化学・自然科学アカデミーからの証書。1923年３月12日。（エルサレムのヘブライ大学アルバート・アインシュタイン文書館の許可を得て掲載）

奏。プロ（音楽院長）のポラスが極上のヴァイオリン演奏[275]。

九日。山岳とエスコリアルに小旅行。すてきな日。晩、学生寮で歓迎会。オルテガと私がスピーチ[276]。

一〇日。プラド（おもにベラスケスとエル・グレコの絵を鑑賞）。いとまごいの訪問。ドイツ大使公邸で食事。晩にはリナおよびウルマン夫妻といっしょに、簡素で小さなダンスホールに行く[277]。楽しい晩。

一一日。プラド（ゴヤ、ラファエル、フラ・アンジェリコの傑作[278]）。

一二日。サラゴサに向かう[279]。

テキスト補遺

テキスト1

山本実彦より(1)

［東京、一九二二年一月一五日］

協定書

改造社といたしましては、ドクター・アルバート・アインシュタイン教授を御招聘し、幾度か講演をしていただくようお願い申しあげますのは、きわめて名誉なことであります。この件につきましては、以下事項のお約束の実現を双方ともに合意しております。

1 計画の内容は、

a 学術講演。東京において六日間、各日三時間ほど。そして

b 六回の一般講演。東京、京都、大阪、福岡、仙台、そして札幌にて各一回（毎回二時間半ほど）。

2　不可避の困難な状況が生じないかぎり、講演者は一九二二年〈八月〉九月末か、〈九月〉一〇月初めに旅立つこと。[2] 日本滞在はほぼ一カ月とする。

3　報酬は（旅費と滞在費を含めて）二〇〇〇英国ポンド（£二〇〇〇）とする。改造社は講演者に、この書類と同時に、総額の半分をロンドンの「横浜正金銀行」を通して送金する。残額は講演者の日本到着直後に渡される。

やむを得ない困難な状況が原因で訪日が不可能になった場合には、前払い金の英国£一〇〇〇を「改造社」に返金しなければならない。

私たちは双方ともに、大いなる尊敬を込めて署名する：S・山本（改造社社長）

ベルリン、一九二二年――〔――線は日付用〕

東京、一九二二年一月一五日

＊　＊　＊

テキスト2　アインシュタインの訪日旅行開始日（一九二二年九月二九日）に行なわれた会話についての報告[3]

［ベルリン］一九二二年一〇月一二日

〈アインシュタイン〉教授は、アルトゥル・〈ルッピン〉博士が勧めているパレスチナ招聘を受諾する用意があると語っている。[4] 教授にしてみれば、バタビア[5]からの帰途に一〇日間パレスチナ滞在の日程を組むのは可能だ……。アインシュタインは、この短期滞在を本格的なパレスチナ旅行と混同しないでほしいと強く思っている。[6]「パレスチナへは直接行くべきであって、他の国々への旅のついでに行ってはいけない」とのこと。また、一〇日間では、自分が本当に関心を抱いていることについて考えを固めることはできないと心得ている……。さらに、大学創立[7]についての私たちの意見は、彼には公式見解として伝える必要があると私は思う。そうすれば彼はこの目標に同意して動いてくれるだろうし、また大学創設計画について彼自身がとりとめのない意見を抱くこともなくなるだろう。

クルト・ブルーメンフェルト

＊＊＊

テキスト3

シンガポールでの歓迎会のスピーチ[8]

［シンガポール、一九二二年一一月二日］

心のこもった歓迎のご意向を、あなた、メナッシュ・メイヤーおよび、この邸宅にお集まりの全員が、私とアインシュタイン夫人のために示してくださり、とても喜んでいます。それから、あなたが私に送ってくださった挨拶のなかでお述べになった印象深い言葉にも深い感動を覚えました。(9) 私たちのために開いてくださった親愛なる歓迎会に対し、アインシュタイン夫人と私自身を代表して感謝申しあげます。私は、極東のこの地で私たちの仲間同士がこんなに喜ばしい団結を達成していることを知り、驚いております。(10) 私個人におっしゃったお言葉を耳にして、その野心的な知性に私はなおさら嬉しくなりました。それこそは私たちの民族のすばらしい伝統の一つなのです。(静粛に、静粛に)

私の理論に対するお世辞は、本当は私ではなく前世紀の科学者全員が受けるべきものであり、時代を経て科学が進歩したことへの賛辞であるべきです。科学がすべての国々の人々の財産であり、国際的な紛争によって脅かされることがないことを、私は喜んでおります。なぜなら、科学には、地平線、水平線の向こうに目を向けている人々を癒やす力が常に備わっているからです。もし科学が、全世界的な普遍性をもつ優秀なものであるならば、「なぜユダヤ人の大学が必要か?」と問う人がいるかもしれません。(11) それは、科学は国際的ですが、それが成果を収めるのは、国家が所有している研究機関だからです。ですから、もし私たちが文化を促進していきたいならば、自分たち自身の力と方法で研究機関を合体させ、組織化しなければならないのです。私たちは、現在の政治状況ゆえ、そしてまたとりわけ私たちの息子たちの多くが他国の大学への入学を拒否されているという事実ゆえ、なおさらそうしなければなりません。(12) (恥

を知れ）

現時点に至るまで、私たちは個人として文化のために可能なかぎり力を尽くしてきましたので、私たちは今、民族として、私たち自身の研究機関という手段で文化を増進させるのは公明正大なことと言っていいでしょう。（拍手）それを目標として、現在すでに全力を尽くしてこの偉大な理想実現に献身しているすべての優れた人たちと協力していきましょう。あなた方が私に与えてくださった高い評価に対し、ここで再度、心より御礼申しあげます。

＊＊＊

テキスト4

「日本の印象についてのおしゃべり(13)」

この原稿は一九二二年一二月七日ないしそれ以降に書かれた。一九二三年一月に公表された(14)。

私はここ数年のあいだ世界中を旅してきました。本当に一人の学者にとっては似つかわしくないほどの多さです。なぜなら、私のような人間は本当は自室に静かに座り続けて研究しているべきだからです。今までの旅には常に、あまり敏感ではない私の良心を落ち着かせることのできる理由がありました。しかし日本への招聘が山本から届いたときには、[15] 私は即座に、何カ月もかかる大旅行を決心しました。もし私が、日本を自分の目で見るというこの機会を逸したならば自分で自分が絶対に許せなくなる、という以外に理由はありませんでした。

私が日本に招聘されたということをみんなが知ったときほど、私がベルリンで羨ましがられたことは、それまでの人生で一度もありませんでした。というのもわが国では、日本ほど神秘のヴェールに包まれている国はないからです。わが国にいる多くの日本人は孤独な生活をし、熱心に学び、親しげに微笑んでいます。自分を守っているようなその微笑みの背後に流れている感情を解明できる人は一人もいません。しかしその背後に私たちとは異なる心が隠れていることはわかります。それが日本特有の流儀で発揮され、私たちの国にたくさんある日本のちょっとした日用品に表現されたり、日本の影響を受けて時々流行する文学にしみこんだりしています。

私は自分が日本について抱いていることすべてを明確な像にすることは今までできませんでした。私の好奇心が最高潮に達したのは、「北野丸」の船上で日本の海峡を航行し、朝日を受けた無数の愛くるしくも優美な緑の小島が目に入ってきたときです。けれどもそのときいちばん輝いていたのは、日本人乗客全員と日本人乗組員全員の顔でした。ふだんなら朝食前には一度も顔を見せない華奢な何人かの女性たちにしても、朝六時頃には落ち着きを失い大喜びして甲板をうろつき回り、厳しい風も気にせず、できるだけ早く母国の地を見たがっていたのです。

私は、そうした人たちが一人残らず、心を深く突き動かされているのを見て感動しました。日本人は、自分の国と国民を、他のどの国の人たちよりも愛していますし、語学の才能もあり外国のことすべてに対して好奇心を抱いていますが、しかし外国にいると、他のどの外国人よりも自分は他国人だと意識しています。なぜでしょうか？

私は日本に来てからまだ二週間しか経っていませんが[16]、多くのことが初日同様、神秘的なままです。けれどもわかってきたこともいくつかありまして、その一つは、日本人が最も物怖じするのは欧米人に対してだということです。

わが国においては、あらゆる教育の目的は、個人としての生存競争においてできるだけ好条件で成功を収めることにあります。特に都会では、徹底的な個人主義、力の限りを尽くして挑む情け容赦のない競争、できるだけ多くの贅沢と楽しみを手に入れるための熱狂的な活動が進行しています。家族の絆は緩み、芸術的・道徳的な伝統が日々の生活に及ぼす影響は比較的小さくなっています。個人の孤独は、生存競争の当然の結果と見なされています。これでは、共同体内でこそ得られる朗らかで賑やかな幸せなど得られるはずはありません。合理性中心の教育は――個人のこうした考え方をいっそう先鋭化してしまいます。こうなると、個人の孤独は意識のなかでさらに強まってしまいます。

こうした状況とまったく異なるのが日本です。個人は欧米に比べるとはるかに自立していません。家族の絆は、法的には実際あまり守られていないとはいえ、わが国よりはるかに緊密です。集団の意見はわが国よりもはるかに強いので、家族の結束が緩むことはないのです。日本人の場合、教育や生まれつきの優しさによってすでに充分強固になっている一体感が、集団内や個人間の信望によってさらに完璧に強化されているのです。

さらに物質的な関係における家族の団結、すなわち互助は、個人が住と食に関して謙虚になることで容易に培われます。ヨーロッパ人は一般に、さほど家庭内の秩序を損なうことなく、他人を自宅に泊めることができます。ですからヨーロッパの男性はたいてい、妻子のことを心配するだけです。一方、女性は収入を獲得しなければならないことがしばしばです。上流階級の女性でさえそうでして、子供の教育は家政婦任せです。大人になった兄弟や遠縁の親戚が互いに世話をすることは、もう稀になりました。

けれども日本には、わが国よりも個人間の助け合いが容易な理由がもう一つあります。本来日本には、自分の感情や情緒を表に出さず、いかなる状況でも落ち着いて平然としているという伝統があるのです。だからこそ、心情的に合わない大勢の人たちが一つ屋根の下で住むことができ、気まずい摩擦や対立が生じることがないのです。このことこそ私には、ヨーロッパ人にとって謎である日本人の微笑みの深い意味だと思えます。

もし個人の感情表出を抑制するように教育すれば、心が貧弱になり、個人を抑圧することになるでしょうか？　私はそうは思いません。この伝統が発達してきたのは、日本人に特有の繊細さと、ヨーロッパ人よりも強い共感があったからでもありましょう。無礼な言葉は、ヨーロッパ人を傷つけますし、日本人も傷つけるでしょう。ヨーロッパ人はすぐに反撃に出て、目には目をとばかりにたっぷり復讐します。日本人は傷ついて退却し——泣きます。日本人が無礼な言葉を口にしないのは、そうしたことを言う本人が間違っていて不誠実だからだと、周囲から何度も思われることになるからでしょう。

私のような外国人が日本人の心の底を覗いてみるのは、容易なことではありません。どこに行っても、礼服姿の人たちからこの上なく思いやりを示していただいていますので、慎重に選ばれた言葉を耳にすることのほうが、心の底から思わず出てくる意味深長な言葉を聞くことよりも多いのです。しかし人間同士の直接の接触では得られないことを、芸術の印象が補ってくれます。日本では芸術から、他のどの国でも不可能なほどとても豊かな、そして多様な印象を得ることができます。私が「芸術」と言っているのは、人間の手が美的な意図を抱いて、あるいはそれに準ずる意図を抱いて創り続けていく永続的なことすべてです。

この点に関して私は驚嘆を禁じえません。自然と人間が、ここ以外のどこにもないほど一体化しているように思えるのです。この国から生まれるものはすべて愛くるしくて陽気で、決して抽象的・形而上学的ではなく、常に自然を通じて生まれてくる現実と結びついています。緑の小島や丘の風景も愛くるしいし、樹木も愛くるしく、小さな区画に綿密に分割され綿密に耕されている畑も愛くるしければ、特にその横に建っている小さな家々も愛くるしい。そして最後になりましたが日本人自身、その言葉、その動き、その服装、そして日本人が使っているあらゆる用具・家具類すべてが愛くるしいのです。とりわけ気に入ったのは日本の家で、そこには、いろいろな用途の滑らかな壁や、マットが柔らかく敷かれたいろいろな小部屋があるのです。あらゆる細かなものにも意味があるのです。

しかも、愛くるしい人たちが、絵のように美しい微笑みを浮かべ、お辞儀をし、座っているのです——そのすべてに感嘆するしかなく、真似はできません。真似ようとしても失敗するだけですよ、そう、外国人はね！——上品で優美な日本の食事は、きみたちには合いません。眺めるだけで満足しましょう。——わが国の人間と比べると、日本人は人付き合いが陽気で気楽です——日本人は将来に生きるのではなく、今を生きているのです。その陽気さは繊細で、決して騒がしくありません。日本人のジョークは私たちにはすぐわかります。彼らにも滑稽さやユーモアに対するセンスはたっぷりあります。私は、こうした心理的に深いところで日本人とヨーロッパ人のあいだにさほど差がないことを確認して驚いています。ただしここでも日本人の優しさに気づきます。日本人のジョークには皮肉がないのです。

私がいちばん関心があるのは日本の音楽です。日本の音楽は私たちの音楽から一部発展したものもあれば、まったく無関係のものもあります。まったく聴いたこともない芸術を聴けば、今まで習慣で聴いてきた音楽と、人間性に基づいた本質的な音楽とを区別するという理想に近づくことができます。日本の音楽と私たちの音楽との相違は、まさに根本的なものです。ヨーロッパの音楽においては、和音と楽曲構造が一般的であり不可欠ですが、日本音楽にはそれがありません。他方、一オクターブを一三音に分ける点は共通です〔たとえばドから一オクターブ上のドまでの一三音〕。日本音楽は私には、予想外の直接的な印象を描いた感情の絵画のように思えます。正確な音高すら、芸術的効果にとって決定的に重要とは思えません。日本音楽は、人声と自然音をパターン化した感情表現のような感じがします。ここで言う自然音とは、鳥の鳴き声や海の潮騒のように、人間の感情を喚起する音のことです。こうした印象は、打楽器が重要な役割を果たすのでなおさら強く感じます。打楽器には特定の音高はなく、おもにリズムの性格付けに用いられます。

日本音楽の魅力は私にとっては、とりわけ繊細なリズムにあります。私は自分が、この種の音楽のきわめて親密な機微を苦手としていることをよく承知しています。また、常套的な演奏と演奏者個人の表現とを聴き分けるには長年の経験が必要ですが、それにしても、日本の大半の音楽において重要な役割を果たしている語り言葉と歌詞も私には手に余ります。日本人の芸術志向との関連で特徴的なのは、私から見れば、管楽器としてはフルートが登場するだけで、はるかにどぎつい金管楽器はまったく出てこないということです。ここにも、とりわけ日本画で際立っている、また日々の生活用品を特徴付けている明るい愛らしさ、愛くるしさへの好みが見てとれます。私が音楽でいちばん心を動かされたのは、舞台作品ないしパントマイム（踊り）、それも特に能の伴奏でした。日本の音楽が高度な芸術ジャンルに発展できないでいるのは、私の考えでは、楽曲としての形式的区分と建築的構造の欠如ゆえです。

私にとって日本の芸術で最もすばらしいのは絵画と木彫の分野です。こうしたジャンルではまさに、日本人がフォルムを楽しむ目を持った人間であり、いったんできあがったものを飽きることなく芸術的に造形し、様式化された線に変化させていく様子がはっきり見てとれます。西洋のリアリズムは自然のコピーですが、それは日本人の心には無縁でしたし、それと同様に、日本人の心にとって異質な仏教の影響をアジア大陸から受けながらも、感覚から宗教へと方向転換することもなかったのです。日本人にとってはすべてがフォルムと色彩の体験であるかぎりは自然に忠実ですが、さらに様式化が優先されるようになると自然から遠ざかるのです。明確さと単純な線を日本人は何よりも好むのです。そして絵画は全体像として理解されるのです。

ここまで私は、この何週間かに得た強い印象のうちごくいくつかについて述べることができただけでして、政治・社会上の諸問題については何も語っていません。日本の女性の特徴、この花のように美しい人々について——、私は口をつぐんできました。このことについてはふつうの人間は、詩人に語ってもらうべきだからです。しかし気になっていることが一つあります。日本人は正当にも西洋の知的業績に感嘆し、成功と大いなる理想をめざして科学に没頭しています。しかし西洋より優れている点、つまりは芸術的な生活、個人的な要望の簡素さと謙虚さ、そして日本人の心の純粋さと落ち着き、以上の大いなる宝を純粋に保持し続けることを忘れないでほしいのです。

＊　＊　＊

京都、一九二二年一二月一二日

テキスト5

山本実彦へ(17)

尊敬する山本様

私と妻は日本滞在中にあなたから多大なご尽力を受けてまいりましたので、私としましては、以下のことをお伝えしてしかるべきと考えるものであります。船は[18]一六日後には門司を出航しますが、それまでのあいだ、私があなたのために行なうことは何一つございません。そこでこの期間、稲垣氏と夫人にご迷惑をおかけするのは不当と感じるしだいです[19]。私は夫妻を気に入っておりますので、どうか、私の良心に免じて、この静かな期間は私の妻と私の二人だけを京都で過ごさせていただきたく存じます。このすばらしい都市でこれほど長い滞在ができますのも、まさにあなたのおかげでございます。それからもう一つ、どうか、純粋に私たちのためにとお考えくださり、どなたも福岡と門司に派遣なさらないよう、お願いいたします。

今ここに私は、このすばらしい国を見せていただき、かつまた、絶えず寛大にして思いやりに満ちた喜ばしい時間にしてくださったあなたに深謝いたすしだいです。

あなたに心からの挨拶を、あなたの

A・アインシュタイン

妻は昨日、大阪におりませんでしたが、それは私が妻に、京都に留まっているようにと言っておいたからでございます。私がそういたしましたのは、大阪で公式歓迎会が開かれるかどうか、それがわからなかったからであります[20]。妻は、自分が何も悪いことをしていないのに混乱が起きてしまったと言って非常に悲しんでおります[21]。

＊＊＊

テキスト6

ハンス・アルバートとエドゥアルト・アインシュタインへ[22]

京都、一九二二年一二月一七日

いとしい子供たち！

さてさて、いとしいアルバートは大学生になってもう二、三カ月経ったね。[23] お父さんはそのことをよく自慢に思ってるよ。今度の旅はすばらしいよ、たしかに日本はかなり疲れるけどね。お父さんはもう一三回も講演したんだ。お父さんは、おまえ、いとしいアルバートをチューリヒに残してきてよかったと思ってる。なぜなら、おまえにとっては学業のほうが重要だろうし、いくらすてきな旅でもおまえが公式の場に何度も出席しなければならないとすれば、お父さんはあまりおまえの世話を焼くことができなかっただろうからね。[24]

ところで、日本人のことをお父さんは、今まで知り合ったどの民族よりも気に入っています。物静かで、謙虚で、知的で、芸術的センスがあって、思いやりがあって、外見にとらわれず、責任感があるのです。さて、ノーベル賞を本当に受賞することになりました。[25] 住む家を探しはじめなさいな。[26] 残金はおまえたちの名義でどこかに投資するよ。そうすればおまえたちはとてもお金持ちになるから、ことによるとお父さんはきっとおまえたちからお金を借りることになるよ。お父さんは、帰国したら（三月末か四月初めに）ストックホルムに行かなければなりません。受賞するためです。その後おまえたちとジュネーブで会えるなら、[27] もちろんおまえたちに会いに行くからね。それを楽しみにしておこう。それから、次の夏に何をするか相談できるね。お父さんは、もう二度と世界中を回ることはしないと固く決心した。でも本当にそうなるかな？

おまえたちいたずらっ子は、お父さんに一通も手紙をくれないね。今となってはもう、アジアに書くには遅すぎるよ。お父さんがドイツに帰る前に、たとえば家の件で手紙を書いてくれると言うなら、スペイン（マドリード大学）宛てか――もしすぐに書くなら――エルサレムのシオニスト機構宛てにしてほしい。いとしいテーテ[28]のためには、旅の途中で集めた切手を何枚か同封します。

おまえたちとママ[29]に、心からの挨拶をもって

〈アルバート〉パパより

＊　＊　＊

テキスト7

ヴィルヘルム・ゾルフへ[30]

[宮島、一九二二年一二月二〇日[31]]

［……］

電報での返事を補う意味で、より詳細な情報を取り急ぎお伝えいたします。[32] ハルデンの申し立てはドイツでの私の立場を難しくしますので実に不愉快であります。あの申し立ては正確ではありませんし、完全に間違っているわけでもありません。[33] ドイツの状況を熟知しておられる方々は、私の命が脅威にさらされているとお考えですから。たしかに、ラーテナウ殺害の前後では状況は同じではないと私は考えております。私が日本招聘をお引き受けした理由はおもに極東への憧れではありますが、別の理由として、ひんぱんに私が困難な状況に陥ってしまう私たちの母国の緊張状態からしばらく逃避する必要もございました。ラーテナウ殺害後の今、私は長期間ドイツを留守にしておりまして、ドイツの友人や同僚たちに不愉快なことを何もしなくても、一時的に高まりを見せている危険から離れていられましたので、もちろんとても安心しております。

［……］

テキスト8

石原純へ[34]

＊　＊　＊

門司、［一九二二年一二月二三日から二九日までのあいだ[35]］

親愛なる同僚石原への記念としてここに書いておきますが、彼とはいっしょにとても多くの美しいものを見ましたし、仕事で協力し、愉快におしゃべりしてきました。彼は仲間として、多くのことを喜んでともに考えたり仕事をしたりしたい数少ない一人です。なぜなら、生まれや伝統が異なっていても、私たちは不思議と気心が知れているのですから。

アルバート・アインシュタイン

＊　＊　＊

テキスト9

土井晩翠へ(36)

［蒸気船「榛名丸」船上にて］一九二二年一二月三〇日

深く敬愛する土井様

あなたの独創的な詩の翻訳(37)と、親しみのこもったお手紙を、大いなる喜びと驚嘆の念を抱きつつ拝読しました。あなたは私の業績を過剰なまでに高く評価されておられますが(38)、いくらお言葉が純粋な心から発しているとしても褒めすぎです。科学的な探求は芸術的なそれとは異なります。芸術の探求は、見て感じる能力、造形の力、余すところなく創造する忍耐力と愛情があれば確実に進歩します。しかし科学はまるで謎解きのような、あるいはあえて言えば宝くじのようなものです。真に価値あることを発見したとすれば、それは稀な幸運のような出来事なのです。高度な才能を持った若者の多くが老けてしまうまで、厳しい女神は深遠な神秘のヴェールを何も見せてくれません。女神は移り気でして、真剣に真理を求めたところで、そのことに何か価値があるか、それを問うてくることはほとんどありません。そして私にごくわずかのことを打ち明けてくれたとすれば、それは、前任者や仲間の探求者の功績を知らない者から見れば壮大に見えるにちがいないのです。ただしいずれにせよ——私はあなたの熱狂的な言葉を読んで喜んでおります。

あなたが美しい母国について述べていること、今は独特の過渡期にあるという指摘を、私はきわめて正確だとは思います。けれどもあなたの見解は厳格すぎると私には思えます。西洋科学振興の点で日本はここ二、三〇年のあいだにすでに高度な段階に達しており、今や最も困難な問題に取り組んでいる最中です。日本は単に西洋から外面的な文明を受容しているだけではないのです。[39] 異質な文化の氾濫は、どの国においても危険なことです。自国の独自な価値観があまりにも容易に軽視され、忘れ去られてしまうからです――私が申しあげているのは、私がとても驚嘆している大好きな日本の伝統、芸術、社会、倫理の面でのあなたの国の伝統のことです。こうした面で日本人のほうがヨーロッパ人より上回っていることを日本人は知りません。そのことをもし知れば、それはいいことです。そうなれば、ヨーロッパの生活様式をやみくもに受け入れるのが危険だと感じるようになります。日本人は欧米文明を受け入れるのが好きです。しかし、自国の心のほうが、外見は輝いて見えるそうしたくだらない文明より価値があることを知るべきなのです。

喜びを抱きつつも手を震わせながら、私はあなたから贈っていただいた模写、日中の伝統を受け継いだすばらしい絵画作品の模写を拝受いたします。[40] これらの作品は今回の旅行中ずっと私に同行してくれるでしょうし、ヨーロッパへの移行という苦難を和らげてくれるでしょう。日本の芸術家の手は、比類なく繊細ですから。

私の今までの論文はすべて、もうすぐ日本で刊行されます。[41] それをあなたにお送りできるのは私にとって喜びですが、そこに献呈の辞を書き込むことは困難です。けれども私は試みてみようと思っています。息子さん[42]のために小さなカードを同封しておきます。

心の底からの挨拶を込めて、そして心からの感謝を込めて、あなたの

A・アインシュタイン

＊
＊
＊

テキスト10

土井英一へ[43]

［蒸気船「榛名丸」船上にて］一九二二年一二月三〇日[44]

科学上の問題について熟慮したことのある人は、虚無感や孤独感を味わうことはありませんし、運命の変転に相対する強固な地盤を持っているものです。

青年英一へ挨拶を込めて

アルバート・アインシュタイン

テキスト11

山本美《よし》へ[45]

＊＊＊

［蒸気船「榛名丸」船上にて］一九二二年一二月［三〇日］[46]

あなた、尊敬する山本夫人は日本女性の理想として、今後常に私の念頭に浮かぶことでしょう。静かで、陽気で、花のようなあなたは、ご家庭の要でいらっしゃり、宝石箱のような存在で、かわいらしい子供さんたちを包み込んでいらっしゃいます。[47]私の目から見ると、あなたはまさに日本人の心であり、愛らしくて美しい古代文化の表われです。

敬具

アルバート・アインシュタイン

＊＊＊

テキスト12

上海で催されたユダヤ人による歓迎会でのスピーチ[48]

［上海、一九二三年一月一日］

エルサレムの大学について二言三言話すようにとの要請をいただきました。[49] 私は、個人的な経験から、そうした施設が必要だと確信するに至りました。私はスイスの大学で学びましたが、当時は自分がユダヤ人だということすら知りませんでした。[50] 自分が男だということを知っているだけで満足していたのです。その後ベルリンに行って初めて、私のような人間、精神的な必要を感じている人が大勢いることを知りました。[51] そういった人たちは、ユダヤ人としての意識を自分から明言し、他者にそのことを聞いてもらうことが必要でして、それが満たされない人のなかには、その欲求を表面的に抑えつけている人たちもいました。しかしそれでは満足できなかったのです。

そこにやってきたのがシオニズムでして、多くの人たちの心のなかに新たな調和をもたらしました。[52] ユダヤ人のための大学はユダヤ精神の中心となるでしょうし、ユダヤ人学者たちにとっては自分の方向性を見出すことができる場になることでしょう。それは学生のための学校と言うより、ユダヤ人による研究活動の集合場所となり、ユダヤ人の思想の権威あるセンターとなり、広い世界全体を通じて私たちの見解を明確化するうえで一助となることでしょう。そこから影響が広がっていき、点在しているユダヤ人の各種共同体を活気づけ、奮起させることになるでしょう。

＊＊＊

テキスト13

スヴァンテ・アレニウスへ[53]

シンガポール近くにて、一九二三年一月一〇日

敬愛する同僚

ノーベル賞受賞の知らせが電報で私の元に届いたのは、「北野丸」で日本に到着する寸前のことでした[54]。私はとても喜んでいます――理由としてはまず、どうしてあなたがノーベル賞を受賞しないのかと、非難を込めながら訊かれることがもはやなくなったからです（いつも、私はノーベル賞に値する人間ではないからだと答えてきました）。

ハンブルガー夫人[55]から聞いた話では、あなた方はとても親切なので、賞金を一時的に投資し

ノーベル物理学賞のメダル。1922年12月10日。（エルサレムのヘブライ大学アルバート・アインシュタイン文書館の許可を得て掲載）

てくださったとのこと[56]。親切な心遣いに感謝します。あなた（とボーア[57]）は、公式の授賞式が六月に決まったという手紙もくれました。これは私にはとても好都合です。遅くとも四月初めには、今回のすばらしい旅から戻るからです。私は日本の国と国民に感激しています。何もかも繊細で不思議なんですから。それから長期の船旅はなんと思考と研究に役立つことか――パラダイスのような状況です。手紙のやりとりもなければ、客も来ない。会議もなければ、そのほか悪魔が考えつきそうなことは何もなし！　私にしてみれば、私が尊敬し敬愛するボーアといっしょにノーベル賞を受賞するのは特別な愉楽です。

遅くともストックホルムでの
楽しい再会を待ち望みながら、
尊敬と友情を込めて、あなたの
A・アインシュタイン

＊＊＊

シンガポール近くにて、一九二三年一月一〇日

テキスト14
ニールス・ボーアへ(58)

親愛なる、と言うより大好きなボーア！

心のこもったあなたのお手紙(59)は、日本出発直前に私の手元に届きました(60)。そのお手紙がノーベル賞と並ぶ喜びを私に与えてくれたと言っても過言ではありません。あなたは、ことによると自分のほうが私より先にノーベル賞を受賞するのではないかと不安を抱いていましたが、その不安はいじらしいですね――まさにボーアならではです。原子についてのあなたの新たな研究については(61)私も旅のあいだに考えていましたので、私はあなたの精神がいっそう大好きになりました。私は今やっと、電気と重力の関係を理解したと思っています(62)。エディントンのほうがヴァイルよりも真実に近づいています(63)。

今回はすばらしい旅をしています。私は日本と日本人に魅了されています。あなたもきっと

そう感じることでしょう。しかもこういう船旅は、思案する人にとってはすばらしい時間です——まるで修道院のようです。それに加えて、赤道近くの、心をくすぐられるような暖かさ。空から、暖かな水滴がだらだらしたたり落ちてきて憩いを広めるので、まるで植物のようにうつらうつらしてきます——この短信がその証拠です。

心を込めて、よろしくと伝えます。
遅くともストックホルムでの楽しい再会を期待して、
あなたを尊敬する
A・アインシュタイン

＊＊＊

テキスト15

日本プロレタリア同盟へ(64)

[蒸気船「榛名丸」船上にて、一九二三年一月二二日(65)]

親愛なる友たちよ

私は今までお手紙に回答することができませんでしたが[66]、それは、手紙と住所の双方をなくしてしまったからです。山本氏[67]が住所を教えてくれましたので、ご質問にお答えできるようになりましたが、お手紙の詳細は思い出すことができません。

最初に指摘しておきますが、日本の社会的・政治的状況についての私の見識は非常に狭く、そのため私自身、自分の判断に自信が持てません。まず第一点のテーマですが、一見したところでは二つの話が矛盾することに私は気がつきました。明白な貧困もなければ、お金の不足もないにもかかわらず、出来高払いの仕事は大半がひどい低賃金だとのこと。私の見るかぎり、この謎は次に挙げる事実の結果だと解釈できると思います。すなわち、国民の欲求があまり強くなく、暮らしは相応で、しかもアルコール摂取はきわめて控えめです。いずれにせよ、私の考えでは、日本は今後工業化していくでしょうから、政治状況が原因で労働者階級を組織化する必要が出てくるでしょう。もしその組織化が国全体にとって価値があるならば、それは悪意に満ちた運動になってはなりません。反対のための反対という、ヨーロッパで長期間起きているような運動になってはなりません。あなた方が特に認識すべきは、低賃金の背後にある重要な点は人口過剰でして、これは純粋に政治的な手法によっては排除できないということです。

他方、軍国主義反対の闘争は、私には、純粋に政治的な課題に思えます。私の考えでは、軍国主義はこの国にとって本当に危険な要素になるでしょう。なぜなら日本は幸いその地理的位置ゆえに、軍事的に自衛する必要がほとんどないからです。ワシントン会議はこの件に関して、ある程度の希望を抱くことができる初の機会を私たちに与えてくれました[68]。私は今後、日本国民の努力は国際協力および国際組織と連携することであり、軍事計画に関わることは絶対ないものと確信しています。私は日本がこうした事情から今後、自国のためになり、世界のすべての国々のためになる結論を出すことを希望します。

敬具

A・アインシュタイン

＊＊＊

テキスト16

アルトゥル・ルッピンへ[69]

［エルサレム、一九二三年二月三日ないし五日］[70]

親愛なるルッピン氏

私たちはパレスチナで、明るく輝く日を受けながら、楽しい仲間といっしょにすばらしい忘れがたい日々を過ごしています。あなたの奥さん[71]は私の横に立っていて、私が彼女について何を書いているか、それを覗いています。彼女はあなたが戻ってくるのを待ってますよ。[72]

あなたの

A・アインシュタイン

＊ ＊ ＊

アルトゥル・ルッピン宛ての絵葉書、エルサレムより。1923年２月３日ないしは５日。アインシュタイン自身が描いたスケッチを見ると、アインシュタインのそばには「よろしく」と記されているし、ハンナ・ルッピンのそばには「ルッピン夫人」と記されている。(エルサレムのヘブライ大学アルバート・アインシュタイン文書館の許可を得て掲載)

テキスト17

「アインシュタイン教授が受けたパレスチナの印象[73]」

［ベルリン、一九二三年四月二四日］

アルバート・アインシュタイン筆

私が受けたパレスチナの印象[74]

この文章を始めるにあたり、私のパレスチナ滞在中に大いなる友情を示してくださった方々に心からの感謝を述べておきたい。私を歓待してくれた誠実さと温かさは忘れられない——なぜなら彼らは私にとって、パレスチナのユダヤ人生活に行き渡っている健全な秩序そのものだったからだ。

パレスチナのユダヤ人と接触したことがある人なら、彼らの並外れた勤労意欲と、どんな弊害にも屈しない決心に感激しない人など一人もいない。その強さと魂を目の前にすれば、入植作業の成功を疑うはずもない。

パレスチナのユダヤ人には二つの階層がある——都市の労働者と村の入植者だ。前者の業績の一つとして、テルアビブは私に際立って強烈な印象を与えた[75]。あの町がすみやかに、かつエネルギッシュに成長した事実には目を見張るばかりで、ユダヤ人はあの町を愛情を込め皮肉っぼく「私たちのシカゴ」と呼ぶ。

パレスチナの実力を示すめざましい証拠は、あの国に何十年もいるユダヤ人のほうが、つい最近やってきた人たちよりも、文化面においても労働面においても、能力が高いという事実だ。パレスチナのユダヤ人を「見て」私が最も喜んだのは、工芸学校とベザレル、そしてユダヤ人の労働者グループ(76)を目にしたときである。あの国に入ったときには「非熟練労働者」に分類された若い労働者のその後の仕事ぶりを見ると、感心することしきりだった。私は木材はもとより他の建築資材も国内で生産されていることに注目した。だが私の喜びは、アメリカ系ユダヤ人が建築費を高い利子で貸しているという事実を知って、いくぶん冷めてしまった。(77)

私にしてみれば、あの国で仲間の農業労働者が示している自己犠牲の精神はすばらしいものだった。そうした人たちが実際に働いているのを見たことがある人は、彼らのくじけない気力と、困難に直面したときに発揮する決心を前にして頭を垂れるにちがいない——困難とは、たとえば借金やマラリアだ。(78)この二つの困難と比較すれば、アラブの問題など、あってなきがごとしだ。たとえば、ユダヤ人とアラブ人の労働者間の友情を、私はこの目で一度ならず目撃している。私の考えでは、困難の大半は識者が原因だが——ただしアラブ人の識者だけが原因というわけではない。(79)

マラリアとの闘いの歴史は、それだけで一冊の本になる。これは地方だけでなく都市の住民をも襲う災難だ。私がかつてスペインに行ったとき、私たちはスペインのユダヤ人に対して、彼らが自費でマラリア専門家をパレスチナに派遣するよう提案した。そうした専門家はきっと、エルサレムの大学での研究と相まって仕事をしてくれるだろうと思ったからだ。[80] マラリアは今もってすさまじいので、パレスチナでの入植作業を先細りさせるかもしれない。

それにしても、とりわけ頭が痛いのは借金問題だ。ここでは入植地デガニヤの労働者の例を考えてみよう。[81] あそこのすばらしい人々は借金にうめいている。新たな契約を結ばないで済まそうとして、必要最小限のものだけで生きていこうとしている。もし一人の男がある程度の資産を持っていて、その人がもし寛大ならば、入植者集団はひどくつらい重荷から解放されることだろう。農業と建築に携わっている労働者の心は立派だ。彼らは自分の仕事に限りないプライドを抱き、あの国を、そして自分が働いている小さな地域を深く愛している。

建築のセンスの点では、現に建っている建造物に明らかなように、都市部でも地方でも残念な点が少なからずあった。だが建築家カウフマン[82]がパレスチナの建物にすばらしいセンスと美への愛情を注ぎこんだ。

政府[83]は、大小の道路建設とマラリア対策、そしておしなべて衛生対策に関して、かなりの借金をする必要がある。政府にとって楽な仕事など一つもない。あんなに小さい国なのに、自国民のあいだで分裂のためにあんなに複雑になっているだけでなく、外の世界からあれだけ関心を持たれている国はほかにない。

今日のパレスチナにとっていちばん必要なのは熟練労働者である。優秀な学者は今は必要ない。テクニオン[84]の完成は、国が必要としている熟練労働者の育成に大いに役立つと期待されている。

私たちはあの国において団結した共同体を創り、それが世界中のユダヤ人の道徳的・精神的なセンターになることをめざしているが、私は、パレスチナで現在実施されている仕事によってその目標が成功に至るものと確信している。私の考えでは、現在の仕事の意義は経済的業績ではなくその点にこそあるのだ。もちろん、パレスチナにおける私たちの経済上の立場という問題を無視することはできないが、私たちは、それが最終的な目的に至る手段にすぎないことを、決して忘れてはならない。私にしてみれば、パレスチナが経済的に最速で独立に至ることは最重要事項ではない。私は、パレスチナがユダヤ人全員にとって道徳的・精神的なセンターになることこそ、限りなく重要なことだと信じている。

その意味でも、ヘブライ語復興はすばらしい成果と言わなければならない。今や諸施設は芸術と科学の発展に尽くさなければならない。その観点から大学創設を最重要事項と見なす必要がある。大学は、主としてアメリカのユダヤ人医師たちの熱狂的な献身のおかげで、エルサレムでの活動を開始できるのだ[85]。その大学はすでに科学機関誌を発行しており、その機関誌は多くの分野、多くの国々のユダヤ人科学者の真剣な協力によって創刊されたものである[86]。

パレスチナが今後ユダヤ人問題を解決することはないだろうが、パレスチナの復興は、ユダヤ民族の魂の解放と再生を意味することになるだろう。私は自分があの国を再生および、さらなる奮起の時期に見ることができたことを大切な経験の一つと見なしている。

JTNAJ：国立公文書館（東京）
NjP-L：プリンストン大学図書館（プリンストン、ニュージャージー州）
NNLBI：レオ・ベック研究所（ニューヨーク）
NNPM：ピアポント・モーガン図書館（ニューヨーク）
SSVA：スウェーデン王立科学アカデミー（ストックホルム）
SzZuETH：連邦工科大学（チューリヒ）
SzZuZB：中央図書館（チューリヒ）

◉略語リスト

【文章記述上の略語】

AD：直筆の文書
AKS：直筆の絵葉書。署名入り
ALS：直筆の手紙。署名入り
ALSX：直筆の手紙のコピー。署名入り
PLS：手紙の印刷物。署名入り
REPT：リプリント
TDS：タイプ打ちの文書。署名入り
TLS：タイプ打ちの手紙。署名入り
TTrL：タイプ打ちのコピーの手紙

【関連諸機関】

AEA：ヘブライ大学アルバート・アインシュタイン文書館
CPT：カリフォルニア工科大学文書館（カリフォルニア州パサデナ）
DkKoNBA：ニールス・ボーア文書館（コペンハーゲン）
EPPA：カリフォルニア工科大学アインシュタイン全集プロジェクト文書館（カリフォルニア州パサデナ）
Es-BaACA：バルセロナ王立科学芸術アカデミー文書館（バルセロナ）
GyBAr (B)：ドイツ連邦公文書館（ベルリン）
GyBPAAA：ドイツ外務省政治公文書館（ベルリン）
GyBSA：プロイセン枢密公文書館（ダーレム、ベルリン）
IsJCZA：シオニスト中央文書館（エルサレム）
IsReWW：ヤド・ハイム・ワイツマン（ワイツマン文書館)、ワイツマン記念館（レホボト、イスラエル）
JSeTU：東北大学図書館（仙台、日本）
JTDRO：外務省外交史料館（東京）
JTJA：日本学士院（東京）

(86) アインシュタインは、数学と物理学を扱った第1巻を編集した（*Scripta Universitatis atque Bibliothecae Hierosolymitanarum. Mathematica et Physica* 1 [1923] を参照）。

参照)。

(75) アインシュタインは1923年2月8日～9日にテルアビブを見てまわった。彼はこの都市の活発な発展を賞賛している（本書収録の「旅日記」本文のうち1923年2月8日分を参照)。

(76) アインシュタインは1923年2月6日に、エルサレムの「ベザレル」美術学校を訪問した。前日には、ユダヤ人労働者の協同組合が建設した入植地2カ所を見学している（本書収録の「旅日記」本文のうち1923年2月5日と6日分を参照)。

(77) 資金の利子に関するその後の手紙のやりとりについては、Julius Simon to Einstein, 29 June 1923 [*CPAE 2015*, Vol. 14, Abs. 111] を参照。

(78) アインシュタインは、キブツ・デガニヤの面々が直面している困難に言及している。彼はデガニヤに1923年2月12日に訪れている（本書収録の「旅日記」本文を参照)。

(79) アインシュタインは、1923年2月10日にハイファでアラブ系ドイツ人の詩人アジズ・ドメトと、またその2日後にはティベリアスで穏健なアラブ人名士と会っている（本書収録の「旅日記」のうち1923年2月10日の記載および原註254を参照)。

(80) この専門家は、アインシュタインがマドリードで1923年3月に会ったセファルディの医師アンヘル・プリドと思われる（本書収録の「旅日記」本文および原註268を参照)。

(81) 本書収録の「旅日記」本文のうち1923年2月12日分を参照。

(82) リヒャルト・カウフマン（1887—1958）はドイツ系ユダヤ人建築家で都市計画家。

(83) 委任統治当局。

(84) アインシュタインは工科大学テクニオンを1923年2月10日～11日に訪れた（本書収録の「旅日記」本文を参照)。

(85) アインシュタインは1923年2月7日に、ヘブライ大学建設予定のスコプス山の敷地で相対性理論について講演を行なった（本書収録の「旅日記」本文を参照)。アインシュタインがアメリカのユダヤ人医師委員会のために募金の努力をした件に関しては、*CPAE 2009*, Vol. 12, Introduction, p. xxxiv を参照。

ドイツ語で書かれたオリジナルの手紙は利用不可能。日本プロレタリア同盟は過激な左翼団体であり、反戦と国際理解を求めるフランスのクラルテ運動の影響を受けた。

(65) 最初に『改造』誌1923年2月号（pp.195－196）に掲載された日付。

(66) この団体はアインシュタインに以下の質問をした。1．日本の……帝国主義的政府についてのご意見は？　2．日本の若者に何を望みますか？(Japanese Proletarian Alliance to Einstein, 12 December 1922 [*CPAE 2012*, Vol. 13, Abs. 471] を参照)。検閲を受けた単語はおそらく「侵略的」「攻撃的」である(*Kaneko 1987*, p. 368 を参照)。

(67) 山本実彦。

(68) ワシントン海軍軍縮会議。9カ国の代表が参加して、太平洋西部、とりわけ日本の利害調整に関して討議した。ワシントン海軍軍備制限条約、すなわち日本海軍の強化に制限を加え、日本の領土要求の問題に決着をつける条約に調印後、1922年2月6日に終了した。

(69) AKS。[AEA, 124 316]。ハンナ・ルッピンへの挨拶はなし。切手ないし消印はなし。宛名は「ドクター・アルトゥル・ルッピン氏」。この文面は「蒸気船ベルゲンランド」のスケッチの裏面に記載されていて、そこにはアインシュタインが描いた、自身とハンナ・ルッピンのスケッチが見てとれる。本書253ページの写真を参照。

(70) アインシュタインがハンナ・ルッピンと出会った日（本書収録の「旅日記」本文のうち、1923年2月3日ないし5日の文面を参照)。

(71) ハンナ・ルッピン＝ハコーエン（1892―1985)。

(72) アインシュタインが訪れたとき、ルッピンは、抵当銀行その他のシオニスト金融機関のためにアメリカで資金を募っていた（*Wasserstein 1977*, p. 272, note 3 を参照)。

(73) REPT。*Jüdische Rundschau* 33 (24 April 1923): 195–196 に掲載。ヘブライ語による最初の掲載は *Einstein 1923d*。英語版については *Einstein 1923f* を参照。*CPAE 2015*, Vol. 14, Doc. 15, pp. 46–49 にも掲載。

(74) アインシュタインは、シオニスト機構パレスチナ支部の招請により、1923年2月2日～14日にパレスチナを見てまわった（本書収録の「旅日記」本文を

(54) 中国の新聞報道によると、アインシュタインは11月13日の上海到着後、この知らせを伝える電報を受け取った（本書収録の「旅日記」の原註50を参照)。イルゼ・アインシュタイン〔訳註：エルザの娘〕はその翌日、スウェーデン王立科学アカデミーの秘書クリストファー・アウリヴィリウスに、選考委員会が決定したその情報をアインシュタインに手紙で知らせたと伝えている（Ilse Einstein to Christopher Aurivillius, 14 November 1922 [*CPAE 2012*, Vol. 13, Abs. 446] を参照)。

(55) マルガレーテ・ハンブルガー（1869—1941）は、ドイツ系ユダヤ人の哲学者でベルリン在住。アインシュタインを賞賛していた。

(56) ノーベル財団は、12万1572.54スウェーデン・クローナを、ストックホルムの銀行のアインシュタインの口座に支払った。現在のレートにすると３万2654米ドルに相当する（Hendrik Sederholm and Knut A. Posse to Einstein, 11 December 1923 [*CPAE 2012*, Vol. 13, Doc. 396] を参照)。

(57) ニールス・ボーア（1885—1962）はコペンハーゲン大学の理論物理学教授だった。彼は1922年度のノーベル物理学賞を受賞した。

(58) ALS (DkKoNBA)。*Bohr 1977*, p. 686, and *CPAE 2012*, Vol. 13, Doc. 421, pp. 697-698. [EPPA, 89 896] に掲載。「日本郵船会社　蒸気船『榛名丸』」の便箋に記載されている。

(59) ニールス・ボーアからアインシュタイン宛ての1922年11月11日付の手紙 [*CPAE 2012*, Vol. 13, Doc. 386]。

(60) アインシュタインは1922年12月29日に日本を発った（本書収録の「旅日記」を参照)。

(61) おそらく *Bohr 1922*。

(62) アインシュタインは12月30日以降、この問題について〈蒸気船「榛名丸」〉の船上で考えていた（本書収録の「旅日記」を参照)。そして１月に *Einstein 1923b* の原稿を書き上げた。

(63) アーサー・スタンリー・エディントン（1882—1944）は、ケンブリッジ大学の天文学および哲学の教授で、同大学の天文台長だった。ヘルマン・ヴァイル（1885—1955）はスイスのチューリヒ連邦工科大学の数学教授だった。

(64) PLS。『改造』誌1923年２月号（pp.195－196）と *Kaneko 1987*, p. 377 に掲載。

参照。

(42) 土井英一。本書「テキスト補遺10」を参照。

(43) ALS (JSeTU). [EPPA, 90 964]。*CPAE 2012*, Vol. 13, Doc. 412, p. 657 に掲載。破れあり。封筒の宛先は「Herrn Bansui Tsuchii 21 Moto-Aramachi Sendai (Japan)」で、消印は「上海、1923年1月3日」。英一（1909—33）は土井晩翠の息子。

(44) 日付は、本書「テキスト補遺9」から判断。

(45) ALSX. [AEA, 122 794]。*CPAE 2012*, Vol. 13, Doc. 414, p. 658 に掲載。山本美は山本実彦の妻。

(46) 日付は、本書収録の「旅日記」で1922年12月30日に記載があるので、そこから推測。

(47) 山本美佐枝とさよ子。

(48) REPT。*The China Press*, 3 January 1923 と *CPAE 2012*, Vol. 13, Appendix F, p. 858 に掲載。このスピーチは1923年1月1日に上海の「クエスチョン・クラブ」での歓迎会で語られ、*The China Press*, 3 January 1923 に掲載された。

(49) エルサレムのヘブライ大学。

(50) アインシュタインは、チューリヒ連邦工科大学にいたあいだはユダヤ人としてのアイデンティティの発展はあまりなかった。ミュンヘンでの学校時代にはユダヤ人精神が強化された（*Rosenkranz 2011*, pp. 14–29 を参照）。

(51) ドイツ系ユダヤ人の窮状に関するアインシュタインの分析については、"Assimilation and Anti-Semitism," 3 April 1920 と "Anti-Semitism. Defense through Knowledge," after 3 April 1920 [*CPAE 2002*, Vol. 7, Docs. 34 and 35] を参照。

(52) アインシュタインがシオニスト運動とどう結束を強化していったかについては *Rosenkranz 2011*, pp. 46–85 を参照。

(53) ALS (SSVA, Svante Arrhenius Archive, Letters to Svante Arrhenius, vol. E1:6)。*CPAE 2012*, Vol. 13, Doc. 420, pp. 697. [EPPA, 73 210] に掲載。「日本郵船会社　蒸気船『榛名丸』」の便箋に記載されている。アレニウス（1859—1927）はノーベル物理化学研究所長で、ノーベル物理学賞選考委員会の会長だった。

(30) TTrL. (GyBSA, I. HA, Rep.76 Vc, Sekt. 1, Tit. XI, Teil Vc, Nr. 55, Bl. 158)。*Steinberg et al. 1967*, p. 269; *Grundmann 2004*, p. 233, and *CPAE 2012*, Vol. 13, Doc. 402, p. 643 に掲載。ゾルフはドイツ大使（駐東京）だった。

(31) 日付を記したのはゾルフ。この手紙は、1923年１月３日付のドイツ外務省への報告に含まれている（GyBSA, I. HA, Rep. 76 Vc, Sekt. 1, Tit. 11, Teil 5c, Nr. 55, Bl.157–158 を参照）。

(32) アインシュタインは本書収録の「旅日記」のなかで、この件は電報では複雑すぎると記していた（1922年12月20日の記載を参照）。

(33) アインシュタインのドイツ不在に対してマクシミリアン・ハルデンが行なった批判の背景については、本書収録の「旅日記」の記載、および「旅日記」の原註170を参照。

(34) ALSX。*Ishiwara 1923*, n. pag. と *CPAE 2012*, Vol. 13, Doc. 405, p. 645. [EPPA, 92 817] に掲載。石原は東京での特別講演でアインシュタインの通訳を務めた。二人はアインシュタインの日本旅行中に、一般相対性理論の電磁場に関する問題をいっしょに考えた（*CPAE 2012*, Vol. 13, Introduction, p. lxxiv を参照）。

(35) この日付は、アインシュタインが門司に滞在していた期間（本書収録の「旅日記」を参照）。

(36) ALS (JSeTU)。*Doi, B. 1932*, pp. 11–14 と *CPAE 2012*, Vol. 13, Doc. 411, pp. 655–656. [EPPA, 90 965] に掲載。破れあり。「日本郵船会社　蒸気船『榛名丸』」の便箋。

(37)「偉大なアインシュタインへ」。1922年12月30日以前の作（*CPAE 2012*, Vol. 13, Abs. 486）。

(38) 詩のなかで土井はアインシュタインを「不滅の名前」と賞賛し、その「天才」を「新たに出現した彗星」になぞらえている（*Doi, B. 1932*, pp. 5–6 を参照）。

(39) 詩のなかで土井は日本の「島国根性」を批判し、日本は「［西洋の］外国の技術を模倣して」いて、「［西洋より］100年遅れている」と言っている（*Doi, B. 1932*, pp. 6–7 を参照）。

(40) 土井は12月３日、アインシュタインに北斎の木版画集を贈った（本書収録の「旅日記」を参照）。

(41) *Einstein 1922–1924*。アインシュタインの序文については *Einstein 1923c* を

(19) アインシュタインの個人的な通訳を務めた稲垣守克とトニー稲垣。

(20) 日独協会によって大阪ホテルで催された歓迎会（1922年12月11日付の本書収録の「旅日記」本文および原註143を参照）。

(21) エルザの反応についてアインシュタインが「旅日記」にどう書いているかに関しては、本書収録の「旅日記」本文のうち1922年12月11日付を参照。

(22) ALSX. [EPPA, 75 620]。*CPAE 2012*, Vol. 13, Doc. 400, p. 642 に掲載。便箋の上部に「The Miyako Hotel, Kyoto」と記されている。ハンス・アルバート・アインシュタイン（1904—73）とエドゥアルト・アインシュタイン（1910—65）。

(23) チューリヒのスイス連邦工科大学。彼は1922年９月８日に、工学の一学期生として登録した（“Matrikel für Einstein, Albert, von Zürich, geb. 14. Mai 1904” [SzZuETH, Diplomarchiv] を参照）。

(24) ハンス・アルバートは旅に連れて行ってくれるよう父に頼んでいる（Hans Albert Einstein to Einstein, after 24 June 1922 [*CPAE 2012*, Vol. 13, Doc. 246] を参照）。

(25) アインシュタインとミレーヴァとの確定離婚判決によれば、もしアインシュタインがノーベル賞を受賞したら、賞金は、4000マルクを差し引いたうえで、ミレーヴァの財産としてスイスの銀行に預金されることになっていた。利子は全額彼女が自由に使えるが、ただし元金は、彼女がアインシュタインの同意を得た場合のみ引き出せることになっていた（Divorce Decree, 14 February 1919 [*CPAE 2004*, Vol. 9, Doc. 6] を参照）。

(26) どうやらミレーヴァは元金で家を１軒購入しようとしたようで、結局、チューリヒのフッテン通り62番地の家１軒を10万5000スイスフランで購入した。これは約１万9125米ドルに相当する額である（“Kaufvertrag,” 26 May 1924; Sz ZuZB/Heinrich Zangger Estate を参照）。

(27) アインシュタインは国際知的協力委員会のメンバーで、次回会議に出席するのは1923年春の予定だった（Einstein to Max Wertheimer, 18 September 1922 [*CPAE 2012*, Vol. 13, Doc. 362] を参照）。

(28) エドゥアルトのニックネーム。

(29) ミレーヴァ・アインシュタイン＝マリチ。

キストは、石原からアインシュタインへの1922年1月26日付の手紙（*CPAE 2012*, Vol. 13, Doc. 40）。

（2）「9月」「10月」の削除と加筆は、アインシュタイン自身が行なった。

（3）TDS (IsJCZA, A222/165)。

（4）オリジナルの勧誘状は現存していない。

（5）現在のジャカルタ（本書の「旅日記」および「旅日記」の原註48と200を参照）。

（6）アインシュタインは1921年秋にパレスチナ旅行をするつもりでいたようだ（Chaim Weizmann to Einstein, 7 October 1921 [*CPAE 2009*, Vol. 12, Doc. 259] を参照）。

（7）エルサレムのヘブライ大学。

（8）REPT。1922年11月3日に *The Straits Times*, 3 November 1922 で、そして *CPAE 2012*, Vol. 13, p. 853 でも公表された。このスピーチは1922年11月2日にメナッシュ・メイヤーの自邸ベルビューで述べられた。

（9）本書収録の「旅日記」のうち1922年11月2日の記載を参照。

（10）ユダヤ人のこと。

（11）エルサレムのヘブライ大学のこと。

（12）東欧の諸大学がユダヤ人学生を受け入れるさいの制限〈*numerus clausus*〉のこと（*Motta 2013*, p. 53 を参照）。

（13）REPT。「日本の印象についてのおしゃべり」は『改造』誌に1923年1月、掲載された。ほかには *CPAE 2012*, Vol. 13, Doc. 391, pp. 605–612 にも掲載された。原稿 (Dr. Hiroshi Miyake, Kobe University) [EPPA, 71 716] は現存していて、便箋の上部に「The Kanaya Hotel Nikko, Japan」と記されている。アインシュタインは日光を1922年12月7日に訪れた。

（14）この文章のことは、本書収録の「旅日記」で1922年12月7日に言及されている。

（15）山本実彦は改造社（出版社）の社長だった。彼のアインシュタイン招聘については「テキスト補遺1」を参照。

（16）到着したのは1922年11月17日。

（17）ALS. [AEA, 36 430]。*CPAE 2012*, Vol. 13, Doc. 397, pp. 617–618 に掲載。便箋の上部に「The Miyako Hotel, Kyoto」と記されている。

（18）蒸気船「榛名丸」。

イン魂の高鳴りを感じたのはサラゴサのみだ」(*El Heraldo de Aragon*, 14 March 1923 を参照)。またこうも報道されている。「バルセロナやマドリードでは彼は、私たちの個性を表現するアートの魅力を体験したが、サラゴサにおいては、私たちの地域がたくましくて豊かな表情を持っていることを知り、記念碑的な建築を賞賛した」(*El Noticiero*, 14 March 1923 を参照)

2回目の講演のタイトルは「空間と時間」、テーマは一般相対性理論だった。聴衆の人数はかなり少なかった。彼は科学部の学部長ゴンサロ・カラミタに紹介された。アインシュタインは相対性理論の幾何学的な特徴と、その実証結果をいくつか主張した。彼は電気と重力の統一の試みについても語った(*Sánchez Ron and Romero de Pablos 2005*, p. 122 を参照)。名誉称号の証書は、科学部からアインシュタインに渡された(University of Zaragoza to Einstein, 13 March 1923 [*CPAE 2012*, Vol. 13, Abs. 545] を参照)。講演後、アインシュタインの栄誉を祝ってドイツ領事邸で宴席がもたれた。アインシュタインはヴァイオリンを演奏した。食後、アインシュタインとベシノ、それに領事は、プリンシパル劇場で「*La Viejecita*」(小さな老人)というタイトルのオペレッタを鑑賞した。

3月14日、アインシュタインは44歳の誕生日の午前中、ロカソラノの実験所に向かった。ロカソラノは、コロイド内のブラウン運動について研究していた。アインシュタインは大勢の公務員や大学職員に別れを告げ、ホテル・ウニベルソでドイツのピアニスト、エミール・ザウアーといっしょに昼食を摂った。ザウアーもサラゴサを訪れていたのだ。デザートのとき、舞踊団が披露してくれた伝統的なスペインの踊り〈ホタ〉にアインシュタインは熱狂した。その後、彼は列車でサラゴサを発ってバルセロナに向かい、公務が何もない日を過ごしてからチューリヒに向かった(*El Heraldo de Aragon*, 13–15 March 1923; *El Noticiero*, 14 March 1923; Pilger to German Foreign Ministry, 21 March 1923 [GyBPAAA/R 64677]; *Glick 1988*, pp. 145–149; and *Sánchez Ron and Romero de Pablos 2005*, p. 125 を参照)。

【テキスト補遺】

(1) TLS. [AEA, 36 423]。*CPAE 2012*, Vol. 13, Doc. 21, pp. 86–87 に掲載。関連テ

(278) フランシスコ・ゴヤ（1746—1828）、ラファエロ・サンティ（1483—1520）、そしてフラ・アンジェリコ（1395頃—1455）。

(279) 午後３時、アインシュタインはサラゴサ駅で、サラゴサ大学の物理学者ヘロニモ・ベシノに迎えられた。ベシノはアインシュタインの来訪を促していた。出迎えたグループのなかには、大学の学長リカルド・ロヨ＝ヴィラノバ、大学の事務局長イノセンシオ・ヒメネス、化学者アントニオ・デ・グレゴリオ＝ロカソラノ・イ・トゥルモ、医学部の教授たち、それからドイツ領事グスタフ・フロイデンタルとその娘マヨル・バシリオ・フェランデス・ミラグロ、さらには公共事業のチーフであるミゲル・マンテコンもいた。アインシュタインは到着すると、市長専用車でホテル・ウニフェルソ＝クアトロ・ナシオネスまで送られた（*Sánchez Ron and Romero de Pablos 2005*, p. 119 を参照）。

アインシュタインはサラゴサで２回、フランス語で講演した。ともに会場は医学・科学部の講堂。１回目の講演は特殊相対性理論についてで、３月12日の午後６時に行なわれた。会場は満員だった。講演後、ロカソラノはアインシュタインの業績を賞賛し、あわせて、アインシュタインの研究を基礎として実施された調査を賞賛した。その後、サラゴサ精密科学アカデミーの書記官ロレンソ・パルドは、客員メンバーの証書をアインシュタインに授与した。

その証書については Diploma of the Academia de ciencias exactas, fisico-quimicas y naturales de Zaragoza, 13 March 1923 [*CPAE 2012*, Vol. 13, Abs. 544] を参照（本書223ページの写真を参照）。晩には、アインシュタインの栄誉を祝って、ドイツ領事館で夕食会が催された。

３月13日、アインシュタインは元来、サラゴサで２回目の講演を午前11時30分に行なうつもりでいた。そしてその後ビルバオに行き、バスク研究協会で講演する予定にしていた。だがビルバオでの講演がキャンセルとなり、サラゴサでの２回目の講演は午後６時に時間が変更された。そこで３月13日の午前中、サラゴサ観光の時間ができた。彼は午前中にラ・セオ（大聖堂）、中世の市場、そしてアラブの居城跡を見学した。午後１時に商業会議所で昼食会がもたれた。卓越した大学教授の一団が、アカデミーによって招かれていた。言語学者ドミンゴ・ミラルが司会をし、短いスピーチでアインシュタインを賞賛した。それを受けてアインシュタインはこう言った。「今の今まで、スペ午後6時、アインシュタインの4回目の講演がマドリード振興会（文芸学術クラブ・国立大学）で催された。テーマは、相対性理論が哲学に及ぼす影響だった。この催しを主宰したのは内分泌学者グレゴリオ・マラニョンだった。アインシュタインは海洋生物学者オドン・デ・ブエンによって紹介された。ブエンは、アインシュタインが、これから起こるメキシコでの日食観測に関するスペイン・メキシコの共同科学研究をリードすることになるかもしれないと述べた（*La Voz*, 9 March 1923 と *Glick 1988*, pp. 142–143 を参照）。アインシュタインのスピーチについては、*ABC* and *El Heraldo de Madrid*, 9 March 1923, and *Glick 1988*, pp. 143–144 を参照。

(276) アインシュタイン夫妻は、マドリードの北西45キロメートルほどにあるエル・エスコリアルの歴史的な王宮と修道院および、マドリードの北西60キロメートルほどのところにあるメンサナレス・エル・レアルのメンドーサ城を見学した。

午後6時、アインシュタインはレジデンシア・デ・エストゥディアンテス（中央大学内の寄宿制大学）で催された公式の称揚の会に出席した。オルテガ・イ・ガセットはスピーチで、西洋文化におけるアインシュタインの位置について詳細に述べ、アインシュタインをニュートンおよびガリレオになぞらえた。彼はまた、相対性理論は新文化の種だとも述べた（*El Sol*, 10 March 1923; *Glick 1988*, pp. 144, 161–163; and *Sánchez Ron and Romero de Pablos 2005*, p. 53 を参照）。これに対してアインシュタインは、自分の革新的理論に関して謙遜し、「私は改革者というより伝統主義者だ」と述べた。彼はまた、「相対性理論によって変わったことなど何一つない。ただし、今まで通常の方法では調和していなかった事実が調和に至ったことは事実だ」と述べたとも言われる（*El Sol*, 10 March 1923 を参照）。

(277) ディエゴ・ベラスケス（1599—1660）。エル・グレコ（1541—1614）。ドイツ銀行マドリード支店長ヴィルヘルム・ウルマンと、スウェーデン生まれの画家テューラ・ウルマン＝エクヴァル（1881—1982）。ラングヴェルト・フォン・ジンメルンをまじえての昼食への呼びかけについては、Ernst Langwerth von Simmern to Einstein, 3 March 1923 [*CPAE 2012*, Vol. 13, Abs. 530] を参照。

歓迎会はドイツ大使館で催された。110名が出席し、そのなかにはカラシド、マヌエル・ガリシア・モレンテ、教育専門家マリア・デ・メアツ、それに多くの医者、特にフロレスタン・アギラル、フリアン・カリェハ、テオフィロ・ヘルナンド、グスタボ・ピタルガ、セバスティア・レカセンス（中央大学医学部長）がいた。またドイツ人協会の面々もいた。大使夫人マルガレーテ・フォン・ジンメルン＝ロッテンブルクおよび、夫妻の娘ユリアーネ・フォン・ジンメルン（1910—？）もいた。「記憶にあるかぎりで言えば、スペインの首都において、これほど熱狂的かつ特別な歓迎を受けた外国人学者は一人もいなかった」（*ABC*, 8 March 1923; Ernst Langwerth von Simmern to German Foreign Ministry, 19 March 1923 [GyBPAAA/R 64 677]; and ***Glick 1988***, p. 139 を参照）

(275) 名誉博士号は、マドリード中央大学において、伝統の儀式に則って授与された。式の開始は午前11時。博士号については Diploma of honorary doctorate, 8 March 1923 [***CPAE 2012***, Vol. 13, Abs. 539] を参照。また本書221ページ下の写真も参照。最初にホセプ・マリア・プランスがアインシュタインの履歴を読み上げた。アインシュタインの短い挨拶については、"Honorary Doctorate Speech at the University of Madrid," 8 March 1923 [***CPAE 2012***, Vol. 13, Appendix I] を参照。次いで、数名の学生がプレゼンテーション。大使は、ドイツとスペイン間の文化交流について、スペイン語でスピーチを行なった（このスピーチの内容については、GyBAr (B)/Band 501, German Embassy Madrid, Vorgang Einstein. さらに Ernst Langwerth von Simmern to German Foreign Ministry, 19 March 1923 [GyBPAAA/R 64 677]; ***Glick 1988***, p. 140; and ***Sánchez Ron and Romero de Pablos 2005***, p. 65 を参照）。

午後12時30分、アインシュタインは工芸学校同窓会（実質的にはカトリック工芸学校同窓会）を訪れた。アインシュタインはフランス語で、宇宙の有限性について短い挨拶をした（*ABC* and *El Noticiero*, 9 March 1923, and ***Glick 1988***, pp. 141–142 を参照）。彼の話をスペインの経済開発副大臣が聴いていた。アインシュタインは工芸学校の名誉会員に選ばれた（その会員証については Asociación de Alumnos de Ingenieros y Arquitectos de España to Einstein, 5 March 1923 [***CPAE 2012***, Vol. 13, Abs. 532] を参照）。

行の社員。

(273) トレドへの旅でアインシュタイン夫妻に付き添ったのは、フリウス（フリオ）・コチェルタレルとその妻リナ・コチェルタレル、クノ・コチェルタレルとその妻である美術史家マリア・ルイサ・カスルラ、オルテガ・イ・ガセット、そして美術史家マヌエル・B・コッシオ。おそらくコッシオがガイド役を務めたと思われる。彼らはサンタ・クルス病院、ソコドベル広場、大聖堂、中世のトランシト・シナゴーグ、タホ川、サント・トメ教会を見てまわった。サント・トメ教会ではエル・グレコの『オルガス伯爵の埋葬』（*Burial of the Count of Orgaz*）を鑑賞した（*ABC*, 7 March 1923; *Glick 1988*, pp. 136–138 およびオルテガの解説が掲載された *La Nación*, 15 April 1923 を参照）。

(274) アインシュタインは、カラシドに付き添われて正午に御目通りした。場所は王宮。皇太后はマリア・クリスティーナ（オーストリア出身。1858—1929）。アインシュタインの拝謁については、Juan Faló y Trivulzio, Marques de Castel-Rodrigo to Einstein, 6 March 1923 [*CPAE 2012*, Vol. 13, Abs. 534] を参照。王妃ビクトリア・エウヘニー（バッテンベルク出身）は、スペイン南部のアルヘシラスにいる自分の母を訪ねていて不在だった。この日の朝早く、工業部門の学生たちがアインシュタインと会って、工芸学校同窓会員相手に講演してくれるよう頼んでいた。アインシュタインは翌日講演すると約束した（*ABC*, 8 March 1923, and *Glick 1988*, p. 138 を参照）。

アインシュタインの３回目の講演のテーマは、相対性理論によって引き起こされる問題点および統一場についての彼の研究についてであり、この講演は中央大学で催された。講演内容については "Lectures at the University of Madrid," [*CPAE 2012*, Vol. 13, Appendix H] を参照。あるジャーナリストの考えでは、聴衆のうち５人に一人も内容を理解できなかっただろうとのこと。高位の軍人たちも出席していた。そのなかには技師エミリオ・エララとホアキン・デ・ラ・リャベもいた（*El Debate*, *El Imparcial*, and *El Liberal*, 8 March 1923; and *Glick 1988*, pp. 138–139 を参照）。ドイツ大使はエルンスト・ラングヴェルト・フォン・ジンメルン（1865—1942）だった。接見については Ernst Langwerth von Simmern to Einstein, 3 March 1923 [*CPAE 2012*, Vol. 13, Abs. 530] を参照。

Vol. 13, Abs. 531] を参照。サルバテラは挨拶のなかで、アインシュタインにこう申し出ている。「彼の母国の現況が、彼の研究続行を一時的に不可能にした場合には、スペイン政府は厚遇と財政支援をするものである」(Ernst Langwerth von Simmern to German Foreign Ministry, 19 March 1923 [GyBPAAA/R64 677], and *Glick 1988*, pp. 126–129 を参照)。

(270) この「名誉のティー」の主催者はデ・ビラビエハ侯爵夫人であるドニャ・ペトロニリャ・デ・サラマンカ・イ・ウルタド・デ・サルダバル（1869—1951)。マドリードの識者と貴族の多くがこの場に出席した。そのなかにはブラス・カブレラ、ホセ・ロドリゲス・カラシド、ホアキン・サルバテラ、哲学者のホセ・オルテガ・イ・ガセット（1883—1955）とマヌエル・ガルシア・モレンテ、作家のミゲル・アスアとホセ・マリア・サラベリア、そしてラモン・デ・ラ・セルナ、神経学者ゴンサロ・R・ラフォラとホセ・サクリスタン、医者・科学者のグレゴリオ・マラニョン、ドイツ人で古生物学者のフーゴー・オーバーマイアーがいた。ほかにデ・エサ子爵、そしてスペイン研究振興理事会の管財人ルイス・デ・マルチャラル・イ・モンレアルもいた。この催しで、アインシュタインとヴァイオリニストのアントニオ・フェルナンデス・ボルダスは即興で「親密なコンサート」を披露した（*ABC*, 6 and 10 March 1923, and *Glick 1988*, pp. 129–131 を参照)。

(271) ここでアインシュタインはおそらく「カトリック」という単語を「禁欲的」という意味で使ったのだろう。

(272) 午後、数学協会の特別会合が催された。協議の内容については *Glick 1988*, pp. 132–134 を参照。クノ・コチェルタレル（1881—1944）はアインシュタインの遠い親戚で、スペイン総合炭鉱会社の共同創業者にしてアート・コレクター。午後8時半、アインシュタインは、組織学者・生理学者・ノーベル賞受賞者のサンティアゴ・ラモン・イ・カハル（1852—1934）を訪問した。

マドリードで催したアインシュタインの2回目の講演は、一般相対性理論がテーマで、会場は中央大学（*El Imparcial*, 6 March 1923; *El Liberal*, 8 March 1923; and *Glick 1988*, pp. 135–136 を参照)。講演の内容については、“Lectures at the University of Madrid,” [*CPAE 2012*, Vol. 13, Appendix H] を参照。おそらくヴィルヘルム（ギヨーム）・フォーゲル。スペイン・ドイツ銀

University of Madrid," [*CPAE 2012*, Vol. 13, Appendix H] を参照)。聴衆は数学者、物理学者、哲学者、政治家。政治家のなかには元首相アントニオ・マウラや元外相アマリオ・ヒメノ、公教育相ホアキン・サルベテラもいた。まずペドロ・カラスコがアインシュタインを聴衆に紹介した。

講演後はパレス・ホテルで宴席。主催者は医科大学。ディナーの計画を立てたのは同大学学長イグナシオ・バウアーおよび同大の創業者トリビオ・スニガ。出席者のなかには、科学アカデミー会長のホセ・ロドリゲス・カラシドや、マドリードの著名な医師たちがいた。医師のなかには、セファルディ・ユダヤ人のために論陣を張っているアンヘル・プリドもいた(*El Debate* and *El Liberal*, 4 March 1923; Ernst Langwerth von Simmern to German Foreign Ministry, 19 March 1923 [GyBPAAA/R 64677]; and *Glick 1988*, pp. 124–126 を参照)。バウアーは、ケレン・ハエソッド(建国基金)・スペイン連盟の議長でもあり、同連盟もアインシュタイン歓迎会を計画していた(Secretary of the Zionist Organisation's Executive Committee to M. L. Ortega, 16 March 1923 [IsJCZA/KH1/193] を参照)。

(269) アルフォンソ13世(1886—1941)。王立精密科学・物理・自然科学アカデミー会長で中央大学の学長ホセ・ロドリゲス・カラシド(1856—1928)は、科学の三層構造について簡潔に語った。彼は、相対性理論は最高層、つまり純粋理論の一例だと述べた(彼の挨拶のコピーについては *Discursos 1923*, pp. 23–25 を参照)。注目すべき出席者のなかには、ホアキン・サルバテラ、イグナシオ・バウアー、数学者セシリオ・イメネス・ルエダ、技師のレオナルド・トレス・ケベドとニコラス・ウガルテ、地質学者エドゥアルド・エルナンデス・パチョコ、動物学者イグナシオ・ボリバルがいた(*ABC*, *El Imparcial*, and *El Sol*, 6 March 1923; and *Glick 1988*, pp. 126–127 を参照)。カブレラはアインシュタインの科学的業績の価値を称揚した(彼のスピーチについては *Discursos 1923*, pp. 7–15 を参照)。アインシュタインの応答については *Einstein 1923a* を参照。

アインシュタインの挨拶に続いて、アルフォンソ国王がアインシュタインに、アカデミーのメンバーに任ずるという文書を渡した。その文書については "Diploma of the Spanish Academy of Sciences," 4 March 1923 [*CPAE 2012*,

ハッセル＝ティルピッツ。

アインシュタインは３月１日の朝、列車でバルセロナを去った。ハッセルの記録によると、アインシュタインはバルセロナでは「スイス人としてではなく常にドイツ人として」人前に登場した（Ulrich von Hassell to German Foreign Ministry, 26 February 1923 [GyBPAAA/R 64 677] を参照)。

アインシュタインは３月１日の午後11時30分に、マドリードのメディオディア駅に到着し、大群集に迎えられた。彼は２隊の公式代表団に迎えられた。一方はマドリード中央大学科学部の代表団、もう一方は医科大学の代表団。中央大学のリーダーはブラス・カブレラ（1878—1945)。電気・磁気学教授であり、工芸館物理学研究実験所の所長でもあった。同代表団のなかにはほかに天文学者ペドロ・カラスコ、数学者フランシスコ・ベラ、そしてホセプ・マリア・プランスがいた。一方、医科大学代表団のリーダーは解剖学者フリアン・カレハ。アインシュタインはドイツ大使やドイツ人協会のメンバー、そして新聞界にも迎えられた。短い挨拶ののちアインシュタインはパレス・ホテルに向かった。同伴したのはフリウス（フリオ)・コチェルタレル（？—1927）とその妻リナ・コチェルタレル＝エデンフェルド。フリウスはスペイン総合炭鉱会社の共同創業者で、アインシュタインとも、またフリッツ・ハーバーとも遠縁に当たる。

３月２日朝、コチェルタレル夫妻はアインシュタイン夫妻をマドリード市内のドライブに連れ出した。アインシュタインはこの日、カブレラといっしょに物理学研究実験所で過ごした。晩、アインシュタイン夫妻はアポロ劇場で「*Tierra de nadie*」というタイトルのミュージカル・レビューを観劇（*El Debate*, 2 and 3 March 1923; *La Voz* and *La Vanguardia*, 3 March 1923; Ernst Langwerth von Simmern to German Foreign Ministry, 19 March 1923 [GyBPAAA/R 64 677]; and *Glick 1988*, pp. 123–124 を参照)。

(268)　３月３日、アインシュタインはプラドで美術鑑賞。結局計３回赴いたがこの日はその１回目。その後、マドリード市長ホアキン・ルイス＝ヒメネスに市庁舎で歓迎される。アインシュタインは合計３回の講演をすべて物理学研究実験所で行なった。講演はどれも「出席者が異様に多かった」。１回目の講演は午後６時に行なった。講演のテーマは特殊相対性理論（“Lectures at the

ある新聞報道によれば、アインシュタインはペスタニャにこう言ったともいう。「私も革新家だが、それは科学界での話だ。私は他の科学者たち同様、社会問題に関心がある。なぜなら、社会問題は人間生活で最も興味深い分野の一つだからだ」(*El Diluvio* and *El Noticiero Universal*, 28 February 1923 および *Glick 1988*, pp. 108–109 を参照)。この引用は、スペインと各国の新聞報道によって広く流布された。だが、アインシュタインはその発言を強く否定した。その後、スペイン紙『*ABC*』の記者相手のインタビューで彼はこう述べている。「私は革命家ではないと述べた。科学界においてもそうではないと……」(*ABC*, 2 March 1923; *Glick 1988*, pp. 109–112; and *Turrión Berges 2005*, p. 47 を参照)。

晩、カンパランスの主宰により、アインシュタイン夫妻の送別会が設けられた。著名な出席者は、テラダス、そしてドイツ語を話すカタロニア民族主義の政治家ミケル・ビダル・イ・グワルディオラ。メニューは「相対性理論的なラテン語」で記され、あわせて、アインシュタインの理論および相対性理論への道を開いてくれたと考えられている物理学者たちの文言が引用されていた(*La Publicitat*, 28 February 1923; *Glick 1988*, pp. 120–121; and *Sallent del Colombo and Roca Rossell 2005*, p. 72 を参照)。

2月28日、アインシュタインはゲストとしてバルセロナ実業学校を訪れた。同校は、教育・技術促進のために明確な社会主義アジェンダを掲げていた。アインシュタインを招いたのは、同校の校長ラファエル・カンパランスだった。アインシュタインは、ラ・ペニャ・デ・ラ・ダンサが踊るカタロニアの民族舞踊サルダナを実際に見て、その場でレコードをプレゼントされた。おそらくサルダナの音楽が入ったレコードだったと思われる。彼はそれからバルセロナ港を訪れた。

午後7時、彼は相対性理論について3回目の講演を行なった。テーマは相対性理論に関する現今の問題点だった(*La Veu de Catalunya*, 1 March 1923; *Glick 1988*, pp. 119–120; and *Roca Rossell 2005*, p. 30 を参照)。

(266) 2月22日～28日の記載ののち、アインシュタインは丸々1ページと、次ページの18行を白紙のまま残した。

(267) エステベ・テラダス。ウルリヒ・ヴォン・ハッセルとその妻イルゼ・フォン・

された。アインシュタインは市長代理エンリク・マイネスからカタロニア語で公式に歓迎され、「著名なゲスト」の地位に任じられた。市長はアインシュタインの科学的天才と倫理観、平和主義を賞賛した。これを受けてアインシュタインは、当市の温かい歓迎に対し市長に謝意を述べ、市長のスピーチが政治的・民族的な改善を希望する趣旨だったことは喜ばしいと告げた（*La Veu de Catalunya*, 28 February 1923, morning edition を参照）。別の報道によるとアインシュタインは、バルセロナが「新たな人間的共同体となり、あらゆる政治的・個人的な恨みを克服するようになる」ことを希望した（*Diario de Barcelona*, 28 February 1923; English translation from *Glick 1988*, p. 113; and Ulrich von Hassell to German Foreign Ministry, 26 February 1923 [GyBPAAA/R 64 677] を参照）。

晩、アインシュタインはバルセロナ王立科学芸術アカデミーで講演した。テーマは、相対性理論が哲学と有限宇宙論に及ぼす影響。聴衆は一般講演よりも少数だった。聴衆のなかに、天文学者で相対性理論に反論しているホセプ・コマス・ソラがいて、アインシュタインの講演にはっきり不快感を示した（*El Debate*, 2 March 1922 を参照）。

３月６日、アインシュタインはバルセロナ王立科学芸術アカデミーの物理学部門の客員メンバーに任じられた。推薦者はベルナト・ラサレタ・イ・ペリン、数学者フェラン・タラダ、物理学者ラモン・ハルディ、同じく物理学者のトマス・エスリチェ・イ・ミエグ（公式任命については ES-BaACA, “Prof. Einstein y la Reial Acadèmia de Ciències i Arts de Barcelona,” 6 March 1923 を参照）。

講演後、アインシュタインはリッツ・ホテルで、アナキスト・サンディカリズム代表団（CNT）の訪問を受けた。アインシュタインは彼らといっしょにベイクサ・デ・サント・ペレの本部に行った。代表団のなかにはCNTのリーダーたち、つまりアンヘル・ペスタニャやホアキン・マウリンもいた。ペスタニャはアインシュタインを会議に招待した。アインシュタインはスペイン人の文盲率の高さに驚いた（文盲率の件はペスタニャが告げた）。アインシュタインは、抑圧の原因は悪よりもむしろ愚かさだと自分は考えると告げた。彼は労働者階級のメンバーたちにスピノザを読むよう勧めた。

1923 [GyBPAAA/R 64 677] を参照)。

2月24日、1回目の講演は午後7時に始まり、テーマは特殊相対性理論だった。ホールは満席で、招待客のなかには座れない人もいた(*La Veu de Catalunya*, 20 February 1923 と *La Vanguardia*, 28 February 1923 を参照)。

2月25日、アインシュタイン夫妻は、バルセロナの西80キロメートルほどのポブレーにあるシトー修道会ロマネスク修道院を訪れた。夫妻に付き添ったのは、実業学校の化学教授ベルナト・ラサレタ・イ・ペリン、カタロニアの作家・民族主義政治家ベントゥラ・ガソルなどだった。アインシュタインはゲストブックにサインした。彼は近くの町レスプルガ・デ・フランコリにも立ち寄った(*Glick 1988*, p. 117 を参照)。この訪問時に撮影された写真については、本書219ページ下の写真を参照。

2月26日、アインシュタインはバルセロナの北西30キロメートルほどのテラッサを訪れた。有名なバシリカのあるところである。付き添ったのは、カタロニア地方自治団体連合の会長で建築家のホセプ・プイグ・イ・カダファルチェ。午後5時、アインシュタインはバルセロナ大学学長バレンティン・カルラを公式訪問した。付き添いはテラダスと、大学の事務局長カルロス・カレハ・イ・ボルハ=タリウス、化学教授シモン・ビラ・ベンドレル、そして物理学教授エドゥアルド・アルコベだった。最後のアルコベは王立アカデミーの会長でもあった(*Glick 1988*, pp. 117-118 を参照)。アインシュタインは観光協会の会員の訪問も受け、そのさい、バルセロナについての図版入り案内書をプレゼントされた。

午後7時、アインシュタインは相対性理論について2回目の講演を行なった。テーマは一般相対性理論で、会場は満員だった。講演後、彼はリッツ・ホテルで、ホセプ・プイグ・イ・カダファルチといっしょにプライベートな食事を摂った。市長代理のエンリク・マイネス、そしておそらくはカンパランスもその夕食に同席した(*Roca Rossell 2005*, p. 30 と *Sallent del Colombo and Roca Rossell 2005*, p. 74 を参照)。

2月27日、アインシュタインは、斬新な目標を実現しようとする2校を訪れた。1922年創立の身障者対象実験校エスコラ・デル・マルと、グルポ・エスコラル「バイクセラス」である。昼、歓迎会がバルセロナ市立ホールで催

バルセロナのドイツ領事によると、彼の来訪は到着前日にようやく確認はできたが、正確な時刻までは不明だった。カタロニアの新聞界では、アインシュタインのバルセロナ初滞在について諸説が飛びかった。ある記事は、エステベ・テラダス家に寄ってからホテル・コロンに滞在すると伝えた（*La Veu de Catalunya*, 24 February 1923 を参照）。これに対し別の記事は、クアルト・ナシオネスという地味なペンションに泊まると伝えた。ほかにも、リッツ・ホテルで予約が取れているから、そこに泊まるように説得されたとの説もあった（*El Debate*, 25 February 1923、Ulrich von Hassell to German Foreign Ministry, 26 February 1923 [GyBPAAA/R 64 677] および *Sallent del Colombo and Roca Rossell 2005*, p. 74 を参照）。

エステベ・テラダス（1883—1950）は、バルセロナ大学の音響学・光学教授で、バルセロナ王立科学芸術アカデミーのメンバー。カタロニア研究所科学部門の創設者であり、スペインで特殊相対性理論を宣伝していた一人だった（*Glick 1988*, pp. 32-38 と *Roca Rossell 2005*, p. 28 を参照）。ラファエル・カンパランス（1887—1933）はバルセロナ実業学校の校長で、カタロニアのサンディカリズム政治家、そして専門技師だった。カシミロ・ラナ＝サラテ（1892—？）はバルセロナの電気・応用力学研究所の化学者だった。イルゼ・フォン・ハッセル＝ティルピッツ（1885—1982）は、バルセロナのドイツ領事ウルリヒ・ヴォン・ハッセル（1881—1944）の妻で、海軍大将アルフレート・フォン・ティルピッツ（1849—1930）の娘。

レストランはレフェクトリウムという店名で、バルセロナの主要な歩行者天国（道路）の一つであるランブラス通りに面していて、カタロニアの民族主義政治家たちが頻繁に利用していた（*Glick 1988*, p. 117 を参照）。

アインシュタインはバルセロナ滞在中、市内のカタロニア研究所で相対性理論について講演を３回行なった。会場は自治政府庁内のホールで、スポンサーはカタロニア地方自治団体連合だった。チケット代は一人25ペセタ。講演ホール内には、カタロニア民族主義を象徴するものが高々と掲げられていた。１回目、２回目の講演は、科学教育を受けた聴衆向けで、３回目は専門家限定だった。聴衆はアインシュタインを「きわめて温かく歓迎し、大歓声で感謝していた」（Ulrich von Hassell to German Foreign Ministry, 26 February

照)。

(260) フェルディナン・ド・レセップス (1805—1894) はフランスの外交官で、スエズ運河建設の責任者。彼の像はかつて、ポートサイドのスエズ運河入口に建っていた。

(261) セリア・ムシュリ=トゥルケル (1875?—1960)。ムシュリ家がエルザの面倒を見てくれたことに対するアインシュタインの謝意については、Einstein to Mr. and Mrs. Mouschly, 14/15 February 1923 [*CPAE 2012*, Vol. 13, Abs. 521] を参照。

(262) 英国郵便船「オルムズ号」(オリエンタル・ライン) は当初、1914年に北ドイツ・ロイド社用に蒸気船「ツェッペリン号」として建造された。その後売却され、オリエント・ラインによって1920年に改名され、ロンドン・ブリスベーン間を航行するようになった。1927年にふたたび北ドイツ・ロイド社の所有となり、蒸気船「ドレスデン」と改名された。1934年にはナチスのスローガン「歓喜を通じて力へ」のもと、観光船として処女航海に出たが、ノルウェーのカルム島の沖合で座礁し、最終的には解体された。

(263) ドイツの新聞報道によると、ルール地方を占領したフランス軍は、公務員や警官、ビジネスマンを多数、投獄したり有罪にしたりした (*Berliner Tageblatt*, 16 February 1923, morning edition を参照)。

(264) アインシュタイン夫妻がポートサイドで「榛名丸」に置いていったスーツケース5個も、これと同じ目に遭っている。パーサーがアインシュタイン夫妻に伝えたところによると、夫妻のスーツケースはフランス税関がマルセイユでの陸揚げを拒否した。その後、スーツケースは船でアムステルダムに輸送された (Nippon Yusen Kaisha to Einstein, 26 February 1923 [*CPAE 2012*, Vol. 13, Abs. 528] を参照)。

(265) アインシュタインはトゥーロンで下船し、列車でマルセイユを経由しバルセロナに行った。新聞報道によるとアインシュタインはスペインの到着予定をシンガポール滞在時に伝えていたが、正確な時刻までは前もって伝えていなかった。そういうわけで、彼がバルセロナ駅に晩に着いたときには出迎えがいなかった (Einstein to Esteve Terradas, 23/24 February 1923 [*CPAE 2012*, Vol. 13, Abs. 527] と *Roca Rossell 2005*, p. 29 を参照)。

ミリアム・サミュエル＝フランクリン、ハダサ・サミュエル＝グラソフスキー、メナヘム・ウシシュキン、ダヴィド・イェリン、ユダ・L・マグネス、ヘブライ語言語学者アーロン・メイア・マシー、歴史家・ヘブライ文学研究家ヨセフ・クラウスナー、シオニスト委員会教育部長ヨセフ・ルリー、作家で宣伝担当のモルデカイ・ベン・ヒレル・ハコーエン、ドルム神父、ボリス・シャッツ、そしてエルサレム在住の各国要人がいた。約450人が講演を聴いた。ラビの幹部たちも招待されていたが、出席しなかった（*Do'ar Hayom*, 15 February 1923 および *Ha'aretz* and *The Palestine Weekly*, 16 February 1923 を参照）。

「招待状はヨーロッパ語の招待状が皆無で（ドイツ語の招待状はもちろんなし）、ヘブライ語のみだったこと」に関して、ドイツの外交筋からいささか疑問が呈された。そうした批判はあったものの、講演は大成功のうちに終わった。だが、「騒動は意外なほど大きかったので、すでに15分前に門は閉められた。聴衆は多彩だった。イギリス人、フランス人、アメリカ人等々、そしてカトリック、プロテスタント、テンプル騎士団員。だが大半はユダヤ人。戦争以降、エルサレムでこれほどの集会がもたれたのは初めてだった」（*Pressekorrespondenz des Deutschen Auslands-Instituts Stuttgart*, 21 March 1923 [GyBPAAA/R64677] を参照）。ユダヤ人医師協会からの証書をアインシュタインに授与したのは、エルサレムの眼科医アブラハム・アルベルト・ティホ（1883—1960）（*Ha'aretz*, 16 February 1923 を参照）。

(257) アインシュタイン夫妻は２月13日に高等弁務官官邸に戻った（*The Palestine Weekly*, 16 February 1923 を参照）。

(258) フレデリック・H・キッシュは、出発の模様を日記にこう書いている。「アインシュタインの姿をエルサレム駅で見かけた。そこで、先生のお考えでは私たちがすべきではないにもかかわらず実際にはやってしまっていると訪問中にお気づきになったことがあったか、あるいは、私たちがすべきなのにやっていなかったことがあったかと尋ねた。彼の回答は「Ramassez plus d'argent（資金をもっと集めなさい）」だった（*Kisch 1938*, p. 31 を参照）。

(259) マックス（モルデカイ）・ムシュリ（1874？—1950？）は商人、ユダヤ共同体幹部、そしてポートサイドのシオニスト団体職員（*Ne'eman 2001*, p. 31 を参ンはティーを飲みながらモシャブの評議会メンバーたちとおしゃべりしたが、テーマは労働条件、そしてモシャブ・オブディームと他の集落モデルの違い。彼らはその後モシャブを見学したが、アインシュタインは住民たちが「動物を自分たち人間や家族よりも大事にしていることに」驚嘆した（*Ha'aretz,* 20 February 1923 を参照）。リヒャルト・カウフマン（1887—1958）は建築家・都市計画家で、ナハラルは彼が設計したパレスチナ初の集落だった。

(253) ミグダルはガリラヤ湖の西岸に面している。ティベリアス北方のゴニサル渓谷内に位置する。1910年に、モスクワからやってきたシオニスト・グループが住み着いた。アインシュタインが訪問したときは、負債清算の最中だった。土地を売却していたのはモシェ・グリキン（1874—1973）で、彼は当時ハイファに住んでいた。新聞報道によるとアインシュタインは訪問中に木を２本植えた（*Regev 2006,* p. 111 と *The Palestine Weekly,* 2 March 1923 を参照）。

(254) 新聞報道によると、アインシュタインはティベリアスで「(ユダヤ人）共同体全員に温かく迎えられた」。キルヤト・シュムエル郊外のユダヤ人新集落に２本の木を植えるというアインシュタインの計画は、「豪雨」のためキャンセルになった（*The Palestine Weekly,* 2 March 1923 を参照）。アインシュタインが、最初のキブツとして1909年に設立されたデガニヤＡを訪れたかどうかは不明。隣接するデガニヤＢは1920年に設立された。ともにガリラヤ湖に面している。アインシュタインは、ガリラヤ湖岸の集落を見学したあとティベリアスに戻る途中で、穏健派のムフティ（イスラム教の法律学者）であるシェイク・タヘル・エル・タバリやそのほか別共同体の要人と会っている（*The Palestine Weekly,* 2 March 1923 を参照）。

(255) おそらくホテル・ゲルマニア。

(256) これは一般講演で、会場はエルサレムのレメル学校。主宰したのはパレスチナ在住のユダヤ人医師、教師、技師、建築家たち、およびヘブライ工業協会、パレスチナ東洋協会だった。ヘブライ・ギムナジウムのエルサレム師範学校数学教師イツァーク・ラディザンスキーがアインシュタインを聴衆に紹介すると、大喝采が沸き起こった。アインシュタインの講演は１時間半続き、おもなポイントは相対性理論だった。

「エルサレムの識者全員」が集まっていた。著名人としては、ベアトリス・

てに手紙を書き、「大勢の前で、自分がアラビア語とドイツ語でアインシュタインに歓迎の言葉を述べたこと、そして自分のことを『私のアラブの友』と呼んでくれと言ったことを覚えていてくれるか」と尋ねている（Asis Domet to Einstein, 24 September 1929 [AEA, 46 055] を参照）。

(249) 新聞報道によれば、この祝宴が催されたのは実科学校においてであってテクニオンではない。出席者は校長、教師、上級生、同窓生、それに著名なゲスト。ゲストのなかにはシュムエル・ペフズナー、ヤッフェ、ツェルニアフスキー、エリアス・アウアーバッハ、バルフ・ビナがいた。アウアーバッハは医師であり、聖書時代専門のユダヤ人史家。この学校の合唱団はゲストたちのために歌い、アルトゥール・ビラムと同窓生はアインシュタイン歓迎のスピーチを述べ、ツェルニアフスキーは相対性理論について短い話をした。アインシュタインのスピーチは「大喝采」を浴びた（*Do'ar Hayom*, 14 February 1923 を参照）。

(250) 新聞報道によると、アインシュタインは２月11日の朝、実科学校を訪れた。テクニオン訪問については「旅日記」の原註245を参照。彼は実科学校の食堂、機械作業室、木工所、製本所を見学した。訪問の最後にアインシュタイン夫妻は、テクニオンと実科学校のあいだの中庭に１本の木を植えた（*Do'ar Hayom*, 14 February 1923 と *The Palestine Weekly*, 16 February 1923 を参照）。

　ロシア系ユダヤ人の実業家ミカエル・ポラクはロスチャイルド家と緊密な仲になり、ついには1919年にポルトランド・セメント・シンジケートを創立した。セメントおよび関連製品を生産するネシェル工場は、このシンジケートによって1922年にハイファ近郊のヤグルに設立された。同工場はイシュヴ［パレスチナのユダヤ人居住地］の建築資材の大半を供給した。

　シェメン製油所は搾油と石鹸製造のプラントであり、1920年にロシア系ユダヤ人の生産技術者ナフム・ウィルブシェヴィッツによって、ハイファ市内に設立された。

(251) ガリラヤ湖。

(252) ナハラルは1921年に初の〈モシャブ・オブディーム〉（労働者共同集落）として作られた場所。アインシュタイン夫妻の見学には、ソロモン・ギンズバーグが付き添った。モシャブの学校はゲストたちを歓迎した。アインシュタイその目的は、生徒に工業知識と「民族志向のヘブライ教育」の意識を与えることにあった（*Dror 1991*, p. 48 を参照）。

２月10日朝、アインシュタインの栄誉を祝ってテクニオンで歓迎会が催された。１回目の歓迎会は庶民的な催しだった。出席者は1500人ほどで、そのなかには、北部地区の副知事エリック・ミルズ、北部地区の警察の警視W・F・シンクレアもいた。ハイファのユダヤ人共同体評議会の会長イェフダ・エイタンは、共同体を代表してアインシュタインを歓迎した。評議会メンバーのリフシッツは、評議会はアインシュタインに「イスラエルの地の住人」というタイトルを授ける旨を宣言した。ヒレル・ヤッフェはテクニオン委員会を代表してアインシュタインを歓迎した（彼のスピーチのフランス語版については、[AEA, 43 833] を参照）。公式の挨拶に対しアインシュタインは、この国においては職業を問わずユダヤ人が熱心な活動をしていると賞賛し、「私は可能なかぎり、この地の復興に助力を約束する」と述べた。

２回目の歓迎会はテクニオン委員会が主宰した。参列者は招待客のみ。アインシュタインは委員長ヒレル・ヤッフェ、ハイファのシオニスト会議の代表者バルフ・ビナ、ユダヤ人共同体評議会の会員シュロモ・ブザグロ、実科学校の教師代表ダヴィド・シュピーゲル博士、そしてハダル・ハカルメルの地元地区代表者シュムエル・ペフズナーから歓迎の言葉を受けた。アインシュタインも出席者に向かって挨拶を述べた（*Do'ar Hayom*, 14 February 1923 を参照）。

アインシュタインの訪問時には、テクニオンのカリキュラム作成が進行中だった。

(246) ラケル＝レア・ワイツマン＝チェメリンスキー（1852 ？—1939）、ハイファに初めて老人ホームを設立した人物で、ハイム・ワイツマンなど15人の子供の母。

(247) プロテスタントの牧師マルティン・シュナイダー（1862—1933）。1913年に建設されたカルメル修道院の長。ここに記載の建物は修道院そのものであり、屋根が斜めになった牧師館ではないと思われる。

(248) エジプト生まれのドイツ語劇作家・詩人アジズ・ドメト（1890—1943）とその妻アーデルハイト・ドメト＝ケプケ。ドメトはその後アインシュタイン宛

きているかぎり、私たちのイシュヴ［パレスチナのユダヤ人居住地］とわが国のために行動する」と約束した。歓迎会のあと、アインシュタインは居住地の学校をいくつか訪ね、カルメル・ワイン会社の創業者ゼーフ・グルスキンのワイン醸造所を見学した。ゲストたちはその後、ヘルツリーヤ・ホテルで食事をした（*Do'ar Hayom*, 11 and 12 February 1923; *The Palestine Weekly*, 16 February 1923 を参照）。

(241) ここと次の箇所でアインシュタインは誤記を犯している。正しくはハイファ。

(242) ヒレル・ヤフェ〔訳註：日記原文ではヨフェ〕（1864—1936）は医師でシオニスト団体の職員、かつハイファのテクニオンのメンバーであり、おそらくはロシア人医師アブラム・F・ヨフェのいとこ。

パレスチナ製塩工場の位置はハイファの南アトリト。

(243) ユダヤ人の安息日は金曜日の日没時に始まる。ヘルマン・シュトルック（1876—1944）はドイツ系ユダヤ人芸術家で、ドイツの正統派シオニスト・ミズラキ党の創始者の一人。彼は当時、パレスチナに移り住んだばかりだった。定住地はハイファ近郊のハダル・ハカルメル。シュムエル・ヨセフ・ペフズナー（1878—1930）はロシアのシオニストで、ハイファ近郊のユダヤ人のあいだでは主要な建築家・住宅開発業者だった。彼の妻レア・ペフズナー・ギンズバーグ（1879—1940）はソロモン・ギンズバーグのきょうだい。アインシュタイン夫妻はハイファ滞在中はペフズナー家に宿泊した（*Do'ar Hayom*, 14 February 1923 を参照）。

(244) マリー（マルカ）・シュトルック（1889—1964）。

(245) 新聞報道によれば、アインシュタインは２月10日にはパレスチナのユダヤ人共同体の工科大学テクニオンを訪れていて、実科学校は訪問していない。とすると、アインシュタインは訪問時の印象を記すさいに、二つの学校の訪問日を入れ替えてしまったものと思われる。

ハイファのヘブライ実科学校は、1913年にシオニスト委員会によって設立された。同校はアインシュタイン訪問の直前に、テクニオンに隣接する元イギリス陸軍病院の建物内に移転した。実科学校の創立者で初代校長のアルトゥール・ビラム（1878—1967）はビショフスヴェルダ（ドイツのザクセン地方）の生まれ。同校は元来、テクニオン入学の前段階の学校として設立された。

「私はこの国、特にエルサレムにおけるあなた方の仕事ぶりを大いに賞賛している。私が耳にしたところでは、あなた方は新たな労働総同盟を設立しようとしているそうだ。それは今までこの国になかったような組織である。私を信じてくれ、私はあなた方の業績を興味深く見ている。言うべきことはあまりないが、あなた方から聞くべきことはたくさんある。だから私は沈黙する」。彼はこうも述べている。「この国の未来、そして私たちの民族の未来はあなた方の手中にあると確信している」（労働総同盟の２度目の集まりの議事録を参照、1923年３月。*Ha'aretz*, 11 February 1923; *The Palestine Weekly* and *Jüdische Rundschau*, 16 February 1923 を参照）。

(239) ミクヴェ・イスラエルは、1870年に世界イスラエリット同盟によって設立された。アインシュタインは、テルアビブをあとにし、車でリション・レ・ジーヨンに向かう途中でミクヴェ・イスラエルに立ち寄った。彼はツェルニアフスキー、パレスチナ・ユダヤ入植協会（ユダヤ地区）会長アブラハム・ブリル、および同校の化学教師メイア・ウィニクに同伴されて同校を見学した。同校、寮、託児所、酪農場を見学し、院長エリヤフ・クラウセから説明を受けた。アインシュタインは同校創業者チャールズ・ネスターの墓およびワイン醸造所も訪れた。ミクヴェ・イスラエル見学後、アインシュタインはイツァーク・エラザリ＝ヴルカニによって設立された農業試験場（場所はベン・シェメン）を訪れた（*Ha'aretz*, 11 February 1923 を参照）。アインシュタインはミクヴェ・イスラエルと農業試験場の違いがわからなかったようだ。

(240) アインシュタインは、ツェルニアフスキーおよび農学者イェフダ・ネディヴィ・フランケルといっしょにリション・レ・ジーヨンに到着した。彼は馬の飼育業者や、市庁舎の外に集まって彼を歓待しようとしていた「入植者のほぼ全員」から歓迎された。共同体ハウスで催された歓迎会では、入植地評議会会長アブラハム・ルブマン＝ハフィフ（1864—1951）が自治体を代表してアインシュタインを歓待するスピーチを述べた。またパレスチナの農学者メナッシュ・メイロウィッツ（1860—1949）は、農民団体を代表してアインシュタインを歓迎した。

アインシュタインはスピーチのなかで聴衆にこう語った。「人々が熱心に仕事をしているところを見て、予想以上の感銘を受けた」。そして彼は「私は生

パレスチナ技師・建築家協会の会合に参加している。その会長で技師のシモン（？）・ライクはアインシュタインに名誉卒業証書を授与した。その証書はアインシュタインを、協会初の「名誉会員」に任じている（*Ha'aretz*, 11 February 1923、名誉卒業証書については The Association of Engineers and Architects in Palestine, to Einstein, 4 February 1923 [*CPAE 2012*, Vol. 13, Abs. 505] を参照）。

(237) シュムエル・トルコフスキー〔訳註：日記の本文ではタルコフスキー〕(1886—1965) は柑橘類の栽培業者で、テルアビブの市会議員。この集まりはギムナジウムの講堂で行なわれた。ゲストとしては少数が招かれただけだったが、それは講堂の狭さゆえで——ほかに有名人、教師、作家などが招かれていた。ディゼンゴフ市長はアインシュタインを紹介するさいに、自分はアインシュタインの講演を聴くためにわざわざエルサレムに行ったが、彼の講演を理解できなかったと認めるにやぶさかでない、と述べた。だから彼は、アインシュタインがなぜ偉大かを聴衆に説明できなかった。

アインシュタインは相対性理論と哲学問題との関係をドイツ語で講演した。すなわち、認識論に及ぼす相対性理論の影響および、カントの空間・時間論との相違、それに宇宙空間の有限性への影響を説明した。講義後はハニナ・カルヘフスキーの合唱団が歌を歌い、学校のオーケストラがゲストのために演奏した（*Ha'aretz*, 11 February 1923; *Do'ar Hayom*, 11 and 12 February 1923; and *The Palestine Weekly*, 16 February 1923 を参照）。アインシュタインの日記には、テルアビブ地域で実際には見てまわったのだが言及されていない場所が2カ所ある。テルアビブ郊外の田園都市イル・ガニム（現・ラマト・ガン）と、地中海沿岸のカジノ・コーヒーハウス近くの大衆浴場である（*Do'ar Hayom*, 11 February 1923 を参照）。

(238) アインシュタインは、テルアビブのエデン・シネマで年に2回開かれる労働総同盟の2度目の集まりに参加した。アインシュタイン夫妻は労働総同盟の書記長ダヴィド・ベングリオンの演説中に会場に入った。二人は代議員から熱狂的な歓待を受けた。労働総同盟の幹部フーゴー・ベルクマンは、アインシュタインを歓迎した。会議に関する短い挨拶のなかで、アインシュタインはこう述べた。

こうした名誉が訪問者に授与されるのは、このときが初めてだった。この名誉に対するアインシュタインの反応については *Do'ar Hayom*, 12 February 1923 を参照。モシンソンは群集に向かって、アインシュタインがこう伝えてくれるように言っている、と述べた。「ヘブライ語で挨拶を述べることができなかったのはとても悲しかった。これからヘブライ語を勉強し、近々エルサレム大学であなた方にヘブライ語で教えるようになりたい」。この言葉は群集に歓迎され、「アインシュタイン教授万歳」の声が湧きあがった（*Ha'aretz* and *Do'ar Hayom*, 9 February 1923, and *The Palestine Weekly*, 16 February 1923 を参照）。アインシュタインが訪問している最中に、市庁舎の外で撮影された写真については、本書213ページの写真を参照。

(234) テルアビブ初の発電所は、パレスチナ電気会社の創業者ピンハス・ルーテンベルクによって建設された。テルアビブ初の地下電線は、アインシュタイン訪問中にアレンビー通りに敷設された（*The New Palestine*, 9 February 1923 を参照）。感染症患者の移民を防ぐための検疫所はヤッファ港にあった。アインシュタインはディゼンゴフ市長の随伴のもと、シリカト・レンガ工場を見学した（*Ha'aretz*, 11 February 1923 を参照）。アインシュタインが訪問したとき、同工場は、1922年春に勃発した重大な労働争議中だった。

(235) 一般人による歓迎会は、同ギムナジウムの中庭で催された。新聞報道によれば、「何千、何万人」という人々がこの催しに参加した。アインシュタインがスピーチするに当たって、モシンソンはこう述べた。アインシュタインは「シオニストとしてこの国の状態を見るために来訪されたのであり、［……］今後、この地に在住できるよう希望されておられる」。これを聞いて群集は喝采した。アインシュタインのスピーチについては、*Ha'aretz*, 11 February 1923 と *The Palestine Weekly*, 16 February 1923 を参照。

(236) 農業試験場はイツァーク・エラザリ＝ヴルカニによって設立された。場所はヘルツリーヤ・ギムナジウムの近く。アインシュタインは、モシンソンとディゼンゴフの随伴でここを訪れた（*Ha'aretz*, 11 February 1923 を参照）。科学講座はイェフダ・ハレヴィ通りの科学教育協会で開かれた。アーロン・ツェルニアフスキー（1887—1966）はヘルツリーヤ・ギムナジウムの教師。アインシュタインは、みずからの栄誉を称えてリリエンブルム通りで催された

1923, and *Ha'aretz*, 11 February 1923 を参照)。

(231) 高等弁務官官邸で催されたこの夕食の主催者はハーバート・サミュエル。出席者はパレスチナ裁判長トーマス・ヘイクラフトとその夫人、エルサレム副知事ハリー・ルークとその夫人、委任統治教育部長ハンフリー・ボーマンとその夫人、第一次官補エドワード・キース＝ローチとフィリッパ・キース＝ローチ、エルサレム市長のアラブ人ラジブ・アル＝ナシャシビとその夫人、パレスチナ開発基金のW・J・フィシアン＝アダムス、アメリカ人考古学者ウィリアム・F・オルブライトとその夫人ルース・ノートン、そしてパレスチナ女性教育担当長ヒルダ・リドラーだった（*Ha'aretz*, 8 February 1923, and *The Palestine Weekly*, 9 February 1923 を参照)。

(232) アインシュタイン夫妻は、エルサレムの高等弁務官官邸から出発した。ベン＝シオン・モシンソンとソロモン・ギンズバーグが同行して、テルアビブに到着した（*Ha'aretz*, 8 February 1923, and *The Palestine Weekly*, 9 February 1923 を参照)。

歓迎会はヘルツリーヤ・ギムナジウムで催されたが、そこはパレスチナ初のヘブライ語高校として1909年にテルアビブ近郊のアフザト・バイトに建設された学校だった。モシンソンはアインシュタインをアハド・ハアム、学校の理事会、そして教員に紹介した。アインシュタイン夫妻は短いスピーチのなかで、ユダヤ人がこれほど大勢集まっているのは見たことがないと語った。彼は国の業績を深く賞賛するとも述べた。アインシュタインたちは建物やさまざまな教室を見学し、生徒たちは体育を行なった（*Ha'aretz*, 9 February 1923; *Do'ar Hayom*, 9 and 12 February 1923; and *The Palestine Weekly*, 16 February 1923 を参照)。

(233) テルアビブ市庁舎に至る幾通りもの道では「大群集が列をなしていた」。アインシュタインは到着するやいなや拍手喝采を浴びた。生徒たちは各校の旗を披露した。ギムナジウムのオーケストラはゲストたちのために演奏した。市長メイア・ディゼンゴフと市議会メンバーたちは、アインシュタインと同行者たちを歓迎した。アインシュタインは挨拶を受け、「テルアビブ名誉市民」に任じられた（Mayor of Tel Aviv [Meir Dizengoff] to Einstein, 8 February 1923 [*CPAE 2012*, Vol. 13, Abs. 514] を参照)。

ヨーロッパなら彼は自由だが、ここでは常に囚人になってしまうからだ。彼はエルサレムの単なる飾り物になりたくないのだ」（*Kisch 1938*, p. 30 を参照）

(230) この講演は、スコプス山のグレー・ヒル・ハウス内にあるイギリス委任統治警察学校の講堂で行なわれた。このホールは、青と白の縞模様およびユニオン・ジャック、イスラエルの12部族の象徴、「光とトーラー」（*ora ve-tora*）というスローガン、そしてテーオドール・ヘルツルとハーバート・サミュエルの肖像画が飾られていた。講演を主宰したのはシオニスト委員会。招待されたのは、委任統治の幹部、アラブの要人、キリスト教およびイスラム教の協会幹部、ユダヤ人の要人、エルサレムのシオニスト施設の幹部、外国領事、エルサレムとテルアビブの科学団体のメンバー、作家、教師、ジャーナリストだった。しかしアラブの要人は出席しなかった。

講演内容は新聞報道では「大学の臨時講堂で催された初の科学講演」と伝えられた。地元紙はこの催しを熱烈な調子で伝えた。『ハアレツ』紙は、「国家的祝典であり、科学的祝典」と述べ、『ハヨム』紙は「ヘブライ大学」が開校したと告げた。さらにヘブライ語復活を志すエリエゼル・ベン・イェフダーは、アインシュタインが講演をヘブライ語で語りはじめたことを重視した。主要な出席者は、ハーバート・サミュエル卿、ロナルド・ストーズ卿、ラビ幹部アブラハム・イサーク・コーク、ヘブライ語作家・シオニスト思想家アハド・ハアム、テルアビブ市長メイア・ディゼンゴフ、そしてベン＝シオン・モシンソンだった。メナヘム・ウシシュキンはアインシュタインを歓迎し、アインシュタインに向かって「演壇に上がってください。そこはあなたの登壇を2000年待っていたのです！」と呼びかけた。

講演の当初にアインシュタインはこう述べた。「この講演を、今まで世界に光を放ってきた国で、しかも今後、各国に光を放つことになる講堂から読むことができて幸せです」。彼は講演を自国の言語で語れないのは残念だと感じていた。聴衆が話の内容を理解できるようにと、講演はフランス語で語られ1時間半続いた。講演中にアインシュタインは、相対性理論の概要を述べ、それが時間、空間、重力を理解するうえでどう役立つかを説明した。講演後、ハーバート・サミュエルはアインシュタインに感謝を伝え、彼のパレスチナ訪問の重要性を告げた（*Do'ar Hayom* and *The Palestine Weekly*, 9 February

が手渡された。同校の講堂は装飾が施されていて、200人ほどが参列した。ウシシュキンとイェリンは各団体を代表してアインシュタインを歓迎し、アインシュタインのパレスチナ在住を希望すると述べた。イェリンはアインシュタインに巻物をプレゼントしたが、そこには各種ユダヤ人団体の幹部たちの名前が記されていた。アインシュタインもユダヤ民族基金のその「ゴールデン・ブック」に名前を刻み込まれた。(*Do'ar Hayom*, 8 February 1923; *The Palestine Weekly* and *The New Palestine*, 9 February 1923; *Ha'aretz*, 11 February 1923 を参照)。「ゴールデン・ブック」への記名については本書212ページ下の写真を参照。

この歓迎会の前に、公式昼食会が高等弁務官官邸で開かれた。出席者は、考古学者・彫刻家で書記局政治部長のアーネスト・T・リッチモンドとその妻マーガレット・リッチモンド＝ラボック、それからソロモン夫人なる人物（おそらくフローラ・ソロモン。委任統治期の商店情報管理者ハロルド・ソロモンの妻)、そしてカトリック修道士数名（フランシスコ修道会の考古学者ガウデンツィオ・オーファリ、ドミニコ会哲学者アントナン＝ジルベール・セルティアンジュ、エルサレムのフランス聖書考古学学院のドミニコ会地理学者・言語学者ベルトラン・カリエール、そしてフランス聖書考古学学院のドミニコ会アッシリア学教授エドゥアール・ポール＝ドルム）だった（*The Palestine Weekly*, 9 February 1923 を参照)。昼食会の写真に関しては、本書212ページ上の写真を参照。

(228) ノーマン・ベントウィッチ。キッシュはこの日の夕食の模様をこう記している。「アインシュタイン夫妻のためにベントウィッチ家で夕食。とても楽しいパーティー。夕食後に弦楽五重奏で何曲かすてきな音楽。アインシュタインは第二ヴァイオリンを奏し、かなりの才能を示すと同時に自身も楽しんでいた」(*Kisch 1938*, p. 30 を参照)。

(229) キッシュは2月7日の朝、アインシュタインに付き添って旧市街を観光した旨、日記に記している。キッシュは歩きながらアインシュタインに「政治状況とアラブ問題の複雑さ」を説明した。キッシュの考えは以下のとおり。「アインシュタインは、ウシシュキンが自分をエルサレムに在住させようとしていると言った。彼はそうするつもりはない。それは仕事や友人のためではなく、

(223) ユダヤ民族図書館は、ベト・ネーエム地区のエチオピア通りに面していた。新聞報道によれば、アインシュタインはダヴィド・イェリン、図書館理事会の代表イェシャヤフ・プレス、図書館館長のフーゴー・ベルクマン、そしてスタッフたちに歓迎された。アインシュタインは閲覧室を見学した。その場で読書中だった人たちは、アインシュタインに敬意を表して起立した。図書館側は、ヘブライ語で印刷されるようになって以来のヘブライ語数学本を展示しておいた。アインシュタインは印刷の見事さに感銘を受けた。彼は図書館の状況について情報を求めた。また彼は、この図書館のためにすでに集められている多数の本のエルサレム送付に必要な資金を募る手助けをするよう、自分の仲間たちに働きかけることを約した（*Do'ar Hayom*, 7 February 1923 と *Ha'aretz*, 8 February 1923を参照）。

(224) この人物はペッサフ・ヘブロニ（1888—1963）。エルサレム市内のヘブライ師範学校の教師だった。

(225) おそらくL・G・A・カスト。

(226) ベザレル美術学校は、リトアニア系ユダヤ人芸術家・彫刻家ボリス・シャッツによって1906年に設立された。アインシュタインはギンズバーグをともなって同校を訪問し、常設展示を鑑賞した。同校の副校長ゼーフ・ラバンは自分の新作を披露した。シャッツは同校の歴史について語り、エルザにお守りをプレゼントした。アインシュタインは、ユダヤ人芸術家エミール・オルリック作の自分の肖像画を、当時計画中だった民族美術館のためにシャッツに送ると約束した（*Do'ar Hayom*, 8 February 1923 を参照）。

(227) エルサレムのユダヤ人共同体による公式歓迎会は、（シオニスト委員会およびヴァド・レウミの協賛を得て）エルサレム・ユダヤ人学校で催された。新聞報道によると、エルサレムのユダヤ人学校の全学生が通りを行進し、各校が旗を掲げてエルサレム・ユダヤ人学校に向かった。アインシュタインが会場に到着すると大声で歓迎されたし、群集が校門に殺到しようとした。アインシュタインに同行したのはウシシュキン、イェリン、パレスチナ・シオニスト委員会の事務局長ハイム・アリアフ、ヴァド・レウミの事務局長シュムエル・ツェルノヴィツだった。

タフケモニ学校のブラスバンドがヘブライの歌を演奏し、エルザにブーケ書館の館長。アインシュタインがベルクマンに初めて会ったのは、1911～12年にプラハに滞在していたとき。ベルクマンは1919年には、ヘブライ大学設立のためにアインシュタインの支援を懇願していた（Hugo Bergmann to Einstein, 22 October 1919 [*CPAE 2004*, Vol. 9, Doc. 147] を参照）。

(219) ハダサ・サミュエル＝グラソフスキー。

(220) ジェリコはエルサレムの東北約45キロメートルにある町。おそらくアレンビー橋。

(221) これはおそらく、パレスチナのイギリス委任統治政府の官房長だったウィンダム・ディデス卿（1883―1956）のこと。

(222) アインシュタインは郊外の田園２カ所、つまりエルサレム西方のベト・ハケレムと、南方のタルピヨトを訪れた。ベト・ハケレムにはハダサ・サミュエル、ハンナ・ルッピン＝ハコーエン、ソロモン・ギンズバーグが同行した。アインシュタインは郊外の新道であるヘハルツ通りを車で移動した。上記の田園２カ所はいずれも1922年に設立されたもので、設計したのは優秀なドイツ系ユダヤ人建築家リヒャルト・カウフマン（1887―1958）だった（*Ha'aretz* and *Do'ar Hayom*, 7 February 1923 および *Kark and Oren-Nordheim 2001*, p. 169 を参照）。

この日アインシュタインは上記の訪問前に、シオニスト委員会エルサレム本部を訪れている。フレデリック・H・キッシュによれば、訪問中にアインシュタインは、「自分の脳の性質を説明する短いスピーチを行ない、残念ながらヘブライ語を学ぶには適していないかもしれないと言った」（*Kisch 1938*, p. 30 を参照）。午後、彼はシオニスト機構農業博物館を見学した。同行者はウシシュキンと、シオニスト委員会会計係ツァドク・フォン・フリースラント。夕方にはウシシュキン邸でティー・パーティーが催され、その会には、エルサレムに住むユダヤ人の大物たちやイギリスの要人、そしてシオニスト委員会の幹部たちが参加した。なかには、委任統治の法務長官ノーマン・ベントウィッチ（1883―1971）、イギリス系ユダヤ人の歴史家アルバート・ハイアムソン、それにユーダ・マグネスもいた（*Do'ar Hayom*, 7 February 1923 と *Ha'aretz*, 7 and 8 February 1923 および *The New Palestine*, 16 February 1923 を参照）。

よび *Kisch 1938*, p. 29 を参照）

(208) ロドからエルサレムまでのあいだの駅はラムレ、ダイル・アバン、バッテイルだった。

(209) ソロモン・ギンズバーグ（1889―1968）。イギリスの委任統治局の教育査察官。アインシュタインがギンズバーグに最初に会ったのは、1921年にアインシュタインがアメリカを旅したときで、そのときギンズバーグは彼の秘書を務めた（Einstein to Judah L. Magnes, 18 April 1921 [*CPAE 2009*, Vol. 12, Doc. 122] を参照）。

(210) アインシュタインに同行したのは、イギリスの高等弁務官ハーバート・サミュエル卿の副官L・G・A・カスト（1896―1962）（*The Palestine Weekly*, 9 February 1923 を参照）。アインシュタイン夫妻は、オリーブ山のアウグスタ・ヴィクトリア地区にある高等弁務官官邸に宿泊した。

ハーバート・サミュエル卿はサミュエル子爵（1898―1978）で、パレスチナ担当のイギリスの高等弁務官。エドウィン・サミュエル（1898―1978）はエルサレム知事ロナルド・ストーズ卿の本部スタッフの一人。ハダサ・サミュエル＝グラソフスキー（1897―1986）とダヴィド・サミュエル（1922―2014）。ハーバート・サミュエルは、自身の記憶ではアインシュタインは高等弁務官官邸に滞在されたと述べていた（*Samuel 1945*, pp. 174-175 を参照）。

(211) エルサレムの旧市街。

(212) 神殿の丘に建つ岩のドーム。

(213) アクサー・モスク。

(214) 嘆きの壁。

(215) 旧市街の城壁。

(216) アルトゥル・ルッピン（1876―1943）はパレスチナ事務所のヤッファ支局長。アインシュタインが訪問したときにルッピンは、抵当銀行その他のシオニスト金融機関のためにアメリカで資金を募っていた（*Wasserstein 1977*, p. 272, note 3 を参照）。彼の妻はハンナ・ルッピン＝ハコーエン（1892―1985）。

(217) ブハラ・ユダヤ人街は、中央アジアのブハラからやって来たユダヤ人が1891年に定着した場所。

(218) フーゴー・ベルクマン（1883―1975）は、1892年に設立されたユダヤ民族図自分の病院建設のために来週いっそうの申し入れを行なうだろうということも考慮する必要がある（ハダサ）」(C. R. Ginsburg to Israel Cohen, 12 January 1923 [IsJCZA, Z4/2685] を参照)。

(201) ネゴンボはコロンボの北37キロに位置する。

(202) カール・ハーゲンベック（1844—1913）は野生動物のディーラーで、ハンブルクに私立動物園を開設した。

(203) *Einstein 1923b* を参照。

(204) フランス・ベルギー軍は1923年1月11日、ルール地方に進軍した。占領の直接的理由は、ドイツからの賠償金を現物引き渡しで確保しようとしたためだった。だが軍のこの動きの背景としては、仏独の賠償金交渉計画の破綻があったし、フランスは、独仏関係に対する戦時同盟諸国の支援にフラストレーションを感じていた（*Fischer 2003*, p. 1 を参照)。

(205) カンタラ市はエジプト東北部の町で、スエズ運河の東側に位置する。

(206) この箇所でアインシュタインは右端に「2」と書き添えることで、2月2日を示している。

(207) 列車はカンタラからシナイ半島を通過してラファフ、ガザ、そしてロド（リッダ）へと向かった。アインシュタインはロド駅で以下の人物の歓迎を受けた。シオニスト委員長メナヘム・ウシシュキン（1863—1941)、シオニスト評議会員でヘルツリーヤ・ギムナジウムの院長ベン＝シオン・モシンソン（1878—1942)、シオニスト委員会政治部長フレデリック・H・キッシュ大佐、パレスチナ土地開発会社社長ヤコブ・トン、ヴァド・レウミ（民族評議会）会長でユダヤ民族評議会のダヴィド・イェリン、エルサレム・ユダヤ評議会会長ヨセフ・メユハス、そしてテルアビブ市長メイア・ディゼンゴフ。キッシュは自身の日記に、アインシュタイン到着の模様をこう記している。

「リッダではプラットフォームを横切ってダッシュし、アルバート・アインシュタイン教授を歓迎した。教授は一晩中座っていたのでかなりお疲れのようだったが、私はあとでその原因が教授自身にあることを知った。なぜなら、周囲の全員が彼に寝台車利用を説得したにもかかわらず、しかも寝台車が彼のために予約してあったにもかかわらず、彼は二等車利用に固執したのだ」(*Ha'aretz*, 4 February 1923, *Jüdische Presszentrale Zürich*, 9 February 1923 お

われていた。この会には300～400人の西洋人が参加したが中国人はわずか4～5人。そのなかに張君謀がいて、オリヴァー・ロッジの心霊研究についてアインシュタインに質問したが、アインシュタインは「まともな問題ではない」として片づけた（*Min Guo Ri Bao*, 28 December 1922 and 3 January 1923 と *The China Press*, 30 and 31 December 1922 and 3 January 1923 を参照）。

(194) *Eddington 1921* を参照。

(195) ゴビンは、アインシュタインが前回の香港滞在中に会ったビジネスマン二人のうちの一人と思われる（「旅日記」の原註41を参照）。フランス総領事はユリッス＝ラファエル・レオ（1872―1928）。

(196) "On the General Theory of Relativity," ca. 9 January 1923 [*CPAE 2012*, Vol. 13, Doc. 417] を参照。

(197) 本書収録の「テキスト補遺13と14」を参照。プランク宛ての封筒は現存 [AEA, 2 096]。

(198) アルフレッド・モントー。ジョーン・ヴーット（1879―1963）は、バタビア（現・ジャカルタ）の王立気象磁気台の〈助手〉。アインシュタインは電報を打って、本来の計画にそぐわずジャワ島には行かない旨をヴーットに知らせたと思われる（Einstein to Paul Ehrenfest, 18 May 1922 [*CPAE 2012*, Vol. 13, Doc. 193] を参照）。アインシュタインは12月初頭にはまだ、ジャワ島に行くつもりでいたと思われる。エルザ・アインシュタインは、ジャワ島行きの船に12月26日に乗る予定だと、親戚の一人に語っている（Elsa Einstein to Jenny Einstein, 9 December 1922 [AEA, 75 226] を参照）。

(199) 正しくはアブラハム・フランケル。シンガポールのユダヤ人ビジネスマンで、彼の妻はローザ。彼らの邸宅はシグラップと呼ばれていた（*Ginsburg 2014*, p. 24 を参照）。

(200) メナッシュ・メイヤーとその娘モゼル・ニッシム。もしアインシュタインがシンガポールに向かう帰路においてヘブライ大学創設の追加資金集めに関与していたとしても、シンガポール・シオニスト協会はその計画の規模縮小を決定していた。彼らはロンドンのシオニスト機構にこう伝えていたのだ。「大学のための追加寄付を同共同体に申し入れるのは望ましくない。最近の集まり方を考慮してもそう言えるし、キャロライン・グリーンフィールド夫人が

Shinbun, 30 December 1922 を参照）。

(186) 土井晩翠の詩。Bansui Tsuchii (Doi) to Einstein, before 30 December 1922 [*CPAE 2012*, Vol. 13, Abs. 486] を参照。

(187) 「榛名丸」は午後3時に門司港を船出した（Governor of Fukuoka Prefecture to Minister of Diplomacy, 6 January 1923 [JTDRO, Diplomatic R/3.9.4.110.5] を参照）。日本への別れのメッセージのなかでアインシュタインは、日本で歓迎されたことに感謝しつつ、「優雅な伝統芸術と美しい心をシンプルな形で維持している国があること」に深く感銘したと述べている（*Fukuoka Nichinichi Shinbun*, [29?] December 1922 を参照）。

(188) これ以前のアインシュタインの手紙については、Einstein to Jun Ishiwara, after 26 February 1923 or after 21 March 1923 [*CPAE 2012*, Vol. 13, Doc. 433] を参照。

(189) ヘルマン・ヴァイル（*Weyl 1918*）とアーサー・スタンリー・エディントン（*Eddington 1920*）の理論への言及。

(190) Einstein to Sanehiko Yamamoto, 30 December 1922 [*CPAE 2012*, Vol. 13, Doc. 413] を参照。および本書収録の「テキスト補遺9と11」を参照。アンナ・ベアリーナー。

(191) ディ・ジョングは技師。アインシュタイン夫妻はドゥーマー通りのガットン宅に泊まった（*Min Guo Ri Bao*, 28 December 1922 と *The China Press*, 30 December 1922 を参照）。

(192) この歓迎会を主宰したのは上海ユダヤ人協会（*The China Press*, 31 December 1922 を参照）。アインシュタイン夫妻のスピーチについては本書収録の「テキスト補遺12」を参照。ラビのW・ヒルシュおよびユダヤ人協会長もスピーチを行なった（*The China Press*, 3 January 1923 を参照）。

(193) 相対性理論についてのこの議論は、午後6時に上海市委員会を会場として招致客のみで催された。主宰したのは青年ヘブライ協会と探求協会。司会は民間技師のハーバート・チャットリー（1885—1955）。彼のアシスタントは、ラビのヒルシュと、ディ・ジョング（通訳）。この催しは質疑応答形式で行なわれた。注目すべき疑問はマイケルソン＝モーリーの実験で、その直前にオーストラリアで日食および木星の衛星の掩蔽（えんぺい）（暗黒化）探検が行な

(176) 彼らは栄屋旅館に戻った。

(177) ワイル病は重症のレプトスピラ症で細菌感染病。このときの祝宴は九州帝国大学で催された（Governor of Fukuoka Prefecture to Minister of Diplomacy, 6 January 1923 [JTDRO, Diplomatic R/3.9.4.110.5] を参照）。総長は真野文二（1861—1946）。

(178) 研究所訪問についての新聞報道については、*Fukuoka Nichinichi Shinbun*, 26 December 1922 を参照。

(179) 三宅速。アインシュタインは、滞在中に三宅のグランドピアノを演奏したが、その楽器は直前にドイツから到着したものだった（*Hiki 2009*, pp. 39-40 を参照）。県の展示館は県庁内にあった。県知事は沢田牛麿（さわだうしまろ）だった。

(180) アインシュタインは博多駅を午後４時３分に出発し門司をめざした。子供たちのクリスマス・パーティーは門司のYMCAで催された。彼は『アヴェマリア』を演奏した。ピアノ伴奏は下関女子高の音楽教師イシカワ・チヨコだった（*Fukuoka Nichinichi Shinbun*, 27 December 1922 を参照）。アインシュタインは三井倶楽部に戻って夜を過ごした（Governor of Fukuoka Prefecture to Minister of Diplomacy, 6 January 1923 [JTDRO, Diplomatic R/3.9.4.110.5] を参照）。

(181) 大谷山。この記載はおそらく誤り。彼の日本語版全集では、この序文の日付は「1922年12月27日」、すなわち翌日になっている（*Einstein 1923c* を参照）。

(182) この船旅の場所は関門海峡。渡辺は三井物産門司支店のコンサルタントだった。詩とスケッチについては *Ishiwara 1923* の口絵裏面を参照。

(183) 商工会議所。

(184) 新聞報道によれば、門司港に向かう途中、アインシュタイン夫妻は路傍で餅をつき新年を祝っている人一人を見かけた。夫妻は興味本位で車を停めた。アインシュタインはどうやら赤い鉢巻きを締めて、餅つきとかけ声に加わったようだ（*Tokyo Asahi Shinbun*, 30 December 1922 を参照）。

(185)「榛名丸」は日本郵船会社所有の船。1921年に建造され、横浜からアントワープまで航海した。1942年に御前崎近くで座礁し沈没した。桑木彧雄と桑木務（1913—2000）、三宅速、それから三井物産の渡辺と長井（*Fukuoka Nichinichi*

(Wilhelm Solf to German Foreign Ministry, 3 January 1923 [GyBSA, I. HA, Rep. 76 Vc, Sekt. 1, Tit. 11, Teil 5c, Nr. 55, Bl. 157-158] および ***Neumann and Neumann 2003***, p. 187 を参照)。その後アインシュタインがゾルフにどう反応したかについては本書収録の「テキスト補遺７」を参照。

(171) 門司は福岡県（九州）北部の都市。アインシュタイン夫妻は宮島を午後４時10分に出発し、午後８時50分に下関に到着した。その後フェリーで、関門海峡を隔てた門司に向かった。午後９時30分に門司に着き、そこで二人は三井銀行の支店長（長井氏）の出迎えを受けた。アインシュタインはインタビューの最中にこう語ったという。「自然に適応した日本人の生活ぶりは限りなく貴重だ。もし可能なら私はこの日本のライフスタイルを一生味わいたい。もし状況が許せば私は今後日本に住みたい」(Governor of Fukuoka Prefecture to Minister of Diplomacy, 6 January 1923 [JTDRO, Diplomatic R/3.9.4.110.5] と ***Fukuoka Nichinichi Shinbun***, 25 December 1922 および ***Nakamoto 1998***, pp. 45-46 を参照)。別の新聞報道によるとアインシュタインは、真の民主主義的選挙制度の欠如は国家発展にとって障害だと述べたという（***Yomiuri Shinbun***, 25 December 1922 を参照)。三井倶楽部は、三井物産が1921年に創設した社交クラブ。

(172) アインシュタインは博多駅に午後12時41分に到着した。８回目の一般講演はタイトルが「特殊および一般相対性理論について」で、会場は福岡の博多大博劇場。通訳は石原だった。聴衆は3000人を超えた（Governor of Fukuoka Prefecture to Minister of Diplomacy, 6 January 1923 [JTDRO, Diplomatic R/3.9.4.110.5] および ***Ezawa 2005***, p. 9 を参照)。仙台での講演については、「旅日記」の原註90を参照。

(173) 改造社が主宰したこの宴会は、博多のカフェ・パウリスタで催された。隣室では、九州大学物理学科の卒業生学友会が開かれた（***Fukuoka Nichinichi Shinbun***, 26 December 1922 を参照)。

(174) 三宅速。アインシュタインは博多の栄屋旅館に投宿した。女将は倉成タツ（***Fukuoka Nichinichi Shinbun***, 25 December 1922 と ***Nakamoto 1998***, p. 61 を参照)。

(175) その旗の１枚にアインシュタインは「Sakayeya　A. Einstein. 1922」と記した。

(157) 京都の知恩院。同寺の階段に座るアインシュタインの写真については、本書189ページの写真を参照。

(158) おそらく八坂神社と四条通のショッピング街。ともに都ホテルに近い。

(159) 将軍塚大日堂。

(160) 西本願寺（京都）は浄土真宗本願寺派の本山。

(161) 琵琶湖は京都の北東にある日本最大の湖。三井寺は日本でも最古の寺の一つ。

(162) おそらく世界的に有名な西陣織。

(163) 奈良は京都の南48キロメートルに位置する。アインシュタインは奈良ホテルでピアノを演奏した（*Sugimoto 2001b*, p. 112 を参照）。

(164) 最も有名なのは春日大社で創建は768年。東大寺には大仏があり、盧舎那仏坐像として知られる。最初の像は745〜752年に作られた。

(165) 奈良国立博物館。アインシュタインは奈良公園も訪れている（*Sugimoto 2001b*, p. 114 を参照）。

(166) 若草山。

(167) 宮島は広島の安芸地方にある。

(168) 厳島神社。

(169) 聖なる山、弥山。瀬戸内海。

(170) ドイツ大使（東京）はヴィルヘルム・ゾルフ。ゾルフは、アインシュタインとの個人的な間柄が「友好的になってきている」旨を報告した。電報に関してゾルフはベルリンに以下のように伝えている。〈日本のスポンサー〉が国際ロイター通信を通じて発表したところによると、ドイツ系ユダヤ人のジャーナリスト・評論家マクシミリアン・ハルデンは、アインシュタイン暗殺の噂に関して、ベルリンの法廷でこう証言した。「アインシュタイン教授が日本に赴いたのは、ドイツでは身の安全が保障できないからだ」。ハルデンの言葉を正確に引用するとこうなる。「その結果、どういう事態になったか？　偉大な学者アルバート・アインシュタインは現在日本にいるが、それはドイツでは身の安全が保てないからだ」

ゾルフは、この話が逆効果となって「ドイツの事情が事情だけに、アインシュタインにとって日本訪問は特別有効なのだ」と言われるのを恐れた。だから彼は、アインシュタインが電報でその説を否定してくれるよう要請した

Ishiwara 1923, pp. 155-157 を参照。

(147) 中国の聖人・賢人32人の肖像画は紙8枚に描かれている。平安時代（794—1185）に由来。

(148) ロバート・コッホ（1843—1910）の祠（ほこら）は、日本人の弟子だった北里柴三郎によって建立された。当初は国立伝染病研究所内、その後は北里研究所にある（ともに東京）。

(149) 京都の二条城。徳川家康が築城。

(150) 二人の共同作業の詳細については、Jun Ishiwara to Einstein, 12 January 1923 [*CPAE 2012*, Vol. 13, Doc. 422]　と Jun Ishiwara to Einstein, after 26 February 1923 or after 21 March 1923 [*CPAE 2012*, Vol. 13, Doc. 433] を参照。

(151) 賀川豊彦（1898—1960）は、キリスト教改革者、労働運動家。アインシュタインのオリジナル原稿では、彼の名前の箇所が空白になっている。アインシュタインとの2度の出会いに関して賀川が抱いた印象については、*Kaneko 1987*, p. 369 を参照。

(152) アインシュタインの7回目の一般講演のタイトルは「相対性理論について」。神戸YMCAで催され、石原が通訳をした。ドイツ人協会での歓迎会は、ドイツ総領事オスカー・トラウトマンの後援によって開かれた（*Osaka Mainichi Shinbun*, English Daily Edition, 15 December 1922 を参照）。

(153) 京都帝国大学。総長は荒木寅三郎（1866—1942）。学生代表は荒木俊馬（1897—1978）。学生を代表して行なった彼の歓迎の辞については、Toshima Araki to Einstein, 10 December 1922 [*CPAE 2012*, Vol. 13, Abs. 467]。

(154) アドリブの講演で、タイトルは「いかにして私の相対性理論を創ったか？」。口火を切ったのは西田幾多郎。会場は京都帝国大学法学教室中央講堂で、通訳は石原（*Osaka Asahi Shinbun*, 15 December 1922, and Ezawa 2005, p. 10 を参照）。この講演を通訳した石原が書いた文章については、"How I Created the Theory of Relativity," 14 December 1922 [*CPAE 2012*, Vol. 13, Doc. 399] を参照。

(155) 木村正路（1883—1962）は京都帝国大学の物理学教授。

(156) プレゼントのなかには、エルザ用のための伝統的な長襦袢も入っていた（*Nakamoto 1998*, p. 77 を参照）。

(139) この箇所でアインシュタインはオリジナル原稿右端に、こう註を添えている。「8日と9日の順序が間違っている」

(140) 名古屋城。

(141) アインシュタインの4回目の一般講演。タイトルは「相対性理論について」で、会場は名古屋の国技館。通訳は石原純（*Ishiwara 1923* を参照）。

(142) この箇所でアインシュタインはオリジナル原稿右端に、こう註を添えている。「順序が間違っている」

(143) アインシュタインは京都駅を午前10時40分に出発し（エルザは同行せず）、大阪駅に11時32分に到着した。同行したのはドイツ大使ゾルフ、石川、そして山本。アインシュタインとゾルフは、日独協会によって大阪ホテルで催された歓迎会に出席した。同歓迎会の参加者は200名。佐多の挨拶に応えて、アインシュタインは、「今熱烈な歓迎の辞が述べられたが、その賛辞は私一人にではなくドイツ科学全般に対する歓迎と考えた場合のみ受け入れることができる」旨を強調した。大阪駐屯地の軍楽隊が日独の国歌を演奏。歓迎会は両国のための「万歳」をもってお開きとなった（Governor of Kyoto Prefecture to Minister of Diplomacy, 11 December 1922　と Governor of Osaka Prefecture to Minister of Diplomacy, 14 December 1922 [JTDRO, Diplomatic R/3.9.4.110.5] および *Osaka Mainichi Shinbun*, English Daily Edition, 12 December 1922 を参照）。大阪市長は池上四郎（1857—1929）。佐多愛彦（1871—1950）は病理学者で大阪医科大学学長、そして日独協会会長。

(144) アインシュタインの6回目の一般講演は、タイトルが「一般および特殊相対性理論について」で、午後6時に大阪の中央公会堂で催された。通訳は石原。聴衆は2000人。アインシュタインは同日午後10時22分に大阪を出発して京都に戻った（Governor of Osaka Prefecture to Minister of Diplomacy, 14 December 1922 [JTDRO, Diplomatic R/3.9.4.110.5] および *Ezawa 2005*, p. 9 を参照）。

(145) アインシュタインの5回目の一般講演はタイトルが「相対性理論について」。京都市公会堂で催され、通訳は石原（*Osaka Mainichi Shinbun*, English Daily Edition, 8 December 1922 を参照）。

(146) 京都御所。アインシュタインの同御所訪問に関する石原の説明については

(128) トニー稲垣。

(129) アインシュタインと稲垣、それに岡本は中禅寺湖の中宮祠に午前10時に着いた。彼らは方等滝、般若滝、華厳滝を眺めた。ホテルに戻ったのは午後４時 (Governor of Tochigi Prefecture to Minister of Diplomacy, 7 December 1922 [JTDRO, Diplomatic R/3.9.4.110.5] と ***Okamoto 1981***, p. 935 を参照)。

(130) このときの会話に関する岡本の説明については、***Okamoto 1981***, pp. 935-936 を参照。

(131) アインシュタインやエルザなどの面々は、東照宮や「その他の関連寺院」を訪れた (Governor of Tochigi Prefecture to Minister of Diplomacy, 7 December 1922 [JTDRO, Diplomatic R/3.9.4.110.5] を参照)。

(132) 徳川幕府は1603年～1868年の江戸時代に日本を治めた。幕府を開いた徳川家康（1543—1616）が初代将軍。

(133) 彼らは東京に行くため、日光を午後５時10分に出発した (Governor of Tochigi Prefecture to Minister of Diplomacy, 7 December 1922 [JTDRO, Diplomatic R/3.9.4.110.5] を参照)。

(134) エルンスト・ベーアヴァルト。この印象記については本書収録の「テキスト補遺４」を参照。

(135) アインシュタインは名古屋駅に到着した。『新愛知』新聞など各社の幹部、教授、そして1000人ほどの医学校・高校の学生・生徒の歓迎を受けた。人々は「万歳」と絶叫していた (*Shin Aichi*, 8 December 1922 を参照)。

(136) レオノール・ミヒャエリス（1875—1949）はドイツ生まれ。愛知医学学校の生化学教授だった。

(137) 熱田神宮。

(138) ホテルでの昼食会は、改造社と『新愛知』新聞が催した。アインシュタイン夫妻が名古屋を出発したのは午後４時46分で、大群集が別れを告げた (*Shin Aichi*, 10 December 1922 を参照)。アインシュタイン夫妻は、京都駅に午後７時38分に到着し、都ホテルに投宿した (Governor of Kyoto Prefecture to Minister of Diplomacy, 11 December 1922 [JTDRO, Diplomatic R/3.9.4.110.5] を参照)。京都の知恩院は、アインシュタインのために「通常は誰もが打つわけではない大鐘を打った」。

名な一人。土井はアインシュタインに、製本された木版画集２冊、すなわち歌川広重の『東海道五十三次』および北斎の『富嶽百景』のどちらかを贈ると申し出た（*Okamoto 1981*, p. 932 を参照）。岡本はアルバムの余白のページに「アルバート・アインシュタインへ、心からの感謝を込めて」とドイツ語で記し、「一平作」という日本語のサインの上に「仙台にて」そして「大正11年12月」と記している（*Jansen 1989*, p. 145 を参照）。イタリア語詩集に関しては *Tsuchii 1920* を参照。

(124) 場所は仙台の東北帝国大学。学生による歓迎会の席上、学長だった小川正孝は学生たちに向かって、アインシュタイン賞賛の「万歳」を促した。教授50名以上は同大工学部の会議場でアインシュタインを歓待した（*Okamoto 1981*, p. 933 を参照）。医学部長は藤田俊彦（1877—1965）。アインシュタインは同大の会議場の壁、ハンス・モーリッシュのサインの下に「アルバート・アインシュタイン、22年12月３日」と記した（JSeTU, 95 037）。新聞報道によれば、アインシュタインは東北帝国大学に物理学の臨時教授に就任してほしいと誘われた。給与は１万円（約5000米ドル）で、住居提供の話もあったという（*Osaka Mainichi Shinbun*, English Daily Edition, 5 December 1922 を参照）。そうした報道は、アインシュタイン日本移住か、という噂を呼んだが、こうした話はドイツ外務省が否定した（Otto Soehring to the German Consulate in Geneva, 9 December 1922 [GyBPAAA/R 64677] を参照）。

(125) 本多光太郎。

(126) 岡本の夫人は、著名な日本人作家・詩人である岡本かの子（1889—1939）。エルザ・アインシュタインとトニー稲垣は東京から動かなかった。

(127) 彼らは日光駅に午後４時10分に到着し、日光の金谷ホテルに宿泊した（Governor of Tochigi Prefecture to Minister of Diplomacy, 7 December 1922 [JTDRO, Diplomatic R/3.9.4.110.5], and the hotel registry with Einstein's signature (AEA [122 789] を参照)。ホテルの宿帳にアインシュタインのサインが現存している。エルザ・アインシュタインは同日、トニー稲垣といっしょに別途、東京から到着（*Okamoto 1981*, p. 935 を参照）。「10インチ四方の見事な段ボールに……描かれて」アインシュタインにプレゼントされた10名のリストについては、*Okamoto 1981*, p. 937 を参照。

台のほぼ中間）まで来て出迎えてくれた（*Kahoku Shimpo*, 4 December 1922 を参照）。

(120) 東北帝国大学の高名な物理学者は日下部四郎太、遠藤美寿、山田光雄。学長は小川正孝。ハンス・モーリッシュ（1856―1937）はオーストリアの植物学者で生物学教授。アインシュタインは大群集に歓迎されたため、駅から仙台ホテルに行くまで20分を要した。ホテルで迎えたのは宮城県知事の力石雄一郎、仙台市長鹿又武三郎、そして小川。1922年12月４日（Governor of Miyagi Prefecture to Minister of Diplomacy, 6 December 1922 [JTDRO, Diplomatic R/3.9.4.110.5] および *Kahoku Shimpo*, 4 December 1922 を参照）。

(121) アインシュタインの３回目の一般講演は、「相対性理論について」をタイトルとして仙台市公会堂で催された。通訳は愛知敬一。神田青年会館（東京）で入場できなかった人たちは弁償の意味で無料になった模様。聴衆は350名で、おもに教授、大学生だった（Governor of Miyagi Prefecture to Minister of Diplomacy, 6 December 1922 [JTDRO, Diplomatic R/3.9.4.110.5] を参照）。講演内容については *Yomiuri Shinbun*, 4 December 1922 および *Okamoto 1981*, pp. 931-932 を参照。

(122) 岡本一平（1886―1948）は洋画家。『東京朝日新聞』に風刺画を描いた。彼がアインシュタインの取り巻きに加わったのは、「個人的な尊敬の念を抱いている偉大な科学者を近くで見てみたかっただけ」（*Okamoto 1981*, p. 931 を参照）。アインシュタインの旅行中、岡本は同紙に寄稿している（『東京朝日新聞』1922年12月９～15日付を参照）。アインシュタインの離日後 *Okamoto 1923* を刊行。

　松島は、松に覆われた260ほどの小島からなる景勝地で仙台近郊。列車旅の途中、岡本はアインシュタインをスケッチしたが、アインシュタインはそのスケッチに「アルバート・アインシュタイン、ないしは『鼻はアイデアの宝庫』」とサインしている（*Okamoto 1981*, p. 932 を参照）。本書183ページのイラスト参照。

(123) 彼らは松島ホテルで食事し（*Kaneko 1981*, vol. 2, p. 34 を参照）、松島の瑞巌寺を訪れた（*Okamoto 1981*, p. 933 を参照）。土井晩翠（1871―1952）は詩人で英文学者。葛飾北斎（1760―1849）は、江戸時代の木版画家として最も有土井は、訪日したアインシュタインに会ってからたった30分後に自説撤回を取り下げたと書いている（EPPA, 95077 を参照）。アインシュタインの理論に関する土井と愛知敬一の論争については *Osaka Mainichi Shinbun*, English Daily Edition, 5 November 1922 を参照。

同大学の学生たちからの歓迎メッセージは現存している（Students of Tokyo Imperial University to Einstein, 30 November(?) 1922 [*CPAE 2012*, Vol. 13, Abs. 464] を参照）。

(115) このデンマーク大使はニールス・ヘスト（1869—1953）。

(116) *Sugimoto 2001a*, pp. 10-11 によれば、アインシュタインの６回目（最終回）の特別講演のタイトルは「宇宙論について」だった。しかし *Ishiwara 1923* によれば、タイトルは「一般相対性理論」だった。一連の講演を終えるにあたって、アインシュタインと日本人科学者たちの記念写真が、東京帝国大学の中心に相当する三四郎池のほとりで撮影された。その写真は、物理学研究所および物理学科の学生たちのサインが入ったアルバムとともにアインシュタインに贈られた。そのアルバム（NNLBI, Albert Einstein Collection: Addenda [AR 7279] を参照）には、長岡半太郎が書いた賞賛の手紙、および、彼とそのほか124名のサインも含まれている（Hantaro Nagaoka et al. to Einstein, 1 December 1922 [*CPAE 2012*,Vol. 13, Doc. 389] を参照）。以上にまつわる成り行きについては、*Ishiwara 1923*, pp. 111-112 を参照。

(117) この宴席は、一連の講演が終わったことを祝して帝国ホテルで催された。参加者数は150名で、学者、作家、改造社社員。参加者のなかには、長岡半太郎、石原純、桑木彧雄、有島武郎、田丸卓郎、井上哲次郎、寺田寅彦、小泉信三らがいた（*Kahoku Shimpo*, 3 December 1922 および *Kaneko 1981*, vol. 1, p. 259 を参照）。

(118) 東京高等工業学校（現在の東京工業大学）で設立は1881年。竹内時男（1894—1944）は同校の助教授。

(119) アインシュタインは仙台に午後９時17分に到着した（Governor of Miyagi Prefecture to Minister of Diplomacy, 6 December 1922 [JTDRO, Diplomatic R/3.9.4.110.5] を参照）。本多光太郎（1870—1954）と愛知敬一（1880—1923）はともに仙台の東北帝国大学物理学教授。二人は仙台から郡山駅（東京と仙

四巻本は *Takahashi 1921–1927* で、最終的には全10巻になった（*Kaneko 1984,* p. 65 を参照）。アインシュタインとの出会いに関する高橋の思い出については *Takahashi 1933* を参照。

(110) 大隈重信侯（1838—1922）は明治時代に大蔵大輔および外相、また大正時代には首相になった人物。早稲田大学は1882年設立で、「学問の独立」を旨とした（*Waseda 2010,* p. 8 を参照）。塩沢昌貞は歓迎の挨拶を述べ、アインシュタインはそれに応えて、日本の学界は期待を上回る進歩をしていることがわかったので、日本が今後も学界に貢献することを期待すると述べた（*Waseda Gakuho,* 10 January 1923 を参照）。

(111) *Sugimoto 2001a,* pp. 10–11 と *Ishiwara 1923* の双方によれば、アインシュタインの４回目の特別講演のタイトルは「一般相対性理論について」だった。

(112) 東京女子高等師範学校（現在のお茶の水女子大学）。この歓迎会を主宰したのは帝国教育会および、その他11の教育会。参加者は1000名（*Taisho 11 nen Nisshi Tokyo-joshi-koto-shihan-gakkou,* 29 November 1923 を参照）。

(113) アインシュタインは宮内省式部職に属する楽部を訪れ、雅楽に接した（*Yomiuri Shinbun,* 1 December 1922 および *Aichi 1923,* p. 300 を参照）。

(114) *Sugimoto 2001a,* pp. 10–11 によれば、アインシュタインの５回目の特別講演のタイトルは「重力場の方程式について」だった。だが *Ishiwara 1923* によれば、タイトルは「一般相対性理論」だった。田丸卓郎（1872—1932）は東京帝国大学の物理学教授。土井不曇（1895—1945）は東京帝国大学大学院生で長岡半太郎を師とし、有名な一高で物理学の講義をしていた。彼の本は相対性理論に挑戦する内容だった（*Doi 1922* を参照）。新聞報道によれば、土井はアインシュタインの理論を批判した自分の誤りを認め、自分が書いたドイツ語の声明文を読んでくれるよう田丸に頼んだ（*Tokyo Asahi Shinbun,* 2 December 1922 および *Kahoku Shimpo,* 1 December 1922 を参照）。それ以前の段階でアインシュタインは、土井がベルリンのアインシュタインに送ったパンフレットを読んだことを確認し、そしてそれが「本格的な研究」に値するものだと評価していた。しかしアインシュタインはそれが相対性理論に対する挑戦になるとは恐れていなかった（*Tokyo Nichinichi Shinbun* と *Osaka Mainichi Shinbun,* 18 November 1922 を参照）。

1989, p. 152 を参照)。

(102) クリストフ・W・グルック。ミクシャ（ミヒャエル）・ハウザー（1822—87）はオーストリア・ハンガリー帝国のヴァイオリニストで作曲家。ヘンリック・ヴィエニャフスキー（1835—80）はポーランドのヴァイオリニストで作曲家。アインシュタインの演奏を回想するなら *Inagaki 1923b* を参照されたい。

(103) 東京商科大学（現在の一橋大学)。歓迎の挨拶に対する答辞として、アインシュタインは「日本は、芸術のジャンルを超えて世界の文化界に重要な貢献をしている」と考えを述べた（*Nagashima 1923* を参照)。学生団体の歓迎挨拶については *CPAE 2012*, Vol. 13, Abs. 461 を参照。

(104) アインシュタインのスピーチのタイトルは「日本の若者に」。新聞の取材に関しては *Osaka Mainichi Shinbun*, English Daily Edition, 30 November 1922 を参照。学長は佐野善作（1873—1952)。

(105) アインシュタインの3回目の特別講演は、東京帝国大学物理学教室中央講堂で行なわれた。*Sugimoto 2001a*, pp. 10-11 によれば、その講演のタイトルは「空間・時間のテンソル表現」。ただし *Ishiwara 1923* によれば、タイトルは前の2度の講演と同じく「特殊相対性理論」。

(106) 新橋駅の中華料理店。30〜40名の改造社社員が参加（*Inagaki 1923a*, p. 183 を参照)。

(107) おそらく本書収録の「テキスト補遺4」のなかの文章。アインシュタインはこの文章の草稿に次の文章を付け加えている。それがここで彼が言及している「短文」と思われる。「音楽についてＩ夫人に口述。ここでは欠如。Ｅ〔訳註：アインシュタインの意〕」。Ｉ夫人とは、ドイツ語を話す稲垣夫人のことと思われる。

(108) ニール・ゴードン゠マンロー（1863—1942）はスコットランドの医師で、日本文化と考古学に深い関心を抱いていた。

(109) アインシュタインはおそらく、茶会への参加を山本に頼んだと思われる。実業家でお茶の先生である高橋箒庵（たかはしそうあん。1861—1937）は、そのことを耳にして、アインシュタインを茶会に招いた。この茶会の開催場所については諸説がある。*Kaneko 1984* によれば伽藍堂一木庵（東京の赤坂）である。だが *Inagaki 1923a* によれば、高橋邸内の個人的な茶室とされる。

ュタインの特別講演の聴衆は「教授等120人と卒業生５人、大学生18人」。聴衆のリスト（不完全）および講演内容は『改造』１月号に公表された（*Ezawa 2005*, pp. 8 and 11 を参照）。

(92) この歓迎会のホストは同大学の学生団体だった。この催しは大学内の八角堂で行なわれた。長岡半太郎、竹内時男、それに政治学科３年生の学生一人、以上が学生たちの代表としてアインシュタインを歓迎した（*Tokyo Nichinichi Shinbun*, 26 November 1922 を参照）。

(93) 市村座。日本でも由緒ある歌舞伎劇場の一つで、設立は17世紀。上演後、アインシュタインは楽屋を訪れ、踊り手たちに謝意を述べた（*Tokyo Asahi Shinbun*, 26 November 1922 を参照）。

(94) この歓迎会を催したのは首都圏記者クラブで、場所は伝統的な日本旅館である平野屋。

(95) 稲垣守克。

(96) 大倉集古館。商人で美術コレクターの大倉喜八郎（1837—1928）が設立した博物館。

(97) アインシュタインは能の上演を宝生会で観たのかもしれない（Einstein to actors of the Hoso Kai Theater, after 25 November 1922 [*CPAE 2012*, Vol. 13, Abs. 457] を参照）。能についてのアインシュタインの感想としてはほかに、本書収録の「テキスト補遺４」と *Kuwaki 1934* がある。

(98) 丸善。アインシュタインのホテルから近かった（*Sugimoto 2001b*, p. 45を参照）。

(99) 岡谷辰治（長岡の元弟子）と岡谷フミ（1898—1945）。このときの昼食のメニューについては、“Déjeuner,” 27 November 1922 (NjP-L, Einstein in Japan Collection, box 1, folder 1, C0904) を参照。本書177ページの写真を参照。

(100) アインシュタインは２回目の特別講演を、東京帝国大学物理学教室中央講堂で行なった。*Sugimoto 2001a*, pp. 10-11 によれば、この２回目の講演のタイトルは「ミンコフスキーの四次元世界におけるテンソル代数学」。だが *Ishiwara 1923* によれば、タイトルは「特殊相対性理論」で１回目と同じだった。

(101) 徳川義親侯（1886—1976）は東京帝国大学の卒業生で植物学者。元将軍家の尾張藩の代表者だった。彼もヨーロッパから「北野丸」に乗っていた（*Jansen*

(81) 藤沢利喜太郎（ふじさわりきたろう。1861—1933）は東京帝国大学の元数学教授。杉元賢治の主張によれば、アインシュタインは藤沢を穂積と勘違いした。アインシュタインは学位論文の件でヴェーバーと仲違いしたのが原因で、予定されていた歓迎会に不満を抱いた。

(82) ドイツ・東アジア博物学民族学協会。

(83) ニコンの前身である日本光学工業は、大井町工場を建設するさいにドイツ人技師８人を招いて専門知識を得た（*Long 2006*, p. 11 を参照）。

(84) M・H・シュルツは、東京のドイツ大使館の総務主任だった。

(85) 改造社はこの昼食会に日本の各新聞社の記者たちを招いた。アインシュタインは、人力車、日本の衛生、そして日本の新聞報道におけるプライバシー侵害について意見を述べた（*Inagaki 1923a*, p. 179 を参照）。

(86) 東京音楽学校。日本初の公立音楽学校で1887年創立。

(87) エルンスト・ベーアヴァルトと長井長義（1845—1929）。長井は東京帝国大学化学科〔訳註：薬学科という資料もあり〕教授だった。

(88) 銀座商店街（*Inagaki 1923a*, p. 179 を参照）。

(89) 根津嘉一郎（1860—1940）は優れた実業家で美術品コレクター。アインシュタインは東京帝国大学哲学科の卒業生である矢崎美盛とともにその美術館を訪れた（*Kaizo*, January 1923 を参照）。

(90) アインシュタインは２回目の一般講演を、東京の神田青年会館で行なった。講演のタイトルは「物理学上の空間および時間について」。会場は混み合っていて、「入場券を持っている何十人かは……入れなかった」。そこで改造社は彼らに、次回の講演が実施される仙台への往復運賃を支払った（*Ezawa 2005*, p. 9 および *Kaneko 2005*, p. 13 を参照）。その２回目の講演は、特殊および一般相対性理論に特化せず、時間と空間一般について説明したので、１回目よりも「はるかに一般的」だったと言われる（*Osaka Mainichi Shinbun*, English Daily Edition, 28 November 1922 を参照）。

(91) アインシュタインは１回目の特別講演を、東京帝国大学物理学教室中央講堂で行なった。*Sugimoto 2001a*, pp. 10–11 によると、一連の講演の先駆けとなるこの講演のタイトルは「ローレンツ変換。特殊相対性理論」だった。しかし *Ishiwara 1923*, p. 88 によれば、タイトルは「特殊相対性理論」。アインシ

1923 [GyBPAA, R85846] を参照）。

（71） 明治座での歌舞伎上演。同劇場は歌舞伎と新派が好評で、1893年創設。

（72） 観菊御宴は東京の赤坂離宮で催された。この伝統的儀式が始まったのは1880年。御宴の式次第と入口通路については、“Programme” and “November 21st 1922” [JTNAJ] を参照。ドイツ大使によると、このガーデン・パーティーはアインシュタイン称揚の頂点だった。このパーティーに参加したドイツ大使館の館員たちはこう記している。「アインシュタインが参列したからには、約3000人の参加者は、皇室と民衆との一体感を祝うこの伝統的な儀式の重要性を忘れることなどできようか」（Wilhelm Solf to German Foreign Ministry, 3 January 1923 [GyBSA, I. HA, Rep. 76 Vc, Sekt. 1, Tit.11, Teil 5c, Nr. 55, Bl. 157-158] を参照）。新聞報道によれば、このガーデン・パーティーの参加者は600人で、そのなかには日本の首相加藤友三郎をはじめとして日本および外国の政治家、実業家、軍人がいた（*Hinode Shinbun*, 22 November 1922 を参照）。

（73） エルンスト・ベーアヴァルト（1885—1952）は、ドイツの企業Ｉ・Ｇ・ファルベンの東京支社長。

（74） 九条節子（くじょうさだこ。大正天皇の配偶者。貞明皇后。1884—1951）。大正天皇自身は1919年末に公務を退いて地方の御用邸におられ、東京にはほとんど姿を現わさなかった（*Seagrave and Seagrave 1999*, p. 81 を参照）。

（75） 稲垣夫妻。山本実彦。

（76） 東京の大繁華街である浅草にて。

（77） 東京の増上寺。

（78） 日本の伝統食であるすき焼きと寿司が振る舞われた（*Inagaki 1923a*, p. 178 と *Tokyo Nichinichi Shinbun*, 23 November 1922 を参照）。

（79） 山本美（よし）と、その子である美佐枝〔訳註：原文「ミサコ」は誤り〕とさよ子。アインシュタインは、前天皇を追悼する建物である明治神宮も訪れた（*Kaneko 1981*, vol. 1, p. 258 を参照）。

（80） 院長は穂積陳重。義理の息子は渋沢元治（1876—1975）で、ハインリヒ・フリードリヒ・ヴェーバー（1843—1912）とともに研究にいそしんだ。この物理学教授ヴェーバーがアインシュタインの師に当たる。

(67) ジークフリート・ベアリーナー（1884—1961）は、東京帝国大学の経営学教授。彼はアインシュタインを東京駅で出迎えたドイツ人の一人だった（*Tokyo Nichinichi Shinbun*, 19 November 1922 を参照）。彼の妻はアンナ・ベアリーナー。

(68) アインシュタインは、特殊および一般相対性理論についての第１回一般講演を慶應義塾大学（三田）の大講堂で行なった。2000人の聴衆の内訳は「社会各層、大学生、そして科学界の面々が大半で」、文相鎌田栄吉もいた。エルザ・アインシュタインは講演のさいに着物姿で登場し、盛大な歓迎を浴びた。新聞報道によると、アインシュタインは一般聴衆にわかりやすいように講演した。だが、後半では時に話が専門的になった。アインシュタインはメモを見ずに語り、石原の通訳のためにと15分ほどの間隔を何度か取った（*Japan Times & Mail*, 20 November 1922 と *Osaka Mainichi Shinbun*, English Daily Edition, 21 November 1922 および “Presseberichtvom 5. Dezember 1922” [GyBSA, I. HA, Rep. 76 Vc, Sekt. 1, Tit. 11, Teil 5c, Nr. 55, Bl. 147] さらに *Ezawa 2005*, p. 9 を参照）。この一般講演の受講料は大人３円、学生２円であり、「ふつうの昼食10回分に相当」した（*Kaneko 1987*, p. 357 を参照）。

(69) この昼食会は東京の小石川植物園で催された。ホストは穂積陳重。学士院のメンバー40名ほどが参加し、そのなかには長岡半太郎、井上哲次郎、北里柴三郎、福田徳三、そして岡野敬次郎法相がいた。歓迎の挨拶文は長岡が起草した（*Kaneko 1987*, p. 379 を参照）。この挨拶文のドイツ語版は Nobushige Hozumi to Einstein, 20 November 1922 (*CPAE 2012*, Vol. 13, Abs. 452) を、日本語版は “Einstein-Sensei Kangei no Ji” (AEA [65 020.1]) を参照されたい。この昼食会の参加者リストについては “Report of the Luncheon Welcome for Professor Einstein” [JTJA] を参照。

(70) 山本実彦（1885—1952）は改造社（出版社）の社長。アインシュタインが旅を終えたのち、ドイツ政府の科学報告本部はドイツ外務省に報告書を送付し、アインシュタインの旅費は「共産主義新聞」『改造』が出したものと主張した。これを受けて、ドイツ外務省は東京のドイツ大使館にこの報告の信憑性を検証させた（Karl Kerkhoff to Otto Soehring, 11 January 1923 [GyBPAAA, R64677] および Otto Soehring(?) to German Embassy in Tokyo, 27 January

が知的なつながりで強固になり、科学の世界を国際的に一つのコミュニティにしたいという希望によっていっそう促進された」(*Osaka Mainichi Shinbun*, English Daily Edition, 18 November 1922 を参照)

(60) オリエンタル・ホテル。

(61) アインシュタインは神戸の三宮駅を午後５時30分に列車で出発した。同行したのは山本、石原、そして長岡。京都駅に着いたのは７時30分で、その後、都ホテルに宿泊した。

(62) アインシュタインの車は賀茂神社、平安神宮、京都御所（旧皇居）を巡った(*Ishiwara 1923*, pp. 18–19 を参照)。

(63) 彼は京都駅を午前９時15分に出発した（Governor of Kyoto Prefecture to Minister of Diplomacy, 18 November 1922 [JTDRO, Diplomatic R/3.9.4.110.5] および *Tokyo Nichinichi Shinbun*, 19 November 1922 を参照)。列車は琵琶湖、浜名湖、富士山を通過した。アインシュタインは、日本史上でも有数の戦場だった関ヶ原に立ち寄った。

(64) アインシュタインの東京駅到着は「凱旋将軍のよう」だった。１万人の人たちがアインシュタイン夫妻を迎えるべくプラットフォームと駅前広場に集まったので、夫妻は30分以上もプラットフォームから出られなかった(*Yamamoto 1934* を参照)。列車が午後７時20分に到着すると、アインシュタインの姿を見かけた大群集は即座に「アインシュタイン！　アインシュタイン！」と叫びはじめた。アインシュタインは「万歳」の連呼を浴びながら駅を去った（*Tokyo Nichinichi Shinbun*, 19 November 1922 を参照)。駅には「警察としても大目に見るしかないたぐいの命知らずの群集」もいた。

(65) 東京の帝国ホテル。その頃、フランク・ロイド・ライトがデザインを改めている最中だった。

(66) 帝国学士院を代表してその院長だった穂積陳重（ほづみのぶしげ）およびメンバー２名、すなわち東京帝国大学哲学教授桑木厳翼（くわきげんよく）および同大学英法教授で貴族院議員の土方康（ひじかたひろし）がアインシュタインを歓迎した。学界と改造社からは、アインシュタイン夫妻を「なんとか」歓迎できるようにと50名ほどがプラットフォームで待ち受けた（*Kaneko 1981*, vol. 1, p. 36 を参照)。

November 1922 で公表されている。アインシュタインはそのスピーチのなかで王一亭の芸術を賞賛し、中国人の若者たちが将来科学に貢献するようになると信じている点を称えた。

(56) リチャード・B・ホールデーン（1856—1928）。イギリスの元陸相・大法官。法律家で哲学者。

(57) 学士会。日本の帝国大学男子卒業生の団体。この歓迎会は、Y・P・Sホテルで催された（*Israel's Messenger*, 1 December 1922 を参照）。

(58) 東京帝国大学の理論物理学教授だった長岡半太郎（1865—1950）と長岡登代（1870—1946）。石原純（1881—1947）は、岩波書店（東京）勤務の科学ジャーナリストで、かつて東北大学（仙台）で物理学教授だった。桑木彧雄（あやお）（1878—1945）は九州帝国大学（福岡）の物理学教授。ドイツ領事はオスカー・トラウトマン（1877—1950）。ドイツ人協会というのは1911年設立の日独協会（ドイツ人クラブ「コンコルディア」）のこと。

外交筋および新聞報道によれば、アインシュタインは午後3時に到着し、石原、愛知敬一（仙台の東北帝国大学物理学教授）、著名な日本人平和主義者賀川豊彦、「その他数名」の歓迎を受けた（Governor of Hyogo Prefecture to Minister of Diplomacy, 18 November 1922 [JTDRO, Diplomatic R/3.9.4.110.5] および *Japan Times & Mail*, 17 November 1922 を参照）。アインシュタインはドイツ大使ヴィルヘルム・ゾルフ（1862—1936）の歓迎を受けることはできなかった。大使が短期のドイツ滞在から戻っていなかったからである（*Grundmann 2004*, p. 229 を参照）。

(59) 到着時にアインシュタインは多くの記者に向かって、「今回の訪問はこの国の景色を見るためであり、日本の芸術と音楽、とりわけ後者に親しむためだ」と語った。また彼はこうも述べている。「日本に来ることができて嬉しいが、それは科学を介して人間同士の兄弟愛を促進できると感じているからだ」。アインシュタインはドイツ語で記者たちに語り、エルザが夫の応答を英訳した（*Japan Times & Mail*, 18 November 1922 を参照）。

別のインタビューで彼はこうも語った。「私は［作家］ラフカディオ・ハーンと、リーズデール男爵の『昔の日本の物語』を読んで以来常に、日出づる国を見たいと思ってきた。この国に行きたいという私の願いは、国家間の絆

1922 [GyBPAAA/R 9208/3508 Deutsche Botschaft China] と Fritz Thiel to Hubert Knipping, 28 November 1922 および Fritz Thiel to German Foreign Ministry, 6 January 192[3] [GyBPAAA/R 64677] を参照)。

(49) マクシミリアン・プフィスター(1874—?)。上海の慈済医学院内科教授。およびアンナ・プフィスター＝ケーニヒスベルガー(1876—?)。

(50) 上海到着時にアインシュタインはノーベル物理学賞受賞を知った。まずスウェーデン科学アカデミーから電報と書簡が届き、次いでスウェーデン総領事から通知が来た(Christopher Aurivillius to Einstein, 10 November 1922 [*CPAE 2012*, Vol. 13, Docs. 384 and 385] を参照)。

新聞報道は彼が「ノーベル賞を受賞して大いに喜んだ」と報じた(*The China Press*, 14 November 1922 および *Min Guo Ri Bao*, 15 November 1922 を参照)。アインシュタイン到着を待って日本人記者14人がインタビューした。食事をした料理店は品香上海菜館。中国人の記者というのは実は、日本の新聞社『東京日日新聞』(?)の記者村田だった(*Min Guo Ri Bao*, 14 November 1922 と *The China Press*, 14 November 1922 および *Tokyo Nichinichi Shinbun*, 15 November 1922 を参照)。

(51) 昼過ぎに彼らは上海旧市街の城隍廟(じょうこうびょう)と豫園(よえん)を訪れ、伝統的な崑曲(こんきょく)を小世界劇場で観た(*Min Guo Ri Bao*, 14 November 1922 を参照)。

(52) このお茶会には上海のドイツ人協会の面々も参加していたようだ(*The China Press*, 14 November 1922 を参照)。

(53) このユダヤ人代表団のトップは、上海のラビだったヴォールフ・ヒルシュ(*Israel's Messenger*, 1 December 1922 を参照)。

(54) この夕食は、実業家にして社交界の名士、博愛主義者、画家、そして仏教学者だった王一亭(1867—1938)の邸宅で催された。ドイツ語を話す中国人カップルは、浙江法政専門学校教務長の應時とその妻應時夫人。夫妻の娘は應蕙德。上海大学の学長は于右任(1879—1964)。そのほかの著名なゲストとしては、北京大学元教授の張君謀が挙げられる。このときに撮影された集合写真については、本書167ページの写真を参照。

(55) 于右任とアインシュタインのディナー・スピーチは、*Min Guo Ri Bao*, 14

の科学的な講演はそれには含まれていなかった（*Ishiwara 1923*, "Preface," p. 10 と *Kaneko 1981*, vol. 1, p. 14 および *Kaneko 1984*, p. 70 を参照）。彼の妻はトニー稲垣で、ドイツ生まれ。

(48) フリッツ・ティール（1863—1931）。アインシュタインの上海訪問については３通の報告書が現存している。最初の訪問のあと、ティールはドイツ外務省に、日本とマレー諸島から招待状が来ていることをアインシュタインに伝え、さらにアインシュタインを自宅での朝食に招待したと伝えている。だが「アインシュタインは、上海に派遣されたある日本人からの出迎えの件で頭がいっぱいで、私は身を引かざるを得なかった」

さらにアインシュタインは、改造社に対して契約上の義務を負っているので同社との調整が解決しなければ科学関連のいかなる契約も引き受けることはできない旨をティールに伝えてきた。ティールはアインシュタインに、日独の科学的・文化的関係推進に努めるドイツ人団体と諸協会を「いっさい」彼が無視することはしないほうがいいと勧めた。ティールは、雑誌『改造』が「アインシュタイン個人のすべて」について独占的な地位を占めているというアインシュタインの主張に反対を唱えた。彼はアインシュタインに対し、もしそういうことならアインシュタインは今後「国家的義務」ないし個人的余暇の時間を持てなくなると警告した。これに対しアインシュタインは、今後はそうした観点を考慮に入れる旨をティールに伝えた。またアインシュタインは、バタビア（現・ジャカルタ）訪問の招聘を引き受ける意向なので、中国での講演依頼が実現できるかどうかは疑問だと告げた。

２度目の訪問後にティールは、上海のドイツ人協会が反ユダヤ主義ゆえにアインシュタインを冷遇しているという噂を打ち消すために、アインシュタインの講演会を同済工業学校で開催しようとしたが返答はなかった、とドイツ外務省に伝えた。アインシュタインが上海に戻る数日前、上海のドイツ人協会はエルザ・アインシュタインからの葉書を受け取ったが、そこには歓迎会への招待を拒否すると記されていた。さらにティールは、アインシュタインがユダヤ人共同体の会員制歓迎会の席上で相対性理論について講演をするらしいということを知るやいなや、アインシュタインの２度目の上海訪問を無視する決心をした（Fritz Thiel to German Foreign Ministry, 13 November

(38) アインシュタインが訪問してから１週間後にシンガポール・シオニスト協会の名誉秘書Ｃ・Ｒ・ギンズバーグがロンドンのシオニスト機構に伝えたところによると、メイヤーは500英ポンドをヘブライ大学のために寄付した。「これは一つには、個人的なインタビューにおいてアインシュタイン教授が募金の趣旨を説明してくださったおかげであるが、私が思うには、メイヤー氏がワイツマン博士から魅力的な手紙を受け取ったことが大きい」とある。そのほかのユダヤ人協会は250英ポンドを寄付した（[C. R. Ginsburg], Singapore Zionist Society to Israel Cohen, Zionist Organisation, London, 9 November 1922 [IsJCZA, Z4/2685] を参照)。また、アインシュタインが日本からの帰路にふたたび立ち寄ったら追加資金が得られることが望まれていた。

(39) 山頂は海抜552メートル〔訳注：553メートル説あり〕で香港島の最高点。

(40) 新聞報道によれば、アインシュタインが香港に到着するかもしれないというニュースが初めて報じられた時点では、ユダヤ人レクリエーション協会で講演が行なわれることになっていた。だがアインシュタインは到着後、歓迎会や講演会はいっさい行なわないと言いだした。新聞の推測によれば、短期滞在中に公衆の面前に顔を出したくなくなった理由としては、休戦記念日が近かったことが挙げられる。予定されていた唯一のイベントはレパルス湾観光だった（*South China Morning Post*, 10 November 1922 を参照)。

(41) ビジネスマンの一人の名前はおそらくゴビン（「旅日記」の原註195を参照)。

(42) おそらくレパルス・ベイ・ホテル。

(43) おそらく1922年初頭に成功を収めた中国の船員ストライキのことを指しているのだろう（*Butenhoff 1999*, p. 50 を参照)。

(44) 公式の歓迎会は、ユダヤ人レクリエーション協会で催された（*Israel's Messenger*, 1 December 1922 を参照)。

(45) 香港大学。創設は1911年。

(46)「北野丸」は上海の匯山碼頭（埠頭）に横付け。

(47) 稲垣守克（1893―？）は改造社の社員で、新設された国際連盟の日本協会主席書記。彼は改造社社長の山本実彦から、アインシュタインの日本滞在中にガイド兼通訳を務めてくれと依頼された。彼の役割は、アインシュタインの講演と日々の会話をすべて通訳することだったが、ただしアインシュタイン

(28) モントーが読み上げたユダヤ人団体の挨拶文を書いたのはD・キトヴィッツ（[C. R. Ginsburg], Singapore Zionist Society to Israel Cohen, Zionist Organisation, London, 9 November 1922 [IsJCZA, Z4/2685] を参照）。モントーはユダヤ人共同体を代表してアインシュタインを歓迎し、科学への彼の功績を称え、さらにはアインシュタインにヘブライ大学学長に就任してほしいと告げた。アインシュタインのスピーチは歓呼の声で迎えられた。モントーの挨拶文全体については、*The Straits Times*, 3 November 1922 を参照。アインシュタインのスピーチの文章は、本書収録の「テキスト補遺３」を参照されたい。『マイアー会話大辞典』はドイツの代表的な百科事典。

(29) メナッシュ・メイヤー（1846—1930）はシンガポールのユダヤ人共同体の指導者で、傑出した博愛主義者。

(30) ヘセッド・エル・シナゴーグは、メイヤーの敷地内に1905年に建てられた。

(31) ヘンドリック・A・ローレンツ（1856—1928）は、ライデンの理論物理学教授だった。

(32) モゼル・ニッシム（1883—1975）。これは本来「美女は自然のなかで古来最も高貴な存在」にかけたジョーク。この言葉は *Kotzebue 1792*, p. 59 に最初に掲載された。

(33) 本書160ページの写真を参照。

(34) 歓迎会は午後５時にシンガポールのベルビュー（オクスリーライズ地区）で催され、その場で「あらゆる団体と教義が表明された」。300人ほどのゲストが集まり、そのなかにはユダヤ人共同体やイングランド国教会の主教もいた（*The Straits Times*, 31 October and 3 November 1922 および *Israel's Messenger*, 1 December 1922 を参照）。

(35) チャールズ・ジェームズ・ファーガソン＝デーヴィー（1872—1963）。シンガポールのイングランド国教会主教。

(36) 新聞報道によれば、この宴席のゲストは40名で、ホストはモゼル・ニッシム、会場はメイヤー邸（*Israel's Messenger*, 1 December 1922 を参照）。ゲストたちはブラドンズ楽団の演奏を楽しんだ（*The Straits Times*, 3 November 1922 を参照）。

(37) ドイツ語のオリジナルの文章のほうが人種差別的。

(13) 石井菊次郎（1866―1945）。子爵。駐仏大使、国際連盟日本政府代表。
(14) スエズ運河。
(15) おそらくグレート・ビター湖。スエズ運河の南北の途中にある塩水湖。
(16) チューリヒ近郊の山。
(17) あるメモによると、アインシュタインは自分が結腸ガンだと思っていたことを三宅速は記憶していたようだ。だが三宅はアインシュタインにそうではないと請け合った（*Kaneko 1981*, vol. 1, p. 178 を参照）。
(18)「アフリカの角」のグアルダフィ岬。
(19) 三宅速。
(20) おそらくキャラニヤ・ラジャ・マハー・ヴィハーラ寺院。コロンボ周辺で随一の仏教寺院。
(21) おそらくコロンボのペッター地区。
(22) 嘉仁天皇（1879―1926）。1912年以降の大正時代を治めた。天皇誕生日を祝うこのメニュー表は現存している（本書157ページの写真を参照）。
(23)「万歳」は「長寿」を意味する日本の伝統的な祝いの言葉。日本国歌は「君が代」（「天皇の御治世」）。
(24) 浄瑠璃ないし義太夫のことで、日本の伝統的な語りと歌。三味線が伴奏。
(25) 佐久間信（1896―1987）はベルリンの日本大使館の三等書記官。彼はアインシュタインと室伏高信（改造社のヨーロッパ特派員）がベルリンで1921年9月に出会う手はずを整えた（*Kaneko 1981*, vol. 1, p. 63 を参照）。
(26) アルフレート・モントー（1878―1950。ダイヤモンド商）、アンナ・モントー（1886―1945）、マックス・モントー（1872―1934）。アインシュタインの到着については *The Straits Times*, 3 November 1922 を参照。
(27) ハイム・ワイツマン（1874―1952）はロンドンのシオニスト機構の会長。彼は10月なかばにシンガポールのシオニスト協会に電報を打ち、アインシュタインをシンガポールで歓迎してヘブライ大学創設資金を募ってくれるよう要請した。またワイツマンは電報を打って、アインシュタインがコロンボ到着時にこの歓迎会の予定を知るよう取りはからった（Chaim Weizmann to Singapore Zionist Society, 12 October 1922 [IsReWW] と Chaim Weizmann to Manasseh Meyer, 12 October 1922 [IsJCZA, Z4/2685] を参照）。

[CPT, Paul Epstein Collection, folder 5.60] を参照)。

(4) エルザ・アインシュタイン(1876—1936)はアインシュタインの2番目の妻。

(5)「北野丸」は日本郵船会社所有の船。1909年に建造され、アントワープから横浜まで航海した。1942年にフィリピンのリンガイェン湾で日本の機雷によって沈められた。

(6) この人物はおそらく三宅速(みやけはやり、1866—1945)。九州帝国大学医学部教授。三宅は小柄だったので、アインシュタインは当初、彼の年齢を勘違いしていた。三宅は日本政府から派遣されてヨーロッパの医療機関と手術用機器を視察した。そのかたわら、ヨーロッパの外科医の署名を集めてもいた。元同盟国に対する万国外科学会の側のボイコットに反対する嘆願をするためだった。

ミュンヘンの一医師というのは、おそらくミュンヘン大学教授エルンスト・フェルディナント・ザウアーブルッフ(1875—1951)のことで、三宅はヨーロッパで彼を訪問したと思われる。アインシュタインはミュンヘンの医師が三宅を追い払ったかのように書いているが、ザウアーブルッフは大勢のドイツ人医師といっしょに三宅をマルセイユまで見送りに来ているし、三宅をアインシュタインにも紹介していると思われる(*Hiki 2009*, p. 13 を参照)。

(7) 三宅速。彼はブレスラウ(現・ウロツワフ)の大学で医学を学んだ。

(8) *Kretschmer 1921*。

(9) *Bergson 1922*〔訳註:『持続と同時性』〕

(10) リーマン幾何学では、ベクトルが閉曲線に沿って移動されるときには、ベクトルの向きは維持される必要がない。重力場と電磁場についてのヘルマン・ヴァイルの統一場理論においては、線素(数式:ds)の局所共形不変性が求められるときには電磁ゲージ場は幾何学に含まれる。そのため、ベクトルの大きさも、閉曲線の周囲を平行に移動される場合にはもはや維持される必要はない(*Weyl 1918*)。

(11) シチリア島北方のティレニア海に浮かぶ小島。イタリアの三つの活火山のうち一つがここにある。

(12) パウル・オッペンハイム(1885—1977)。ドイツ系ユダヤ人の化学者で、N・M・オッペンハイムの後継者。

照。

(311) *Isaacson 2008*, p. 289 を参照。

(312) アインシュタインの人種差別主義の限界については、*Rosenkranz 2011*, pp. 266-267 を参照。

【旅日記】

(1) "Travel Diary Japan, Palestine, Spain" in *CPAE 2012*, Vol. 13, Doc. 379, pp. 532-588 として公表済み。抜粋版が公表されているのは、*Nathan and Norden 1975*, pp. 75-76; "Einstein's Travel Diary for Spain, 1923," in *Glick 1988*, pp. 325-326; *Rosenkranz 1999*; and *Sugimoto 2001b*, pp. 12-133。本書に収載された記録は、22.7×17.5cm、全182ページの罫線入り旅ノート1冊の一部である。

この旅ノートの内訳を述べておくと、「旅日記」が罫線入りに81ページ、次いで空白ページが82ページ、さらにその後に数式を記した罫線入り19ページと罫線なし1ページが続いている（*CPAE 2012*, Vol. 13, Doc. 418)。その数式は、「旅日記」を記した裏面に、「旅日記」とは上下逆に記されている。このノートのページ数はNNPM（ピアポント・モーガン図書館）が記したもの。アインシュタインの秘書ヘレン・デューカスは見返しに、"Reise nach Japan Palestine Spanien 6. Oktober 1922-12. 3. 23." ("Trip to Japan Palestine Spain 6 October 1922-12 March 1923.") と記した。「旅日記」の記載は1ページ表～41ページ裏であり、39ページの裏面は空白。「旅日記」はインクで書かれているが、ただし1ページ、5ページ裏、6ページはすべて鉛筆書きであり、また1ページ裏、2ページ裏、3ページ、3ページ裏、4ページ裏、そして5ページは部分的に鉛筆書きされている。

(2) ミケーレ・ベッソ（1873―1955）はスイス系イタリア人のエンジニアで、アインシュタインの親友。ベルンのスイス特許局の局員で、チューリヒで特許法について講義した。

(3) ルシアン・シャヴァン（1868―1942）はスイス系フランス人で、アインシュタインの友人。元はベルンで電気技師をしていた。

アインシュタインは10月3日にベルリンを発ち、10月3日～4日にチューリヒの息子たちを訪ねた（Edgar Meyer to Paul Epstein, 4 October 1922

(299) *Glick 1987*, pp. 231-234, 243-244 を参照。

(300) 同上の pp. 252-258, 395 と *Renn 2013*, pp. 2583-2585 を参照。

(301) *Glick 1987*, p. 393 を参照。

(302) *Renn 2013*, p. 2581 を参照。

(303) *Glick 1988*, p. 70 を参照。

(304) *Renn 2013*, p. 2583 を参照。

(305) *Patiniotis and Gavroglu 2012*, p. 1 を参照。

(306) *Pratt 1992*, p. 6 を参照。

(307) 本書収録の「旅日記」本文のうち1922年10月10日分を参照。

(308) アインシュタインの生物学的世界観および遺伝に関する見解の例としては、次のようなものがある。1917年のことだが、アインシュタインは、「肉体面でも道徳面でも劣っている人間」である最初の妻ミレーヴァとのあいだに男の子たちをもうけてしまったことに対し、後悔と自責の念を表明している。だが、同時に自分の家族も遺伝的に上質の家系ではないことを認めている。1917年3月になるとアインシュタインは、息子エドゥアルトが遺伝的に劣等であるという考えを打ち消すために、「スパルタ方式」を模倣してみようかと考えはじめる。その１年後には「値打ちのある人間」(すなわち知的に優れた人間)と、「値打ちのない人間」(すなわち「想像力の乏しい人間」)、それゆえ戦時に犠牲になりやすい人間とを区分している。

さらにアインシュタインが人命には「値打ちがある例」と「値打ちがない例」があると考えた一例としては、ダウン症と診断された親友パウル・エーレンフェストの末の息子ヴァシリーに対する考え方を挙げることができる。アインシュタインは「その子を事務的な扱い」にゆだねることに賛成し、さらにこう付言した。「値打ちがある人間は、無駄なことのために犠牲にされてはならない」(Einstein to Heinrich Zangger, 16 February 1917 [*CPAE 2006*, Vol. 8, 299a, in Vol. 10] と Einstein to Otto Heinrich Warburg, 23 March 1918 [*CPAE 1998*, Vol. 8, Doc. 491] および Einstein to Paul Ehrenfest, on or after 22 August 1922 [*CPAE 2012*, Vol. 13, Doc. 329] を参照)

(309) *Yamamoto 1934* を参照。

(310) Einstein to Mileva Marić, 14? August 1900 [*CPAE 1987*, Vol. 1, Doc. 72] を参

(284) 同上の p. 363 を参照。
(285) 同上の p. 354 を参照。
(286) 同上の pp. 372–374 を参照。
(287) 本書収録の「旅日記」本文の原註151、および "Preface for the Japanese edition of Georg Nicolai's *Biologie des Krieges*," 10 December 1922 [*CPAE 2012*, Vol. 13, Doc. 394, note 3] を参照。
(288) 本書収録の「テキスト補遺15」の原註66を参照。
(289) たとえば、ある政治アピールに対して「対抗すること自体は必要で生産的だが、ただし要領を得ないまま憤慨で終わらせてしまうようなコメント（ではいけない）」の意（Einstein to Workers International Relief, 28 February 1926, *CPAE 2018*, Vol. 15, Doc. 206 を参照）。
(290) 本書収録の「テキスト補遺15」を参照。
(291) *Glick 1987*, p. 353 を参照。
(292) Wilhelm Solf to German Foreign Ministry, 3 January 1923 [GyBSA, I. HA, Rep. 76 Vc, Sekt. 1, Tit. 11, Teil 5c, Nr. 55, Bl. 157–158] と *Neumann and Neumann 2003*, p. 187 を参照。
(293) "Prof. Einstein's lecture on Mt. Scopus" and untitled article by Aharon Czerniawski と *Ha'aretz*, 11 February 1923 を参照。それから "The Einstein Theory," *The Palestine Weekly*, 9 February 1923, pp. 83–84 を参照。
(294) *Berkowitz 2012*, p. 223 を参照。
(295) "The reception for Prof. Einstein at the Lemel School," *Do'ar Hayom*, 8 February 1923 と "The Opening of the Hebrew College," *Do'ar Hayom*, 9 February 1923 を参照。さらに "Prof. Einstein's lecture on Mt. Scopus," *Ha'aretz*, 11 February 1923 を参照。
(296) Chaim Weizmann to Einstein, 4 February 1923 [*CPAE 2012*, Vol. 13, Doc. 427] を参照。
(297) "Prof. Einstein's lecture on Mt. Scopus," *Ha'aretz*, 11 February 1923 と "Einstein in Eretz Yisrael," *Aspeklarya* No. 12, 1 February 1923, p. 5 および untitled article, *Do'ar Hayom*, 9 February 1923 を参照。
(298) 本書収録の「テキスト補遺16」の絵葉書を参照。

(263) 同上の1922年12月25日分を参照。

(264) 同上の1923年２月７日分を参照。

(265) 同上の1923年３月７日分を参照。

(266) 本書収録の「テキスト補遺13」を参照。

(267) 本書収録の「テキスト補遺６」を参照。

(268) *Einstein 1923b* を参照。

(269) 本書収録の「テキスト補遺14」を参照。

(270) Christopher Aurivillius to Einstein, 10 November 1922 [*CPAE 2012*, Vol. 13, Doc. 384] を参照。アインシュタインにノーベル賞を授与するかどうか、それを検討していた何年間かの経緯については、*Friedman 2001*, pp. 133–138 を参照。

(271) Svante Arrhenius to Einstein, on or before 17 September 1922 [*CPAE 2012*, Vol. 13, Doc. 359] を参照。

(272) Max von Laue to Einstein, 18 September 1922 [*CPAE 2012*, Vol. 13, Doc. 363] を参照。

(273) Einstein to Svante Arrhenius, 20 September 1922 [*CPAE 2012*, Vol. 13, Doc. 365] を参照。

(274) *Grundmann 2004*, pp. 180–182 を参照。

(275) *Renn 2013*, p. 2577 を参照。

(276) Einstein to Fritz Haber, 6 October 1920 [*CPAE 2006*, Vol. 10, Doc. 162] を参照。

(277) *CPAE 2009*, Vol. 12, Introduction, pp. xxxii と Calendar, entry for 9 June 1921 を参照。

(278) 各国で相対性理論がどう受容されたか、その研究を集めた文献としては *Glick 1987* を参照。

(279) *Hu 2007*, pp. 541–542 を参照。

(280) *Kaneko 1987*, p. 363 を参照。

(281) 同上の pp. 353–354 を参照。

(282) *Glick 1987*, p. 392 を参照。

(283) 同上の p. 362 を参照。

(237) Einstein to [Paul Nathan], 3 April 1920 [*CPAE 2004*, Vol. 9, Doc. 306] を参照。
(238) 本書183ページの岡本一平のイラストを参照。
(239) 他のドイツ系ユダヤ人とシオニストの識者たちが「個人的な」文書のなかで、「他の人々は劣っている」と表明していたかどうか、それをテーマとして歴史家たちが研究しているとは思えない。そうした研究についてはこの「歴史への手引き」では扱わないこととする。
(240) *Miles and Brown 2003*, p. 104 を参照。
(241) *Youngs 2013*, p. 102 を参照。
(242) *Confino 2003*, p. 326 を参照。
(243) *Koshar 1998*, p. 325–326 を参照。
(244) *Clifford 2001*, p. 129 を参照。
(245) *Selwyn 1996*, p. 21 を参照。
(246) *Nünning 2008*, p. 16 を参照。
(247) *Walton 2009*, p. 117 を参照。
(248) *Keitz 1993*, p. 187 を参照。
(249) 本書収録の「旅日記」本文のうち1922年10月９～10日分を参照。
(250) *Mansfield 2006–2007*, pp. 706–707, 711 を参照。
(251) *Kisch 1938*, pp. 29–31 を参照。
(252) Barbara Wolff, AEA, 25 February 2008 の私信。
(253) たとえば *Rosenkranz 2011*, p. 84 を参照。
(254) *Jokinen and Veijola 1997* を参照。
(255) 本書収録の「旅日記」本文のうち1922年10月６日を参照。
(256) 同上の1922年11月２日分を参照。
(257) 同上の1922年12月７日分を参照。
(258) 同上の1922年12月11日分を参照。
(259) この「旅日記」を見ると、アインシュタインが記しているエルザのスペリングが首尾一貫していない。
(260) 本書収録の「旅日記」本文のうち1923年２月15日分を参照。
(261) 同上の1922年11月18日分を参照。
(262) 同上の1922年11月29日分を参照。

(214) *Doron 1980*, p. 391 と *Lipphardt 2016*, p. 112 を参照。

(215) *Weiss 2006*, pp. 51–52 を参照。

(216) *Weiss 2006*, p. 58 と *Gelber 2000*, p. 126 を参照。

(217) *Doron 1980*, p. 392 と *Niewyk 2001*, pp. 105–107 を参照。

(218) *Doron 1980*, p. 398, note 26 を参照。

(219) *Falk 2006*, pp. 140–141 を参照。

(220) *Doron 1980*, p. 404 と *Hambrock 2003*, p. 52 を参照。

(221) *Doron 1980*, p. 412 を参照。

(222) 同上の p. 412 と *Niewyk 2001*, p. 130 を参照。

(223) *Niewyk 2001*, p. 130 を参照。*Doron 1980*, p. 422 と *Gelber 2000*, pp. 125–126 も参照。

(224) *Niewyk 2001*, p. 131 を参照。

(225) *Miles and Brown 2003*, p. 10 を参照。

(226) 同上の p. 85 を参照。

(227) *Miles 1982*, p. 157 を参照。*Miles and Brown 2003*, p. 100 に引用されている。

(228) *Miles and Brown 2003*, p. 103 を参照。

(229) 同上の p. 104 を参照。

(230) "On the Questionnaire Concerning the Right of National Self-Determination," July 1917–before 10 March 1918 [*CPAE 2002*, Vol. 6, Doc. 45a, in Vol. 7] を参照。

(231) "Assimilation and Anti-Semitism," 3 April 1920 [*CPAE 2002*, Vol. 7, Doc. 34] を参照。

(232) Einstein to Central Association of German Citizens of the Jewish Faith, 5 April 1920 [*CPAE 2004*, Vol. 9, Doc. 368] を参照。

(233) Einstein to Emil Starkenstein, 14 July 1921 [*CPAE 2009*, Vol. 12, Doc. 181] を参照。

(234) 1921年春にアインシュタインがアメリカ・ユダヤ人共同体の人々と出会った件については、*CPAE 2009*, Vol. 12, Introduction, pp. xxxi–xxxiv を参照。

(235) 本書収録の「旅日記」本文のうち1922年11月10日分を参照。

(236) 同上の1923年２月３日分を参照。

Doc. 370a, in Vol. 10] を参照。

(189) Einstein to Luise Karr-Krüsi, 6 May 1919 [*CPAE 2004*, Vol. 9, Doc. 35a, in Vol. 13] を参照。

(190) 本書収録の「旅日記」本文のうち、1922年10月10日と11月２日、そして1923年２月３日と15日分を参照。

(191) 本書収録の「旅日記」本文のうち1922年10月７日分を参照。

(192) *Kaplan 1997*, p. 22 を参照。

(193) 本書収録の「旅日記」本文のうち1922年11月14日分を参照。

(194) 同上の1923年１月19日分を参照。

(195) *Kaplan 1997*, p. 6 を参照。

(196) このフレーズは、映画評論家ローラ・マルヴェイの1975年の造語である（*Kaplan 1997*, p. 22 を参照）。

(197) 本書収録の「旅日記」本文のうち1922年12月31日分を参照。

(198) 同上の1923年１月14日分。

(199) 同上の1923年１月19日分。

(200) 同上の1923年２月４日分。

(201) 同上の1923年２月14日分。

(202) *Pratt 1992*, p. 7 を参照。

(203) このフレーズは、アフリカ系アメリカ人の社会学者・公民権運動指導者Ｗ・Ｅ・Ｂ・デュボイスの発言の借用である（*Kaplan 1997*, pp. 8–10 を参照）。

(204) *Mudimbe-Boyi 1992*, p. 28 を参照。

(205) *Seth and Knox 2006*, pp. 4–5, 214 を参照。

(206) 同上の p. 6 を参照。

(207) *Mudimbe-Boyi 1992*, p. 27 を参照。

(208) *Pratt 1985*, p. 139 を参照。

(209) *Kretschmer 1921* を参照。

(210) *Leerssen 2000*, pp. 280–284 を参照。

(211) *Rosenkranz 2011*, pp. 261–262 を参照。

(212) *Doron 1980*, pp. 390–391 を参照。

(213) *Weiss 2006*, p. 51 を参照。

照。

（165） 本書収録の「旅日記」本文のうち1922年11月14日分を参照〔訳註：原書には1923年とあるが、正しくは1922年〕。

（166） 同上の1923年１月１日分の記載。

（167） 同上の1922年10月28日分の記載。

（168） *Poiger 2005*, p. 121 を参照。

（169） *Fuhrmann 2011*, p. 126 を参照。

（170） 本書収録の「旅日記」本文のうち1922年11月10日分を参照。

（171） *Root 2013*, p. 184 を参照。

（172） 本書収録の「旅日記」本文のうち1923年１月19日分を参照。

（173） 同上の1923年２月２日分を参照。

（174） こうした研究については *Wiemann 1995*, p. 99 を参照。この箇所の引用に関しては *Germana 2010*, p. 81 を参照。

（175） *Wilke 2011*, p. 291 を参照。

（176） *Pratt 1992*, p. 4 を参照。

（177） *Sachs 2003*, p. 117 を参照。

（178） *Lubrich 2004*, pp. 34, 37 を参照。

（179） *Said 1978*, p. 3 を参照。

（180） サイード説に関する議論についてはたとえば *Dirlik 1996, Foster 1982, Lary 2006* や *Marchand 2001* を参照。

（181） *Foster 1982*, p. 21; *Jackson 1992*, p. 247; *Lary 2006*, p. 3; *Mudimbe-Boyi 1992*, p. 31 と *Wiemann 1995*, pp. 99–102 を参照。

（182） *Wiemann 1995*, p. 100 を参照。

（183） *Saposnik 2006*, pp. 1107–1108 を参照。

（184） *Aschheim 1982*, p. 187 を参照。

（185） *Saposnik 2006*, p. 1109 を参照。

（186） 同上の p. 1111 を参照。

（187） *Winteler-Einstein 1924*, pp. 25–26 を参照。

（188） Einstein to Elsa Einstein, 7 August 1917 [*CPAE 2006*, Vol. 8, Doc. 369b, in Vol. 10] と Einstein to Heinrich Zangger, 8 August 1917 [*CPAE 2006*, Vol. 8,

(141) たとえば *Friedman 1977* を参照。
(142) *Kaiser 1992*, p. 271 を参照。
(143) 本書収録の「旅日記」本文のうち1923年２月４日分を参照。
(144) 本書収録の「テキスト補遺17」を参照。
(145) このテーマについては、たとえば *Goldstein 1980* を参照。
(146) "Notes in Palestine," [*CPAE 2012*, Vol. 13, Appendix G] を参照。
(147) 本書収録の「旅日記」本文のうち1923年２月12日分を参照。
(148) 本書収録の「テキスト補遺17」を参照。
(149) Einstein to Maurice Solovine, [20 May] 1923 [*CPAE 2015*, Vol. 14, Doc. 34] を参照。
(150) *Rosenkranz 2011*, p. 84 を参照。
(151) 本書収録の「テキスト補遺17」および Einstein to Maurice Solovine, [20 May] 1923 [*CPAE 2015*, Vol. 14, Doc. 34] を参照。
(152) *Ben-Arieh 1989* を参照。
(153) 同上。
(154) 本書収録の「旅日記」本文のうち1923年２月12日分を参照。
(155) 同上の1923年２月３日分の記載。
(156) Einstein to Ilse Einstein, 7 October 1920 と Ilse Einstein to Einstein, 10 October 1920 [*CPAE 2006*, Vol. 10, Docs. 165 and 173] を参照。
(157) アインシュタインのスペイン旅行については、*Glick 1988, Roca Rossell 2005, Sánchez Ron and Romero de Pablos 2005* と *Turrión Berges 2005* を参照。
(158) スペインの新聞はたしかにふんだんに報道しているが、アインシュタインが３週間のスペイン滞在中にどんな発言をしたかについて、そうした報道は信頼できない。
(159) 本書収録の「旅日記」本文のうち1923年３月５日分を参照。
(160) 同上の1923年３月７日分の記載。
(161) 同上の1923年３月８日分の記載。
(162) 同上の1923年２月22～28日分の記載。
(163) 同上の1923年３月６日と９日分の記載。
(164) Einstein to Paul Ehrenfest, 22 March 1919 [*CPAE 2004*, Vol. 9, Doc. 10] を参

(113) 同上の1922年12月５日分の記載。
(114) 同上。
(115) 同上の1922年12月７日分の記載。
(116) 同上の1922年12月10日分の記載。
(117) 本書収録の「テキスト補遺６」を参照。
(118) 本書収録の「テキスト補遺４」を参照。
(119) *Kalland and Asquith 1997*, pp. 1–2 と *Craig 2014*, p. 3 を参照。
(120) 同上。
(121) 同上。
(122) 本書収録の「旅日記」本文のうち1922年11月25日分を参照。
(123) 本書収録の「テキスト補遺４」を参照。
(124) 本書収録の「テキスト補遺11」を参照。
(125) *Hashimoto 2005*, p. 121 を参照。
(126) 本書収録の「旅日記」本文のうち1922年11月24日分を参照。
(127) 同上の1922年11月25日分の記載。
(128) 本書収録の「テキスト補遺４」を参照。
(129) 同上。
(130) *Hashimoto 2005*, p. 118 を参照。
(131) *Johnson 1993*, p. 138 を参照。
(132) *Neumann and Neumann 2003*, p. 187 を参照。
(133) Wilhelm Solf to German Foreign Ministry, 3 January 1923 (GyBPAAA/R64882) を参照。
(134) 本書収録の「テキスト補遺７」を参照。
(135) この時期のイシュヴについては、*Eliav 1976, Lissak 1993, Malamat et al. 1969*, pp. 272–288 と *Porat and Shavit 1982* を参照。
(136) *Yapp 2003*, pp. 214, 217 を参照。
(137) *Kaiser 1992*, pp. 261–262, 265 を参照。
(138) *Metzler and Wildt 2012*, p. 189 と *Saposnik 2006*, pp. 1106, 1111–1112 を参照。
(139) 本書収録の「旅日記」本文のうち1923年２月２日分を参照。
(140) 同上の1923年２月３日分の記載。

(92) 中国での講演旅行およびアインシュタインの上海訪問については、*Hu 2005*, pp. 66- 79 を参照。

(93) Yuanpei Cai to Einstein, 8 December 1922 [*CPAE 2012*, Vol. 13, Doc. 392] を参照。

(94) Einstein to Yuanpei Cai, 22 December 1922 [*CPAE 2012*, Vol. 13, Doc. 403] を参照。

(95) Einstein to Maurice Solovine, 18 March 1909 [*CPAE 1993*, Vol. 5, Doc. 142] を参照。

(96) Einstein to Jakob Laub, 4 November 1910 [*CPAE 1993*, Vol. 5, Doc. 231] を参照。

(97) Einstein to Ayao Kuwaki, 28 December 1920 [*CPAE 2006*, Vol. 10, Doc. 246] を参照。

(98) Einstein to Ilse Einstein, 9 November 1921 [*CPAE 2009*, Vol. 12, Doc. 292] を参照。

(99) Einstein to Elsa Einstein, 20 November 1921 [*CPAE 2009*, Vol. 12, Doc. 303] を参照。

(100) *Lambourne 2005*, p. 174 を参照。

(101) *Hashimoto 2005*, p. 104 を参照。

(102) *Kaneko 1984*, pp. 51–52 を参照。

(103) 本書収録の「テキスト補遺４」を参照。

(104) *Jansen 1989*, pp. 147–148 を参照。

(105) *Kaneko 1987*, p. 354 と *Bellah 1972*, p. 109 を参照。

(106) *Gordon 2003*, pp. 161–180 を参照。

(107) 訪日については、*Ezawa 2005*; *Jansen 1989*; *Kaneko 1981, 1984, 1987, 2005* と *Nisio 1979*; *Okamoto 1981*, さらに *Sugimoto 2001a, 2001b* を参照。

(108) 本書収録の「旅日記」本文のうち1922年10月８日分を参照。

(109) 同上の1922年10月10日分の記載。

(110) 同上の1922年10月31日分の記載。

(111) 同上の1922年10月31日と11月３日分の記載。

(112) 同上の1922年11月17～18日分の記載。

(69) Einstein to Max Planck, 6 July 1922 [*CPAE 2012*, Vol. 13, Doc. 266] を参照。

(70) Hugo Bergmann to Einstein, 22 October 1919 [*CPAE 2004*, Vol. 9, Doc. 147] を参照。

(71) *Bergman 1919*, pp. 4–5 を参照。この文章はヘブライ語で掲載されたが、どうやら当時ドイツ語でも掲載されたようだ。

(72) Einstein to Paul Epstein, 5 October 1919 [*CPAE 2004*, Vol. 9, Doc. 122] を参照。

(73) 本書収録の「旅日記」本文のうち1922年10月13日分を参照。

(74) 同上の1922年10月14日分の記載。

(75) カール・マイの作品中にある「堕落していなくて、頼りになる東洋」というイメージについては、*Krobb 2014*, p. 14 を参照。

(76) 本書収録の「旅日記」本文のうち1923年2月1日分を参照。

(77) 同上の1922年10月28日分の記載。アインシュタインはインド人と、コロンボ在住のシンハラ族の区別がつかなかった。

(78) 同上の1923年1月19日分の記載。

(79) Einstein to Paul Ehrenfest, 22 March 1919 [*CPAE 2004*, Vol. 9, Doc. 10] を参照。

(80) Einstein to Emil Zürcher, 15 April 1919 [*CPAE 2004*, Vol. 9, Doc. 23] を参照。

(81) Einstein to Heinrich Zangger, 24 December 1919 [*CPAE 2004*, Vol. 9, Doc. 233] を参照。

(82) 本書収録の「旅日記」本文のうち1922年11月2日分を参照。

(83) 同上の1922年11月3日分の記載。

(84) 同上の1922年11月10日分の記載。

(85) 同上。

(86) 同上の1922年11月14日分の記載。

(87) 同上の1923年1月1日分の記載。

(88) *Clifford 2001*, p. 133–134 を参照。

(89) 同上。

(90) 同上の p. 132。

(91) Einstein to Maximilian Pfister, 28 August 1922 [*CPAE 2012*, Vol. 13, Doc. 331] を参照。

(56) ラーテナウ暗殺の詳細に関しては、*Sabrow 1994a* と *Sabrow 1999* を参照。

(57) *Sabrow 1994b*, pp. 157–169 を参照。

(58) Einstein to Mathilde Rathenau, after 24 June 1922 [*CPAE 2012*, Vol. 13, Doc. 245] を参照。

(59) "In Memorium Walther Rathenau," August 1922 [*CPAE 2012*, Vol. 13, Doc. 317] を参照。

(60) Mileva Einstein-Marić to Einstein, after 24 June 1922 [*CPAE 2012*, Vol. 13, Doc. 248] を参照。

(61) Friedrich Sternthal to Einstein, 28 June 1922 [*CPAE 2012*, Vol. 13, Doc. 253] を参照。

(62) Hermann Anschütz-Kaempfe to Einstein, 25 June 1922 [*CPAE 2012*, Vol. 13, Doc. 250] を参照。

(63) Einstein to Hermann Anschütz-Kaempfe, 1 July 1922 [*CPAE 2012*, Vol. 13, Doc. 257] を参照。

(64) アインシュタインはかつて、「どうにもイライラする」ベルリンを離れて田舎に住みたいと言っていたことがある (Einstein to Elsa Einstein, 14 September 1920 [*CPAE 2006*, Vol. 10, Doc. 149] を参照)。だが同月中に、政治上の親友コンラート・ヘーニシュに対して、「ベルリンは私が個人的・職業的な絆で深く結ばれている場所だ」と言って安心させた。だから「外的な事情でそうせざるを得ない場合を除き」、ベルリンを去ろうとはしなかったのである (Einstein to Konrad Haenisch, 8 September 1920 [*CPAE 2006*, Vol. 10, Doc. 137] を参照)。

(65) Einstein to Marie Curie-Skłodowska, 11 July 1922 [*CPAE 2012*, Vol. 13, Doc. 275] を参照。

(66) Einstein to Max von Laue, 12 July 1922 [*CPAE 2012*, Vol. 13, Doc. 278] を参照。

(67) Einstein to Hermann Anschütz-Kaempfe, 12 July 1922 [*CPAE 2012*, Vol. 13, Doc. 276] を参照。

(68) Einstein to Hermann Anschütz-Kaempfe, 16 July 1922 [*CPAE 2012*, Vol. 13, Doc. 292] に付けたエルザの追伸。

(43) この招聘は書面でなされたが、その書類は現存していない。その存在については、Arthur Ruppin to Zionist Executive, 16 Oct. 1922 [IsJCZA, A126/542] を参照。ブルーメンフェルトの1922年10月12日付の書面については、本書収録の「テキスト補遺２」を参照。

(44) アインシュタインはバタビア（ジャワ島）に旅する予定でいたが、それは、彼の理論の正しさを証明する試みの一つとしてその地で日食を観察したオランダ・ドイツ共同探検に対し謝意を表わすためだった（Einstein to Paul Ehrenfest, 18 May 1922 [*CPAE 2009*, Vol. 12, Doc. 193] を参照）。

(45) 本書収録の「テキスト補遺２」を参照。

(46) "Prof. Einstein besucht Palästina," ***Zionistische Korrespondenz***, 6 October 1922 と "Einstein to visit Palestine," ***Latest News and Wires through Jewish Correspondence Bureau News and Telegraphic Agency***, 10 October 1922 を参照。

(47) Weizmann to Einstein, 6 Oct. 1922 [*CPAE 2012*, Vol. 13, Doc. 380]; Ilse Einstein to Weizmann, 20 October 1922 [*CPAE 2012*, Vol. 13, Abs. 435] と ***Wasserstein 1977***, Introduction, note 15 を参照。

(48) アインシュタインのアメリカ旅行中に生じた問題点については、*CPAE 2009*, Vol. 12, Introduction, p. xxxiv を参照。

(49) ソロモン・ギンズバーグ。アメリカ旅行中はアインシュタインの秘書を務めた。

(50) 彼女の名前はローザ・ギンズバーグ〔訳註：スペリングが異なる〕。ソロモン・ギンズバーグの妻。

(51) Arthur Ruppin to Zionist Executive, Jerusalem, 16 October 1922 [IsReWW] を参照。

(52) Arthur Ruppin to Chaim Weizmann, 16 October 1922 [IsReWW] を参照。

(53) Einstein to Fritz Haber, 6 October 1920 [*CPAE 2006*, Vol. 10, Doc. 162] を参照。

(54) Julio Rey Pastor to Einstein, 22 April 1920 [*CPAE 2004*, Vol. 9, Doc. 391]; *CPAE 2004*, Vol. 9, Calendar, entry for 28 April 1920 と *CPAE 2009*, Vol. 12, Calendar, entry for 1 July 1921 を参照。

(55) Einstein to Heinrich Zangger, 18 June 1922 [*CPAE 2012*, Vol. 13, Doc. 241] を参照。

を参照。

(24) Koshin Morubuse to Einstein, before 27 September 1921 [*CPAE 2009*, Vol. 12, Doc. 245] を参照。

(25) Einstein to Elsa Einstein, 8 January 1921 [*CPAE 2009*, Vol. 12, Doc. 12] を参照。

(26) Einstein to Ilse Einstein, 9 November 1921 [*CPAE 2009*, Vol. 12, Doc. 292] を参照。

(27) Einstein to Jun Ishiwara, 6 December 1921 [*CPAE 2009*, Vol. 12, Doc. 312] を参照。

(28) Sanehiko Yamamoto to Einstein, 15 January 1922 [*CPAE 2012*, Vol. 13, Doc. 21] を参照。

(29) Einstein to Paul Ehrenfest, 15 March 1922 [*CPAE 2012*, Vol. 13, Doc. 87] を参照。

(30) Eintein to Jun Ishiwara, 27 March 1922 [*CPAE 2012*, Vol. 13, Doc. 118] を参照。

(31) Sanehiko Yamamoto to Einstein, between 12 July and 8 August 1922 [*CPAE 2012*, Vol. 13, Doc. 283] を参照。

(32) Uzumi Doi to Einstein, 27 May 1922 [*CPAE 2012*, Vol. 13, Doc. 206] を参照。

(33) Einstein to Koshin Morubuse, 27 September 1921 [*CPAE 2009*, Vol. 12, Doc. 246] を参照。

(34) 本書収録の「テキスト補遺４」を参照。

(35) W. S. Ting, Chinese Embassy, Copenhagen to Einstein, 11 September 1920 [*CPAE 2006*, Vol. 10, Calendar, entry for 11 September 1920] を参照。

(36) Zhu Jia-hua to Einstein, 21 March 1922 [*CPAE 2012*, Vol. 13, Doc. 101] を参照。

(37) Einstein to Zhu Jia-hua, 25 March 1922 [*CPAE 2012*, Vol. 13, Doc. 111] を参照。

(38) Chenzu Wei to Einstein, 8 April 1922 [*CPAE 2012*, Vol. 13, Doc. 135] を参照。

(39) Einstein to Chenzu Wei, 3 May 1922 [*CPAE 2012*, Vol. 13, Doc. 177] を参照。

(40) Chenzu Wei to Einstein, 22 July 1922 [*CPAE 2012*, Vol. 13, Doc. 305] を参照。

(41) パレスチナへの旅については、*Rosenkranz 2011*, pp. 139-180 を参照。

(42) Chaim Weizmann to Einstein, 7 October 1921 [*CPAE 2009*, Vol. 12, Doc. 259] を参照。

(10) "Note for the files," 3 March 1980 [AEA, Helen Dukas Papers, Heineman Foundation file] を参照。

(11) James H. Heineman to Otto Nathan, 21 October 1980 [AEA, Helen Dukas Papers, Heineman Foundation file] を参照。

(12) Charles Hamilton Galleries Inc., "Certification," 8 July 1981 と John F. Fleming, untitled appraisal, 8 July 1981 [AEA, Helen Dukas Papers, Heineman Foundation file] を参照。

(13) Otto Nathan to James H. Heineman, 15 August 1981 と James H. Heineman to Otto Nathan, 20 August 1981 [AEA, Helen Dukas Papers, Heineman Foundation file] を参照。

(14) さまざまな要因については、*Grundmann 2004*, pp. 180-183 を参照。

(15) *CPAE 2009*, Vol. 12, Introduction, pp. xxviii-xxxviii を参照。

(16) 彼は1919年１月～２月にチューリヒ大学で一連の講演を行なった。また相対性理論についての一連の講演をオスロで、その後１回の講演を1920年６月にコペンハーゲン工科大学で行なっている。1920年10月にはライデン大学で教授就任講演をしている。それから1921年１月にはプラハのウラニア劇場とウィーンの大学でも講演している（*CPAE 2004*, Vol. 9, Calendar, entry for 20 January 1919; *CPAE 2006*, Vol. 10, Calendar, entries for 15, 17, 18, and 25 June 1920 and 27 October 1920; and *CPAE 2009*, Vol. 12, Calendar, entries for 7, 8, 10, 11, and 13 January 1921 を参照）。

(17) 1921年６月に彼はマンチェスター大学でユダヤ人学生に向けて、ヘブライ大学に関して演説した（*CPAE 2009*, Vol. 12, Calendar, entry for 9 June 1921 を参照）。

(18) *CPAE 2012*, Vol. 13, Chronology, entries for 3, 5-7 April 1922 を参照。

(19) *Kagawa 1920* を参照。

(20) Sanehiko Yamamoto, "Fifteen Years of Kaizo," *Kaizo*, April 1934 [*Yamamoto 1934*] と *Kaneko 2005*, p. 13 を参照。

(21) Jun Ishiwara, "Preface," in *Ishiwara 1923* を参照。

(22) *Yokozeki 1956* を参照。

(23) Jun Ishiwara to Einstein, 24 September 1921 [*CPAE 2009*, Vol. 12, Doc. 244]

原　註

【歴史への手引き】

（1）極東、パレスチナ、そしてスペインを訪れたこの旅の概略については、*Grundmann 2004*, pp. 223–250; *Eisinger 2011*, pp. 21–71　と *Calaprice et al. 2015*, pp. 111–115 を参照。

（2）*CPAE 2012*, Vol. 13, Doc. 379, pp. 532–588 を参照。

（3）*Sugimoto 2001b*, pp. 12–133; *Rosenkranz 1999*; "Einstein's Travel Diary for Spain, 1923," in *Glick 1988*, pp. 325–326; and *Nathan and Norden 1975*, pp. 75–76 を参照。

（4）アインシュタインが1921年春に行なったアメリカ旅行については、*CPAE 2009*, Vol. 12, Introduction, pp. xxviii–xxxviii を参照。

（5）以下を参照。"South American Travel Diary Argentina, Uruguay, Brazil," 5 March–11 May 1925 [*CPAE 2015*, Vol. 14, Doc. 455, pp. 688–708]; "Amerika-Reise 1930," 30 November 1930–15 June 1931 [AEA, 29 134]; "Travel diary for USA," 3 December 1931–4 February 1932 [AEA, 29 136]; "Reise nach Pasadena XII 1932," 10 December 1932–18 December 1932 [AEA, 29 138]; and "Travel Diary for Pasadena," 28 January 1933–16 February 1933 [AEA, 29 143]. *CPAE 2015*, Vol. 14, Doc. 455, pp. 688–708 を参照。

（6）以下を参照。"Calculations on Back Pages of Travel Diary," ca. 9–22 January 1923 [*CPAE 2012*, Vol. 13, Doc. 418, pp. 670–694].

（7）アインシュタインが南米を旅行したときに書いた手紙が、間接的な証拠と言えるかもしれない。1925年４月15日に彼はブエノスアイレスからこういう手紙を書いている。「私はなんという冒険をしたことか！　どんな冒険だったかは、私の日記で読んでくれればわかるだろう」(Einstein to Elsa and Margot Einstein, 15 April 1925 [*CPAE 2015*, Vol. 14, Doc. 474] を参照)。

（8）*Sayen 1985*, p. 72 を参照。

（9）*Bailey 1989*, pp. 348–351 を参照。

Gastfreundlichkeit.' Zum Konzept kolonisierbarer, nicht-kolonisierbarer und kolonisierender Subjekte bei Karl May." *KultuRRevolution* 32/33 (1995): 99–104.

Wilke 2011 Wilke, Sabine. "Von angezogenen Affen und angekleideten Männern in Baja California: Zu einer Bewertung der Schriften Alexander von Humboldts aus postkolonialer Sicht." *German Studies Review* 34, no. 2 (May 2011): 287–304.

Winteler-Einstein 1924 Winteler-Einstein, Maja. "Albert Einstein—Beitrag für sein Lebensbild," 1924. Typescript. Besso Estate, Basel.

Yamamoto 1934 Yamamoto, Sanehiko. "Kaizo no Jugo-nen [Fifteen Years of Kaizo]." *Kaizo* 16 (April 1934): 134–143.［山本実彦『「改造」の十五年』（日本ペンクラブ電子文藝館）］

Yapp 2003 Yapp, Malcolm E. "Some European Travelers in the Middle East." *Middle Eastern Studies* 39, no. 2 (2003): 211–227.

Yokozeki 1956 Yokozeki, Aizo. "Omoideno sakka-tachi: Einstein; Nihon ni nokosita episode [Episodes from Einstein's Visit in Japan]." Reprinted in *Omoideno sakka-tachi* [*Writers in My Memory*]. Tokyo: Hosei University Press, 1956.［横関愛造『思い出の作家たち』（法政大学出版局）］

Youngs 2013 Youngs, Tim. *The Cambridge Introduction to Travel Writing*. Cambridge: Cambridge University Press, 2013.

Takahashi 1921–1927 Takahashi, Yoshio. ***Taisho meiki kan** [**The Catalogue of Excellent Articles (for Tea Ceremonies) in the Taisho Era**]*. Tokyo: Taisho Meiki Hensan-Sho, 1921–1927. ［高橋義雄『大正名器鑑』（アテネ書房）］

Takahashi 1933 ——. "Einstein hakase no raian [Dr. Einstein's Visit to My Hut]." In ***Hoki no Ato***, pp. 450–454. Tokyo: Syuho-En, 1933. ［高橋箒庵「アインシュタイン博士の来庵」『箒のあと』（秋豊園）］

Tsuchii 1920 Tsuchii, Bansui. ***Su le orme dell'Ippogrifo** [**Temba no michi ni**]*, trans. H. Shimoi and E. Jenco. Naples: Saukurà, 1920. ［土井晩翠『天馬の道に』（博文館）］

Turrión Berges 2005 Turrión Berges, Javier. "Einstein en España." ***Monografías de la Real Academia de Ciencias de Zaragoza*** 27 (2005): 35–68.

Walton 2009 Walton, John K. "Histories of Tourism." In ***The SAGE Handbook of Tourism Studies***, ed. Tazim Jamal and Mike Robinson, pp. 115–129. London, SAGE, 2009.

Waseda 2010 Waseda University. ***Waseda Daigaku nyugaku annnai** [**Waseda University Guide Book**]*. Tokyo: Waseda University, 2010. ［「早稲田大学入学案内」2010年（早稲田大学）］

Wasserstein 1977 Wasserstein, Bernard, ed. ***The Letters and Papers of Chaim Weizmann***. Vol. 11, Series A: January 1922–July 1923. New Brunswick, NJ: Transaction Books and Rutgers University, 1977.

Weiss 2006 Weiss, Yfaat. "Identity and Essentialism. Race, Racism, and the Jews at the Fin de Siècle." In ***German History from the Margins***, ed. Neil Gregor, Nils Roemer, and Mark Roseman, pp. 49–68. Bloomington and Indianapolis: Indiana University Press, 2006.

Weyl 1918 Weyl, Hermann. "Gravitation und Elektrizität." ***Königlich Preußische Akademie der Wissenschaften*** (Berlin) ***Sitzungsberichte*** (1918): 465–478, 478–480. Reprinted in Weyl 1968, vol. 2, pp. 29–42.

Weyl 1968 ——. ***Gesammelte Abhandlungen***, ed. K. Chandrasekharan. Berlin: Springer, 1968.

Wiemann 1995 Wiemann, Volker. "'Das ist die echte orientalische

Samuel 1945 Samuel, Herbert Louis Viscount. ***Memoirs***. London: Cresset Press, 1945. ***Sánchez Ron and Romero de Pablos 2005*** Sánchez Ron, José M., and Ana Romero de Pablos. ***Einstein en España***. Madrid: Publicaciones de la Residencia de Estudiantes, 2005.

Saposnik 2006 Saposnik, Arieh B. "Europe and Its Orients in Zionist Culture before the First World War." *Historical Journal* 49, no. 4 (2006): 1105–1123.

Sayen 1985 Sayen, Jamie. *Einstein in America. The Scientist's Conscience in the Age of Hitler and Hiroshima*. New York: Crown, 1985.

Seagrave and Seagrave 1999 Seagrave, Sterling, and Peggy Seagrave. *The Yamato Dynasty: The Secret History of Japan's Imperial Family*. New York: Broadway Books, 1999.［スターリング・シーグレーヴ／ペギー・シーグレーヴ『ヤマト王朝——天皇家の隠れた歴史』（展望社）］

Selwyn 1996 Selwyn, Tom. "Introduction." In *The Tourist Image. Myths and Myth Making in Tourism*, ed. Tom Selwyn, pp. 1–32. Chichester, UK: Wiley, 1996.

Seth and Knox 2006 Seth, R., and C. Knox. *Weimar Germany between Two Worlds. The American and Russian Travels of Kisch, Toller, Holtischer, Goldschmidt, and Rundt*. New York: Peter Lang, 2006.

Shachori 1990 Shachori, Ilan. *Halom shehafach le-Krach—Tel Aviv, Leida ve-Zmicha* [*A Dream That Turned into a City—Tel Aviv. Birth and Growth*]. Tel Aviv: Avivim, 1990.

Steinberg et al. 1967 Steinberg, Heiner, Anneliese Griese, and Siegfried Grundmann. *Relativitätstheorie und Weltanschauung. Zur politischen und wissenschaftspolitischen Wirkung Albert Einsteins*. Berlin: Deutscher Verlag der Wissenschaften, 1967.

Sugimoto 2001a Sugimoto, Kenji. *Einstein no Tokyo-Daigaku Kogiroku* [*Record of Einstein's Lectures at the University of Tokyo*]. Tokyo: Ootake-Shuppan, 2001.［杉元賢治『アインシュタインの東京大学講義録』（大竹出版）］

Sugimoto 2001b ——. *Einstein Nihon de soutairon wo kataru* [*Einstein Talks about Relativity in Japan*]. Tokyo: Kodan-Sha, 2001.［杉元賢治『アインシュタイン日本で相対論を語る』（講談社）］

Regev 2006 Regev, Yoav. ***Migdal: Moshava leChof haKineret*** [***Migdal: Moshava by the Shores of the Sea of Galilee***]. Netanya, Israel: Hotza'at Achiassaf, 2006.

Renn 2013 Renn, Jürgen. "Einstein as a Missionary in Science." ***Science & Education*** 22 (2013): 2569–2591.

Roca Rossell 2005 Roca Rossell, Antoni. "Einstein en Barcelona." ***Quark: Ciencia, Medicina, Comunicación y Cultura 36*** (2005): 26–35.

Root 2013 Root, Hilton L. ***Dynamics among Nations. The Evolution of Legitimacy and Development in Modern States.*** Cambridge, MA: MIT Press, 2013.

Rosenkranz 1999 Rosenkranz, Ze'ev. "Albert Einstein's Travel Diary to Palestine, February 1923." ***Arkhiyyon: Reader in Archives Studies and Documentation*** 10–11 (1999): 184–207 (in Hebrew).

Rosenkranz 2011 ——. ***Einstein before Israel: Zionist Icon or Iconoclast ?*** Princeton, NJ: Princeton University Press, 2011.

Sabrow 1994a Sabrow, Martin. "Märtyrer der Republik. Zu den Hintergründen des Mordanschlags am 24. Juni 1922." In ***Walther Rathenau: 1867–1922; die Extreme berühren sich; eine Ausstellung des Deutschen Historischen Instituts in Zusammenarbeit mit dem Leo Baeck Institute***, ed. Ursel Berger and Hans Wilderotter, pp. 221–236. New York and Berlin: Argon, 1994.

Sabrow 1994b ——. ***Der Rathenaumord. Rekonstruktion einer Verschwörung gegen die Republik von Weimar.*** Munich: R. Oldenbourg Verlag, 1994.

Sabrow 1999 ——. ***Die verdrängte Verschwörung: Der Rathenau-Mord und die deutsche Gegenrevolution.*** Frankfurt am Main: Fischer Taschenbuch, 1999.

Sachs 2003 Sachs, Aaron. "The Ultimate 'Other': Post-Colonialism and Alexander von Humboldt's Ecological Relationship with Nature." ***History and Theory*** 42 (December 2003): 111–135.

Said 1978 Said, Edward. ***Orientalism.*** London: Routledge & Kegan Paul, 1978. [エドワード・W・サイード『オリエンタリズム』〈上・下〉(平凡社)]

Sallent del Colombo and Roca Rossell 2005 Sallent del Colombo, Emma, and Antoni Roca Rossell. "La cena 'relativista' de Barcelona (1923)." ***Quark: Ciencia, medicina, comunicación y cultura 36*** (2005): 72–84.

Neumann and Neumann 2003 Neumann, Helga, and Manfred Neumann. ***Maximilian Harden (1861–1927). Ein unerschrockener deutsch-jüdischer Kritiker und Publizist.*** Würzburg: Königshausen & Neumann, 2003.

Niewyk 2001 Niewyk, Donald L. ***The Jews in Weimar Germany.*** New Brunswick, NJ: Transaction Press, 2001.

Nisio 1979 Nisio, Sigeko. "The Transmission of Einstein's Work to Japan." ***Japanese Studies in the History of Science*** 18 (1979): 1–8.

Nünning 2008 Nünning, Ansgar. "Zur mehrfachen Präfiguration/Prämediation der Wirklichkeitsdarstellung im Reisebericht: Grundzüge einer narratologischen Theorie, Typologie und Poetik der Reiseliteratur." In ***Points of Arrival: Travels in Time, Space, and Self / Zielpunkte: Unterwegs in Zeit, Raum und Selbst,*** ed. Marion Gymnich et al., pp. 11–32. Tübingen: Francke, 2008.

Okamoto 1923 Okamoto, Ippei. "Gaku-sei wo e ni shite [Portraying a Master Scholar]." ***Kaizo,*** February 1923, pp. 140–147. ［岡本一平「学聖を画にして」『アインシュタイン講演録』（東京図書）］

Okamoto 1981 ——. "Albert Einstein in Japan: 1922." ***American Journal of Physics*** 49 (1981): 930–940.

Patiniotis and Gavroglu 2012 Patiniotis, Manolis, and Kostas Gavroglu. "The Sciences in Europe: Transmitting Centers and the Appropriating Peripheries." In ***The Globalization of Knowledge in History,*** ed. Jürgen Renn, pp. 321–343. Berlin: Edition Open Access, 2012.

Poiger 2005 Poiger, Uta G. "Imperialism and Empire in Twentieth-Century Germany." ***History & Memory*** 17, no. 1/2 (Spring/Summer, 2005): 117–143.

Porat and Shavit 1982 Porat, Yehoshua, and Ya'akov Shavit, eds. ***HaMandat Ve'HaBayit HaLeumi (1917–1947).*** Jerusalem: Keter, 1982.

Pratt 1985 Pratt, Mary Louise. "Scratches on the Face of the Country: Or, What Mr. Barrow Saw in the Land of the Bushmen." ***Critical Inquiry*** 12, no. 1 (Autumn, 1985): 119–143.

Pratt 1992 ——. ***Imperial Eyes. Travel Writing and Transculturation.*** London: Routledge,1992.

Shmuel Ettinger. Tel Aviv: Dvir, 1969.

Mansfield 2006–2007 Mansfield, Maria Luisa. "Jerusalem in the 19th Century: From Pilgrims to Tourism." *ARAM Periodical* 19 (2006–2007): 705–714.

Marchand 2001 Marchand, Suzanne. "German Orientalism and the Decline of the West." *Proceedings of the American Philosophical Society* 145, no. 4 (December 2001): 465–473.

Metzler and Wildt 2012 Metzler, Gabriele, and Michael Wildt, eds. *Über Grenzen. 48. Deutscher Historikertag in Berlin 2010. Berichtsband.* Göttingen: Vandenhoeck & Ruprecht, 2012.

Miles 1982 Miles, Robert. *Racism and Migrant Labour. A Critical Text.* London: Routledge and Kegan Paul, 1982.

Miles and Brown 2003 Miles, Robert, and Malcolm Brown. *Racism*, 2nd ed. London: Routledge, 2003.

Motta 2013 Motta, Giuseppe. *Less Than Nations. Central-Eastern European Minorities after WWI*, Vol. 1. Newcastle upon Tyne, UK: Cambridge Scholars Publishing, 2013.

Mudimbe-Boyi 1992 Mudimbe-Boyi, Elisabeth. "Travel, Representation, and Difference, or How Can One Be a Parisian ? " *Research in African Literatures Journal* 23 (1992): 25–39.

Nagashima 1923 Nagashima, Juetsu. "Einstein hakase shotai-ki [Report on Inviting Dr. Einstein]." *Hitotsubashi* 80 (1923): 136–137.

Nakamoto 1998 Nakamoto, Seigyo. *Kanmon Fukuoka no Einstein* [*Einstein in Kanmon and Fukuoka*]. Shimonoseki: Shin-Nihon-Kyoiku-Tosho, 1998. ［中本静暁『関門・福岡のアインシュタイン』（新日本教育図書）］

Nathan and Norden 1975 Nathan, Otto, and Heinz Norden. *Albert Einstein: Über den Frieden. Weltordnung oder Weltuntergang ?* Bern: Lang, 1975. ［オットー・ネーサン／ハインツ・ノーデン編『アインシュタイン平和書簡』（みすず書房）］

Ne'eman 2001 Ne'eman, Yuval. "Al Savta Yocheved, al Einstein ve-al abba [About Grandma Yocheved, Einstein and Father]." *Igeret Ha'Akademia LeMada'im* 21 (November 2001): 31–32.

1792.

Kretschmer 1921 Kretschmer, Ernst. ***Körperbau und Charakter. Untersuchungen zum Konstitutions-Problem und zur Lehre von den Temperamenten.*** Berlin: Springer, 1921.［エルンスト・クレッチメル『体格と性格』（文光堂）］

Krobb 2014 Krobb, Florian. "'Welch' unbebautes und riesengroßes Feld' : Turkey as Colonial Space in German World War I Writings." ***German Studies Review*** 37, no. 1 (February 2014): 1–18.

Kuwaki 1934 Kuwaki, Ayao. ***Einstein-den*** [***The Biography of Einstein***]. Tokyo: Kaizo-Sha, 1934.［桑木彧雄『アインシュタイン伝』（改造社）］

Lambourne 2005 Lambourne, Lionel. ***Japonisme: Cultural Crossings between Japan and the West.*** Berlin: Phaidon, 2005.

Lary 2006 Lary, Diana. "Edward Said: Orientalism and Occidentalism." ***Journal of the Canadian Historical Association*** 17, no. 2 (2006): 3–15.

Leerssen 2000 Leerssen, Joep. "The Rhetoric of National Character. A Programmatic Survey." ***Poetics Today*** 21, no. 2 (2000): 267–292.

Lipphardt 2016 Lipphardt, Veronika. "The Emancipatory Power of Heredity: Anthropological Discourse and Jewish Integration in Germany, 1892–1935." In ***Heredity Explored. Between Public Domain and Experimental Science, 1850–1930,*** ed. Staffan Müller-Wille and Christina Brandt, pp. 111–139. Cambridge, MA: MIT Press, 2016.

Lissak 1993 Lissak, Moshe, ed. ***Toldot HaYishuv HaYehudi B'Eretz Yisrael, Me'az HaAliyah HaRishona. Tkufat HaMandat HaBriti.*** Jerusalem: Israel Academy of Sciences, 1993.

Long 2006 Long, Brian. Nikon: ***A Celebration.*** Ramsbury, UK: Crowood Press, 2006.

Lubrich 2004 Lubrich, Oliver. "'Überall Ägypter.' Alexander von Humboldts orientalistischer Blick auf Amerika." ***Germanisch-romanische Monatsschrift*** 54 (2004): 19–39.

Malamat et al. 1969 Malamat, Abraham, Haim Hillel Ben-Sasson and Samuel Ettinger, eds. ***Toldot Am Yisrael.*** Vol. 3, ***Toldot Am Yisrael B'Et HaHadasha***, ed.

Movement]. Tokyo: Keishi-Sha Shoten, 1920. [賀川豊彦『精神運動と社会運動』(警醒社書店) /賀川豊彦全集刊行会編『賀川豊彦全集』第8巻(キリスト新聞社)]

Kaiser 1992 Kaiser, Wolf. “The Zionist Project in the Palestine Travel Writings of German-Speaking Jews,” *Leo Baeck Institute Yearbook* 37 (1992): 261–286.

Kalland and Asquith 1997 Kalland, Arne, and Pamela J. Asquith. “Japanese Perceptions of Nature. Ideas and Illusions.” In *Japanese Images of Nature. Cultural Perspectives*, ed. Pamela J. Asquith and Arne Kalland, pp. 1–35. London: RoutledgeCurzon, 1997.

Kaneko 1981 Kaneko, Tsutomu. *Einstein Shock to Taisho Era*, 2 vols. Tokyo: Kawade Shobo Shinsha, 1981. [金子務『アインシュタイン・ショック』全2巻(河出書房新社)]

Kaneko 1984 ——. “Einstein's View of Japanese Culture.” *Historia Scientiarum* 27 (1984): 51–76.

Kaneko 1987 ——. “Einstein's Impact on Japanese Intellectuals: The Socio-Cultural Aspects of the ‘Homological Phenomena.’” In *Glick 1987*, pp. 351–379.

Kaneko 2005 ——. “Einstein's Impact on Japanese Culture.” *AAPPS Bulletin* 15, no. 6 (2005): 12–17.

Kaplan 1997 Kaplan, E. Ann. *Looking for the Other. Feminism, Film, and the Imperial Gaze*. New York: Routledge, 1997.

Kark and Oren-Nordheim 2001 Kark, Ruth, and Michal Oren-Nordheim. *Jerusalem and Environs. Quarters, Neighborhoods, Villages*. Jerusalem and Detroit: Magnes Press and Wayne State University Press, 2001.

Keitz 1993 Keitz, Christine. “Die Anf.nge des Massentourismus in der Weimarer Republik.” *Archiv für Sozialgeschichte* 33 (1993): 179–209.

Kisch 1938 Kisch, Frederick H. *Palestine Diary*. London: Gollancz, 1938.

Koshar 1998 Koshar, Rudy. “‘What Ought to Be Seen.’ Tourists' Guidebooks and National Identities in Modern Germany and Europe.” *Journal of Conttemporary History* 33, no. 3 (July 1998): 323–340.

Kotzebue 1792 Kotzebue, August von. *Vom Adel*. Leipzig: Paul Gotthelf Kummer,

窓社)]

Hu 2005 Hu, Danian. *China and Albert Einstein: The Reception of the Physicist and His Theory in China, 1917–1976*. Cambridge, MA: Harvard University Press, 2005.

Hu 2007 ——. "The Reception of Relativity in China." *Isis* 98 (2007): 539–557.

Inagaki 1923a Inagaki, Morikatsu. "Einstein hakase ni otomo site [Having Accompanied Dr. Einstein]." *Josei Kaizo* 2, no. 2 (1923):176–187. [稲垣守克「アインシュタイン博士にお供して」『女性改造』(改造社)]

Inagaki 1923b ——. "Einstein hakase no nihon-ongaku-kan [Dr. Einstein's View of Japanese Music]." *Josei Kaizo* 2, no. 1 (1923): 113–115. [稲垣守克「アインシュタイン博士の日本音楽観」『女性改造』(改造社)]

Isaacson 2008 Isaacson, Walter. *Einstein. His Life and Universe*. London: Pocket Books, 2008. [ウォルター・アイザックソン『アインシュタイン——その生涯と宇宙』〈上・下〉(武田ランダムハウスジャパン)]

Ishiwara 1923 Ishiwara, Jun. *Einstein kyoju koen-roku* [*Records of Professor Einstein's Lectures*]. Tokyo: Kaizo-Sha, 1923. [石原純『アインスタイン教授講演録』(改造社)]

Jackson 1992 Jackson, Anna. "Imagining Japan: The Victorian Perception and Acquisition of Japanese Culture." *Journal of Design History* 5, no. 4 (1992): 245–256.

Jansen 1989 Jansen, Marius B. "Einstein in Japan." *Princeton University Library Chronicle* 50, no. 2 (1989): 145–154.

Johnson 1993 Johnson, Sheila K. "Review: *The Jews and the Japanese: The Successful Outsiders*, by Ben-Ami Shiloni." *Monumenta Nipponica* 48, no. 1 (Spring 1993): 136–139.

Jokinen and Veijola 1997 Jokinen, Eeva, and Soile Veijola. "The Disoriented Tourist: The Figuration of the Tourist in Contemporary Cultural Critique." In *Touring Cultures*, ed. Chris Rojek and John Urry, pp. 23–51. London: Routledge, 1997.

Kagawa 1920 Kagawa, Toyohiko. *Seishin undo to shakai undo* [*Spiritual and Social*

Prize in Science. New York: Holt, 2001.

Fuhrmann 2011 Fuhrmann, Malte. "Germany's Adventures in the Orient. A History of Ambivalent Semicolonial Entanglements." In *German Colonialism: Race, the Holocaust, and Postwar Germany*, ed. Volker Langbehn and Mohammed Salama, pp. 123–145. New York: Columbia University Press, 2011.

Gelber 2000 Gelber, Mark H. *Melancholy Pride. Nation, Race, and Gender in the German Literarture of Cultural Zionism*. Tübingen: Max Niemeyer, 2000.

Germana 2010 Germana, Nicholas A. "Self-Othering in German Orientalism: The Case of Friedrich Schlegel." *The Comparatist* 34 (May 2010): 80–94.

Ginsburg 2014 Ginsburg, Lisa. "Worlds Apart in Singapore. A Jewish Family Story." *Asian Jewish Life* no. 15 (October 2014): 20–29.

Glick 1987 Glick, Thomas, ed. *The Comparative Reception of Relativity*. Dordrecht: Reidel, 1987.

Glick 1988 ——. *Einstein in Spain: Relativity and the Recovery of Science*. Princeton, NJ: Princeton University Press, 1988.

Goldstein 1980 Goldstein, Yaakov. "Were the Arabs Overlooked by the Zionists?" *Forum on the Jewish People, Zionism and Israel* 39 (1980): 15–30.

Gordon 2003 Gordon, Andrew. *The Modern History of Japan*. Oxford: Oxford University Press, 2003. [アンドルー・ゴードン『日本の200年――徳川時代から現代まで』〈上・下〉(みすず書房)]

Grundmann 2004 Grundmann, Siegfried. *Einsteins Akte. Wissenschaft und Politik—Einsteins Berliner Zeit*, 2nd ed. Berlin: Springer, 2004.

Hambrock 2003 Hambrock, Matthias. *Die Etablierung der Außenseiter. Der Verband nationaldeutscher Juden 1921–1935*. Cologne: Böhlau Verlag, 2003.

Hashimoto 2005 Hashimoto, Yorimitsu. "Japanese Tea Party: Representations of Victorian Paradise and Playground in *The Geisha* (1896)." In *Histories of Tourism: Representation, Identity, and Conflict*, ed. John K. Walton, pp. 104–124. Clevedon, UK: Channel View Publications, 2005.

Hiki 2009 Hiki, Sumiko. *Einstein karano bohimei* [*The Epitaph from Einstein*]. Tokyo: Demado-Sha, 2009. [比企寿美子『アインシュタインからの墓碑銘』(出

イン全集』全4巻（改造社）]

Einstein 1923a ——. [To the Spanish Academy of Sciences.] ***Discursos, 1923***, pp. 19–20.

Einstein 1923b ——. "Zur allgemeinen Relativitätstheorie." ***Preußische Akademie der Wissenschaften*** (Berlin). ***Physikalisch-mathematische Klasse. Sitzungsberichte*** (1923): 32–38.

Einstein 1923c ——. "Vorwort." In ***Einstein 1922–1924***, vol. 2, pp. [i–ii].

Einstein 1923d ——. "Impressions from My Trip to Palestine" (in Hebrew). ***Ha'Olam*** 11, no. 14 (20 April 1923): 269.

Einstein 1923e ——. "Prof. Einstein über seine Eindrücke in Palästina." ***Jüdische Rundschau*** 33 (1923): 195–196.

Einstein 1923f ——. "My Impressions of Palestine." ***The New Palestine*** 4 (11 May 1923): 341. (English translation of ***Einstein 1923e***.)

Eisinger 2011 Eisinger, Josef. ***Einstein on the Road***. Amherst, NY: Prometheus Books, 2011.

Eliav 1976 Eliav, Binyamin, ed. ***HaYishuv BeYamei HaBait Ha Leumi***. Jerusalem: Keter, 1976.

Ezawa 2005 Ezawa, Hiroshi. "Impacts of Einstein's Visit on Physics in Japan." ***AAPPS Bulletin*** 15, no. 2 (2005): 3–16.

Falk 2006 Falk, Rafael. "Zionism, Race, and Eugenics." In ***Jewish Tradition and the Challenge of Darwinism***, ed. Geoffrey Cantor and Marc Swetlitz, pp. 137–162. Chicago: University of Chicago Press, 2006.

Fischer 2003 Fischer, Conan. ***The Ruhr Crisis, 1923–1924***. Oxford: Oxford University Press, 2003.

Foster 1982 Foster, Stephen W. "The Exotic as a Symbolic System." ***Dialectical Anthropology*** 7, no.1 (1982): 21–30.

Friedman 1977 Friedman, Menachem. ***Society and Religion: The Non-Zionist Orthodox in Eretz-Israel 1918–1936***. Jerusalem: Yad Yitzhak Ben-Zvi Publications, 1977 (Hebrew).

Friedman 2001 Friedman, Robert M. ***The Politics of Excellence: Behind the Nobel***

al. Princeton, NJ: Princeton University Press, 2015.

CPAE 2018 ——. ***The Collected Papers of Albert Einstein***. Vol. 15, ***The Berlin Years: Writings & Correspondence, June 1925–May 1927***, ed. Diana Kormos Buchwald et al. Princeton, NJ: Princeton University Press, 2018.

Craig 2014 Craig, Claudia. "Notions of Japaneseness in Western Interpretations of Japanese Garden Design, 1870s–1930s." ***New Voices*** 6 (January 2014): 1–25.

Dirlik 1996 Dirlik, Arif. "Chinese History and the Question of Orientalism." ***History and Theory*** 35, no. 4 (December 1996): 96–118.

Discursos 1923 Real Academia de Ciencias Exactas, Fìsicas y Naturales. ***Discursos pronunciados en la sesión solenne que se dignó presidir S. M. el Rey el dia 4 de marzo de 1923, celebrada para hacer entrega del diploma de académico corresponsal al profesor Alberto Einstein***. Madrid: Talleres Poligráficos, 1923.

Doi 1922 Doi, Uzumi. ***Einstein sotaiseiriron no hitei*** [***Rebuttal of Einstein's Theory of Relativity***]. Tokyo: Sobunkan, 1922. ［土井不曇『アインシュタイン相対性理論の否定』（総文館）］

Doi, B. 1932 Doi, Bansui, ed. ***Ajia ni sakebu*** [***Crying in Asia***]. Tokyo: Hakubun-Sha, 1932. ［土井晩翠『アジアに叫ぶ』（博文館）］

Doron 1980 Doron, Joachim. "Rassenbewusstsein und naturwissenschaftliches Denken im deutschen Zionismus während der wilhelminischen Ära." ***Jahrbuch des Instituts für Deutsche Geschichte*** 9 (1980): 389–427.

Dror 1991 Dror, Yuval. "The Hebrew Technion in Haifa, Israel (1902–1950): Academic and National Dilemmas." ***History of Higher Education Annual*** 11 (1991): 45–60.

Eddington 1920 Eddington, Arthur S. ***Space Time and Gravitation: An Outline of the General Relativity Theory***. Cambridge: Cambridge University Press, 1920.

Eddington 1921 ——. "A Generalization of Weyl's Theory of the Electromagnetic and Gravitational Fields." ***Royal Society of London, Proceedings*** A99 (1921): 104–122.

Einstein 1922–1924 Einstein, Albert. ***Einstein Zenshu*** [***The Collected Works of Einstein***]. Jun Ishiwara et al., trans. Tokyo: Kaizo-Sha, 1922–1924. ［『アインスタ

Death. Approaches to a Cultural and Social History of Europe during the 1940s and 1950s, ed. Richard Bessel and Dirk Schumann, pp. 323-347. Cambridge: Cambridge University Press, 2003.

CPAE 1987 Einstein, Albert. ***The Collected Papers of Albert Einstein***. Vol. 1, ***The Early Years, 1879–1902***, ed. John Stachel et al. Princeton, NJ: Princeton University Press, 1987.

CPAE 1993 ——. ***The Collected Papers of Albert Einstein***. Vol. 5, ***The Swiss Years: Correspondence, 1902–1914***, ed. Martin J. Klein et al. Princeton, NJ: Princeton University Press, 1993.

CPAE 1998 ——. ***The Collected Papers of Albert Einstein***. Vol. 8, ***The Berlin Years: Correspondence, 1914–1918***, ed. Robert Schulmann et al. Princeton, NJ: Princeton University Press, 1998.

CPAE 2002 ——. ***The Collected Papers of Albert Einstein***. Vol. 7, ***The Berlin Years: Writings, 1918–1921***, ed. Michel Janssen et al. Princeton, NJ: Princeton University Press, 2002.

CPAE 2004 ——. ***The Collected Papers of Albert Einstein***. Vol. 9, ***The Berlin Years: Correspondence, January 1919–April 1920***, ed. Diana Kormos Buchwald et al. Princeton, NJ: Princeton University Press, 2004.

CPAE 2006 ——. ***The Collected Papers of Albert Einstein***. Vol. 10, ***The Berlin Years: Correspondence, May–December 1920 and Supplementary Correspondence, 1909–1920***, ed. Diana Kormos Buchwald et al. Princeton, NJ: Princeton University Press, 2006.

CPAE 2009 ——. ***The Collected Papers of Albert Einstein***. Vol. 12, ***The Berlin Years: Correspondence, January–December 1921***, ed. Diana Kormos Buchwald et al. Princeton, NJ: Princeton University Press, 2009.

CPAE 2012 ——. ***The Collected Papers of Albert Einstein***. Vol. 13, ***The Berlin Years: Writings & Correspondence, January 1922–March 1923***, ed. Diana Kormos Buchwald et al. Princeton, NJ: Princeton University Press, 2012.

CPAE 2015 ——. ***The Collected Papers of Albert Einstein***. Vol. 14, ***The Berlin Years: Writings & Correspondence, April 1923–May 1925***, ed. Diana Kormos Buchwald et

Einstein: The Development of the Project." *Proceedings of the American Philosophical Society* 133, no. 3 (1989): 347–359.

Bellah 1972 Bellah, Robert N. "Intellectual and Society in Japan." *Daedalus* 101, no. 2 (Spring 1972): 89–115.

Ben-Arieh 1989 Ben-Arieh, Yehoshua. "Perceptions and Images of the Holy Land." In *The Land That Became Israel. Studies in Historical Geography*, ed. Ruth Kark, pp. 37–53. New Haven: Yale University Press, 1989.

Bergman 1919 Bergman, Hugo S. "ha-Ve'ida ha-Universitayit." *Ha'Olam* 11 (26 December 1919): 3–6.

Bergman 1974 ——. "Personal Remembrance of Albert Einstein." In *Logical and Epistemological Studies in Contemporary Physics*, ed. Robert S. Cohen and Marx W. Wartofsky, pp. 388–394. Dordrecht: Reidel, 1974.

Bergson 1922 Bergson, Henri. *Durée et simultanéité, à propos de la théorie d'Einstein*. Paris: Alcan, 1922.［アンリ・ベルグソン『ベルグソン全集〈3〉』「持続と同時性」（白水社）］

Berkowitz 2012 Berkowitz, Michael. "The Origins of Zionist Tourism in Mandate Palestine: Impressions (and Pointed Advice) from the West." *Public Archeology* 11, no. 4 (2012): 217–234.

Bohr 1922 Bohr, Niels. "Der Bau der Atome und die physikalischen und chemischen Eigenschaften der Elemente." *Zeitschrift für Physik* 9 (1922): 1–67.

Bohr 1977 ——. *Collected Works*. Vol. 4, *The Periodic System (1920–1923)*, ed. J. Rud Nielsen. Amsterdam: North-Holland, 1977.

Butenhoff 1999 Butenhoff, Linda. *Social Movements and Political Reform in Hong Kong*. Westport, CT: Praeger, 1999.

Calaprice 2015 et al. Calaprice, Alice, Daniel Kennefick, and Robert Schulmann, eds. *An Einstein Encyclopedia*. Princeton, NJ: Princeton University Press, 2015.

Clifford 2001 Clifford, Nicholas R. "The Long March of 'Orientalism': Western Travelers in Modern China." *New England Review* 22, no. 2 (2001): 128–140.

Confino 2003 Confino, Alon. "Dissonance, Normality, and the Historical Method. Why Did Some Germans Think of Tourism after May 8, 1945 ? " In *Life after*

新愛知
ディアリオ・デ・バルセロナ
東京朝日新聞
東京女子高等師範学校　大正十一年日誌（東京）
東京日日新聞
ドアル・ハヨム（エルサレム）
ハアレツ（テルアビブ）
ハ・オラム（エルサレム）
福岡日日新聞
ベウ・デ・カタルーニャ（バルセロナ）
ベルリーナー・ターゲブラット
民國日報（広東）
ユダヤ・電信エージェンシー（ニューヨーク）
ユーディシェ・プレッセツェントラーレ・チューリヒ
ユーディシェ・ルントシャウ（ベルリン）
読売新聞（東京）
ラ・ナシオン（マドリード）
ラ・バングアルディア（バルセロナ）
ラ・ププリシタト（バルセロナ）
ラ・ボス（マドリード）
早稲田学報（東京）

【参考書籍・記事等】

Aichi 1923　Aichi, Keiichi. “Kogishitsu ni okeru Einstein [Einstein in the Lecture Room].” *Kaizo*, February 1923, pp. 299–301.［愛知敬一「講義室に於けるアインシュタイン」『改造』（改造社）］

Aschheim 1982　Aschheim, Steven E. *Brothers and Strangers. The East European Jew in German and German Jewish Consciousness, 1800–1923*. Madison: University of Wisconsin Press, 1982.

Bailey 1989　Bailey, Herbert Smith, Jr. “On the Collected Papers of Albert

参考文献

【新聞と定期刊行物】

ABC（アベセ）（マドリード）
Aspeklarya（エルサレム）
イスラエルズ・メッセンジャー（上海）
インターナショナル新聞通報
エル・インパルシアル（マドリード）
エル・エラルド・デ・アラゴン（サラゴサ）
エル・エラルド・デ・マドリード
エルサレムの大学と図書館の文書。数学と物理学（エルサレム）
エル・ソル（マドリード）
エル・ディルビオ（バルセロナ）
エル・デバーテ（マドリード）
エル・ノティシエロ（サラゴサ）
エル・ノティシエロ・ウニベルサル（バルセロナ）
エル・リベラル（マドリード）
大阪毎日新聞
改造
河北新報
京都日出新聞
サウス・チャイナ・モーニング・ポスト（香港）
ザ・ストレーツ・タイムズ（シンガポール）
ザ・チャイナ・プレス（上海）
ザ・ニュー・パレスチナ（ニューヨーク）
ザ・パレスチナ・ウィークリー（エルサレム）
ジャパンタイムズ＆メール（東京）
シオニスト通信（ベルリン）

訳者あとがき

アインシュタインは一九二二年～一九二三年に、夫人ともども、日本、パレスチナ、スペインなどを訪れる旅を行なった。要した期間は約半年。百年近く前の船旅とはいえ、かなりの長旅である。そしてアインシュタインはその間、かなり筆まめに日記を綴った。本書に掲載の「旅日記」はその日記全文の初の邦訳である。

この日記は、文体から言えばメモ書きに近いものである。そして内容は旅の最中に起こったこと、考えたことなどであるから、おそらく、短時間で書ける事項は書いたが、時間がなかったり書く気が起きなかったものは書かなかった可能性がある。

だから私は日記の中身を読みはじめた当初、「きっと直筆は殴り書きだろう」と勝手に推測していた。だが実際にオリジナルのファクシミリ（本書に収録）を見て驚いた。非常に丁寧な文字で書かれていたのである。アインシュタインはこの旅のあいだ、講演や移動でかなり多忙だった。さまざまな人と会ってもいる。そのことは本書を読んでみればわかる。それでも字体がさほど崩れないということは、かなりのスピードで書いてもある程度きれいな字が書けたということだ。

私がこの日記でまず目を引かれたのは「アインシュタインが船旅のあいだ、ほぼ常に日本船に乗っていた」という事実である。欧日を往復する航路の大半を、「北野丸」および「榛名丸」という日本船に乗っていたのだ。ヨーロッパから日本をめざし、そしてヨーロッパに帰っていったのだから日本船に乗るのは当たり前、と思う人もいるかもしれない。だが話はそんなに簡単だろうか？　今の飛行機のように、十何時間かでヨーロッパから日本へ来られる時代ではない。旅日記にしたがって計算してみると、ヨーロッパから日本までの往路は約四十日で、全航路を「北野丸」に乗っていた。そして日本に四十数日滞在後ヨーロッパに戻っていったわけだが、その復路も三十日ほどは日本船「榛名丸」でポートサイドまで行っている。

ポートサイド以降のことは略すが、私が以上のことで何が言いたいかといえば、それは、日本人の多い環境で計百十日超（約三カ月）を過ごしたということだ。現在の旅客機を想像していただければおわかりと思うが、たとえば日本発着の航空機のキャビンアテンダントおよび乗客は日本人が多い。それと同じことが、百年前の遠洋航海船にも言えたのではないか？　たとえば「北野丸」の船員は全員が日本人だと記載されているし、同船には医師の三宅博士や植物学者の徳川義親侯も乗船していた。何より象徴的なことは、同船上で天皇誕生日（大正天皇）の祝典が催されている事実。

とすると船上は日本色がかなり濃厚だったような気がするが、これは私の想像にすぎないだろうか？　この旅日記を読むと、乗客としてはイギリス人と日本人が多かったと書かれている。イギリス人が多かった理由は明白。香港、シンガポール、コロンボ、ポートサイドなどイギリスの影響が強い港に寄っていったからだ。

ここで、ある「小さな事実」をよりどころにして逆の想像をしてみよう。その事実とは、アインシュタイン夫妻がヨーロッパの大地を離れたのがマルセイユだったという事実。そして、日本、パレスチナ、スペインなどを旅した後にヨーロッパの地をふたたび踏んだのがトゥーロンだったという事実だ。いずれもフランスの港湾都市。ならばフランス船で日本を訪れるプランはなかったのか？

なかった。夫妻がこの旅を実行したのは第一次世界大戦、すなわちドイツがフランスなど協商国に敗れた戦争が終結してからまだ数年しか経っていない時期。しかもこの旅の最中にルール占領が起こっていることからも明らかなように、独仏間の外交関係は険悪だった。そうした事情もあって、フランス船に乗る気にはならなかっただろう。ならばドイツ船やイギリス船は？たとえば北海から地中海に出て、それからスエズ運河を通って……。日本船以外には乗れなかったのか、あるいは乗りたくなかったのか？　アインシュタインを日本に招聘した山本実彦との協定書を見ても、「旅費と滞在費を含めて」とは記されているが、船の選択については記されていない。そして結果的には往復海路のほとんどを日本の船で旅したのである。

日本を「神秘の国」と見なして憧れていたアインシュタインは、出航当初から、いや、出航前から日本船に憧れていたのだろうか？　船内のジャポニスムに触れたがっていたのだろうか？日欧間が直行便だらけの現代とは異なる次元の旅だった。まずは時差の（ほとんど）ない長期の世界半周旅だった。

話は飛ぶが、寄港地ごとに乗り降りする人たちのことはあまり記されていない。各地に関する記載で圧倒的に多いのは、アインシュタインを出迎えてくれる人たちの話。船内の様子が日記にまったく記されていないわけではないが、上陸後の歓迎会に比べると記述は非常に少ない。もちろん彼には彼なりの理由があった。「船上は思索に専念する時間として好適だから、人付き合いは避けた」という趣旨の記述がある。他事に惑わされずに思索の時を過ごしたかったのだ。

だが船上であまり人付き合いをしなかった理由はもう一つあった、と私は推測する。彼は母国語がドイツ語だったせいか、何回かの外国旅行（およびアメリカ移住後）を除けば、おもにドイツ語圏で暮らした。たとえばスイスにも住んだが、彼が定住したのはほとんどがチューリヒやベルンなどのドイツ語圏。船上でもおもに、ドイツ語を話す人と歓談したということか。

アインシュタインの伝記に詳しい方には申すまでもないことだが、彼は偉大な物理学者、ノーベル賞受賞者、平和主義者として栄誉ある人生を送った反面、何度も人生の辛酸をなめている。まずは親の事業が失敗し、ただ一人ミュンヘンに残された。それからチューリヒでは大学の入学試験に落ちて一浪した。その後も家庭教師などで生活費を稼いだ。初婚の相手とは離婚した。日本旅に同行した再婚相手エルザには先立たれた。しかもそれはアインシュタイン自身が亡くなる二十年も前の一九三六年、すなわちヒトラーが政権を握っていた時期。ちなみに前妻とのあいだには男の子が二人いたし、エルザには連れ子が二人いたが、アインシュタインとエルザとのあいだに子供はいなかった。

もちろんそのほかにも幾多の紆余曲折はあっただろうが、以上の事柄だけ見ても、人並み以上の苦労を味わったと言えるだろう。そうした人生のなかで、この日本旅はアインシュタインにとって「多忙だが愉楽の時」だったと言えないだろうか？

本書を訳すに当たっては、杉本賢治編訳『アインシュタイン日本で相対論を語る』（講談社刊）および金子務著『アインシュタイン・ショック』（河出書房新社刊）などを参考にさせていただいた。ここに深く感謝するしだいである。

本書の原本は英語版であるが、アインシュタインの「旅日記」は本来彼がドイツ語で記した文章なので、そこだけは『アインシュタイン全集』第一三巻（プリンストン大学出版局刊行）に所収のドイツ語版から邦訳した。

なお、本書に収載したアインシュタインの「旅日記」には各種の差別的表現が散見されるが、それらはアインシュタイン自身の考え方を反映した文章なので、訳者としてはできるだけ原文に忠実に翻訳したことをここにお断わりしておく。

二〇一九年四月

畔上 司

編者略歴――――
ゼエブ・ローゼンクランツ Ze'ev Rosenkranz
カリフォルニア工科大学アインシュタイン・ペーパー・プロジェクトのアシスタントディレクター。メルボルン出身。ヘブライ大学のアルバート・アインシュタイン・アーカイブと共同でアインシュタイン・アーカイブ・オンラインを設立。著書に“*Einstein Before Israel: Zionist Icon or Iconoclast?*”（未邦訳）などがある。

著者略歴――――
アルバート・アインシュタイン　Albert Einstein
ドイツ生まれの理論物理学者。1879 年 3 月 14 日生まれ。チューリッヒ工科大学を卒業後、ベルンで特許局技師として働きながら研究を続け、1905 年に特殊相対性理論など画期的な 3 論文を発表。1916 年には一般相対性理論を発表。1921 年度のノーベル物理学賞を受賞。この時期から世界各国を訪問するようになり、1922 年～ 1923 年に訪日。ナチス政権の成立にともないアメリカに逃れ、以後はプリンストン高等研究所を拠点に研究を続ける。1955 年 4 月 18 日死去。「20 世紀最高の物理学者」「現代物理学の父」等と評される。

訳者略歴――――
畔上司　あぜがみ・つかさ
1951 年長野県生まれ。東京大学経済学部卒。ドイツ文学・英米文学翻訳家。共著に『読んでおぼえるドイツ単語 3000』（朝日出版社）、訳書に『5000 年前の男』（文藝春秋）、『ノーベル賞受賞者にきく子どものなぜ？なに？』（主婦の友社）、『アドルフ・ヒトラーの一族』（草思社）などがある。

アインシュタインの旅行日記
日本・パレスチナ・スペイン

2019 年 6 月 20 日　第 1 刷発行

著　者　アルバート・アインシュタイン
編　者　ゼエブ・ローゼンクランツ
訳　者　畔上　司
装幀者　鈴木正道
発行者　藤田　博
発行所　株式会社 草思社
〒160-0022　東京都新宿区新宿 1-10-1
電話　営業 03(4580)7676　編集 03(4580)7680

本文組版　有限会社 一企画
印刷所　中央精版印刷 株式会社
製本所　加藤製本 株式会社

ISBN978-4-7942-2400-2 Printed in Japan　検印省略

造本には十分注意しておりますが、万一、乱丁、落丁、印刷不良などがございましたら、ご面倒ですが、小社営業部宛にお送りください。送料小社負担にてお取替えさせていただきます。